de Schreeuw van het lam

Van Thomas Harris zijn verschenen:

De Schreeuw van het lam *
(The Silence of the Lambs)
Hannibal

* In POEMA-POCKET verschenen

THOMAS HARRIS

de Schreeuw van het lam

POEMA-POCKET is een onderdeel van Luitingh ~ Sijthoff

Negentiende, geheel herziene, druk

Oorspronkelijke titel: *The Silence of the Lambs*
Vertaling: Elly Schurink-Vooren
Geheel herzien door: Ingrid Tóth en Henny van Gulik
Omslagontwerp: Pete Teboskins
Omslagfotografie: Still Photo

CIP/ISBN 90 245 2307 9

Ter nagedachtenis aan mijn vader

Indien ik, naar de mens, tegen de beesten gevochten heb te Efeze, wat baat het mij indien de doden niet worden opgewekt?
I CORINTHIËRS

Waarom een doodshoofd in een ring aanschouwen;
die schuilt toch achter mijn eigen aangezicht?
JOHN DONNE, 'Devotions'

I

Gedragswetenschappen, de FBI-afdeling die zich bezighoudt met seriemoorden, bevindt zich in het souterrain van het academiegebouw in Quantico. Clarice Starling kwam er met een verhit gezicht binnen. Ze kwam regelrecht van de schietbaan aan Hogan's Alley en ze had snel gelopen. Er zaten grasssprieten in haar haren en haar windjack van de FBI-academie vertoonde groene vlekken omdat ze op de schietbaan tijdens een vuurgevecht bij een in scène gezette arrestatie in het gras had moeten duiken.

In het personeelskantoor was niemand aanwezig, dus maakte ze van de gelegenheid gebruik om zich voor het weerspiegelende glas van de deur een beetje toonbaar te maken. Ze wist dat ze er best goed kon uitzien zonder zich speciaal op te dirken. Haar handen roken naar kruitdamp, maar er was geen tijd ze te wassen. Crawford, het hoofd van de afdeling, had gezegd dat ze zich onmiddellijk bij hem moest melden.

Ze vond Jack Crawford in een van de rommelige kantoren. Hij was alleen en stond bij het bureau van iemand anders te telefoneren. Voor het eerst sinds een jaar had ze de kans hem eens aandachtig te bekijken. Ze schrok van wat ze zag.

Gewoonlijk zag Crawford eruit als een energieke mannetjesputter van middelbare leeftijd, iemand die zijn ingenieursopleiding waarschijnlijk had kunnen betalen door als profhonkballer te werken: een sluwe catcher die meedogenloos de thuisplaat verdedigde. Nu was hij mager, de kraag van zijn overhemd slobberde te ruim om zijn hals en hij had donkere wallen onder zijn bloeddoorlopen ogen. Iedereen die de kranten las, wist dat de afdeling Gedragswetenschappen de laatste tijd veel kritiek te verduren had. Starling hoopte dat Crawford niet aan de drank was; dat zou hem de das omdoen.

Crawford beëindigde zijn telefoongesprek met een scherp

'Nee!' Hij pakte haar dossier, dat hij onder zijn arm hield geklemd, en sloeg het open.
'Starling, Clarice M.,' zei hij. 'Goedemorgen.'
'Goedemorgen.' Haar glimlach was niet meer dan beleefd.
'Er zijn geen moeilijkheden, hoor. Ik hoop niet dat je van de oproep bent geschrokken.'
'Nee.' *Niet helemaal waar*, dacht Starling.
'Je instructeurs vertellen me dat je het goed doet, dat je tot de besten van de klas hoort.'
'Ik hoop het. Er zijn nog geen rapporten opgemaakt.'
'Ik informeer er van tijd tot tijd naar.'
Dat verbaasde Starling. Ze had Crawford afgeschreven als een klootzak die bij het beoordelen van de rekruten met twee maten mat. Ze had speciaal agent Crawford ontmoet toen hij als gastspreker de universiteit van Virginia bezocht. Zijn voortreffelijke colleges over criminologie waren medeverantwoordelijk geweest voor haar komst naar het Bureau. Toen ze zich had gekwalificeerd voor de academie, had ze hem een briefje geschreven, maar daar had hij nooit op gereageerd. Bovendien had hij haar genegeerd tijdens de drie maanden dat ze als rekruut in Quantico haar opleiding volgde.
Clarice Starling was grootgebracht in een milieu waar mensen niet om gunsten vragen of hun vriendschap aan anderen opdringen, maar Crawfords gedrag had haar teleurgesteld, ze wist niet wat ze ervan moest denken. Nu ze hem opnieuw ontmoette, merkte ze tot haar ergernis dat ze hem ook nu weer sympathiek vond.
Er zat hem kennelijk iets dwars. Afgezien van zijn intelligentie beschikte Crawford over een bijzondere vernuftigheid die Starling het eerst had opgemerkt in de kleurencombinaties en de kwaliteit van zijn kleren, ondanks de fantasieloze richtlijnen van de FBI ten aanzien van beroepskleding. Nu zag hij er netjes uit, zij het kleurloos, alsof hij in de rui was.
'Er is een baantje vrijgekomen en daarbij dacht ik aan

jou,' zei hij. 'Het is geen echte baan, eerder een interessante klus. Schuif Berry's spullen maar even van die stoel en ga zitten. Je hebt hier geschreven dat je na de academie meteen bij Gedragswetenschappen geplaatst wilt worden.'

'Dat klopt.'

'Je achtergrond op het gebied van strafrechtelijk onderzoek is heel behoorlijk, maar wat betreft werk in de wetshandhaving houdt het niet over. We zoeken iemand met zes jaar ervaring. Minstens.'

'Mijn vader was sheriff, dus ik ken dat bestaan.'

Crawford glimlachte flauwtjes. 'Wat je wél hebt, zijn twee hoofdvakken: psychologie en criminologie. Plus ervaring in een psychiatrische inrichting van... hoeveel zomers? Twee?'

'Twee.'

'Is je bevoegdheid als juridisch adviseur nog geldig?'

'Nog twee jaar. Ik heb dat papiertje gehaald voordat u die gastcolleges aan de universiteit van Virginia gaf, dus voordat ik besloot dit te gaan doen.'

'Je liep tegen de personeelsstop op.'

Starling knikte. 'Ik had nog geluk, ik hoorde er vroeg genoeg van om me nog te kunnen kwalificeren voor de opleiding Gerechtelijk Onderzoek. Daarna kon ik bij het lab werken tot er een plaatsje voor me vrijkwam op de academie.'

'Je schreef me over je plannen om hier te komen werken, nietwaar? Ik geloof niet dat ik je heb geantwoord... Nee, ik weet het wel zeker. Dat was nalatig van me.'

'U had vast genoeg andere dingen aan uw hoofd.'

'Ken je het bestaan van VI-CAP?'

'Ik weet dat het te maken heeft met het arrestatiebeleid bij geweldsmisdrijven. In het *Law Enforcement Bulletin* stond dat jullie bezig zijn met het opstellen van een database, maar die schijnt nog niet operationeel te zijn.'

Crawford knikte. 'We hebben een vragenlijst samengesteld, die betrekking heeft op alle ons bekende seriemoordenaars van de laatste jaren.' Hij overhandigde haar een dikke stapel papieren in een dunne omslag. 'Er is een gedeelte voor rechercheurs en een gedeelte voor overlevende slachtoffers, voor zover die er zijn. Het blauwe formulier bevat vragen voor de moordenaar als die bereid is antwoord te geven, en op het roze staan vragen die de moordenaar worden gesteld ten behoeve van het gerechtelijk onderzoek. Niet alleen de antwoorden van de dader worden opgetekend, maar ook zijn reacties. Het is een enorme papierwinkel.'

Papierwinkel. Starlings eigenbelang stak de kop op en snuffelde als de scherpe neus van een jachthond. Ze rook dat er een aanbod voor een klus aankwam, vermoedelijk het invoeren van onbewerkte gegevens in een nieuw computersysteem. Geestdodend werk. Het was verleidelijk om iedere functie die ze bij Gedragswetenschappen maar kon krijgen te aanvaarden, maar ze wist wat een vrouw die als secretaresse werd geplaatst te wachten stond: die zou dat tot in lengte van dagen blijven. Ze stond voor een keus, en ze wilde verstandig kiezen.

Crawford wachtte ergens op. Ze realiseerde zich dat hij haar een vraag had gesteld en probeerde uit alle macht zich te herinneren waarover die ging.

'Met welke tests heb je gewerkt? Minnesota Multiphasic? Rorschach?'

Nu wist ze het weer. 'Wel met MMPI, maar nooit met Rorschach,' antwoordde ze. 'Ik ben bekend met de Thematic Apperception Test en ik heb kinderen de Bender Gestalt afgenomen.'

'Raak je snel van je stuk, Starling?'

'Tot nu toe niet.'

'Weet je, we hebben geprobeerd alle tweeëndertig seriemoordenaars die we in hechtenis hebben te ondervragen en te testen om een database op te bouwen die bij onopgeloste zaken voor een psychologische profielschets kan zorgen. De meesten van hen hebben eraan meegewerkt, velen waarschijnlijk om indruk te maken. Ze-

venentwintig toonden zich bereidwillig. Vier zitten in een cel voor terdoodveroordeelden, in afwachting van hun hoger beroep, en hebben om begrijpelijke redenen geweigerd iets te zeggen. Maar degene die voor ons het belangrijkst is, weigert elke medewerking. Ik wil dat jij morgen met hem in de inrichting gaat praten.'
Starling voelde hoe haar borst zwol van vreugde, hoewel ook een vage angst zich van haar meester maakte.
'Om wie gaat het?'
'Dr. Hannibal Lecter, de psychiater,' zei Crawford.
Zoals altijd wanneer fatsoenlijke mensen bij elkaar waren, viel er ook nu een stilte na het noemen van die naam.
Starling keek Crawford strak aan. Ze zweeg, evenals hij.
'Hannibal de Kannibaal,' zei ze toen.
'Ja.'
'Juist... eh... nu, goed dan... Ik ben natuurlijk blij met deze kans, maar u zult ongetwijfeld begrijpen dat ik me afvraag... Waarom hebt u mij gekozen?'
'Voornamelijk omdat je beschikbaar bent,' antwoordde Crawford. 'Ik verwacht niet dat hij zal meewerken. Hij heeft dat tot nu toe geweigerd, maar het contact verliep steeds via een tussenpersoon: de directeur van de inrichting. Ik moet kunnen zeggen dat onze bevoegde ondervrager hem persoonlijk heeft bezocht en gevraagd. Daarnaast zijn er redenen die niets met jou te maken hebben. Er is niemand van deze afdeling beschikbaar om het te doen.'
'Jullie hebben natuurlijk al genoeg aan je hoofd... Buffalo Bill en die zaken in Nevada,' zei Starling.
'Precies. Het is het oude liedje: gebrek aan mankracht.'
'U had het over morgen, dus is er kennelijk haast bij. Enig verband met een lopende zaak?'
'Nee. Was het maar waar!'
'Als hij me afwijst, wilt u dan toch een psychologische evaluatie?'
'Nee. Ik barst van evaluaties waarin dr. Lecter wordt

beschreven als een ontoegankelijke patiënt. Ze zijn allemaal verschillend.'
Crawford schudde twee vitamine-C-tabletten op zijn handpalm en loste een Alka-Seltzer in water op om ze daarmee in te nemen. 'Het is eigenlijk belachelijk. Lecter is psychiater en schrijft zelf voor psychiatrische vakbladen – opmerkelijke artikelen overigens – maar het gaat nooit over zijn eigen kleine afwijkingen. Tegenover de directeur van de inrichting heeft hij eens gedaan alsof hij wilde meewerken aan een aantal tests, waarbij hij met een bloeddrukmeter om zijn penis geweldfoto's moest bekijken. Daarna publiceerde Lecter zijn bevindingen over Chilton, de directeur, en zette de man voor schut. Hij beantwoordt serieuze correspondentie van psychiatrie-studenten over dingen die geen verband houden met zijn zaak, meer doet hij niet. Als hij je niet te woord wil staan, hoef je alleen maar het gebruikelijke rapport te schrijven. Hoe hij eruitziet, hoe zijn cel eruitziet, wat hij doet. Een situatieschets, zal ik maar zeggen. Pas op voor de persmuskieten. Die zwermen daar in groten getale rond. Die lui schrijven liever over Lecter dan over prins Andrew.'
'Heeft een roddelblad hem niet zelfs vijftigduizend dollar geboden voor een aantal recepten?' vroeg Starling. 'Ik meen me zoiets te herinneren.'
Crawford knikte. 'Ik ben er bijna zeker van dat de *National Tattler* iemand van de psychiatrische strafinrichting heeft omgekocht en dat die waarschijnlijk van je komst op de hoogte wordt gesteld zodra ik de afspraak heb gemaakt.' Hij boog zich naar haar toe tot zijn gezicht nog maar een halve meter van het hare was verwijderd. Ze zag hoe zijn ovaalvormige brillenglazen de wallen onder zijn ogen verdoezelde. Hij had nog niet zo lang geleden met Listerine gegorgeld. 'Nu dan. Ik wil je volle aandacht, Starling. Luister je naar me?'
'Jazeker.'
'Wees heel voorzichtig met Hannibal Lecter. Dr. Chil-

ton, de directeur van de inrichting, zal je vertellen hoe je fysiek moet handelen in Lecters bijzijn. Wijk daar niet van af. *Wijk daar in elk geval geen jota van af!* Als Lecter iets tegen je zegt – en dat is nog maar de vraag – zal hij dat alleen maar doen om iets over jou te weten te komen. Het is het soort nieuwsgierigheid waarmee een slang naar een vogelnest loert. We weten allebei dat ondervragen een kwestie is van geven en nemen, maar zorg ervoor dat je hem geen specifieke dingen over jezelf vertelt. Hij mag zich geen persoonlijke gegevens van jou eigen maken. Je weet wat hij met Will Graham heeft gedaan!'

'Ik heb erover gelezen nadat het was gebeurd.'

'Hij heeft Wills ingewanden met een stanleymes uit zijn lijf gesneden toen Will hem het vuur te na aan de schenen legde. Het is een wonder dat Will nog leeft. Herinner je je de Rode Draak? Lecter heeft ervoor gezorgd dat Francis Dolarhyde Will en zijn gezin te grazen nam. Dankzij Lecter ziet Wills gezicht er verdomme uit als een Picasso. En in de inrichting heeft hij een verpleegster aan flarden gescheurd. Doe je werk, maar vergeet geen seconde wat hij is.'

'En wat is hij? Weet u dat?'

'In ieder geval een monster. Wat hij nog meer is, kan geen mens met zekerheid zeggen. Misschien kun jij dat ontdekken. Mijn keus is niet zomaar op jou gevallen, Starling. Je hebt me tijdens mijn gastcolleges aan de universiteit van Virginia een aantal interessante vragen gesteld. De directeur zal jouw oorspronkelijke rapport inzien, met jouw naam eronder, mits dat duidelijk en overzichtelijk is. Dat maak ik uit. En ik moet het uiterlijk zondagmorgen om negen uur in mijn bezit hebben. Nou dan, Starling, ga aan de slag zoals ik je heb gezegd.'

Crawford keek haar glimlachend aan, maar in zijn ogen stond geen enkele uitdrukking te lezen.

2

Dr. Frederick Chilton, achtenvijftig jaar oud en hoofd van de staatsinrichting voor crimineel gestoorden te Baltimore, beschikt over een langwerpig groot bureau waarop zich geen harde of scherpe voorwerpen bevinden. Sommige personeelsleden noemen het 'de slotgracht', maar andere medewerkers begrijpen niet wat daarmee wordt bedoeld. Toen Starling zijn kantoor binnenkwam, bleef dr. Chilton achter zijn bureau zitten.

'We hebben hier veel politiemensen gehad, maar ik kan me niet herinneren dat er een bij was met zo'n aantrekkelijk uiterlijk als dat van u,' zei Chilton zonder op te staan.

Starling wist onmiddellijk dat de glans op zijn uitgestoken hand afkomstig was van de lanoline in zijn haar. Ze liet zijn hand los voordat hij de zijne terugtrok.

'Het is toch júffrouw Sterling, nietwaar?'

'Stárling, dr. Chilton. Met een *a*. Bedankt dat u me wilde ontvangen.'

'Dus de FBI doet een beroep op de vrouwtjes. Net als iedereen, haha!' Zijn woorden gingen ook nu weer vergezeld van een grijns die zijn tanden, geel van de nicotine, ontblootte.

'Het Bureau maakt vorderingen, dr. Chilton. Zonder enige twijfel.'

'Blijft u meerdere dagen in Baltimore? Als u de stad kent, kunt u het hier net zo aangenaam hebben als in Washington of New York.'

Ze wendde haar blik af om zijn grijns niet te hoeven zien en wist op hetzelfde moment dat hij haar afkeer had opgemerkt. 'Ik ben ervan overtuigd dat het een geweldige stad is, maar ik heb instructies dr. Lecter te bezoeken en vanmiddag terug te keren om verslag uit te brengen.'

'Kan ik u in Washington bellen voor een tweede bezoek? Later?'

'Natuurlijk. Attent van u om daaraan te denken. Speciaal agent Jack Crawford heeft de leiding over dit project. U kunt me altijd via hem bereiken.'
'Begrepen,' zei Chilton. Zijn wangen, die rode vlekken vertoonden, vloekten met het onwaarschijnlijke roodbruin van zijn haardos. 'Mag ik uw legitimatie even zien?'
Hij liet haar staan terwijl hij op zijn gemak haar identiteitsbewijs bestudeerde. Toen hij daarmee klaar was, gaf hij het aan haar terug en stond op. 'Dit is zo gepiept. Komt u maar mee.'
'Ik heb begrepen dat u me instructies zou geven, dr. Chilton,' zei Starling.
'Dat kan ik onderweg wel doen.' Hij liep om zijn bureau heen en keek ondertussen op zijn horloge. 'Ik heb over een halfuur een lunchafspraak.'
Verdomme, ze had hem beter, sneller moeten inschatten. Misschien was hij minder stom dan hij eruitzag en wist hij dingen waar ze iets aan zou hebben. Voor deze ene keer had ze best even mooi weer kunnen spelen, ook al was dat niet haar sterkste punt.
'Dr. Chilton, op dit moment heb ik een afspraak met u. Die is speciaal gemaakt op een tijdstip dat u goed uitkwam, opdat u voldoende tijd voor me zou hebben. Tijdens het vraaggesprek kunnen zich allerlei dingen voordoen, zodat het wellicht noodzakelijk is dat ik op de hoogte ben van bepaalde reacties die hij kan vertonen.'
'Ach, dat betwijfel ik sterk. O, ik moet nog even telefoneren voordat we gaan. Ik zie u straks wel bij het administratiekantoor.'
'Ik wil mijn jas en mijn paraplu graag hier laten.'
'Buiten,' zei Chilton. 'Geef ze maar aan Alan, bij de administratie. Hij bergt ze wel voor u op.'
Alan droeg een pyjama-achtig gewaad, zoals aan alle gevangenen werd verstrekt. Hij stond asbakken schoon te vegen met de slip van zijn hemd. Terwijl hij Starlings jas aanpakte, liet hij zijn tong langs de binnenkant van zijn wang rollen.

'Dank je,' zei ze.
'Het is me meer dan een genoegen. Hoe vaak schijt jij?' vroeg Alan.
'Wat zeg je?'
'Komt het er la-a-a-a-nnng uit?'
'Ik hang mijn jas zelf wel ergens op.'
'Er zit jou niets in de weg... Je kunt bukken en zien dat het eruit komt, kijken of de kleur verandert wanneer het met de lucht in aanraking komt. Doe jij dat? Vind je dan dat het net lijkt of je een dikke bruine staart hebt?' Hij wilde de jas niet loslaten.
'Dr. Chilton heeft gezegd dat je onmiddellijk naar zijn kantoor moet komen,' zei Starling.
'Nee, dat is niet waar,' klonk de stem van dr. Chilton. 'Hang die jas in de kast, Alan, en haal hem er niet uit wanneer we weg zijn. Toe, vooruit. Ik had eerst een meisje voor hele dagen op kantoor, maar die ben ik door de personeelsinkrimpingen kwijtgeraakt. Nu komt het meisje dat u binnenliet hier drie uur per dag typen, en dan heb ik Alan nog. Waar zijn alle administratieve medewerksters toch gebleven, juffrouw Starling?' Zijn brillenglazen glinsterden haar fel tegemoet. 'Bent u gewapend?'
'Nee, ik ben niet gewapend.'
'Mag ik even in uw handtas en in uw aktetas kijken?'
'U hebt mijn introductiebrieven gezien.'
'En daarin staat dat u nog in opleiding bent. Kom, wees zo goed me uw spullen te laten controleren.'

Clarice Starling kromp ineen toen de eerste zware stalen hekken met veel geratel achter haar werden gesloten en vergrendeld. Chilton liep een paar passen voor haar uit door de groene gang. Er hing een geur van lysol en in de verte klonken geluiden van deuren die werden dichtgeslagen. Starling was kwaad op zichzelf omdat ze Chilton had toegestaan in haar hand- en aktetas te snuffelen en ze probeerde uit alle macht haar woede te

onderdrukken en zich te concentreren. Dat lukte haar ten slotte. Ze voelde dat ze langzamerhand haar zelfbeheersing weer terugvond.
'Lecter is een behoorlijke lastpost,' zei Chilton over zijn schouder. 'Het kost een oppasser minstens tien minuten per dag om de nietjes te verwijderen uit de publicaties die hij ontvangt. We hebben geprobeerd zijn abonnementen op te zeggen of te beperken, maar hij heeft schriftelijk bij Justitie geprotesteerd en het gerechtshof heeft onze verzoeken van de hand gewezen. Vroeger ontving hij altijd veel privé-post. Dat is gelukkig verminderd sinds andere monsters hem in de pers naar de achtergrond hebben verdrongen. Het heeft er een tijdje op geleken alsof iedere student in de psychologie iets over Lecter in zijn proefschrift wilde verwerken. De medische vakbladen publiceren nog steeds zijn artikelen, maar dat gebeurt alleen omdat zijn naam gevoelens van sensatie opwekt en daardoor de aandacht trekt.'
'Zijn verhandeling over de ziekelijke hang naar veelvuldige chirurgische ingrepen in de *Journal of Clinical Psychiatry* was anders wel goed, vond ik,' merkte Starling op.
'O, vond u dat? Nou, wij hebben geprobeerd Lecter te bestuderen. We zagen het als een kans om aan essentiële gegevens te komen. Het gebeurt zo zelden dat je er een levend te pakken krijgt.'
'Een levend wat?'
'Een echte sociopaat, want dat is hij kennelijk. Maar hij is ondoorgrondelijk, veel te geraffineerd voor de standaardtesten. En hij haat ons uit de grond van zijn hart. Hij denkt dat ik zijn Nemesis ben. Crawford is wel slim om u op Lecter af te sturen, nietwaar?'
'Hoe bedoelt u dat, dr. Chilton?'
'Een jonge vrouw om hem "op te geilen". Zo noemen jullie dat toch? Ik geloof dat Lecter al een paar jaar geen vrouw meer heeft gezien, tenzij hij een glimp heeft opgevangen van een van de schoonmaaksters. Over het al-

gemeen laten we daar geen vrouwen toe. Ze veroorzaken alleen maar moeilijkheden.'

Val dood, Chilton! 'Ik ben cum laude afgestudeerd aan de universiteit van Virginia, dr. Chilton. Niet bepaald een kleuterschool.'

'Dan kunt u zich vast nog wel de regels herinneren: steek uw handen niet door de tralies, raak de tralies niet aan. U geeft hem niets anders dan zacht papier. Geen pennen, geen potloden. Hij krijgt van tijd tot tijd zijn eigen viltstiften. Het papier dat u hem toeschuift, mag geen nietjes, paperclips of spelden bevatten. Voorwerpen worden hem alleen gegeven via de schuiflade voor zijn eten en hij moet ze óp dezelfde manier weer teruggeven. Geen uitzonderingen! Pak niets aan van wat hij u door de tralies toesteekt. Begrepen?'

'Begrepen.'

Inmiddels waren ze nog twee andere hekken gepasseerd en hadden het daglicht achter zich gelaten. Ze liepen de afdelingen waar de gevangenen samen tijd konden doorbrengen voorbij en bevonden zich nu in het lager gelegen gedeelte van de inrichting, waar geen ramen waren en onderling contact onmogelijk was. De lampen in de gang waren afgedekt met stevige roosters, net als de lampen in de machinekamers van schepen. Onder een zo'n lamp bleef dr. Chilton staan. Toen het geluid van hun voetstappen verstomde, hoorde Starling ergens achter de muur een schorre stem, rauw van het schreeuwen.

'Lecter verlaat zijn cel nooit zonder een dwangbuis en een muilkorf,' zei Chilton. 'Ik zal u vertellen waarom. Nadat hij in hechtenis was genomen, heeft hij zich een jaar lang voorbeeldig en meegaand gedragen. Daardoor verslapte de bewaking rond zijn persoon. U moet goed begrijpen dat dit gebeurde onder de leiding van de vorige directeur. Op de middag van 8 juli 1976 klaagde hij over pijn in zijn borst en werd hij naar de ziekenafdeling gebracht. Zijn dwangbuis werd verwijderd om een elektrocardiogram te kunnen maken. Toen de verpleeg-

ster zich over hem heen boog, heeft hij dit met haar gedaan.' Chilton overhandigde Starling een beduimelde foto. 'De artsen hebben één van haar ogen kunnen redden. Lecter was de hele tijd aangesloten op de monitors. Hij heeft haar kaak gebroken om bij haar tong te kunnen komen. Zijn polsslag is geen moment boven de vijfentachtig gestegen, zelfs niet toen hij de tong verslond.'
Starling wist niet wat erger was: de foto of de gretige blik waarmee Chilton haar reactie gadesloeg. Zijn ogen deden haar denken aan een dorstige kip, die de tranen van haar wangen wilde pikken.
'Hij zit hier,' zei Chilton. Hij drukte op een knop naast een paar zware dubbele deuren met veiligheidsglas. Een forse bewaker liet hen binnen in de achterliggende afdeling.
Starling nam een moeilijk besluit en bleef precies in de deuropening staan. 'Dr. Chilton, we hebben deze testresultaten hard nodig. Als dr. Lecter het gevoel heeft dat u zijn vijand bent en hij u haat, zoals u zelf net zei, bereiken we misschien meer als ik hem alleen en op mijn eigen manier benader. Wat vindt u daarvan?'
Chiltons wangen vertrokken krampachtig. 'Geen enkel bezwaar, hoor. Had dat maar gezegd toen we nog in mijn kantoor waren. Dan had ik me de tijd kunnen besparen en u door een bewaker laten vergezellen.'
'Als u me eerder over de details had ingelicht, had ik dat wel gedaan.'
'Ik verwacht niet dat ik u nog zal zien, juffrouw Starling. Barney, laat iemand komen om haar naar buiten te begeleiden zodra ze klaar is met Lecter.' Chilton vertrok zonder haar nog een blik waardig te keuren.
Nu was er alleen nog de grote onbewogen bewaker, met achter hem de geruisloze klok en de met stevig gaas afgesloten kast waarin zich traangas, dwangbuizen, muilkorven en een verdovingspistool bevonden. Op een wandrek lag een langwerpige stang met een U-vormig uiteinde om lastige gevangenen tegen de muur te pinnen.

De bewaker sloeg haar gade. 'Heeft dr. Chilton u gezegd dat u van de tralies moet afblijven?' Zijn stem klonk hoog en hees.
'Ja.'
'Nou goed dan. Het is de laatste cel aan de rechterkant, voorbij de andere. Blijf in het midden van de gang lopen en besteed nergens aandacht aan. U kunt hem zijn post brengen. Dat breekt het ijs misschien een beetje.'
De bewaker wekte de indruk alsof hij een binnenpretje had. 'Leg het maar gewoon op de schuifla en laat die naar binnen rollen. Daarna kunt u de bak terugtrekken met het touw of het ding door hem laten terugschuiven. Waar de la buiten de tralies stopt, kan hij u niet bereiken.' De man gaf haar twee tijdschriften met losse pagina's, drie kranten en een aantal geopende brieven.
De gang was ongeveer negen meter lang en aan weerskanten waren cellen. Sommige daarvan waren gecapitonneerd met in het midden van de deur een observatieluik, smal en langwerpig als de schietgleuf van een boog. Andere waren gebouwd volgens de standaardnormen en kwamen via een traliehek uit op de gang.
Starling was zich bewust van gedaanten die zich in de cellen bevonden, maar ze zorgde dat ze er niet naar keek. Ze had al meer dan de helft van de weg afgelegd toen een stem siste: 'Ik ruik je kut!' Ze liet niet merken dat ze het had gehoord en liep gewoon door.
De lichten in de laatste cel brandden. Ze week uit naar de linkerkant van de gang om naar binnen te gluren, wetend dat haar hakken haar komst aankondigden.

3

De cel van dr. Lecter bevond zich op veilige afstand van de andere cellen en bood slechts uitzicht op een kast aan de overkant van de gang. Ook in andere opzichten week zijn cel af van de overige. De voorkant bestond uit een traliewand, maar achter die tralies was een tweede barrière in de vorm van een stevig nylon net dat, buiten bereik van mensen op de gang, van muur tot muur en van plafond tot vloer was gespannen. Achter het net zag Starling een tafel die met bouten aan de grond was bevestigd, waarop stapels paperassen en boeken met zachte kaften lagen, en een stoel met een rechte rugleuning, eveneens vastgenageld aan de vloer.

Dr. Hannibal Lecter zelf lag op zijn rug op zijn brits, verdiept in de Italiaanse editie van *Vogue*. Hij hield de losse pagina's in zijn rechterhand en legde ze met zijn linker- een voor een naast zich neer. Dr. Lecter had zes vingers aan zijn linkerhand.

Clarice Starling bleef staan op korte afstand van de tralies, ongeveer op een lengte van een kleine foyer. 'Dr. Lecter.' Ze vond zelf dat ze de juiste toon aansloeg.

Hij keek op.

Gedurende één ijzingwekkend moment kwam het haar voor dat zijn blik een gonzend geluid voortbracht, maar het was gewoon haar eigen bloed dat ze hoorde.

'Mijn naam is Clarice Starling. Kan ik u even spreken?' Uit haar afstandelijkheid en haar toon sprak wellevendheid.

Dr. Lecter drukte een vinger tegen zijn getuite lippen en dacht een ogenblik na. Toen kwam hij op zijn gemak overeind en liep rustig door zijn kooi naar voren, waarbij hij voor het nylon web bleef staan alsof hij dat niet zag en zelf die afstand verkoos.

Ze zag dat hij klein was en er keurig verzorgd uitzag. In zijn handen en armen herkende ze een zelfde pezige kracht als ook zij bezat.

'Goedemorgen,' zei hij, alsof ze had aangebeld en hij de deur had geopend. Zijn stem had een licht metaalachtige hese klank, mogelijk doordat hij die weinig gebruikte. De ogen van dr. Lecter waren kastanjebruin en reflecteerden het licht in rode stipjes, die soms als vonken naar het midden leken te schieten. Zijn ogen namen haar

hele verschijning in zich op en hielden haar vast.
Starling liep iets dichter naar de tralies toe, maar bewaarde een weloverwogen afstand. De haren op haar onderarmen gingen overeind staan en drukten tegen haar mouwen. 'Dr. Lecter, we zitten met een lastig probleem op het gebied van psychologische karakterschetsen. Ik wil u daarbij om hulp vragen.'
'Met "we" bedoelt u Gedragswetenschappen in Quantico. U bent zeker een van Jack Crawfords mensen?'
'Inderdaad.'
'Mag ik uw introductiebrieven zien?'
Dit had ze niet verwacht. 'Die heb ik al laten zien aan... in het kantoor.'
'Aan Frederick Chilton, dóctor Chilton?'
'Ja.'
'Hebt u zíjn introductiebrieven gezien?'
'Nee.'
'Neem van mij aan dat over zijn academische loopbaan weinig te melden valt. Hebt u Alan ontmoet? Alleraardigste man, nietwaar? Met wie van de twee praatte u liever?'
'Goed beschouwd zou ik zeggen: met Alan.'
'U zou een journaliste kunnen zijn die Chilton voor geld heeft binnengelaten. Mijns inziens heb ik er recht op uw introductiebrieven te zien.'
'Goed dan.' Ze hield haar in hard plastic gevatte identiteitsbewijs op.
'Ik kan het vanaf hier niet lezen. Schuif het naar me toe, alstublieft.'
'Dat kan ik niet doen.'
'Omdat het een hard voorwerp is?'
'Ja.'
'Vraag het dan aan Barney.'
De bewaker kwam en dacht er even over na. 'Dr. Lecter, ik zal dit doorschuiven. Maar als u het niet teruggeeft zodra ik dat vraag, als we iedereen op moeten trommelen en u moeten vastbinden om het terug te krijgen,

dan word ik boos. En als ik boos word, zult u in de dwangbuis moeten blijven tot mijn boze bui over is. Dan wordt u gevoerd via een slangetje, tweemaal per dag verschoond, de hele mikmak. Bovendien houd ik uw post dan een week lang vast. Begrepen?'
'Natuurlijk, Barney.'
De kaart rolde op het blad de cel in, waarna dr. Lecter hem tegen het licht hield.
'Een rekruut? Hier staat "rekruut". Heeft Jack Crawford een rekruut gestuurd om me te interviewen?' Hij tikte met de kaart tegen zijn kleine witte tanden en snoof de geur op.
'Dr. Lecter,' zei Barney.
'Al goed.' Hij legde de kaart weer op de schuifla, die door Barney naar buiten werd getrokken.
'Ik ben inderdaad nog in opleiding aan de academie,' zei Starling, 'maar we zullen het niet over de FBI hebben. Het is de bedoeling dat we over psychologie gaan praten. Kunt u zelf niet bepalen of ik capabel genoeg ben?'
'Hmmmm,' zei dr. Lecter. 'Dat is een slimme zet van u. Barney, kan agent Starling een stoel krijgen?'
'Dr. Chilton heeft niets over een stoel gezegd.'
'Wat zeggen je goede manieren erover, Barney?'
'Wilt u een stoel?' vroeg Barney haar. 'We zouden er een kunnen pakken, maar hij heeft nooit... nou ja, niemand blijft hier ooit zo lang.'
'Graag, dank je,' zei Starling.
Barney haalde een klapstoel uit de gesloten kast aan de overkant van de gang, klapte hem uit en liet hen toen alleen.
'Nu dan,' zei Lecter terwijl hij zijwaarts naast de tafel ging zitten, met zijn gezicht naar haar toe. 'Wat zei Miggs tegen u?'
'Wie?'
'Multipel Miggs, in de cel een eindje verderop. Hij siste u iets toe. Wat was het?'
'Hij zei: "Ik ruik je kut."'

'Aha. Ik persoonlijk niet. U gebruikt Evian-crème. En soms draagt u L'Air du Temps, maar vandaag niet. Vandaag draagt u beslist geen parfum. Wat doen de woorden van Miggs u?'
'Hij is vijandig om redenen die mij niet bekend zijn. Het is triest. Hij is afkerig van mensen en mensen zijn afkerig van hem. Het is een vicieuze cirkel.'
'Heeft u een afkeer van hem?'
'Ik vind het zielig dat hij gestoord is. Voor de rest is hij een stem. Hoe wist u dat over het parfum?'
'Een vluchtige geur uit uw tas toen u die kaart eruit haalde. U hebt een mooie tas.'
'Dank u.'
'Het is uw beste tas, nietwaar?'
'Ja.' Het was waar. Ze had gespaard voor de klassiek-sportieve tas en het was de beste die ze bezat.
'Hij is veel mooier dan uw schoenen.'
'Dat komt misschien ook nog wel.'
'Daar twijfel ik niet aan.'
'Hebt u die tekeningen op uw muren gemaakt, dr. Lecter?'
'Denkt u soms dat ik een binnenhuisarchitect heb laten komen?'
'Die boven de wasbak... Is dat een Europese stad?'
'Dat is Florence. Het Palazzo Vecchio en de Duomo, gezien vanaf de Belvedere.'
'Hebt u dat uit het hoofd gedaan? Al die details?'
'Geheugen, agent Starling, heeft bij mij de blik vervangen.'
'Die andere is een kruisiging? Het middelste kruis is leeg.'
'Dat is Golgotha na de kruisafneming. Krijt en viltstift op vetvrij papier. Het is wat de dief aan wie het paradijs was beloofd in werkelijkheid kreeg toen ze het paaslam wegnamen.'
'En wat was dat?'
'Gebroken benen natuurlijk, net als zijn metgezel die Christus bespotte. Weet u dan helemaal niets over het

evangelie van Johannes? In dat geval moet u Duccio eens bestuderen; hij schildert volmaakte kruisigingen. Hoe gaat het met Will Graham? Hoe ziet hij eruit?'
'Ik ken Will Graham niet.'
'U weet wie hij is. De protégé van Jack Crawford, degene die hier voor u was. Hoe ziet zijn gezicht eruit?'
'Ik heb hem nooit gezien.'
'Ik snijd zogezegd eerdere gebeurtenissen aan die ons iets geven om over te praten, agent Starling. Daar hebt u toch niets op tegen, of wel?'
De stilte hamerde in haar oren voordat ze het erop waagde.
'We zouden ook recentere gebeurtenissen kunnen "aansnijden". Ik heb hier...'
'Nee! Nee, dat is nu dom en misplaatst. Zo moet u niet met woorden schermen. Luister, als u zo op een kwinkslag reageert, kunt u de patiënt in een vijandige stemming brengen. En juist die stemming vormt de basis waarop we verder gaan. U deed het goed. U gedroeg zich wellevend en stond zelf open voor hoffelijkheid; u wekte vertrouwen door de gênante waarheid over Miggs te vertellen, en dan probeert u de zaak opeens te forceren door met mijn woordspeling aan de haal te gaan. Daar bereikt u niets mee.'
'Dr. Lecter, u bent een ervaren klinisch psychiater. Denkt u dat ik zo dom zou zijn om te proberen uw stemming te manipuleren? U mag best een beetje meer vertrouwen in me hebben. Ik vraag uw medewerking bij de beantwoording van deze vragenlijst en die kunt u geven of weigeren. Het kan toch geen kwaad om die vragen even te bekijken?'
'Agent Starling, hebt u de laatste tijd gevolgd wat de kranten over Gedragswetenschappen schrijven?'
'Ja.'
'Ik ook. Hoewel de FBI weigert me het *Law Enforcement Bulletin* toe te sturen, weet ik het antiquarisch toch te bemachtigen. Daarnaast ontvang ik de psychiatrische

vakbladen en bezorgt John Jay me *News*. Lieden die seriemoorden plegen, worden onderverdeeld in twee groepen: methodische en niet-methodische daders. Wat vindt u daarvan?'
'Het is... erg basaal. Kennelijk...'
'Simplistisch, zult u bedoelen. Psychologie staat in wezen nog in de kinderschoenen, agent Starling, en de psychologie die ze bij Gedragswetenschappen beoefenen, staat gelijk aan schedelmeterij. Psychologie trekt om te beginnen al niet de beste mensen aan. Neem maar eens een kijkje bij de faculteit psychologie van een willekeurige universiteit en bestudeer de aanwezige studenten en docenten: fanatieke zendamateurs en ander slag, met onvolwaardige persoonlijkheden. Niet bepaald de knapste koppen van de universiteit. *Methodisch* en *niet-methodisch*? Die vlag dekt allerminst de lading.'
'Waarin zou u de classificatie veranderen?'
'Dat zou ik niet doen.'
'Over publicaties gesproken... Ik heb uw artikelen gelezen over de ziekelijke hang naar veelvuldige chirurgische ingrepen en de linker- en rechterhelften van het gelaat.'
'Ja, die waren uitmuntend,' zei dr. Lecter.
'Dat vond ik ook, net als Jack Crawford. Hij heeft ze onder mijn aandacht gebracht. Dat is een van de redenen waarom hij vurig hoopt dat u...'
'Vurig hoopt? Crawford de Stoïcijn? Hij zal het wel druk hebben als hij een beroep doet op het rekrutenbestand.'
'Hij heeft het inderdaad druk en hij wil...'
'Druk met Buffalo Bill.'
'Dat neem ik aan.'
'Nee. Niet "dat neem ik aan"! Agent Starling, u weet heel goed dat het om Buffalo Bill gaat. Ik dacht dat Jack Crawford u misschien had gestuurd om mij daarover uit te horen.'
'Nee.'
'U probeert dus niet daar via een omweg naartoe te werken?'

'Nee. Ik ben gekomen omdat we uw...'
'Wat weet u over Buffalo Bill?'
'Over hem is weinig bekend.'
'Heeft alles in de kranten gestaan?'
'Ik dacht van wel. Dr. Lecter, ik heb geen vertrouwelijke gegevens over die zaak gezien. Het is mijn taak...'
'Hoeveel vrouwen heeft Buffalo Bill gebruikt?'
'De politie heeft er vijf gevonden.'
'Allemaal gevild?'
'Gedeeltelijk, ja.'
'De pers heeft nooit een verklaring voor zijn naam gegeven. Weet u waarom hij Buffalo Bill wordt genoemd?'
'Ja.'
'Laat eens horen.'
'Dat zal ik u vertellen als u deze vragenlijst wilt bekijken.'
'Ik zal hem bekijken, meer niet. Nou... waarom?'
'Het ontstond als een lugubere grap bij Moordzaken in Kansas City.'
'Ga door...?'
'Ze noemen hem Buffalo Bill omdat hij wie hij bespringt, ook stroopt.' Starling ontdekte dat haar angst had plaats gemaakt voor de behoefte grof te doen. Als ze tussen die twee moest kiezen, gaf ze de voorkeur aan het angstgevoel.
'Schuif de vragenlijst maar door.'
Starling legde de blauwe lijst op de la en liet die naar binnen rollen. Ze bleef roerloos zitten terwijl Lecter de vragen bestudeerde.
'Hoor eens, agent Starling...' Hij gooide de vragenlijst weer op de schuifla. 'Denkt u mij met dit prutswerk te kunnen analyseren?'
'Nee. Ik denk dat u enig inzicht kunt verschaffen en daarmee dit werk kunt bespoedigen.'
'En om wat voor reden zou ik dat dan wel doen?'
'Uit nieuwsgierigheid.'
'Waarnaar?'

'Naar de reden waarom u hier bent. Naar wat u is overkomen.'
'Er is mij niets overkomen, agent Starling. *Ik* ben mijzelf overkomen. U kunt mij niet reduceren tot een reeks van invloeden. U hebt goed en kwaad opgegeven voor gedragspsychologie, agent Starling. Met eindeloos geredeneer praat u uiteindelijk de grootste booswicht schoon – niemand heeft zo ooit schuld. Kijk me aan, agent Starling. Kunt u het over de lippen krijgen dat ik slecht ben? Ben ik slecht, agent Starling?'
'Ik vind dat u veel schade hebt aangericht. Voor mij is dat hetzelfde.'
'Bestaat het kwaad dan louter in het aanrichten van schade? Als het zo simpel is, vallen stormen ook onder het kwaad. Evenals branden en hagelbuien. Verzekeraars brengen dat allemaal onder één noemer: natuurrampen.'
'Opzettelijke...'
'Ik verzamel krantenknipsels over kerken die instorten. Dat is mijn liefhebberij. Hebt u die kerk gezien die onlangs in Sicilië is bezweken? Schitterend! Tijdens een speciale mis is de gevel op vijfenzestig omaatjes neergestort. Was dat het kwaad? Zo ja, wie heeft het dan gedaan? Als Hij daarboven is, geniet Hij met volle teugen, agent Starling. Of je het nu over tyfus hebt of over zwanen, het is allemaal werk van Zijn hand.'
'Ik kan het niet verklaren, dr. Lecter, maar ik weet wie dat wel kan.'
Hij legde haar met opgeheven hand het zwijgen op. Ze zag dat het een fraai gevormde hand was, met een middelvinger die een volmaakte replica had: de zeldzaamste vorm van polydactylie.
Toen hij weer sprak, klonk zijn stem zacht en vriendelijk. 'U wilt mij graag in een hokje stoppen, agent Starling. U bent ambitieus, nietwaar? Weet u aan wie u me doet denken met uw dure tas en goedkope schoenen? Aan een boerentrien. Een propere, hard werkende plattelandsvrouw met een bekrompen smaak. Uw ogen zijn

als onechte edelstenen, met die glans aan de oppervlakte wanneer u denkt een antwoord op het spoor te zijn. Maar achter die ogen schuilt intelligentie, nietwaar? De wens om vooral niet te worden zoals uw moeder. Dankzij goede voeding bent u recht van lijf en leden, maar toch bent u maar één generatie verwijderd van de arme sloebers die de mijn in moesten, agént Starling. Gaat het om de Starlings uit West-Virginia of om die uit Okie, agent Starling? Uw kansen lagen ofwel bij de universiteit of bij het legerkorps voor vrouwen, waar of niet? Ik zal u eens iets over uzelf vertellen, student Starling. In uw kamer bewaart u een gouden bedelkettinkje en dat komt u inmiddels armzalig voor, nietwaar? Al die vervelende bedankjes waarvoor die bedeltjes staan, komen u nu wel erg banaal voor. Platvloers. Voorspelbaar. Te vervelend voor woorden. Te veel inzicht leidt zelden tot vrolijkheid, waar of niet? En smaak kent geen mededogen. Wanneer u terugdenkt aan dit gesprek, zult u zich herinneren hoe gekwetst zo'n boerenkinkel keek als u hem afdankte. Als dat bedelkettinkje zijn glans verliest, wat zal in de toekomst dan een zelfde lot ondergaan? Daar ligt u 's nachts van wakker, nietwaar?' vroeg dr. Lecter op suikerzoete toon.
Starling hief haar hoofd en keek hem aan. 'U ziet veel, dr. Lecter. Ik zal niets van uw woorden ontkennen. Maar hier volgt de vraag waarop u me nu antwoord geeft, of u wilt of niet: bent u sterk genoeg om die scherpe blik op uzelf te richten? Het valt niet mee om de waarheid onder ogen te zien. Dat heb ik in de afgelopen minuten ontdekt. Wel? Onderwerp uzelf aan een onderzoek en leg de waarheid vast. Welk passend of complex onderwerp kunt u in uzelf ontdekken? Of durft u dat soms niet te onderzoeken?'
'U bent een harde, nietwaar, agent Starling?'
'Nogal, ja.'
'En u moet er niet aan denken om gewoontjes te zijn. Dat zou pijn doen, nietwaar? Nou, u bent allesbehalve

gewoontjes, agent Starling. U bent alleen bang om het te zijn. Uw bedeltjes... hoe groot zijn die gemiddeld? Zeven millimeter?'
'Zeven.'
'Ik zal u een suggestie aan de hand doen. Koop een aantal losse tijgerogen met gaatjes en rijg die aan de ketting, afgewisseld door de gouden bedels. U zou een volgorde van twee-om-drie of één-om-twee kunnen aanhouden, net wat u maar het mooiste vindt. De tijgerogen zullen de kleur van uw eigen ogen en de gloed in uw haar weerspiegelen. Hebt u ooit een valentijnskaart van iemand gekregen?'
'Jazeker.'
'De vasten zijn al begonnen. Over een week is het alweer Valentijnsdag. Hmmmm... verwacht u deze keer iets?'
'Je weet maar nooit.'
'Nee, je weet maar nooit... Ik heb over Valentijnsdag zitten denken. Het herinnert me aan iets grappigs. Ik bedenk opeens dat ik u erg blij zou kunnen maken op Valentijnsdag, Clárice Starling.'
'Hoe dan, dr. Lecter?'
'Door u een prachtig valentijnsgeschenk te geven. Daar moet ik mijn gedachten eens over laten gaan. Wees nu zo goed me te excuseren. Tot ziens, agent Starling.'
'En het onderzoek?'
'Iemand die een volkstelling moest verrichten, heeft eens geprobeerd mij in een bepaalde categorie onder te brengen. Ik heb zijn lever opgegeten, samen met een bonenschotel en een groot glas Amarone. Ga terug naar school, kleine Starling.'
Hannibal Lecter, hoffelijk tot het laatst, keerde haar niet de rug toe. Hij liep achterwaarts bij het net weg voordat hij zich omdraaide naar zijn brits en erop ging liggen, waarna hij haar evenveel aandacht schonk als een stenen kruisvaarder op een graftombe.
Starling voelde zich plotseling leeg, alsof ze bloed had afgestaan. Omdat ze haar benen op dat moment niet

vertrouwde, nam ze meer tijd dan nodig was om de formulieren weer in haar aktetas te stoppen. Ze kreeg opeens het gevoel dat ze had gefaald, een gevoel dat haar helemaal niet zinde. Ze klapte haar stoel dicht en zette hem tegen de deur van de bergkast. Ze zou weer langs Miggs moeten. Barney, in de verte, leek verdiept te zijn in zijn lectuur. Ze zou hem kunnen roepen om haar te komen halen. Ach, Miggs kon barsten. Het was niet erger dan wanneer ze in de stad een stelletje bouwvakkers of lummels van een besteldienst moest passeren. En dat gebeurde iedere dag. Ze begon aan de terugweg door de gang.

Vlak naast haar siste Miggs' stem: 'Ik heb mijn pols doorgebeten om do-o-o-o-d te gaan. Kijk eens wat een bloed.'

Ze had Barney moeten roepen, maar in plaats daarvan wierp ze een gealarmeerde blik in de cel, zag Miggs met zijn vingers knippen en voelde de warme spetters op haar wang en schouder voordat ze zich had kunnen afwenden.

Ze vluchtte voor hem weg, beseffend dat het sperma was en geen bloed. Lecter riep haar iets na; ze kon hem horen. Het raspende geluid van dr. Lecters stem, die haar achtervolgde, klonk sterker dan tevoren.

'Agent Starling!' Hij was weer opgestaan en riep haar na terwijl ze doorliep.

Ze zocht koortsachtig in haar tas naar tissues. 'Agent Starling!' klonk het achter haar.

Hoewel ze met vaste passen naar de uitgang liep, dreigde haar zelfbeheersing haar in de steek te laten.

'Agent Starling!' Een nieuwe ondertoon in Lecters stem.

Ze bleef staan. *Wat wil ik toch in godsnaam zo graag?*

Miggs siste iets waar ze geen acht op sloeg.

Starling stond opnieuw voor Lecters cel en zag een zeldzaam tafereel: dr. Lecter die geagiteerd was. Ze wist dat hij kon ruiken waarmee ze was bespat. Hij kon alles ruiken.

'Dat heb ik u niet toegewenst. Ik keur onbeschoftheid ten zeerste af.'
Het was alsof hij door het plegen van moorden een horreur had gekregen voor onwellevendheid op een kleinere schaal. Of misschien, dacht Starling, wond het hem wel op om haar juist op deze manier besmeurd te zien. Ze kon er niet achter komen. De vonkjes in zijn ogen flitsten in de duisternis heen en weer als vuurvliegjes in een donkere spelonk.
Jezus! Wat het ook is, maak er gebruik van! Ze hield haar aktetas omhoog. 'Alstublieft, doet u het voor mij.'
Misschien was ze te laat; hij was alweer gekalmeerd.
'Nee. Maar ik zal u iets geven waardoor u toch blij zult zijn dat u bent gekomen. Iets anders. Ik zal u iets geven wat u het liefst wilt hebben, Clarice Starling.'
'En dat is, dr. Lecter?'
'Promotie natuurlijk. Het komt allemaal prima voor elkaar. Dat maakt me zo blij! Valentijnsdag bracht me op het idee.' De glimlach die zijn kleine witte tanden ontblootte, had door van alles veroorzaakt kunnen worden. Hij sprak zo zacht dat ze hem nauwelijks kon verstaan. 'Zoek in Raspails wagen naar je valentijnsgeschenk. Heb je me gehoord? Zoek in *Raspails wagen* naar je valentijnsgeschenk. En ga nu maar. Ik denk niet dat het Miggs lukt om in zo'n korte tijd voor de tweede keer klaar te komen, ook al is hij echt gek. Denk jij van wel?'

4

Clarice Starling was aangeslagen, uitgeput, en teerde op haar wilskracht. Sommige dingen die Lecter over haar had gezegd, waren waar, en andere kwamen dicht bij de waarheid. Gedurende enkele seconden had ze een merkwaardig bewustzijn in haar hoofd gevoeld, dat zich had losgemaakt en als een olifant in een porseleinkast alles van zijn plaats had geveegd.

Ze was woedend over wat hij over haar moeder had gezegd en ze moest zien dat ze haar woede kwijtraakte. Ze was tenslotte aan het werk.
Ze zat in haar oude Pinto, die tegenover de inrichting aan de overkant van de straat stond, en haalde diep adem. Toen de ruiten besloegen, was ze enigszins beschermd tegen nieuwsgierige blikken van voorbijgangers.
Raspail. Ze herinnerde zich die naam. Hij was een patiënt van Lecter geweest en een van diens slachtoffers geworden. Ze had zich maar één avond kunnen verdiepen in de achtergrondgegevens over het geval Lecter. Het dossier was omvangrijk en Raspail was een van de vele slachtoffers. Ze zou de details moeten nalezen.
Starling wilde er haast mee maken, maar ze wist dat alleen haar eigen wens dringend was. De zaak Raspail was jaren geleden gesloten. Niemand liep gevaar. Ze had de tijd. Ze kon zich beter goed op de hoogte stellen en zich goed laten adviseren voordat ze ermee verderging.
Misschien zou Crawford de zaak van haar afpakken en aan iemand anders geven; dat risico zou ze moeten nemen. Ze probeerde hem vanuit een telefooncel te bellen, maar ze kreeg te horen dat hij naar de subsidiecommissie was om een hoger budget voor de afdeling Justitie te bepleiten.
Ze had de details kunnen opvragen bij de afdeling Moordzaken van de politie in Baltimore, maar moord viel niet onder federale misdaad en ze wist dat ze haar de zaak onmiddellijk afhandig zouden maken. Daarover was geen twijfel mogelijk.
Starling reed terug naar Quantico, naar de afdeling Gedragswetenschappen met haar huiselijke bruingeruite gordijnen en grauwe dossiers vol met ellende. Ze zat daar nog toen de laatste secretaresse was vertrokken en de avond al was begonnen, turend naar de microfilm over Lecter. De onhandige oude viewer gloeide als een pompoenlampion in het donker geworden vertrek, terwijl de

woorden en de beeldnegatieven over haar gespannen gezicht dansten.

Raspail, Benjamin René, blanke man, 46, was eerste fluitist bij het Baltimore Filharmonisch Orkest geweest. Hij had als patiënt ingeschreven gestaan bij de psychiatrische praktijk van dr. Lecter.

Op 22 maart 1975 was hij niet verschenen bij een uitvoering in Baltimore. Op 25 maart werd zijn lichaam gevonden, gezeten op een bank in een kleine dorpskerk nabij Falls Church in Virginia en slechts gekleed in jacquet, met een wit vlinderdasje om zijn hals. Autopsie wees uit dat Raspails hart was doorstoken en dat zijn thymus en zijn pancreas ontbraken.

Clarice Starling, die van jongs af aan meer over het verwerken van vlees had geweten dan haar lief was, herkende de ontbrekende organen als de zwezeriken.

Moordzaken in Baltimore was ervan overtuigd dat deze delen waren opgediend bij een diner dat Lecter op de avond na Raspails verdwijning had gegeven ter ere van de president en de dirigent van het Baltimore Filharmonisch Orkest. Dr. Hannibal Lecter beweerde dat hij nergens van wist. De president en de dirigent van het orkest verklaarden dat ze zich niet meer konden herinneren wat ze tijdens Lecters diner hadden gegeten, hoewel Lecter bekendstond om zijn verfijnde gerechten en hij meer dan eens artikelen had geschreven voor culinaire tijdschriften. De president van het orkest werd later opgenomen in een vooruitstrevende zenuwinrichting in Bazel, waar hij een holistische behandeling onderging voor anorexie en klachten die verband hielden met alcoholverslaving. Volgens de politie in Baltimore was Raspail, voor zover hun bekend, Lecters negende slachtoffer.

Raspail stierf zonder een testament na te laten. De pers volgde de juridische touwtrekkerij tussen zijn bloedverwanten over zijn nalatenschap gedurende enige maanden, maar toen was de publieke belangstelling verflauwd.

Bovendien hadden Raspails verwanten, samen met de families van andere slachtoffers uit Lecters praktijk, een proces aangespannen om de patiëntendossiers en bandopnamen van de ontaarde psychiater te laten vernietigen, in welke opzet ze waren geslaagd. Hun redenering was dat ze niet konden weten welke pijnlijke geheimen hij wellicht zou onthullen en dat de dossiers bewijsmateriaal zouden vormen.
Het gerechtshof had Raspails advocaat, Everett Yow, aangewezen als executeur van de nalatenschap.
Starling zou zich tot de advocaat moeten wenden om toegang tot de wagen te krijgen. Maar misschien wilde de advocaat de nagedachtenis aan Raspail beschermen, en wanneer hij ruimschoots van tevoren op de hoogte was, zou hij wellicht overgaan tot het vernietigen van bewijsstukken om zijn overleden cliënt te beschermen.
Daarom gaf Starling de voorkeur aan een overrompelingsactie, maar daarvoor had ze advies en een volmacht nodig. Op de afdeling Gedragswetenschappen had ze het rijk alleen, dus kon ze naar eigen goeddunken handelen.
Ze zocht Crawfords privé-nummer op in de Rolodex. Ze had de telefoon nog niet horen overgaan toen zijn stem, zacht en beheerst, al in haar oor klonk.
'Jack Crawford.'
'Met Clarice Starling. Ik hoop dat ik u niet stoor bij het eten...' Toen het stil bleef, sprak ze verder. 'Lecter heeft me vandaag iets over de zaak Raspail verteld. Ik ben nu op kantoor om het uit te pluizen. Volgens hem is er iets te vinden in Raspails auto. Daar kan ik alleen maar via diens advocaat bij komen. Maar omdat het morgen zaterdag is en ik geen les heb, wilde ik u vragen of...'
'Starling, weet je nog wat je met de informatie over Lecter moest doen?' Crawfords stem klonk akelig kalm.
'Er een rapport over schrijven en dat voor zondagmorgen negen uur bij u inleveren.'
'Doe dat dan, Starling. Dat, en niets anders.'
'Jawel, meneer Crawford.'

De kiestoon zoemde pijnlijk in haar oor. De pijn verspreidde zich via haar gezicht naar haar ogen, die prompt begonnen te branden.
'Wel godverdomme!' zei ze toen. 'Ellendige ouwe zak! Laat Miggs jou maar eens bespuiten. Eens kijken hoe jij dat zou vinden.'

Starling, die haar gezicht had geboend tot de huid glom, zat, gekleed in haar nachthemd van de FBI-academie, aan de tweede versie van haar rapport te werken toen haar huisgenote Ardelia Mapp terugkwam van de bibliotheek. Mapps brede, bruine, blakend gezonde gezicht was een van de aangenaamste dingen die Starling die dag te zien had gekregen.
Ardelia Mapp zag de vermoeidheid op haar gezicht. 'Wat heb jij vandaag uitgespookt, meisje?' Ze stelde haar vragen altijd alsof de antwoorden niet belangrijk waren.
'Een geschifte vent zover gekregen dat hij zijn sperma over me heen spoot.'
'Had ik maar tijd voor een privéleven. Ik snap niet hoe je het voor elkaar krijgt. En nog wel naast je studie.'
Starling merkte opeens dat ze lachte. Ardelia Mapp grinnikte mee, voor zover haar simpele kwinkslag enige vrolijkheid waard was. Starling kon niet meer ophouden en ze hoorde zichzelf, als van heel ver, onbedaarlijk lachen. Door haar tranen heen vond ze dat Mapp er merkwaardig oud uitzag en dat haar glimlach iets droevigs had.

5

Jack Crawford, drieënvijftig jaar oud, zit in een fauteuil in de slaapkamer van zijn huis bij het gedempte licht van een lamp te lezen. Tegenover hem staan twee tweepersoonsbedden, beide op blokken verheven tot verpleeghoogte. Het ene bed is van hem, in het andere ligt

zijn vrouw Bella. Crawford kan haar door haar mond horen ademen. Ze kan zich nu al twee dagen niet bewegen of iets tegen hem zeggen.
Haar adem stokte even. Crawford kijkt op van zijn boek, over zijn halve brillenglazen heen. Hij legt het boek weg. Bella ademt weer, een huiverende ademtocht, en dan een diepe zucht. Hij staat op om zijn hand op haar voorhoofd te leggen, om haar bloeddruk en haar polsslag op te nemen. In de afgelopen maanden is hij bijzonder bedreven geraakt met de bloeddrukmeter.
Omdat hij haar 's nachts niet alleen wil laten, heeft hij een bed voor zichzelf naast het hare gezet. In het donker strekt hij vaak zijn hand naar haar uit, daarom heeft hij zijn bed op dezelfde hoogte met het hare gebracht.
Afgezien van de hoogte van de bedden en een minimum aan sanitaire voorzieningen voor Bella's gemak, is Crawford erin geslaagd het vertrek niet het aanzien van een ziekenkamer te geven. Er staan bloemen, maar niet te veel. Er zijn geen pillen te bekennen; Crawford had een linnenkast in de gang leeggeruimd en daarin haar medicijnen en apparatuur opgeborgen voordat hij haar uit het ziekenhuis thuisbracht. Het was de tweede keer geweest dat hij haar over de drempel van dit huis had gedragen, een gedachte die hem bijna te machtig was geworden.
Vanuit het zuiden is een warmtefront overgedreven. De ramen staan open en de lucht van Virginia is zacht en fris. Kleine kikkers roepen elkaar in de duisternis toe.
De kamer ziet er smetteloos uit, maar het tapijt begint te pluizen. Crawford wil in dit vertrek geen gebruik maken van de lawaaierige stofzuiger en bedient zich van een rolveger, die lang niet zo goed werkt. Hij loopt op zijn tenen naar de kast en knipt het licht aan. Aan de binnenkant van de deur hangen twee klemborden. Op een daarvan noteert hij Bella's polsslag en bloeddruk. Zijn getallen en die van de dagverpleegster wisselen el-

kaar af in een kolom die zich uitstrekt over vele gele vellen papier, over vele dagen en nachten. Op het andere klembord heeft de dagzuster Bella's medicatie afgetekend.
Crawford kan haar iedere medicatie toedienen die ze 's nachts nodig mocht hebben. Op aanwijzingen van een verpleegster heeft hij het toedienen van injecties geoefend op een citroen en vervolgens op zijn bovenbeen. Dat gebeurde voordat hij haar thuisbracht.
Crawford blijft een minuut of drie over haar heen gebogen staan, zijn ogen op haar gelaat gericht. Een mooie sjaal van gevlamde zijde is als een tulband om haar haar gewonden. Daar had ze op gestaan toen ze nog de kracht had om ergens op te staan. Nu staat hij erop. Hij bevochtigt haar lippen met glycerine en verwijdert met zijn brede duim een stofje uit haar ooghoek. Ze verroert zich niet. Het is nog geen tijd haar om te draaien.
Voor de spiegel verzekert Crawford zichzelf dat hij niet ziek is, dat hij niet met haar onder de grond hoeft te verdwijnen, dat met hem alles in orde is. Als hij zich bewust wordt van wat hij doet, schaamt hij zich.
Eenmaal weer in zijn stoel kan hij zich niet herinneren wat hij had zitten lezen. Hij betast de boeken die naast hem liggen, op zoek naar het exemplaar dat nog warm aanvoelt.

6

Op maandagmorgen vond Clarice Starling dit bericht van Crawford in haar postbus:

> C.S.,
> Ga de auto van Raspail maar bekijken. In je eigen tijd. Mijn kantoor zal je een telefoonkaart geven voor interlokale gesprekken. Overleg eerst met mij voordat je de beheerder van de nalatenschap spreekt

of op reis gaat. Breng woensdag om vier uur 's middags rapport uit.
De directeur heeft je oorspronkelijke Lecter-rapport ontvangen. Goed werk.
J.C.
SAIC/Sectie 8

Starling voelde zich voldaan. Ze wist dat Crawford haar alleen maar een uitgeputte prooi toespeelde om kat en muis mee te spelen en op die manier een beetje ervaring op te doen. Maar hij wilde haar onderrichten. Hij wilde dat ze goed werk deed. Voor Starling betekende dat heel wat meer dan een aai over de bol.
Raspail was al acht jaar dood. Welk bewijsmateriaal kon zo lang in een auto intact blijven?
Door ervaringen binnen haar familie wist ze dat het regelmatig voorkwam dat een hof van appel, omdat auto's erg snel in waarde dalen, nabestaanden toestemming geeft een wagen te verkopen voordat gerechtelijke verificatie heeft plaatsgevonden. In dat geval wordt het geld als borgstelling in handen van derden gegeven. Het leek onwaarschijnlijk dat een wagen zo lang in een nalatenschap zou blijven, zelfs al was die nalatenschap zo complex en omstreden als de boedel van Raspail.
Daarnaast zat ze met een ander probleem: tijd. Met inbegrip van haar lunchpauze had Starling per dag vijf kwartier vrij om tijdens kantooruren te kunnen telefoneren. Op woensdagmiddag moest ze verslag uitbrengen aan Crawford. Ze had dus in totaal drie uur en vijfenveertig minuten om de auto op te sporen, maar dan moest ze de gemiste studie-uren 's avonds inhalen. De tijd die ze zo ter beschikking kreeg voor haar speurtocht, kon ze over drie dagen verspreiden. Ze had goede cijfers gehaald voor het vak onderzoekprocedures en ze zou in de gelegenheid zijn haar instructeurs algemene vragen te stellen.
Tijdens haar lunchpauze op maandag werd Starling aan

het lijntje gehouden en tot drie keer toe vergeten door personeel van het provinciehuis van Baltimore. Tijdens haar studie-uurtje benaderde ze een ambtenaar, die zo vriendelijk was de erfrechtdocumenten over de Raspail-nalatenschap voor haar op te zoeken. De man bevestigde dat toestemming was verleend voor de verkoop van een auto en gaf Starling het type en het serienummer van de wagen, evenals de naam van een volgende eigenaar na de eerste eigendomsoverdracht.

Op dinsdag verspilde ze de helft van haar lunchuur met pogingen de bewuste naam te achterhalen. Het kostte haar de rest van haar lunchpauze om tot de ontdekking te komen dat de afdeling Motorvoertuigen van Maryland niet over apparatuur beschikte om een auto door middel van het serienummer op te sporen, maar dat dit slechts mogelijk was via het registratienummer of het op dat moment gebruikte kenteken.

Op dinsdagmiddag werden de rekruten door slagregens van de schietbaan verdreven. Ze kwamen bijeen in een vergaderruimte, waar zweet en natte kleren al snel voor een bedompte atmosfeer zorgden.

John Brigham, ex-marinier en vuurwapeninstructeur, koos Starling uit om ten overstaan van alle leerlingen haar handkracht te testen door haar in zestig seconden zo vaak mogelijk de trekker van een .19 Smith & Wesson te laten overhalen.

Ze kon het vierenzeventig keer met haar linkerhand. Daarna blies ze een haarlok uit haar ogen en probeerde het ook nog eens met haar rechterhand terwijl een andere leerling telde. Ze stond in de Weaver-houding, stevig in balans, het vizier voor op scherp, het achtervizier en haar geïmproviseerde doelwit voldoende vervaagd. Halverwege de beschikbare minuut liet ze haar gedachten afdwalen om zich niet door de pijn te laten overmeesteren. Het doelwit op de muur verscheen in haar vizier. Het was een getuigschrift op naam van haar instructeur, John Brigham, afgegeven door de uitvoeren-

de afdeling van de Interstatelijke Handelscommissie. Terwijl de andere leerling de aanslagen van de revolver telde, stelde Starling de instructeur vanuit haar mondhoek een vraag.
'Hoe achterhaal je de huidige registratie...'
'... *vijfenzestig-zesenzestig-zevenenzestig-achtenzestig-negen...*'
'... van een auto als je alleen het serienummer...'
'... *achtenzeventig-negenenzeventig-tachtig-eenentachtig...*'
'... en het type hebt? Het huidige kentekennummer is onbekend.'
'... *negenentachtig-negentig. Tijd.*'
'Oké, mensen,' zei Brigham. 'Knoop dit goed in jullie oren. Handkracht is een belangrijke factor voor een succesvolle schietpartij. Sommige heren van deze klas maken zich zenuwachtig voor het moment dat zij voor deze test aan de beurt zijn. Terecht: Starling presteert met beide handen ver boven het gemiddelde. Dat komt doordat ze eraan werkt. Ze oefent met het knijpmateriaal waarover jullie allemaal kunnen beschikken. De meesten van jullie knijpen nooit in iets dat harder is dan jullie...' Als altijd alert zich niet te bedienen van zijn ingebakken marinierstaal zocht hij naar een nettere vergelijking. '... puistjes,' zei hij ten slotte. 'Ga niet naast je schoenen lopen, Starling. Jij bent ook nog niet goed genoeg. Voordat je afstudeert, moet je linkerhand minstens de negentig kunnen halen. Zoek een partner en neem elkaars prestaties op. Vooruit, aan de slag! Jij niet, Starling. Kom hier. Wat weet je nog meer over die wagen?'
'Alleen het serienummer en het type. Dat is alles. En een vroegere eigenaar, vijf jaar geleden.'
'Oké, luister. De meeste mensen lopen vast omdat ze sprongsgewijs de registraties volgen, van de ene eigenaar naar de volgende. Dan raak je het spoor tussen de verschillende staten bijster. Dat overkomt zelfs politiemensen, hoor. Bovendien komen alleen registratie- en ken-

tekennummers in de computer. We weten niet beter dan dat we alleen met die nummers moeten werken, niet met serienummers van voertuigen.'
De aanslagen van de oefenrevolvers met hun blauwe kolven zorgden voor zo'n herrie, dat Brigham in haar oor moest schreeuwen.
'Maar er bestaat één eenvoudige manier. Bij R.L. Polk & Co., het bedrijf dat gemeentelijke adresboeken uitgeeft. Ze leggen daar ook lijsten aan van bestaande autoregistraties op type en serienummer. Dat is je enige kans. Autohandelaren stemmen hun advertenties erop af. Hoe kom je erbij dit aan mij te vragen?'
'U hebt bij de afdeling Uitvoering van de Interstatelijke Handelscommissie gezeten. Ik dacht dat u daar vast wel veel voertuigen hebt moeten opsporen. Bedankt.'
'Je kunt iets voor me terugdoen: zorg dat die linkerhand kan wat hij moet kunnen. Dan zullen we een aantal van die mietjes eens te kakken zetten.'
Starling bracht haar studietijd weer door in de telefooncel. Haar handen trilden zo hevig dat haar aantekeningen bijna niet te lezen waren. Raspails auto was een Ford. Niet ver van de universiteit van Virginia was een Ford-dealer gevestigd die jarenlang geduldig en naar beste kunnen aan haar Pinto had gesleuteld. Nu trok de dealer met evenveel geduld zijn klantenlijsten voor haar na. Hij meldde zich weer aan de telefoon met de naam en het adres van de persoon die als laatste de wagen van Benjamin Raspail had laten registreren.
Clarice heeft een spoor, Clarice heeft houvast gevonden. Hou op met treuzelen en bel die vent thuis in... 's kijken... in Arkansas, in een piepklein plaatsje. Jack Crawford geeft me vast geen toestemming daarheen te gaan, maar dan kan ik in ieder geval bevestigen om wie het gaat.
Geen gehoor, en weer geen gehoor. Het gerinkel klonk vreemd en ver verwijderd, als de dubbele resonans van een gemeenschappelijke telefoonlijn. Ze probeerde het 's avonds nog eens, maar kreeg weer geen gehoor.

Tijdens de lunchpauze op woensdag werd Starlings telefoontje aangenomen door een man: 'WPOQ voor een gouwe-ouwe.'
'Hallo? Ik bel om...'
'Ik heb geen belangstelling voor aluminium afdekplaten en ik hoef ook geen stacaravan in Florida. Wat heb je nog meer in de aanbieding?'
Starling hoorde een duidelijk Arkansas-accent in de stem van de man. Ze kon moeiteloos op dat dialect overschakelen, en ze had maar weinig tijd.
'Als u me verder kunt helpen, zou ik u erg dankbaar zijn. Ik ben op zoek naar een meneer Lomax Bardwell. U spreekt overigens met Clarice Starling.'
'Een of andere Starling aan de lijn!' riep de man naar zijn huisgenoten. 'Wat moet je van Bardwell?'
'U spreekt met het regionale kantoor van Ford voor tweedehands wagens. Hij heeft recht op gratis revisiewerk aan zijn wagen.'
'Ik ben Bardwell. Ik dacht dat je me iets wilde verkopen. Het is een beetje laat voor revisiewerk. Jullie zouden dat kreng helemaal opnieuw moeten opbouwen. Ik ben met moeder de vrouw in Little Rock geweest. Kom jij soms uit de Southland Mall daar?'
'Ja, meneer Bardwell.'
'Het oliecarter heeft een opdonder gehad. Overal kwam olie uit die op de weg lekte. Ken je die grote Orkintrucks? Met zo'n groot beest op de cabine? Nou, zo'n truck raakte door die olie in een slip.'
'Allemachtig!'
'Het ding heeft een Fotomat-kiosk van de sokken geramd. Alle ruiten kapot! En de vent die eruit kwam, die was helemaal de kluts kwijt. We moesten hem vasthouden, anders was hij de weg opgelopen.'
'Het zal je maar gebeuren! En toen?'
'Toen wat?'
'De auto... Wat hebt u ermee gedaan?'
'Ik heb tegen Buddy Sipper van de sloperij gezegd dat

hij hem voor vijftig piek mocht ophalen. Hij heeft hem vast al gesloopt.'
'Kunt u me zijn telefoonnummer geven, meneer Bardwell?'
'Wat moet je van Sipper? Als iemand hier beter van wordt, hoor ik dat te zijn.'
'Dat snap ik best, meneer Bardwell. Tot vijf uur doe ik alleen maar wat me wordt opgedragen, en ze zeiden dat ik die auto moest opsporen. Mag ik dat nummer alstublieft?'
'Ik weet niet waar mijn telefoonboek is. Ik ben het al een hele tijd kwijt. Je weet hoe dat gaat als je kleinkinderen hebt. De centrale kan het je vast wel geven. Die sloperij heet Sipper Salvage.'
'Bedankt, meneer Bardwell.'
De sloperij bevestigde dat de wagen was gesloopt en geperst voor recycling. De ploegbaas zocht het serienummer van het voertuig op en las het aan Starling voor.
Godskolere! dacht Starling, nog steeds in de sfeer van het taalgebruik in Arkansas. Doodlopend spoor. Mooi valentijnsgeschenk.
Starling legde haar hoofd tegen het koele muntenapparaat in de telefooncel. Ardelia Mapp, haar boeken steunend op een heup, tikte op de deur van de cel en stak een blikje vruchtensap naar binnen.
'Bedankt, Ardelia. Ik moet nog één telefoontje plegen. Als dat een beetje vlot verloopt, zie ik je wel in de kantine. Oké?'
'Ik had zo gehoopt dat je dat afschuwelijke accent kwijt was,' zei Mapp. 'Er zijn boeken die je daarbij kunnen helpen. Mij zul je niet meer plat horen praten. Als je weer zo onverstaanbaar gaat praten, zullen de mensen je niet serieus nemen, meisje.' Mapp deed de deur van de telefooncel weer dicht.
Starling vond dat ze moest proberen nog meer informatie van Lecter los te krijgen. Als ze de afspraak al had gemaakt, zou Crawford haar misschien toestaan om

nog een bezoek aan de inrichting te brengen. Ze draaide het nummer van dr. Chilton, maar ze kwam niet verder dan zijn secretaresse.
'Dr. Chilton is in bespreking met de rechter van instructie en de plaatsvervangend officier van justitie,' zei de vrouw. 'Hij heeft al met uw inspecteur gesproken en heeft u niets meer te zeggen. Goedendag!'

7

'Je vriend Miggs is dood,' zei Crawford. 'Heb je me alles verteld, Starling?' Crawfords vermoeide gezicht was even gevoelig voor signalen als de opstaande verenkraag van een uil en kende even weinig genade.
'Hoe?' Ze voelde zich murw maar moest het wel vragen.
'Heeft zijn tong ingeslikt, kort voor het aanbreken van de dag. Chilton denkt dat dit op voorstel van Lecter is gebeurd. De nachtbewaker hoorde Lecter zachtjes op Miggs inpraten. Lecter wist veel over Miggs. Hij heeft hem geruime tijd toegesproken, maar de bewaker kon niet horen wat Lecter zei. Miggs heeft een poosje zitten huilen, maar op een gegeven moment was hij stil. Heb je me alles verteld, Starling?'
'Ja, meneer Crawford. Alles staat in mijn rapport en mijn memo. Bijna woordelijk.'
'Chilton heeft opgebeld om zich over je te beklagen...' Crawford wachtte en was duidelijk tevreden toen ze niets vroeg. 'Ik heb hem gezegd dat ik tevreden ben over je gedrag. Chilton probeert een onderzoek naar rechten van gedetineerden te voorkomen.'
'Komt er dan zo'n onderzoek?'
'Natuurlijk, als Miggs' familie dat wil. Er worden dit jaar waarschijnlijk zo'n achtduizend van dergelijke onderzoeken gehouden. Die lui zullen Miggs maar al te graag aan hun lijst toevoegen.' Crawford keek haar onderzoekend aan. 'Alles goed met je?'

'Ik weet niet hoe ik hierop moet reageren.'
'Je hoeft er geen speciale gevoelens over te hebben. Lecter heeft dit gedaan om zich te amuseren. Hij weet dat ze hem toch niets kunnen maken, dus waarom zou hij het dan niet doen? Chilton ontneemt hem tijdelijk zijn boeken en zijn toiletbril, en hij krijgt een tijdje geen puddinkje toe. Dat is alles.' Crawford vouwde zijn vingers over zijn buik en bestudeerde zijn duimen. 'Lecter heeft je iets over mij gevraagd, nietwaar?'
'Hij vroeg of u het druk had. Dat heb ik bevestigd.'
'Meer niet? Je hebt niets persoonlijks weggelaten omdat je liever had dat ik dat niet zou zien?'
'Nee. Hij zei dat u een stoïcijn was. Maar dat heb ik in het rapport vermeld.'
'Ja, dat klopt. Verder niets?'
'Nee, ik heb niets weggelaten. U denkt toch niet dat ik uit de school heb geklapt en dat hij daarom met me wilde praten?'
'Nee.'
'Ik weet niets persoonlijks over u. En al was dat wel zo, dan zou ik er nog niet met anderen over praten. Als u er moeite mee hebt dat te geloven, kunt u dat maar beter meteen zeggen.'
'Ik geloof je. Volgende onderwerp.'
'U dacht iets, of...'
'Ga verder met het volgende onderwerp, Starling.'
'Lecters tip over Raspails auto bleek een dood spoor. De wagen werd vier maanden geleden geperst en voor recycling verkocht. En wel in een of ander gat in Arkansas. Als ik nog eens met Lecter zou praten? Misschien vertelt hij dan meer.'
'Heb je de aanwijzing van alle kanten uitgeplozen?'
'Ja.'
'Waarom denk je dat de auto waarin Raspail reed zijn enige was?'
'Het was de enige die geregistreerd stond; hij was vrijgezel... Ik veronderstelde...'

'Aha, stop!' Crawfords wijsvinger wees naar een principe dat onzichtbaar tussen hen in de lucht hing. 'Je veronderstelde. Je veronderstélde, Starling! Kijk eens hier.' Crawford schreef *veronderstellen* op een blocnote. Verscheidene instructeurs van Starling hadden deze preek van Crawford overgenomen, maar Starling liet niet merken dat die haar al bekend was.
Crawford begon zijn woorden te onderstrepen. 'Als je dingen gaat veronderstéllen wanneer ik je op een klus afstuur, Starling, kun je zowel jezélf als míj voor lul zetten.' Hij leunde voldaan achterover. 'Raspail verzamelde auto's. Wist je dat niet?'
'Nee. Bevinden die zich nog in de nalatenschap?'
'Geen idee. Denk je dat je daarachter kunt komen?'
'Ja, dat zal wel lukken.'
'Waar zou je dan beginnen?'
'Bij zijn executeur.'
'Een advocaat uit Baltimore. Een Chinees, als ik het me goed herinner,' zei Crawford.
'Everett Yow,' vulde Starling aan. 'Hij staat in de telefoongids van Baltimore.'
'Heb je al gedacht aan een volmacht voor het doorzoeken van Raspails auto?'
Soms deed Crawfords toon haar denken aan de betweterige kater zoals Lewis Carroll die in *Alice in Wonderland* had opgevoerd.
Starling durfde hem niet op dezelfde toon van repliek te dienen. Net niet. 'Aangezien Raspail dood is en nergens van wordt verdacht, bestaat er juridisch geen bezwaar om de auto te doorzoeken als we daarvoor toestemming hebben gekregen van zijn executeur. Het is volgens de wet geoorloofd eventuele bruikbare vondsten aan te wenden als bewijsmateriaal.' Het klonk alsof ze een lesje opzei.
'Precies,' zei Crawford. 'Weet je wat? Ik zal het hoofdbureau in Baltimore op de hoogte stellen van je komst. Zaterdag, Starling, in je eigen tijd. Ga maar eens kijken

wat die auto oplevert.'
Het kostte Crawford even moeite, maar hij slaagde er toch in haar niet na te kijken toen ze wegliep. Hij stak zijn hand in zijn prullenbak en viste er met zijn vingers een lila blocnotevelletje uit. Hij streek het verfrommelde papier glad op zijn bureau. Het betrof zijn vrouw en er stond, in een fraai handschrift:

> O, dolende scholastici, zoekend naar welk vuur deze wereld zal verzengen. Was dan niemand zo wijs te beseffen dat de haard wellicht haar eigen onrust is?
> Mijn leedwezen over Bella, Jack.
> Hannibal Lecter

8

Everett Yow reed in een zwarte Buick, met op de achterruit een sticker van de De Paul-universiteit. Door zijn gewicht helde de wagen iets over naar links.
Het regende toen Starling hem volgde, Baltimore uit. Het was bijna donker en haar eerste dag van naspeuringen zat er nagenoeg op. Ze had geen tweede dag tot haar beschikking. In een poging haar ongeduld te bedwingen, tikte ze met haar vingers op het stuur, precies op het ritme van de ruitenwissers. Het verkeer op Route 301 kroop traag vooruit.
Yow was intelligent, dik en kortademig. Starling schatte hem op een jaar of zestig. Hij had tot nu toe alle medewerking verleend en het was niet zijn schuld dat dit een verloren dag was. De advocaat was laat in de middag teruggekeerd van een zakenreis van een week naar Chicago, en was vanaf het vliegveld regelrecht naar zijn kantoor gegaan om Starling te woord te staan.
Yow had haar verteld dat Raspails klassieke Packard al lang voor diens dood een blijvend onderkomen had ge-

kregen. De wagen had geen vergunning en er was nooit in gereden. Yow had het voertuig één keer gezien, afgedekt en geparkeerd in een loods, toen hij het bestaan ervan moest bevestigen voor de boedelinventarisatie die hij kort na de moord op zijn cliënt had uitgevoerd. Als onderzoeksambtenaar Starling erin toestemde 'onverwijlde en eerlijke opening van zaken' te geven over alles wat ze ontdekte dat schadelijk zou kunnen zijn voor de belangen van zijn overleden cliënt, zou hij haar de auto laten zien. Zo had hij het gezegd. Een volmacht was niet nodig, die aanvraag zou alleen maar stof doen opwaaien.

Starling had voor één dag de beschikking over een Plymouth met een draadloze telefoon, afkomstig uit het wagenpark van de FBI. Bovendien had Crawford haar een nieuw legitimatiebewijs gegeven, waarop alleen maar stond: FEDERALE RECHERCHEUR. Starling constateerde dat het bewijs over een week alweer verlopen zou zijn.

Hun bestemming was Split City, een klein opslagterrein ongeveer zes kilometer buiten de bebouwde kom. Terwijl Starling langzaam met het overige verkeer opreed, probeerde ze via haar telefoon zoveel mogelijk aan de weet te komen over de opslagfaciliteit. Tegen de tijd dat ze het oranje bord met de tekst OPSLAGTERREIN SPLIT CITY – DE KLANT HOUDT DE SLEUTEL ontwaarde, had ze een aantal feiten verzameld.

Split City beschikte over een door de Interstatelijke Handelscommissie verleende expediteursvergunning, die op naam stond van Bernard Gary. Drie jaar tevoren was Gary op het nippertje ontsnapt aan een veroordeling wegens transport van gestolen goederen. Binnenkort zou zijn vergunning opnieuw onder de loep worden genomen.

Yow reed onder het bord door het terrein op en liet zijn sleutels zien aan een pokdalige jongeman in uniform die bij het toegangshek stond. De poortwachter noteerde hun kentekens, opende het hek en maakte een ongedul-

dig gebaar, alsof hij nog dingen te doen had die belangrijker waren.
Split City was een naargeestig, winderig oord. Net als de zondagse echtscheidingsvlucht van La Guardia naar Juarez, was het een dienstverlening aan echtelieden die overhaast afscheid namen, met als voornaamste taak het opslaan van de verdeelde goederen uit echtscheidingen. De opslagruimten waren volgestapeld met woonkamermeubilair, ontbijtserviezen, vlekkerige matrassen en foto's van levens die anders waren gelopen dan was verwacht. Politiefunctionarissen van het district Baltimore waren ervan overtuigd dat Split City ook goederen en waardevolle voorwerpen herbergde die afkomstig waren uit faillissementen. Het deed denken aan een militaire basis: ruim twaalfhonderd aren met langwerpige gebouwen die door brandschotten waren gescheiden in eenheden ter grootte van een royale garage, elk voorzien van een roldeur. De tarieven waren redelijk en sommige goederen waren er al jaren opgeslagen. Er was een goede beveiliging. Het terrein was omheind met hoge dubbele stormhekken, waartussen vierentwintig uur per dag honden patrouilleerden.
Tegen de onderkant van de deur van Raspails unit – nummer 31 – lag een vijftien centimeter dikke laag doorweekte bladeren, wegwerpbekertjes en afval. De deur was aan weerszijden afgesloten met een stevig hangslot. Het linkerslot was bovendien verzegeld. Everett Yow boog zich stram over naar het zegel.
Starling hield de paraplu vast, evenals een zaklantaarn voor de vroeg ingevallen duisternis.
'Zo te zien is die deur niet meer open geweest sinds ik hier vijf jaar geleden voor het laatst was,' merkte Yow op. 'De afdruk van mijn notariszegel is hier nog zichtbaar in de kunststof. Ik had er destijds geen idee van dat de familie zo moeilijk zou doen en de gerechtelijke verificatie van de nalatenschap zoveel jaren zou rekken.'
Yow hield de zaklantaarn en de paraplu vast terwijl Star-

ling een foto nam van het slot en het zegel.
'Meneer Raspail had een kantoor/oefenruimte in de stad. Ik heb de huur opgezegd om te voorkomen dat de nabestaanden ervoor moesten betalen,' zei hij. 'Het meubilair heb ik hier laten opslaan, bij Raspails wagen en andere spullen die er al waren. Er staat geloof ik ook een piano. En verder een bed, boeken en bladmuziek.'
Yow probeerde een sleutel uit. 'Het is mogelijk dat de sloten bevroren zijn. Deze gaat tenminste erg stroef.' Het kostte hem moeite om te bukken en tegelijkertijd adem te halen. Toen hij probeerde te hurken, kraakten zijn knieën. Starling constateerde met vreugde dat het ging om grote, verchroomde hangsloten van een Amerikaans standaardtype. Hoewel ze er indrukwekkend uitzagen, wist ze dat ze de koperen cilinders gemakkelijk kon verwijderen met een schroevendraaier en een klauwhamer. Toen ze klein was, had haar vader haar laten zien hoe inbrekers dat deden. De vraag was alleen hoe ze aan zo'n hamer en schroevendraaier kon komen. Ze kon nu niet beschikken over het oude gereedschap dat altijd in haar Pinto lag.
Ze rommelde in haar tas en vond de antivries-spray die ze gebruikte voor de portiersloten van haar Pinto. 'Wilt u soms even uitrusten in uw auto, meneer Yow? Waarom zoekt u niet zolang de warmte op terwijl ik deze spray uitprobeer? Neem de paraplu maar mee. Het regent toch niet meer zo hard.'
Starling reed de FBI-Plymouth tot dicht voor de deur om het licht van de koplampen te benutten. Ze trok de peilstok uit de wagen, druppelde olie in de sleutelgaten van de hangsloten en spoot er toen een beetje antivries bij om de olie te verdunnen. Meneer Yow glimlachte en knikte vanuit zijn auto. Starling was blij dat Yow een verstandig man was, zodat ze haar werk kon doen zonder hem te irriteren.
Het was nu volslagen donker. Ze voelde zich kwetsbaar in het schijnsel van de koplampen, en het geluid van de

ventilatorriem gierde in haar oren tijdens het stationair draaien van de motor. Ze had de wagen zolang afgesloten. Meneer Yow maakte weliswaar een ongevaarlijke indruk, maar ze wilde toch niet het risico lopen om tegen de loodsdeur klem te worden gereden.
Het hangslot sprong als een kikker op in haar hand en bleef toen geopend liggen, zwaar en vettig. Het andere slot, doortrokken van de olie, ging soepeler.
De deur kwam niet omhoog. Starling trok aan het handvat tot er sterretjes voor haar ogen dansten. Yow kwam helpen, maar het kleine, onhandige handvat en zijn hernia waren geen gunstige voorwaarden om veel extra kracht uit te oefenen.
'Misschien kunnen we beter volgende week terugkomen en dan mijn zoon of een paar werklui meenemen,' opperde Yow. 'Ik wil nu graag zo snel mogelijk naar huis.'
Starling betwijfelde of ze ooit de kans zou krijgen hier nog eens terug te komen. Het zou voor Crawford eenvoudiger zijn de telefoon te pakken en de klus over te dragen aan het hoofdbureau in Baltimore. 'Ik zal me haasten, meneer Yow. Hebt u een krik in die auto?'
Starling schoof de krik onder het handvat van de deur en leunde er toen met haar volle gewicht op. De deur schoof met een ijzingwekkend geknars een centimeter omhoog, waarbij alleen in het midden enige ruimte leek te ontstaan. Opnieuw ging de deur omhoog, centimeter voor centimeter, tot de opening groot genoeg was om de reserveband ertussen te schuiven en op die manier de deur op te houden tot ze de krik van meneer Yow naar de zijkant had verplaatst en haar eigen krik aan de andere zijkant onder de deur had geschoven.
Door de krikken beurtelings te bedienen, slaagde Starling erin de deur nog vijfenveertig centimeter omhoog te krijgen voordat hij opeens blokkeerde. Ze kon er geen beweging meer in krijgen, zelfs niet toen ze met haar volle gewicht op de hendels van de krikken duwde.
Meneer Yow volgde haar voorbeeld en bukte zich om

onder de deur door te gluren. Het lukte hem niet die houding langer dan enkele seconden vol te houden. 'Het stinkt daar naar muizen,' zei hij. 'Ze hebben me verzekerd dat ze hier rattengif strooien. Ik geloof zelfs dat dat in het contract staat. Ze zeiden dat hier haast nooit ratten of muizen komen. Maar ik hoor ze. U ook?'
'Ja, ik hoor ze ook,' antwoordde Starling. In het schijnsel van haar zaklantaarn ontwaarde ze kartonnen dozen en een grote band onder een afhangend stoflaken. De band was plat.
Ze reed de Plymouth een eindje achteruit, tot het licht van de koplampen gedeeltelijk onder de deur doorscheen, en pakte toen een van de rubbermatten uit de wagen.
'Gaat u daar naar binnen, agent Starling?'
'Ik moet er in ieder geval even een kijkje nemen, meneer Yow.'
Hij haalde zijn zakdoek te voorschijn. 'Mag ik dan voorstellen dat u uw broekspijpen stevig dichtknoopt om uw enkels? Dan kunnen de muizen niet naar binnen kruipen.'
'Dank u. Dat is een uitstekend idee. Meneer Yow, als de deur onverhoopt dichtvalt, ha-ha, of er gebeurt iets anders, wilt u dan zo vriendelijk zijn dit nummer te bellen? Het is van ons hoofdbureau in Baltimore. Ze weten dat u en ik hier zijn, maar ze zullen zich ongerust maken als ze te lang niets van me horen. Begrijpt u het?'
'Ja, natuurlijk. Ik begrijp het volkomen.' Hij gaf haar de sleutel van de Packard.
Starling legde de rubbermat op de natte grond voor de deur en ging erop liggen. Ze had haar broekspijpen stevig dichtgeknoopt met Yows zakdoek en een zakdoek van haarzelf, en met haar hand dekte ze de lens van haar fototoestel af met wat plastic zakken voor eventueel bewijsmateriaal. Een nevel van regen viel op haar gezicht, terwijl een scherpe geur van schimmel en muizen haar neusgaten binnendrong. Op dat moment schoot haar, heel absurd, een Latijnse tekst te binnen.

Tijdens haar eerste opleidingsdag had haar docent voor Gerechtelijk Onderzoek het devies van een Romeinse geneesheer op het schoolbord geschreven: *Primum est non nocere*. Het eerste beginsel is geen schade te berokkenen. *Maar hij had het godbetert niet over een garage vol muizen gehad.*

Plotseling hoorde ze ook de stem van haar vader, die met zijn hand op de schouder van haar broer tegen haar zei: 'Als je niet kunt spelen zonder gejammer, Clarice, dan ga je maar naar binnen.'

Starling deed het bovenste knoopje van haar blouse dicht, trok haar schouders hoog op en schoof onder de deur door. Ze kwam terecht onder de achterbumper van de Packard. De wagen stond helemaal aan de linkerkant van de opslagruimte geparkeerd en raakte bijna de brede witte muur. De rechterkant, vlak naast de Packard, was opgevuld met hoog opgestapelde kartonnen dozen. Starling kronkelde zich op haar rug verder tot haar hoofd de smalle ruimte tussen de auto en de dozen bereikte. Ze liet het licht van haar zaklantaarn over de muur van karton glijden. Talloze spinnen hadden de nauwe opening met hun webben dichtgemaakt. Het waren voornamelijk cirkelvormige weefsels, die kleine verschrompelde karkassen gevangenhielden.

Ach, er is maar één spin waarvoor je moet oppassen, zo'n bruine die zich in een holletje verstopt, en die weeft zijn web niet in de open ruimte, hield Starling zichzelf voor. *De beet van overige soorten kan nauwelijks kwaad.*

Achter de bumper leek voldoende ruimte om te staan. Ze rolde zich moeizaam om tot ze onder de wagen vandaan was en haar gezicht zich vlak naast de platte band bevond. Het rubber ging gedeeltelijk schuil onder een laag schimmel. Ze kon nog juist de woorden GOODYEAR DOUBLE EAGLE onderscheiden. Voorzichtig kwam ze overeind en hield haar hand voor haar gezicht om de spinnenwebben te breken. Voelde het zo aan wanneer je een sluier droeg?

'Alles in orde, mevrouw Starling?' klonk Yows stem van buiten.
'Alles in orde,' antwoordde ze. Het geluid van haar stem veroorzaakte zacht geritsel en in de piano trippelde iets over een paar hoge toetsen. De koplampen buiten beschenen haar benen tot aan de kuiten. 'Dus u hebt de piano al gevonden, agent Starling?' riep meneer Yow.
'Dat was ik niet.'
'O.'
De auto was groot, hoog en lang. Een Packard-limousine uit 1938, volgens Yows inventarislijst. Hij was afgedekt met een tapijt, dat met de pluchen kant naar beneden lag. Ze bescheen het met haar zaklantaarn.
'Hebt u dat tapijt over de auto gelegd, meneer Yow?'
'Ik heb de wagen zo aangetroffen en de bedekking erop gelaten,' riep Yow onder de deur door. 'Ik laat een stoffig tapijt liever ongemoeid. Raspail heeft dat zo gedaan en ik heb me er alleen maar van vergewist dat de Packard er inderdaad onder stond. Mijn verhuizers hebben de piano tegen de muur gezet en afgedekt. Daarna hebben ze nog meer dozen opgestapeld naast de auto en zijn toen vertrokken. Ik betaalde ze per uur. De dozen bevatten voornamelijk boeken en bladmuziek.'
Het tapijt was dik en zwaar. Toen ze eraan trok, dwarrelde een stofwolk op in het licht van haar zaklantaarn. Ze nieste een paar keer, ging op haar tenen staan en slaagde erin het tapijt tot halverwege de hoge oude auto terug te slaan. De gordijnen voor de achterruiten waren dichtgetrokken. Het handvat van het portier was bedekt met stof en ze moest zich over dozen heen buigen om erbij te kunnen. Voorzichtig pakte ze het uiteinde vast en probeerde de knop naar beneden te duwen. Op slot. Er zat geen sleutelgat in het achterportier. Ze zou een heleboel dozen moeten verplaatsen om bij het voorportier te kunnen komen en er was verdraaid weinig ruimte om ze ergens anders neer te zetten. Toen zag ze dat er een smalle kier was tussen het gordijn en de stijl

van het achterste raampje.
Starling leunde over de dozen heen om haar oog dicht tegen het glas te leggen en scheen toen met haar zaklantaarn door de spleet. Eerst zag ze alleen maar haar eigen spiegelbeeld, tot ze de bovenkant van de lichtstraal afdekte met haar hand. Een smal streepje, gefilterd door de stoffige ruit, gleed over de zitting en vond een opengeslagen album. De kleuren waren onduidelijk in het slechte licht, maar ze kon wel zien dat er valentijnskaarten op de bladzijden waren geplakt. Kantachtige, oude valentijnskaarten, pluizig op het papier.
'Hartelijk bedankt, dr. Lecter.' Toen ze sprak, bracht haar adem het stof op de auto in beweging en deed het glas beslaan. Omdat ze de wasem niet wilde afvegen, moest ze wachten tot het vanzelf was weggetrokken en de ruit weer helder was. Het lichtschijnsel bewoog voort, over een plaid die verfrommeld op de bodem van de wagen lag en op het bestofte kwaliteitsleer van een paar herenschoenen. Boven de schoenen waren zwarte sokken en boven de sokken was de broek van een smokingkostuum, met benen in de pijpen.
Er is in geen vijf jaar een mens door die deur gegaan... Rustig, rustig, beheers je, meisje.
'O, meneer Yow! Hoort u mij, meneer Yow?'
'Ja, agent Starling.'
'Meneer Yow, zo te zien zit er iemand in die auto.'
'Ach, hemel! Misschien kunt u maar beter naar buiten komen, mevrouw Starling.'
'Nog niet, meneer Yow. Maar blijf daar wachten, als u wilt. Alstublieft!'
Dit is het moment waarop je helder moet denken. Dit moment is belangrijker dan alle onzinverhalen die je in de toekomst nog aan je hoofdkussen zult toevertrouwen. Laat dat goed tot je doordringen en handel dit op de juiste manier af. Ik moet geen bewijsmateriaal vernietigen, maar ik moet wel hulp hebben. Maar het voornaamste is: ik moet geen loos alarm slaan. Als ik het bureau in Baltimore in

rep en roer breng en de agenten voor niets hiernaartoe snellen, kan ik het wel vergeten. Ik zie iets wat op een paar benen lijkt. Meneer Yow zou me niet hierheen hebben gebracht als hij had geweten dat er een kouwe in de auto lag. Ze kon waarachtig glimlachen om zichzelf. 'Kouwe' getuigde van lef. *Sinds Yows laatste bezoek is hier niemand meer geweest. Oké, dat betekent dat de dozen zijn neergezet toen wat zich ook in de auto mag bevinden daar al zijn plaats had gekregen. En dat betekent weer dat ik de dozen kan verplaatsen zonder iets belangrijks te vernietigen.*
'Goed. Meneer Yow?'
'Ja? Moeten we de politie waarschuwen? Of is uw aanwezigheid voldoende, agent Starling?'
'Dat moet ik eerst even uitzoeken. Wacht daar, alstublieft.'
Het dozenprobleem was even zenuwslopend als Rubiks kubus. Ze probeerde het eerst met de zaklantaarn onder haar arm, liet het ding twee keer vallen en legde hem toen op het dak van de auto. Ze moest dozen achter zich neerzetten waarbij sommige van de kleinere exemplaren, gevuld met boeken, onder de wagen gleden. De muis van haar hand begon te jeuken toen ze door iets werd gestoken of een splinter naar binnen was gedrongen.
Ze kon nu door het stoffige glas van het voorste raampje, aan de passagierskant, naar binnen kijken en het bestuurdersgedeelte zien. Een spin had een web gespannen tussen het grote stuur en de versnellingshendel. Het schot tussen de voor- en achtercompartimenten was gesloten.
Ze wou dat ze eraan had gedacht de sleutel van de Packard te oliën voordat ze onder de deur door naar binnen was gegaan. Maar toen ze hem in het slot stopte, bleek hij toch te werken.
De nauwe doorgang bood nauwelijks voldoende ruimte om het portier tot meer dan een derde te openen. Het

sloeg met zo'n klap tegen de dozen aan, dat de muizen opschrokken en er opnieuw enkele tonen uit de piano klonken. Een bedompte stank van rotting en een chemisch luchtje kwam haar vanuit de auto tegemoet. Het herinnerde haar vaag aan een plaats die ze niet direct kon thuisbrengen.

Ze leunde naar binnen, opende het schot achter de chauffeursstoel en liet het licht van haar zaklantaarn over de achterbank glijden. Het schijnsel viel het eerst op een gekleed overhemd met manchetknopen. Snel over de voorkant van het hemd naar het gezicht... Geen gezicht te zien. Dan maar weer terug, over glimmende boordenknoopjes en satijnen revers naar een schoot met openstaande rits. Weer naar boven, naar de keurige vlinderstrik en de boord, waaruit de witte nekstomp van een etalagepop stak. Maar boven die nek was nog iets, iets wat weinig licht weerkaatste. Stof, een zwarte kap waar het hoofd hoorde te zijn, groot, alsof het een papegaaienkooi bedekte. Fluweel, dacht Starling. Het stond op een triplex plank die vanaf de hals van de etalagepop doorliep naar de hoedenplank erachter.

Ze nam een aantal foto's vanaf de voorstoel, gebruik makend van de flitser, waarbij ze haar ogen dichtkneep tegen het felle licht. Daarna trok ze zich terug uit de wagen en ging rechtop staan. In het donker, nat en besmeurd met spinnenwebben, overwoog ze wat haar te doen stond.

Wat ze in géén geval zou doen, was het hoofdbureau in Baltimore waarschuwen en een speciale agent laten opdraven om te komen kijken naar een etalagepop met een openstaande gulp en een boek met valentijnskaarten.

Toen ze eenmaal had besloten achterin te kruipen en de kap van het ding af te halen, wilde ze er niet lang meer over nadenken. Via het chauffeursgedeelte ontsloot ze het achterportier en verplaatste een paar dozen om het te kunnen openen. Het leek allemaal eindeloos lang te duren. Toen ze het portier opendeed, bleek de stank achter in de auto veel sterker te zijn. Ze stak haar hand uit, pakte het album met valentijnskaarten voorzichtig bij de hoeken vast, schoof het op een plastic zak voor bewijsstukken en legde het geheel toen op het dak van de auto. Vervolgens spreidde ze een andere plastic zak uit op de achterbank.

De veren van de wagen protesteerden hoorbaar toen ze instapte en de gedaante verschoof een beetje toen ze ernaast ging zitten. De rechterhand, gestoken in een witte handschoen, gleed van het bovenbeen af en bleef op de zitting liggen. Ze betastte de handschoen met haar vinger. De hand die erin zat, was hard. Behoedzaam schoof ze de handschoen over de pols naar beneden. De pols was van een of ander wit synthetisch materiaal. In de broek zat een bobbel die haar gedurende één verdwaasd moment herinnerde aan bepaalde gebeurtenissen op de middelbare school.

Onder de bank klonk zacht geritsel en gescharrel.

Zacht, als was het een streling, legde ze haar hand op de kap. De stof gleed soepel over iets hards en glads eronder. Toen ze boven op de ronde knobbel voelde, wist ze het. Ze wist dat het een grote specimenpot uit een laboratorium was en ze wist wat erin zou zitten. Bevreesd, maar zonder veel aarzeling, trok ze de kap weg.

Het hoofd in de pot was vlak onder de kaak vakkundig afgesneden. Het gezicht was naar haar toe gericht. De ogen waren lang geleden al troebel geworden door de alcohol waarin het werd geconserveerd. De mond stond open en de tong, die er grauw uitzag, stak een eindje naar buiten. In de loop der jaren was de alcohol verdampt tot er nog maar een klein laagje over was, waardoor het hoofd nu op de bodem van de pot rustte en de kruin als een vergane baret boven het oppervlak van de vloeistof uitstak. Gedraaid als de kop van een uil op het lichaam eronder gaapte het Starling stom aan. Zelfs toen het lichtschijnsel over de gelaatstrekken speelde, bleef het stom en dood.

Dit was het moment waarop Starling zichzelf onder de loep nam. Ze was blij en opgewonden. Ze vroeg zich een ogenblik af of dat gepaste gevoelens waren. Nu, in deze situatie, zittend in een oude auto met een afgesneden hoofd en een aantal muizen, was ze in staat helder te denken. Daar was ze trots op.
'Nou, meisje,' zei ze, 'da's nog eens wat anders dan bij moeder thuis.' Zoiets laconieks had ze altijd al in een situatie van hoogspanning willen zeggen, maar nu ze het deed, deed dat nogal gekunsteld aan en was ze blij dat niemand het had gehoord. Er was werk aan de winkel. Ze leunde behoedzaam naar achteren en keek om zich heen.
Dit was iemands leefwereld, zo gekozen en gecreëerd, duizend lichtjaren verwijderd van het aards verkeer dat voortkroop over Route 301. Gedroogde bloemen hingen slap neer over de randen van de hoge kristallen vazen op de pilaren. De tafel van de limousine was uitgeklapt en bedekt met een linnen kleed. De wijnkaraf die erop stond, glom onder een laag stof. Een spin had een web geweven tussen de karaf en de lage kandelaar ernaast.
Ze probeerde zich een beeld te vormen van Lecter – of wie dan ook – die hier met haar huidige metgezel een drankje dronk en hem de valentijnskaarten liet zien. En wat nog meer? Met behoedzame bewegingen, waarbij ze de gedaante zo min mogelijk probeerde te verplaatsen, fouilleerde ze de kleding op identificatie. Die was er niet. In een jaszak vond ze repen stof die kennelijk waren overgebleven na het verkorten van de broekspijpen. De avondkleding was waarschijnlijk nieuw geweest toen die deze persoon was aangetrokken.
Starling betastte de bobbel in de broek. Te hard, meende ze. Zelfs voor een middelbare school. Ze spreidde de gulp met haar vingers open en scheen naar binnen, en zag een dildo van gepolijst hout met inlegwerk. En van een stevig formaat bovendien.
Voorzichtig draaide ze de pot en onderzocht de zijkan-

ten en de achterkant van het hoofd op verwondingen. Ze kon er geen ontdekken. In het glas was de naam gebrand van een bedrijf dat laboratoriumbenodigdheden leverde.
Toen ze het gezicht opnieuw bestudeerde, was ze ervan overtuigd dat ze iets zag waar ze blijvend baat bij zou hebben. Het weloverwogen bekijken van dit gezicht, met de tong die van kleur was veranderd waar hij het glas raakte, was lang niet zo erg als haar dromen waarin Miggs zijn tong doorslikte. Ze had het gevoel dat ze naar alles kon kijken als ze er iets nuttigs mee kon doen. Starling was nog jong.

Nadat de nieuwswagen van WPIK-televisie geruisloos tot stilstand was gekomen, deed Jonetta Johnson haar oorbellen in, poederde haar knappe bruine gezicht en verkende de situatie. Ze had de politieradio van het Baltimore-district afgeluisterd, met als gevolg dat ze met haar nieuwsploeg eerder in Split City was gearriveerd dan de patrouillewagens.
Het enige wat de televisiemensen in het licht van de koplampen zagen, was Clarice Starling die voor de loodsdeur stond met in haar handen een zaklantaarn en een geplastificeerd identiteitsbewijs, haar haren tegen haar hoofd geplakt door de motregen.
Jonetta Johnson wist altijd meteen wanneer ze met een groentje te maken had. Ze stapte uit de wagen, gevolgd door haar cameramensen, en liep naar Starling toe. De felle lampen werden aangestoken. Meneer Yow zakte in zijn Buick diep onderuit, tot alleen zijn hoed nog maar boven de onderkant van het raampje uitkwam.
'Jonetta Johnson, van het WPIK-journaal. Hebt u een moord gemeld?'
Starling zag er niet bepaald uit als een wetsdienaar, wist ze. 'Ik ben een federale agent en dit is terrein waar een misdaad is gepleegd. Ik moet het beschermen tot de autoriteiten van Baltimore...'

De assistent-cameraman had de onderkant van de loodsdeur gegrepen en probeerde het ding omhoog te trekken.
'Laat dat!' zei Starling. 'Ja, meneer, ik heb het tegen u. Afblijven. Ga daar alstublieft weg. Ik meen het! Maak het me niet moeilijk.' Ze wenste vurig dat ze een politiepenning of een uniform had. Wat dan ook in die richting.
'Is al goed, Harry,' zei de verslaggeefster. 'Ach, agent, we willen op alle mogelijke manieren meewerken. Deze mensen kosten geld en ik wil alleen maar weten of ik ze hier moet laten tot de rest van de politie komt. Kunt u me zeggen of daarbinnen een lijk ligt? De camera staat stil. Dit is tussen u en mij. Vertel het me. Dan wachten we en gedragen we ons netjes. Dat beloof ik u. Nou?'
'Als ik u was, zou ik wachten,' antwoordde Starling.
'Bedankt. Hier zult u geen spijt van krijgen,' zei Jonetta Johnson. 'Luister, ik heb informatie over dit opslagterrein die u waarschijnlijk wel kunt gebruiken. Wilt u even op het klembord schijnen? Eens kijken of hier iets staat.'
'Daar komt de televisieploeg van station WEYE, Joney,' zei de man die Harry heette.
'Even kijken, agent... Ja, hier staat het. Twee jaar geleden was er een rel toen ze probeerden te bewijzen dat Split City verboden spullen verhandelde en opsloeg. Het ging om... eh... vuurwerk, geloof ik.' Jonetta Johnson keek één keer te vaak over Starlings schouder.
Starling draaide zich om en zag dat de cameraman op zijn rug lag, met zijn hoofd en schouders in de garage. De assistent hurkte naast hem, klaar om de minicamera door te geven.
'Hé daar!' riep Starling. Ze liet zich op haar knieën naast de man op de natte grond vallen en trok aan zijn shirt. 'U mag daar niet naar binnen. Hé! Hebt u me niet gehoord?'
Intussen waren de mannen voortdurend op een vrien-

delijke manier tegen haar aan het praten. 'We zullen niets aanraken. Wij zijn vaklui. U hoeft zich geen zorgen te maken. De politie laat ons straks toch wel naar binnen. Niets aan de hand, schatje.'
Hun huichelachtige vriendelijkheid was meer dan Starling kon verdragen. Ze stormde naar een van de krikken en duwde op de hendel, waardoor de deur met een knarsend geluid vijf centimeter zakte. Ze gaf nog een ruk aan de hendel en nu kwam de deur in contact met de borst van de man. Toen hij niet naar buiten kwam, draaide ze de hendel van de krik los en liep ermee naar de liggende cameraman. Inmiddels brandden er meer televisielampen en in het felle schijnsel daarvan beukte ze hard met de hendel op de deur, zodat een regen van stof en roest op de man neerdaalde.
'Mag ik even?' zei Starling. 'U wilt niet naar me luisteren, hè? Kom naar buiten, nu meteen! Anders wordt u gearresteerd wegens verzet tegen het gezag.'
'Hé, rustig een beetje,' zei de assistent. Hij legde zijn hand op haar schouder. Ze keerde zich naar hem toe. Achter het felle licht werden vragen geschreeuwd en ze hoorde sirenes.
'Handen thuis, makker, en achteruit!' Ze ging op de enkel van de cameraman staan en keek de assistent dreigend aan. Haar hand met de hendel hing slap langs haar zij en ze bracht hem niet omhoog. Dat was maar goed ook. Zonder dat was haar verschijning op de televisie al grimmig genoeg.

9

In het halfdonker leken de geuren van de afdeling voor zware gevallen doordringender te zijn. Een televisietoestel op de gang, dat zonder geluid aanstond, wierp Starlings schaduw op de tralies van Lecters cel.
Ze kon niets onderscheiden in de donkere ruimte achter

het traliehek, maar ze vroeg de bewaker niet om vanaf zijn post de lichten aan te doen. De hele afdeling zou dan verlicht worden en ze wist dat de politie van het district Baltimore urenlang felle lampen had laten branden terwijl ze Lecter met schreeuwende vragen hadden bestookt. Hij had geweigerd iets te zeggen, maar in plaats daarvan had hij van papier een kip gevouwen die begon te pikken wanneer de staart op en neer werd bewogen. De officier die de leiding had, had de kip woedend verfrommeld en in de asbak gesmeten terwijl hij met een gebaar te kennen gaf dat Starling haar gang kon gaan.
'Dr. Lecter?' Ze hoorde haar eigen ademhaling en hoorde ook verderop in de gang iemand ademen. Maar uit de cel van Miggs, die overweldigend leeg was, kwam geen geluid. Ze voelde de stilte daar als tocht die langs haar trok. Starling wist dat Lecter haar vanuit de duisternis gadesloeg. Twee minuten verstreken. Haar benen en rug deden pijn van haar worsteling met de loodsdeur en haar kleren voelden klam aan. Ze ging boven op haar jas op de grond zitten, op een veilige afstand van de tralies, met haar voeten onder zich getrokken. Ze sloeg haar natte, vieze haren over haar kraag om ze niet langer in haar nek te voelen.
Op het scherm achter haar zwaaide een tv-dominee met zijn armen.
'Dr. Lecter, we weten allebei wat de bedoeling hiervan is. Ze denken dat u tegen mij wel zult praten.'
Stilte. Verderop in de gang floot iemand 'Over the Sea to Skye'. Na vijf minuten zei ze: 'Het was vreemd om daar naar binnen te gaan. Op een dag wil ik daar graag eens met u over praten.'
Starling schrok op toen de schuifla uit Lecters cel naar buiten rolde.
Er lag een schone, gevouwen handdoek op. Ze had hem niet horen bewegen. Ze keek ernaar, pakte de handdoek toen met een wee gevoel in haar maag uit de bak en begon haar haren te drogen. 'Dank u wel,' zei ze.

'Waarom vraag je me niet iets over Buffalo Bill?' Zijn stem klonk dichtbij, op haar hoogte. Dan zat hij waarschijnlijk ook op de grond.
'Weet u dan iets over hem?'
'Misschien, als ik de stukken kan bekijken.'
'Ik ga niet over die zaak,' zei Starling.
'Als ze je niet meer nodig hebben, ben je deze zaak ook kwijt.'
'Dat weet ik.'
'Je zou de dossiers over Buffalo Bill kunnen bemachtigen. De rapporten en de foto's. Die zou ik weleens willen zien.'
Dat geloof ik graag! 'Dr. Lecter, u bent hier zelf over begonnen. Vertel me nu alstublieft iets meer over de persoon in de Packard.'
'Heb je daar een compleet persoon aangetroffen? Merkwaardig, ik heb alleen maar een hoofd gezien. Waar kwam volgens jou de rest vandaan?'
'Nu goed... Wiens hóófd was het dan?'
'Wat kun je er zelf over vertellen?'
'Ze hebben alleen nog maar een voorlopig onderzoek gedaan. Blanke man, ongeveer zevenentwintig, zowel Amerikaanse als Europese tandheelkundige behandelingen. Wie was hij?'
'Raspails minnaar. Raspail, van de kleffe fluit.'
'Onder welke omstandigheden... hoe is hij gestorven?'
'Strikvraag, agent Starling?'
'Nee. Ik kom er later nog wel op terug.'
'Ik zal je wat tijd besparen. Ik heb dit niet gedaan. Raspail heeft het gedaan. Raspail was dol op zeelui. Dit was een Scandinavische zeeman. Klaus Huppeldepup... Raspail heeft me nooit verteld hoe zijn achternaam luidde.' Het geluid van Lecters stem zakte naar beneden, zodat Starling dacht dat hij misschien op de grond was gaan liggen.
'Klaus monsterde in San Diego af van een Zweeds schip. Raspail woonde daar tijdelijk; hij zou er gedurende de

zomermaanden lesgeven aan het conservatorium. De Zweed zag wel iets in hem en keerde niet terug naar zijn schip. Ze kochten ergens een foeilelijke camper en zwierven vrij en naakt door de bossen. Raspail zei dat de jongeman hem ontrouw was geweest en dat hij hem toen heeft gewurgd.'

'Heeft Raspail u dit verteld?'

'Jazeker, in de vertrouwenssfeer van de therapiesessies. Maar volgens mij loog hij. Raspail maakte de feiten altijd mooier dan ze waren. Hij wilde de indruk wekken dat hij een gevaarlijk, romantisch type was. De Zweed is waarschijnlijk de verstikkingsdood gestorven tijdens een banaal erotisch spelletje. Raspail was te slap en te zwak om hem te kunnen wurgen. Heb je gezien hoe dicht onder de kaak Klaus' hoofd is afgesneden? Vermoedelijk om de sporen van ophanging te verwijderen.'

'Juist, ja.'

'Raspails droom van geluk was vernietigd. Hij stopte Klaus' hoofd in een kegelzak en keerde terug naar de Oostkust.'

'Wat heeft hij met de rest gedaan?'

'In de heuvels begraven.'

'Heeft hij u het hoofd in de auto laten zien?'

'O ja! In de loop van zijn therapie kreeg hij het gevoel dat hij me alles kon vertellen. Hij ging vaak naar Klaus toe. Dan zat hij naast hem en liet hem de valentijnskaarten zien.'

'En toen vond Raspail zelf... de dood. Hoe?'

'Ik moet bekennen dat ik zijn gejammer beu was. Voor hem was het zo echt het beste. De therapie haalde niets uit. Ik denk dat de meeste psychiaters wel één of twee patiënten hebben waar ze niets mee kunnen beginnen. Ik heb hier nog nooit eerder met iemand over gesproken, en nu begint het me te vervelen.'

'En uw diner voor het orkest?'

'Heb jij nooit onverwacht bezoek gekregen zonder dat je nog tijd had om iets in huis te halen? In zo'n geval

moet je genoegen nemen met wat er nog in de koelkast ligt, Clárice. Ik mag je toch wel Clarice noemen, hè?'
'Ja. Dan zal ik tegen u maar gewoon...'
'Dr. Lecter zeggen. Dat lijkt me, gezien je leeftijd en positie, het meest passend,' zei hij.
'Ja.'
'Hoe voelde je je toen je die garage binnenging?'
'Niet op mijn gemak.'
'Waarom niet?'
'Door de muizen en de insecten.'
'Gebruik je iets wanneer je ergens moed voor moet verzamelen?' vroeg Lecter.
'Niets wat bij mijn weten helpt, behalve dan de wil om te vinden waarnaar ik op zoek ben.'
'Komen er dan, bewust of onbewust, herinneringen of beelden bij je op?'
'Misschien wel. Daar heb ik nooit op gelet.'
'Dingen uit je jeugd.'
'Ik zal er eens op letten.'
'Hoe voelde je je toen je hoorde dat mijn buurman, Miggs, dood was? Je hebt me daar nog niets over gevraagd.'
'Dat was ik wel van plan.'
'Was je niet blíj toen je het hoorde?'
'Nee.'
'Was je bedróéfd?'
'Nee. Hebt u hem daarnaartoe gepraat?'
Dr. Lecter lachte geluidloos. 'Vraag je mij, agent Starling, of ik meneer Miggs heb áángezet tot zijn afschuwelijke zelfmoord? Doe niet zo belachelijk! Maar het is ergens wel amusant dat hij zijn beledigende tong zelf heeft ingeslikt. Vind je ook niet?'
'Nee.'
'Agent Starling, dat was een leugen. De eerste die je me hebt verteld. Zonde en jammer. Maar goed, waarom denk je dat ik je heb geholpen?'
'Dat weet ik niet.'
'Jack Crawford is op jou gesteld, nietwaar?'

'Geen idee.'
'Dat is waarschijnlijk niet waar. Zou je willen dat hij op je gesteld is? Vertel me eens, heb je de behoefte om hem te behagen en zit dat je dwars? Ben je op je hóéde voor je verlangen hem te behagen?'
'Iedereen wil graag aardig worden gevonden, dr. Lecter.'
'Niet iedereen. Denk je dat Jack Crawford je begeert? Ik weet zeker dat hij momenteel grote frustratie kent. Denk je dat hij zich in gedachten voorstelt hoe hij... met je neukt? Dat hij zich hele scenario's voorstelt? De handelingen voor zich ziet?'
'Daar ben ik niet nieuwsgierig naar, dr. Lecter. Het zou trouwens eerder iets voor Miggs zijn geweest om me dergelijke vragen te stellen.'
'Nu niet meer.'
'Was het wellicht op uw suggestie dat hij zijn tong heeft ingeslikt?'
'Soms verwoord je je vragen erg nuffig. Met jouw accent riekt dat naar streberigheid. Crawford is kennelijk op je gesteld en vindt dat je bekwaam bent. De ongewone samenloop van gebeurtenissen is je vast niet ontgaan, Clarice. Je hebt zowel hulp van Crawford als van mij gehad. Je beweert dat je niet weet waarom Crawford je helpt... Weet je wel waarom ik je heb geholpen?'
'Nee. Laat eens horen.'
'Zou het zijn omdat ik graag naar je kijk en me voorstel dat ik je opeet? Dat ik me afvraag hoe je zou smaken?'
'Is dat het?'
'Nee. Ik wil iets wat Crawford me kan geven en ik wil er met hem om onderhandelen. Maar hij weigert mij te bezoeken. En hij zal me niet om hulp vragen bij de zaak Buffalo Bill, ook al weet hij dat daardoor nog meer jonge vrouwen de dood zullen vinden.'
'Dat kan ik niet geloven, dr. Lecter.'
'Wat ik verlang, is niet veel. Hij zou het me kunnen be-

zorgen.' Lecter zette de reostaat in zijn cel iets hoger. Zijn boeken en tekeningen waren verdwenen. Ook zijn toiletbril was weg. Chilton had de cel leeggehaald om hem te straffen voor Miggs.

'Ik zit nu acht jaar in dit vertrek, Clarice. Ik weet dat ze me nooit zullen laten gaan. Niet zolang ik nog leef. Nooit! Wat ik wil, is een uitzicht. Ik wil een raam waardoor ik een boom of misschien zelfs water kan zien.'

'Heeft uw advocaat een verzoekschrift...'

'Chilton heeft die televisie op de gang laten plaatsen, afgesteld op een religieuze zender. Zodra jij weg bent, zet de bewaker het geluid weer aan. Mijn advocaat kan er niets tegen doen, niet zolang het gerechtshof nog zo negatief tegenover me staat. Ik wil worden overgebracht naar een federale inrichting, ik wil mijn boeken terug en ik wil een uitzicht. Ik zal er waardevolle informatie tegenover stellen. Crawford zou het kunnen regelen. Vraag het hem.'

'Ik kan hem vertellen wat u hebt gezegd.'

'Dat zal hij negeren. En ondertussen gaat Buffalo Bill onverdroten door. Wacht maar tot hij er eentje scalpeert en kijk dan hoe je je voelt. Hmmmm... ik zal je één ding over Buffalo Bill vertellen zonder dat ik zijn dossier heb gezien. Als ze hem dan over vele jaren eindelijk te pakken krijgen – zo dat al ooit gebeurt – zul je zien dat ik gelijk had en dat ik had kunnen helpen. Dat ik levens had kunnen redden. Clarice?'

'Ja?'

'Buffalo Bill bezit een huis met een bovenverdieping,' zei dr. Lecter. Daarop deed hij zijn licht uit en sprak geen woord meer.

10

Clarice Starling leunde tegen een speeltafel in het FBI-casino en probeerde zich te concentreren op een les over het witwassen van geld bij het gokken. Het was zesendertig uur geleden dat de districtspolitie van Baltimore haar getuigenis had laten opnemen door een kettingrokende typiste die met twee vingers tikte – 'Als je last hebt van de rook, probeer je maar of je dat raam open kunt krijgen' – en haar vervolgens uit hun rechtsgebied had weggestuurd met de toelichting dat moord geen federaal misdrijf was.

Het televisiejournaal van zondagavond had Starlings handgemeen met de cameramensen getoond, en ze was ervan overtuigd dat ze diep in de puree zat. Tot nu toe had ze taal noch teken van Crawford of van het hoofdbureau in Baltimore gehoord. Het was alsof ze haar rapport in een bodemloze put had gegooid.

Het casino waar ze zich op dit moment bevond, was klein. Het had geopereerd in een rondtrekkende vrachtwagen tot de FBI het in beslag had genomen en het als lesmateriaal in de school had geïnstalleerd. De smalle ruimte was bevolkt met politiemensen uit allerlei districten. Hoewel twee agenten van de bereden politie uit Texas en een rechercheur van Scotland Yard haar hun stoel hadden aangeboden, had Starling voor die eer bedankt.

De rest van haar klas bevond zich ergens anders in het Academiegebouw, speurend naar haren in het authentieke moteltapijt van de 'slaapkamer voor sexmisdrijven' en naar vingerafdrukken in de 'Bank van Niemandsland'. Als studente van de opleiding Gerechtelijk Onderzoek had ze zoveel uren besteed aan huiszoeking en vingerafdrukken dat ze in plaats daarvan naar deze les was gestuurd, die deel uitmaakte van een cursus voor bezoekende politiemensen. Of hadden ze haar om een andere reden van de klas gescheiden? Misschien isoleerden ze je voordat je van school werd gestuurd?

Starling steunde met haar ellebogen op de scheidingslijn van de speeltafel en probeerde zich opnieuw te concentreren op het witwassen van geld met gokken. In plaats daarvan bedacht ze hoezeer de FBI het afkeurde dat haar agenten, anders dan bij officiële persconferenties, op de televisie verschenen.

Dr. Hannibal Lecter was je reinste lokaas voor de media, en de politie van Baltimore had zonder scrupules Starlings naam doorgespeeld aan de verslaggevers. Telkens opnieuw zag ze zichzelf op de zondagavondjournaals verschijnen: 'Starling van de FBI', die in Baltimore met de krikhendel tegen de loodsdeur sloeg terwijl de cameraman eronderdoor probeerde te kruipen, en 'Federaal agent Starling' die zich met de hendel in haar hand omdraaide naar de assistent. Het concurrerende televisiestation, WPIK, had zelf geen opnamen kunnen maken en had aangekondigd dat het wegens persoonlijk letsel een rechtszaak zou aanspannen tegen 'Starling van de FBI' en tegen het Bureau zelf omdat de cameraman stof en roestdeeltjes in zijn ogen zou hebben gekregen toen Starling met de hendel tegen de deur had geslagen. Jonetta Johnson van WPIK was van kust-tot-kust te zien en te horen met de onthulling dat Starling het stoffelijk overschot in de garage had gevonden door een 'ijzingwekkend bondgenootschap met een man die door de autoriteiten is gebrandmerkt als... een *monster*!' Het WPIK beschikte kennelijk over een tipgever in de inrichting.

BRUID VAN FRANKENSTEIN! schreeuwde de *National Tattler* vanaf de schappen in de supermarkten.

De FBI gaf naar buiten toe geen commentaar, maar Starling was ervan overtuigd dat er binnen het Bureau het nodige werd gezegd.

Bij het ontbijt had een van haar klasgenoten, een jongeman die zich rijkelijk besproeide met Canoe aftershave, haar 'Melvin Pelvis' genoemd. Het was een stompzinnige woordspeling op de naam Melvin Purvis, Hoovers topagent uit de jaren dertig. Daarna had Ardelia Mapp iets tegen de jongeman gezegd dat zijn gezicht deed verbleken en waardoor hij zijn ontbijt onaangeroerd op de tafel liet staan.

Op dit moment verkeerde Starling in een zonderlinge toestand, waarin niets haar nog verbaasde. Gedurende een dag en een nacht had ze het gevoel gehad dat ze was omringd door de weergalmende stilte van een duikklok. Nu was ze van plan zichzelf te verdedigen, als ze daartoe de kans kreeg.
De docent liet de roulette ronddraaien terwijl hij sprak, maar hij bleef het balletje vasthouden. Starling keek naar hem en wist opeens zeker dat de man nog nooit in zijn leven roulette had gespeeld. Nu zei hij iets: 'Clarice Starling.' Waarom zei hij 'Clarice Starling'? *Dat ben ik!*
'Ja,' zei ze.
De docent gebaarde met zijn kin naar de deur achter haar. Daar kwam het! Ze voelde haar lot wankelen toen ze zich omdraaide. Maar het was Brigham, de schietinstructeur, die om de deur gluurde en naar haar wees. Toen ze hem zag, wenkte hij.
Ze dacht een ogenblik dat ze haar nu de laan uit stuurden, maar dat hoorde niet tot Brighams taak.
'Maak je klaar, Starling,' zei hij in de gang. 'Waar is je velduitrusting?'
'In mijn kamer, Vleugel C.'
Ze moest stevig doorlopen om hem te kunnen bijhouden. Hij had de grote vingerafdrukkenset bij zich – de goede, niet het kleuterspul uit de rekwisietenkamer. Verder droeg hij een kleine canvastas bij zich.
'Je gaat vandaag met Jack Crawford mee. Pak spullen voor de nacht in. Misschien ben je bijtijds terug, maar neem het voor alle zekerheid mee.'
'Waarheen?'
'Een paar eendenjagers uit West-Virginia hebben tegen het aanbreken van de dag in de Elk River een lijk gevonden. Lijkt sterk op een Buffalo Bill-moord. De hulpsheriffs zijn bezig het uit het water te vissen. Het ziet er niet best uit en Jack wil het niet aan die kerels overlaten de details uit te vogelen.' Brigham bleef voor de deur van de C-vleugel staan. 'Hij heeft hulp nodig van iemand

die onder meer vingerafdrukken kan nemen van een lijk dat in het water heeft gelegen. Jij was altijd in je element in het lab... Je beheerst die kunst toch, hè?'
'Ja. Laat me de inhoud van die koffer even controleren.'
Brigham hield de koffer open terwijl Starling het aanwezige materiaal, nodig voor het maken van de juiste vingerafdrukken, bekeek. De fijne injectienaalden en de medicijnflesjes waren aanwezig, maar de camera was er niet bij.
'Ik heb de polaroidcamera nodig, meneer Brigham. De CU-5, met extra batterijen en filmrolletjes.'
'Van Rekwisieten? Komt voor elkaar.'
Hij overhandigde haar de kleine canvastas. Toen ze voelde hoe zwaar die was, begreep ze waarom juist Brigham haar was komen halen. 'Je hebt nog geen dienstwapen, hè?'
'Nee.'
'Je moet de volledige uitrusting hebben. Dit is de plunje die je ook op de schietbaan droeg. De revolver is van mezelf. Het is dezelfde K-frame Smith waarmee je hebt geoefend, maar het mechanisme is schoongemaakt. Ga er vanavond op je kamer nog even mee droogschieten, als je daar de gelegenheid voor hebt. Over precies tien minuten sta ik met een wagen achter de C-vleugel, mét de camera. Luister, er is geen plee in de Blue Canoe, dus zou ik nog even naar het toilet gaan nu het nog kan. Haast je een beetje, Starling.' Ze wilde hem nog iets vragen, maar hij liep al weg. Als Crawford er persoonlijk naartoe gaat, moet het wel Buffalo Bill zijn. Wat is in godsnaam de Blue Canoe? Maar als je aan het pakken bent, moet je nergens anders aan denken. Starling kon snel en goed een tas pakken.
'Is het...'
'Ziet er prima uit,' onderbrak Brigham haar terwijl ze in de auto stapte. 'De kolf drukt een beetje tegen je jas, maar dat ziet alleen iemand die erop let. Voorlopig kan het er best mee door.'

Ze droeg de revolver met de korte loop onder haar blazer, in een buikholster die tegen haar ribben drukte. Aan de andere kant van haar riem hing een snellader.
Brigham hield zich tijdens de rit naar de landingsstrook van Quantico nauwgezet aan de maximumsnelheid. Hij schraapte zijn keel. 'Het voordeel van de schietbaan is dat je daar geen kantoorgekonkel hebt, Starling.'
'Nee.'
'Je had gelijk om die garage in Baltimore te beschermen tegen nieuwsgierige blikken. Maak je je zorgen om die televisiebeelden?'
'Heb ik daar reden voor?'
'Dit blijft onder ons, hè?'
'Oké.'
Brigham beantwoordde de groet van een marinier die het verkeer stond te regelen. 'Door je vandaag mee te nemen, laat Jack zien dat hij vertrouwen in je heeft. Dat kan op deze manier niemand ontgaan,' zei hij. 'Voor het geval iemand van de afdeling Aansprakelijkheid je de mantel wil uitvegen... Begrijp je wat ik bedoel?'
'Hmmm.'
'Crawford is een kerel op wie je kunt bouwen. Waar nodig maakte hij duidelijk dat jij de plaats van het misdrijf moest beschermen. Hij heeft je daar zowat in je blote kont op af gestuurd. Daarmee wil ik zeggen: ontdaan van zichtbare tekenen van gezag. Ook dat heeft hij verteld. Bovendien reageerde de politie van Baltimore vrij traag. Daar komt nog bij dat Crawford de hulp vandaag nodig heeft en hij een uur zou moeten wachten voordat Jimmy Price iemand van het lab had opgetrommeld. Dus nu weet je hoe de vork in de steel zit, Starling. Een lijk dat in het water heeft gelegen, is niet bepaald een pretje. Het is niet bedoeld om je te straffen, maar mocht dat nodig zijn, dan zou een buitenstaander dat wel op die manier kunnen interpreteren. Crawford is slim, maar hij verdomt het zijn beslissingen toe te lichten. Daarom vertel ik het je maar... Als je met

Crawford werkt, moet je weten wat hem persoonlijk bezighoudt. Weet je dat?'
'Nee, eigenlijk niet.'
'Hij heeft veel aan zijn hoofd, naast Buffalo Bill. Zijn vrouw Bella is ernstig ziek. Ze is in feite... stervende. Als Buffalo Bill er niet was, zou Jack nu met buitengewoon verlof zijn.'
'Dat wist ik niet.'
'Er wordt niet over gesproken. Zeg hem niet dat je het erg voor hem vindt of iets dergelijks. Daar heeft hij niks aan. Ze hebben samen een fijne tijd gehad.'
'Ik ben blij dat u me dit hebt verteld.'
Brigham klaarde op toen ze de landingsstrook bereikten. 'Tegen het eind van de cursus vuurwapens heb ik nog een paar belangrijke dingen te zeggen, Starling. Probeer erbij te zijn.' Hij sneed een stuk af door tussen twee hangars door te rijden.
'Ik doe mijn best.'
'Luister, waarschijnlijk hoef je mijn lessen nooit in praktijk te brengen, dat hoop ik tenminste. Maar jij hebt aanleg, Starling. Als je moet, kun je schieten. Blijf oefenen.'
'Oké.'
'Stop het wapen nooit in je tas.'
'Afgesproken.'
'Als je 's avonds op je kamer bent, trek het dan een paar keer uit de holster. Blijf oefenen tot je het blindelings kunt pakken.'
'Dat zal ik doen.'
Op de taxibaan stond een eerwaardige tweemotorige Beechcraft, met de deur open, startklaar. Een van de propellers draaide en joeg een windstroom door het gras naast de tarmacbaan.
'Dat is toch niet toevallig de Blue Canoe?' vroeg Starling.
'Jawel.'
'Dat ding is klein en oud.'

'Oud is het zeker,' antwoordde Brigham opgewekt. 'De afdeling Drugsbestrijding heeft het toestel jaren geleden in beslag genomen, toen het in Florida was neergestort in de Everglades. De motoren zijn nog prima. Ik hoop maar dat Gramm en Rudman niet ontdekken dat we het gebruiken. Het was de bedoeling dat we met de bus zouden gaan.' Hij stopte naast het vliegtuigje en pakte Starlings bagage van de achterbank. Er volgde een verwarrend gegraai van handen, maar uiteindelijk lukte het hem toch de spullen aan haar over te dragen en haar de hand te drukken.

En toen, zonder dat hij het van plan was, zei Brigham: 'God zegene je, Starling.' De woorden klonken vreemd uit zijn mariniersmond. Hij wist niet waar ze vandaan kwamen en hij voelde dat hij een kleur kreeg.

'Bedankt... dank u, meneer Brigham.'

Crawford zat op de plaats van de tweede piloot, gekleed in hemdsmouwen en met een zonnebril op. Toen hij hoorde dat de piloot de deur dichtsloeg, keerde hij zich om naar Starling.

Ze kon zijn ogen niet zien achter de donkere glazen en ze had het gevoel dat daar een vreemde zat. Crawford zag er bleek en taai uit, als een hechtwortel die door een bulldozer wordt losgetrokken. 'Ga dat maar zitten lezen,' was alles wat hij zei.

Naast hem lag een dik dossier. Op het omslag stond *Buffalo Bill.* Starling drukte het stevig tegen zich aan terwijl de Blue Canoe knarsend en sidderend in beweging kwam.

11

De randen van de startbaan vervaagden en waren toen niet langer zichtbaar. In het oosten gloorde de ochtendzon over Chesapeake Bay terwijl het kleine vliegtuig wegzwenkte van de drukte en zijn eigen koers bepaalde.

Starling kon het schoolgebouw beneden zien, evenals de nabijgelegen marinebasis van Quantico. Op de stormbaan klauterden en draafden miniatuur-mariniers. Dus zo zag het er van boven uit.
Eens, na een nachtelijke schietoefening, had ze in het donker over de verlaten Hogan's Alley gelopen – te voet omdat ze wilde nadenken – toen ze vliegtuigen hoorde overkomen, waarna de stilte van dat moment verbroken werd door roepende stemmen in de zwarte lucht boven haar. Het waren luchtlandingstroepen tijdens een nachtelijke dropping, mannen die elkaar toeschreeuwden terwijl ze door de duisternis naar beneden kwamen. Nu vroeg ze zich af hoe het was om bij de deur van het vliegtuig te wachten tot het sein om te springen op groen sprong, hoe het voelde als je in het razende duister sprong. Misschien gaf het een gevoel zoals ze op dit moment had.
Starling sloeg het dossier open.
Naar hun beste weten, had Bill vijf keer toegeslagen. Minstens vijf keer, en vermoedelijk vaker, in de afgelopen tien maanden had hij een vrouw ontvoerd, haar vermoord en haar gevild. Starlings ogen gleden snel over de autopsieverslagen naar de onderzoeken naar histamineniveaus om zich ervan te overtuigen dat hij ze eerst had vermoord voordat hij de overige handelingen uitvoerde.
Na voltooiing van zijn werk had hij de lijken steevast in stromend water gesmeten. Elk lichaam was gevonden in een andere rivier, stroomafwaarts van een plaats waar een interstatelijke autoweg die kruiste, en elk in een andere staat. Iedereen wist dat Buffalo Bill nooit ergens bleef hangen. Dat was alles, absoluut alles, wat over hem bekend was. Behalve dan dat hij over ten minste één vuurwapen beschikte. Het had zes velden en trekken, een linkse draai – mogelijk een Colt-revolver of een Colt-pistool. Sporen op gevonden kogels deden vermoeden dat hij .38 Specials bij voorkeur afvuurde in de

langere kamers van een .357.
De rivieren spoelden alle vingerafdrukken weg, alle sporen van haren of vezels.
Het was nagenoeg zeker dat het om een blanke man ging. Blank omdat seriemoordenaars gewoonlijk moorden binnen hun eigen etnische groep en alle slachtoffers blank waren. Een man, omdat vrouwelijke seriemoordenaars in onze tijd nauwelijks voorkomen.
Twee columnisten uit een grote stad hadden een krantenkop ontleend aan E.E. Cummings' dodelijke gedichtje 'Buffalo Bill': *... how do you like your blueeyed boy Mister Death.*
Iemand, misschien Crawford, had die tekst op de binnenkant van het dossieromslag geplakt.
Er bestond geen aanwijsbare samenhang tussen de plaats waar Bill de jonge vrouwen ontvoerde en waar hij zich van hen ontdeed. Bij de gevallen waar de lijken vroeg genoeg waren gevonden om het tijdstip van overlijden nauwkeurig vast te stellen, ontdekte de politie nog iets wat de moordenaar deed: Bill hield ze een tijdje vast. Levend. Deze slachtoffers stierven pas een week tot tien dagen nadat ze waren ontvoerd. Dat betekende dat hij een plek moest hebben waar hij ze kon onderbrengen, een plek waar hij ongezien zijn gang kon gaan. Het betekende dat hij geen zwerver was. Hij was eerder een soort valdeurspin, met – ergens – zijn eigen stek.
Het besef dat hij zijn slachtoffers een week of langer vasthield, in de wetenschap dat hij ze uiteindelijk zou doden, vervulde het publiek met afschuw. Meer dan al het andere.
Twee waren opgehangen, drie doodgeschoten. Er waren geen aanwijzingen dat verkrachting of lichamelijke mishandeling aan de dood vooraf was gegaan en volgens de autopsierapporten waren er geen 'duidelijke genitale' verminkingen gevonden, hoewel pathologen daarbij aantekenden dat het nagenoeg onmogelijk zou zijn om der-

gelijke dingen vast te stellen bij de lijken die in een slechtere conditie verkeerden.
Ze waren allemaal naakt gevonden. In twee gevallen waren stukken bovenkleding van de slachtoffers ontdekt naast de weg waaraan ze woonden, van achteren opengescheurd tot een split, als in een begrafenispak.
Starling slaagde erin de foto's rustig te bekijken. Doden die in het water hebben gelegen bieden de afschuwelijkste aanblik. Bovendien stralen ze een zeker pathos uit, wat meestal voor slachtoffers van moord buitenshuis geldt. Voor zover je werkzaamheden toestaan, voel je woede om de vernederingen waaraan het slachtoffer werd onderworpen, om de wijze waarop ze aan de elementen en aan onverschillige blikken zijn blootgesteld.
Bij moorden die binnenshuis hebben plaatsgevonden, vind je vaak aanwijzingen over de nare trekjes van het slachtoffer zelf, waarbij personen die op hun beurt slachtoffers van het slachtoffer zijn – mishandelde echtgenotes, misbruikte kinderen – om je heen komen staan en fluisteren dat de dode zijn verdiende loon heeft gekregen. En vaak was dat ook zo.
Maar hier ging dat niet op. Deze slachtoffers beschikten niet eens meer over hun huid zoals ze daar lagen op de vervuilde rivieroevers tussen lege blikjes van smeerolie en weggeworpen boterhamzakjes, tegenwoordig jammer genoeg een algemeen verschijnsel. De lichamen die aan koud weer waren blootgesteld, hadden hun gezicht grotendeels behouden. Starling besefte dat hun tanden niet waren ontbloot in pijn, maar dat die uitdrukking was veroorzaakt door schildpadden en vissen die zich aan het lichaam te goed hadden gedaan. Bill vilde de romp en liet de ledematen meestal met rust. Starling bedacht dat het minder moeilijk zou zijn geweest de foto's te bekijken als het niet zo warm was geweest in deze cabine en als dit vervloekte vliegtuig niet zo akelig slingerde wanneer een van de propellers de luchtstroom beter opving dan de andere, als die godvergeten zon niet

zo brandde op de bekraste ruiten waardoor je een stekende hoofdpijn kreeg.
Het moet mogelijk zijn hem te pakken. Starling klampte zich aan die gedachte vast om het te kunnen uithouden in deze vliegtuigcabine, die steeds kleiner leek te worden, met op haar schoot een map vol gruwelijke informatie. Zij kon helpen hem uit te schakelen. Dan konden ze dit beduimelde dossier met het zachte omslag weer achter slot en grendel bergen.
Ze staarde naar Crawfords achterhoofd. Als ze Buffalo Bill een halt wilde toeroepen, bevond ze zich in het juiste gezelschap. Crawford had in het verleden met succes op drie seriemoordenaars gejaagd, maar niet zonder slachtoffers. Will Graham, de felste jachthond die ooit in Crawfords meute had meegelopen, was op de academie een legende. Nu woonde hij in Florida, een alcoholist met een gezicht dat gruwelijk was om aan te zien, zo werd beweerd.
Misschien voelde Crawford haar starende blik op zijn achterhoofd. Hij klauterde uit de stoel van de tweede piloot, en terwijl de piloot een hand op het trimvlak legde, kwam Crawford naast haar zitten en gespte de veiligheidsriem vast. Toen hij zijn zonnebril verving door zijn bifocale bril, had ze het gevoel dat ze hem weer kende.
Terwijl hij van haar gezicht naar het dossier keek en weer terug, flitste er iets in zijn ogen dat bijna onmiddellijk weer was verdwenen. Op een sprekender gezicht dan dat van Crawford had het als verontschuldiging herkend kunnen worden.
'Ik heb het heet,' zei hij. 'Jij ook? Bobby, het is hier veel te godvergeten heet!' riep hij naar de piloot.
Bobby draaide een knopje om, waarop koele lucht naar binnen stroomde. In de vochtige cabine-atmosfeer vormden zich enkele sneeuwvlokken, die op Starlings haar dwarrelden.
Even later kwam Jack Crawford ter zake. Zijn ogen glin-

sterden als een heldere winterdag. Hij sloeg het dossier open bij een kaart van Midden- en Oost-Amerika. Plaatsen waar lijken waren aangetroffen, waren op de kaart gemarkeerd, verspreid liggende stipjes in een patroon dat even grillig en nietszeggend was als Orion.

Crawford pakte een pen uit zijn zak en markeerde de nieuwste lokatie, hun operatiedoel. 'Elk River, ongeveer negen kilometer beneden de U.S. 79,' zei hij. 'Bij deze hebben we geluk. Het lichaam is verward geraakt in een beug, een vislijn die in de rivier was uitgezet. Ze denken dat ze niet zo heel lang in het water heeft gelegen. Ze brengen haar over naar Potter, de hoofdstad van het district. Ik wil zo snel mogelijk te weten komen wie ze is, zodat we op zoek kunnen gaan naar getuigen van de ontvoering. Zodra we de vingerafdrukken hebben, seinen we die over.' Crawford hield zijn hoofd scheef om Starling door de onderkant van zijn bril aan te kijken. 'Volgens Jimmy Price kun jij met waterlijken overweg.'

'Om eerlijk te zijn, heb ik nog nooit een waterlijk in zijn geheel gedaan,' zei Starling. 'Ik heb vingerafdrukken genomen van de handen die meneer Price iedere dag in zijn postzak vindt. Een groot aantal daarvan was afkomstig van waterlijken.'

Mensen die nooit onder Jimmy Price hadden gewerkt, beschouwden hem als een beminnelijke knorrepot. Maar zoals de meeste knorrepotten was hij in werkelijkheid een oude zeur. Jimmy Price was supervisor over Latente Vingerafdrukken van het laboratorium in Washington. Starling had enige tijd onder hem gewerkt toen ze de opleiding Gerechtelijk Onderzoek deed.

'Die Jimmy!' zei Crawford vol genegenheid. 'Hoe noemen ze dat soort lui ook alweer?'

'Labgriezels. Sommigen noemen zo'n vent ook wel "Igor", dat staat op het rubber voorschot waarin je daar moet werken.'

'Dat is het.'

'Ze zeggen je dat je net moet doen of je een kikker ontleedt.'
'Aha...'
'Dan geven ze je een pakje van de post. Ze kijken allemaal toe. Sommigen onderbreken er zelfs hun koffiepauze voor, hopend dat je gaat kotsen. Ik weet precies hoe je vingerafdrukken van een waterlijk neemt. In feite...'
'Mooi. Kijk nu eens even hier. Zijn eerste slachtoffer werd, voor zover wij weten, afgelopen juni gevonden in de Blackwater River, buiten Lone Jack. Dat meisje van Bimmel is twee maanden daarvoor, op 15 april, als vermist opgegeven in Belvedere, Ohio. Van dat geval werden we niet veel wijzer, want het kostte ons alleen al drie maanden om haar te identificeren. De volgende pakte hij in Chicago, in de derde week van april. Zij werd gevonden in de Wabash River, in het lager gelegen gedeelte van Lafayette, Indiana; dat gebeurde tien dagen nadat ze was ontvoerd, dus we konden nog nagaan wat er met haar was gebeurd. Het volgende geval was een blanke vrouw van begin twintig die werd gedumpt in de Rolling Fork nabij de I-65, ongeveer vijfenvijftig kilometer ten zuiden van Louisville, Kentucky. Zij is nooit geïdentificeerd. Toen was er die vrouw Varner die hij in Evansville, Indiana, heeft ontvoerd en van wie hij zich in de Embarras River vlak naast de Interstate 70 in het oosten van Illinois heeft ontdaan.
Vervolgens is hij naar het zuiden getrokken, waar hij er een in de Conasauga, de rivier beneden de Interstate 75, heeft gedumpt, ter hoogte van Damascus in Georgia. Dat was een meisje uit Pittsburgh, Kittridge is haar achternaam. Hier is een foto van haar diploma-uitreiking. Hij heeft steeds onwaarschijnlijk veel geluk gehad. Niemand heeft hem ooit betrapt bij zo'n ontvoering. Behalve dat hij ze dumpt in de buurt van een grote snelweg die door meer dan één staat loopt, hebben we geen

enkel patroon kunnen ontdekken.'
'Komen die wegen nergens samen als je ze terugvolgt vanaf de plaatsen waar de slachtoffers zijn gevonden?'
'Nee.'
'En als we er nu eens... van uitgaan... dat hij tijdens een en dezelfde trip iemand dumpt én iemand ontvoert?' Starling vermeed angstvallig het verboden woord *veronderstellen*. 'Hij zou zich eerst ontdoen van het lijk voor het geval er problemen zouden ontstaan bij de ontvoering van zijn volgende slachtoffer. Mocht hij daarbij worden betrapt en ze vinden geen lijk in zijn wagen, dan zou hij er misschien met een lichte veroordeling wegens aanranding van afkomen. Zou het daarom geen zin hebben om vanaf elke ontvoeringsplaats routelijnen te tekenen naar de voorgaande dumpplaats?'
'Dat is een goed idee, maar dat heeft hij zelf ook al bedacht. Als hij beide dingen inderdaad tijdens een en hetzelfde reisje doet, rijdt hij zigzaggend rond. We hebben computersimulaties gemaakt: eerst waar hij westwaarts over de interstatelijke wegen rijdt, dan richting oost en vervolgens diverse combinaties met de beste gegevens over de dumpplaatsen en de ontvoering die we tot onze beschikking hebben. Je stopt het in de computer en er komt alleen maar rook uit. Hij woont in het oosten, zegt dat apparaat. En verder: hij slaat niet in een specifieke maanfase toe. Er is niets waar we iets mee kunnen beginnen. Nee, hij is ons tot nog toe te slim af geweest, Starling.'
'Denkt u dat hij te voorzichtig is om zijn leven ervoor te wagen?'
Crawford knikte. 'Absoluut. Hij weet nu hoe hij op zijn voorwaarden een vrouw in zijn leven kan hebben en wil dat genoegen nog vaak smaken. Ik heb niet veel hoop op een zelfmoordactie.'
Crawford gaf de piloot een bekertje water uit een thermoskan. Hij schonk er voor Starling ook een in en mixte voor zichzelf een Alka-Seltzer.

Haar maag kwam omhoog toen het vliegtuig begon te dalen.
'Een paar dingen, Starling. Ik verwacht voortreffelijke resultaten van je gerechtelijk onderzoek, maar ik heb meer nodig. Je zegt weinig, en dat is oké. Ik praat ook niet zoveel. Maar denk nooit dat je eerst een nieuw feit moet hebben voor je iets ter sprake kunt brengen. Domme vragen bestaan niet. Jij zult dingen zien die mij ontgaan en ik wil weten wat die zijn. Misschien heb je aanleg voor dit werk. Welnu, we hebben hier een kans om dat te ontdekken.'
Terwijl ze naar hem luisterde, haar maag omhoog voelde komen en haar gezicht een passend aandachtige uitdrukking verleende, vroeg Starling zich af hoe lang Crawford had geweten dat hij haar bij deze zaak zou inzetten, hoe hevig ze in zijn ogen had moeten verlangen naar een kans. Hij was echt een leider met die zogenaamd openhartige peptalk van hem.
'Als je vaak genoeg aan hem denkt, ziet waar hij is geweest, dan ontwikkel je een intuïtie voor hem,' vervolgde Crawford. 'Je hebt niet eens voortdurend een hekel aan hem, hoe moeilijk dat ook valt te geloven. Dan, als je geluk hebt, maakt zich iets los uit alle gegevens die je hebt, iets dat je aandacht probeert te krijgen, dat aan je gaat trekken. Zeg het me, Starling, wanneer er iets aan je trekt. Altijd!
Luister naar me. Een misdrijf is al verwarrend genoeg zonder dat het onderzoek nog meer verwarring sticht. Laat je niet van de wijs brengen door een horde politiemensen. Gebruik je eigen ogen. Luister naar jezelf. Hou het misdrijf gescheiden van wat er nu om je heen gebeurt. Probeer niet met alle geweld een patroon of symmetrie met betrekking tot deze knaap te vinden. Sta open en laat hem maar komen.
Tot slot nog één ding: een dergelijk onderzoek is een jungle. Het spreidt zich uit over talloze districten, waarvan sommige bestierd worden door prutsers. We zullen

die in hun waarde moeten laten om te voorkomen dat ze dingen voor ons achterhouden. We gaan naar Potter, in West-Virginia. Ik weet niet met wat voor mensen we daar te maken krijgen. Misschien zijn ze oké, misschien zien ze ons als pottenkijkers.'
De piloot tilde zijn koptelefoon iets op en sprak over zijn schouder. 'We gaan landen, Jack. Blijf jij daar ook?'
'Ja,' antwoordde Crawford. 'Dat was dan de les, Starling.'

12

Op naar het Potter Funeral Home, het grootste withouten huis aan Potter Street in Potter, West-Virginia. Het doet dienst als lijkenhuis voor Rankin County. De lijkschouwer is een huisarts, dr. Akin. Wanneer hij bepaalt dat een sterfgeval verdacht is, wordt het lichaam doorgestuurd naar het regionale ziekenhuis in Claxton, in het aangrenzende district, dat over een bevoegde patholoog beschikt. Clarice Starling, die in een surveillancewagen vanaf de landingsstrip Potter binnenreed, moest zich dicht naar het gevangenraster buigen om de hulpsheriff te kunnen verstaan, die dit alles aan Jack Crawford uitlegde.
In het mortuarium zou over enkele ogenblikken een rouwdienst worden gehouden. De rouwenden stonden in hun zondagse kleren tussen miezerige palmboompjes op het trottoir en dromden samen op het bordes, wachtend tot ze naar binnen mochten. Het onlangs geschilderde huis en het bordes ervoor waren niet loodrecht opgebouwd en helden licht over, elk in zijn eigen richting.
Op de privéparkeerplaats achter het huis, waar de lijkwagen wachtte, stonden twee jonge hulpsheriffs en een oude met twee agenten van de staatspolitie onder een kale iep. Het was niet koud genoeg om hun adem te laten wasemen.

Terwijl Starling naar deze mannen keek toen de patrouillewagen de parkeerplaats opreed, zag ze in gedachten opeens wie ze waren. Ze wist dat ze woonden in huizen waarin de allergoedkoopste hangkasten stonden en ze kende met vrij grote zekerheid de inhoud van die kasten. Ook wist ze dat deze mannen familie hadden die hun kleding in stofzakken tegen de wanden van hun trailers hingen. Ze wist dat de oudere hulpsheriff was opgegroeid met een pomp op de veranda en in het vochtige voorjaar met zijn schoenen aan de veters om zijn nek, net zoals haar vader destijds, door de modder naar de weg was gebaggerd om in de schoolbus te stappen. Ze wist dat ze hun boterhammen mee naar school hadden genomen in papieren zakjes waarop vetvlekken zaten omdat die telkens opnieuw werden gebruikt en dat ze die zakjes na de middagpauze hadden opgevouwen en in de achterzak van hun spijkerbroek hadden gestopt. Starling vroeg zich af hoeveel Crawford over hen wist.

De achterportieren van de patrouillewagen hadden geen handgrepen aan de binnenkant, zoals Starling ontdekte toen de chauffeur en Crawford waren uitgestapt en naar de achterkant van het uitvaartcentrum liepen. Ze moest tegen de ruit kloppen tot een van de hulpsheriffs onder de boom haar zag en de chauffeur met een rood gezicht terugkwam om haar eruit te laten.

De hulpsheriffs bekeken haar zijdelings toen ze hen passeerde en een van hen zei: 'Mevrouw.' Ze schonk hun een knikje en een gepast vage glimlach terwijl ze doorliep om zich op de achterveranda bij Crawford te voegen.

Toen ze ver genoeg was verwijderd, krabde een van de hulpsheriffs, een pasgetrouwde jongeman, zich onder de kin en zei: 'Ze ziet er niet half zo goed uit als ze zelf denkt.'

'Nou, al zou ze zichzelf een stuk van heb ik jou daar vinden, dan kan ik haar geen ongelijk geven,' vond de

andere jonge hulpsheriff. 'Ik zou haar zo kunnen opvreten.'
'Geef mij maar een watermeloen,' zei de oudere hulpsheriff, half tot zichzelf. 'Zolang die maar koud is.'
Crawford was al in gesprek met de plaatsvervangend sheriff, een kleine, stugge man die een bril met een metalen montuur droeg en reklaarzen die in de folders werden aangeprezen als 'Romeo's'.
Ze waren naar binnen gegaan en stonden nu in een schemerige gang van het uitvaartcentrum, waar een cola-apparaat stond te zoemen en waar tegen de muur een merkwaardige verzameling voorwerpen was opgesteld: een trapnaaimachine, een driewieler, een rol kunstgras en een gestreept canvas zonnescherm dat rond zijn stangen was gewikkeld. Aan de wand hing een prent van Sint-Cecilia aan het klavier. Haar haar was rond haar hoofd gevlochten en rozen dwarrelden uit het niets neer op de toetsen.
'Ik stel het op prijs dat u ons zo snel op de hoogte hebt gebracht, sheriff,' zei Crawford.
Dat had de plaatsvervangend sheriff niet gedaan. 'Het bureau van de officier van justitie heeft u gebeld,' liet hij weten. 'Ik weet dat het niet sheriff Perkins was; die maakt met zijn vrouw een georganiseerde reis door Hawaï. Ik heb hem vanmorgen nog aan de telefoon gehad. Om acht uur, dat is drie uur 's nachts Hawaïaanse tijd. Hij zou me later op de dag nog eens bellen, maar hij zei me dat we in de eerste plaats moesten uitzoeken of het om een meisje uit ons district gaat. Het zou iets kunnen zijn waarmee elementen van buitenaf ons willen opzadelen. We zullen ons daar dus eerst op concentreren voordat er ook maar iets anders gebeurt. Het is weleens voorgekomen dat ze hier lijken dumpten die helemaal afkomstig waren uit Phenix City in Alabama!'
'Op dat gebied kunnen wij u helpen, sheriff. Als...'
'Ik heb gebeld met de velddienst van de staatspolitie in Charleston. De commandant beloofde dat hij een paar

agenten zou sturen van de afdeling Crimineel Onderzoek, kortweg CO genoemd. Ze zullen ons alle hulp geven die we nodig hebben.' De gang liep vol met hulpsheriffs en staatsagenten, en dat werd de plaatsvervangend sheriff te veel. 'We zullen zo snel mogelijk tijd voor u vrijmaken, u op alle mogelijke manieren van dienst zijn en met u samenwerken, maar op dit moment...'
'Sheriff, dit sexmisdrijf bevat aspecten die ik liever als mannen onder elkaar met u bespreek. Begrijpt u wat ik bedoel?' Crawford wees de ander met een lichte hoofdbeweging op de aanwezigheid van Starling. Hij duwde de kleinere man door de gang naar een rommelig kantoortje verderop en sloot de deur.
Starling bleef achter en probeerde haar ergernis voor de aanwezige hulpsheriffs te verbergen. Met opeengeklemde kaken bestudeerde ze Sint-Cecilia en beantwoordde de etherische glimlach van de heilige terwijl ze ondertussen iets probeerde op te vangen van het gesprek in het andere vertrek. Ze hoorde stemmen die zich verhieven, en toen flarden van een telefoongesprek. Er waren nog geen vier minuten verstreken toen de twee mannen naar buiten kwamen.
Er lag een strakke trek om de mond van de sheriff. 'Oscar, ga dr. Akin halen. Hij is eigenlijk verplicht bij deze plechtigheden aanwezig te zijn, maar ik geloof niet dat ze daar al zijn begonnen. Zeg hem dat Claxton aan de lijn is.'
De lijkschouwer, dr. Akin, betrad het kantoortje en zette zijn voet op een stoel. Terwijl hij met een waaier van de Goede Herder tegen zijn voortanden tikte, voerde hij via de telefoon een kortstondig overleg met de patholoog in Claxton. Vervolgens ging hij met alles akkoord.
En zo werd Clarice Starling voor het eerst rechtstreeks geconfronteerd met de directe gevolgen van Buffalo Bills daden. Dat gebeurde in een balsemkamer van een withouten huis, dat haar vertrouwd voorkwam. Onder het hoge plafond waren de muren bedekt met roosjesbehang.

Het enige moderne voorwerp in het vertrek was de heldergroene lijkenzak, die stevig was dichtgeritst. Hij lag op een ouderwetse porseleinen balsemtafel, veelvoudig gereflecteerd in de glazen ruiten van kabinetten die trocarts en flesjes met vloeistof bevatten.
Terwijl Crawford wegging om de vingerafdrukkenset uit de auto te halen, pakte Starling haar spullen uit en zette alles klaar op de afdruipplaat van een grote dubbele gootsteen langs de muur.
Er waren te veel mensen in de kamer. Een aantal hulpsheriffs, de plaatsvervangend sheriff... Ze waren allemaal meegegaan naar binnen en wekten niet de indruk dat ze van plan waren te vertrekken. Dat ging niet aan! *Waarom schoot Crawford niet een beetje op? Dan kon hij ze wegsturen.*
Het behang bewoog en trok bol toen de arts de grote, stoffige ventilator aanzette.
Starling, die bij de gootsteen stond, moest op dat moment meer moed verzamelen dan ze nodig had bij een parachutesprong. Toen verscheen een beeld voor haar ogen, een beeld dat haar hielp en tegelijkertijd schokte: *Haar moeder stond bij de gootsteen en hield de uniformpet van haar vader onder een koudwaterstraal om het bloed eraf te spoelen. Ze zei: 'Het komt wel goed, Clarice. Zeg tegen je broers en je zusje dat ze zich moeten opfrissen en dan aan tafel moeten komen. We moeten praten. Daarna gaan we het eten klaarmaken.'*
Starling knoopte haar sjaal los en bond hem om haar hoofd, als een vroedvrouw uit de bergen. Ze pakte een paar operatiehandschoenen uit haar koffer. Toen ze voor het eerst sinds haar aankomst in Potter iets zei, had haar stem weer de klank van dit haar zo bekende platteland en was haar toon zo luid dat Crawford erdoor naar binnen werd gelokt. Hij bleef bij de deur staan luisteren.
'Heren. Heren! Luister even, alstublieft! Laat mij nu verder voor haar zorgen.' Ze hield haar handen voor hen op terwijl ze de handschoenen aantrok. 'Er zijn dingen

die we voor haar moeten doen. U hebt haar tot hier gebracht, en ik weet dat haar familie u daarvoor zou bedanken als dat mogelijk was. Verlaat u nu alstublieft dit vertrek en laat de zorg voor haar verder aan mij over.'
Crawford zag dat dit indruk op hen maakte en hoorde hoe ze elkaar fluisterend toespraken. 'Kom, Jess, laten we naar buiten gaan.' En hij zag ook dat de sfeer hier, nu de dood hier aanwezig was, veranderde: waar dit slachtoffer ook vandaan kwam, wie ze ook was, de rivier had haar naar het platteland meegevoerd en terwijl ze daar nu hulpeloos op die tafel lag, voelde Clarice Starling een bijzondere band met haar. Crawford zag hoe Starling in deze omgeving haar plaats innam in de stoet van vroedvrouwen, wijze vrouwen, kruidengenezeressen, dappere plattelandsvrouwen die steevast deden wat hun te doen stond, die de wacht hielden bij de stervenden en na de wake de doden van het platteland wasten en kleedden.

Even later waren Crawford, Starling en de arts alleen met het slachtoffer. Dr. Akin en Starling keken elkaar aan met een zekere verstandhouding. Die schonk hun een merkwaardig soort moed, al voelden ze zich tegelijk vreemd opgelaten.

Crawford pakte een flesje Vicks VapoRub uit zijn zak en liet het rondgaan. Starling keek eerst wat de bedoeling was. Toen Crawford en de arts de randen van hun neusgaten ermee insmeerden, deed zij hetzelfde. Met haar rug naar de kamer gekeerd pakte ze haar camera's uit de tas die op de afdruipplaat stond. Achter zich hoorde ze hoe de rits van de lijkenzak werd opengemaakt.

Starling knipperde een paar keer met haar ogen naar de roosjes op het behang, ademde diep in en toen weer uit. Ze keerde zich om en bezag het lichaam op de tafel.

'Ze hadden papieren zakken om haar handen moeten doen,' zei ze. 'Ik zorg dat dat alsnog gebeurt zodra we met haar klaar zijn.' Starling stelde de camera zorgvul-

dig in, lettend op een goede belichting, en fotografeerde het lichaam.
Het slachtoffer was een jonge vrouw met brede heupen, één meter achtenzestig lang, volgens Starlings centimeter. Het water had waar de huid was verdwenen voor een grauwe kleur gezorgd, maar het was koud water geweest en het was duidelijk dat ze er niet langer dan een paar dagen in had gelegen. Het lichaam was deskundig gevild, vanaf een strakke snee vlak onder de borsten tot aan de knieën, ongeveer het gebied dat door de broek en de sjerp van een stierenvechter zou worden bedekt.
Haar borsten waren klein en tussen die borsten, boven het borstbeen, bevond zich de kennelijke doodsoorzaak: een kartelige, stervormige wond ter breedte van een hand. Haar ronde hoofd was tot de schedel gevild, van vlak boven de wenkbrauwen en oren tot aan de nek.
'Dr. Lecter zei al dat hij nu wel zou gaan beginnen met scalperen,' zei Starling.
Crawford stond er met gevouwen armen bij terwijl zij de foto's nam. 'Fotografeer haar oren met de polaroid,' was alles wat hij zei. Hij toonde geen andere reactie dan het tuiten van zijn lippen toen hij om het lichaam heen liep.
Starling trok een handschoen uit om met haar vinger langs het been, vanaf de kuit naar boven te strijken. Een deel van de vislijn met de driedubbele vishaken waarin het lichaam verstrikt was geraakt en die het in het stromende rivierwater had vastgehouden, was nog om het onderbeen gewikkeld.
'Wat zie je, Starling?'
'Nou, ze komt niet uit deze streek. Ze heeft in elk oor drie gaatjes en ze droeg parelmoer-nagellak. Dat zie je volgens mij vooral in de stad. Haar benen hebben een haargroei van een week of twee. Ziet u hoe zacht die haartjes zijn? Ik vermoed dat ze haar benen harste. De oksels ook. Kijk, je kunt zien dat ze de donshaartjes op haar bovenlip heeft gebleekt. Ze besteedde vrij veel aan-

dacht aan haar uiterlijk, maar ze heeft er een tijdje niets aan kunnen doen.'

'En de wond?'

'Dat weet ik niet,' antwoordde Starling. 'Ik was geneigd te zeggen dat een geweerkogel daar het lichaam had verlaten, maar dan had die kartelkraag er niet moeten zijn en ook niet de afdruk van een loop erbovenop.'

'Goed, Starling! De wond is veroorzaakt door contactinslag boven het borstbeen. De explosiegassen ontsnappen tussen het bot en de huid en slaan de stervorm rond het gat.'

Aan de andere kant van de muur floot een pijporgel terwijl de dienst in het uitvaartcentrum een aanvang nam.

'Onrechtmatige dood,' beaamde dr. Akin, knikkend met zijn hoofd. 'Zeg, ik moet in ieder geval een deel van die dienst daar bijwonen. De familie verwacht altijd dat ik erbij ben. Lamar komt u wel helpen zodra hij klaar is met het spelen van de muziek. Ik houd u aan uw woord dat u bewijsmateriaal bewaart voor de patholoog in Claxton, meneer Crawford.'

'Ze heeft twee gebroken nagels aan haar linkerhand,' zei Starling toen de arts was vertrokken. 'Ze zijn naar achteren afgebroken, in het levend vlees. Onder een paar andere nagels lijkt aarde of gruis vast te zitten. Kunnen we sporen verzamelen?'

'Neem monsters van dat gruis en ook een paar schilfers nagellak,' zei Crawford. 'We brengen hen wel op de hoogte als we de resultaten hebben gehoord.'

Lamar, een magere medewerker van het uitvaartcentrum, met een wijnvlek in het midden van zijn gezicht, kwam binnen toen Starling de opdrachten uitvoerde. 'U bent vroeger vast werkzaam geweest als manicure,' merkte hij op.

Ze waren blij toen ze ontdekten dat de handpalmen van de jonge vrouw geen indrukken van nagels vertoonden, een aanwijzing dat ze net als de anderen was gestorven voordat ze was gevild.

'Wil je haar afdrukken nemen terwijl ze op haar buik ligt, Starling?' vroeg Crawford.
'Dat is misschien gemakkelijker.'
'Laten we eerst het gebit doen. Daarna kan Lamar ons helpen haar om te draaien.'
'Alleen foto's?' Starling bevestigde de gebitsset aan de voorkant van de camera voor vingerafdrukken, heimelijk opgelucht dat alle benodigdheden aanwezig waren.
'Alleen foto's,' antwoordde Crawford. 'Extra informatie kan, zonder röntgenfoto's, verwarring wekken. Door middel van de foto's kunnen we een aantal vermiste vrouwen uitsluiten.'
Lamar ging met zijn organistenhanden uiterst zachtzinnig te werk. Hij opende de mond van de jonge vrouw in Starlings richting en hield haar lippen omhoog terwijl Starling de polaroid tegen het gezicht plaatste om details van de voortanden te kunnen fotograferen. Dat was nog eenvoudig, maar nu moest ze de kiezen fotograferen met behulp van een gehemeltereflector waarbij ze aan de zijkant moest kijken of het licht door de wang scheen, zodat ze met zekerheid kon vaststellen dat de stroboscooplamp rond de lens de binnenkant van de mond verlichtte. Ze had dit alleen nog maar zien uitvoeren tijdens een les Gerechtelijk Onderzoek.
Starling bekeek de eerste polaroid-afdruk van de kiezen, stelde de belichting bij en probeerde het opnieuw. Deze afdruk was beter. Deze was uiterst helder.
'Ze heeft iets in haar keel,' zei Starling.
Crawford bestudeerde de foto. Vlak achter het zachte gehemelte was een donker, cilindervormig voorwerp te zien. 'Geef me de zaklantaarn eens.'
'Als een lichaam in het water heeft gelegen, blijven er vaak bladeren en troep in de mond achter,' zei Lamar in een poging Crawford te helpen.
Starling pakte een paar tangen uit haar tas. Ze keek over het lijk heen Crawford aan. Hij knikte. Het kostte haar amper een seconde om het voorwerp eruit te halen.

‘Wat is het?’ vroeg Crawford. ‘Een of andere zaaddoos?’
‘Nee hoor,’ zei Lamar. ‘Dat is de cocon van een insect.’
Hij had gelijk.
Starling stopte het in een potje.
‘Als u wilt, kunt u het laten bekijken door een deskundige uit het district,’ zei Lamar.
Terwijl het lichaam op de buik lag, was het niet moeilijk om vingerafdrukken te nemen. Starling had zich op het ergste voorbereid, maar het was niet nodig om gebruik te maken van vingerovertrekken of de lastige, tijdrovende injectiemethode. Ze bracht de afdrukken over op dunne kaartstof, die in een hoefijzervormig instrument was gestoken. Verder nam ze een reeks afdrukken van de voetzolen, voor het geval er alleen afdrukken van babyvoetjes uit een ziekenhuis aanwezig waren om te raadplegen.
Hoog op de schouders ontbraken twee driehoekige stukjes huid. Ook daar nam Starling foto’s van.
‘Neem ook de maat,’ zei Crawford. ‘Hij heeft die vrouw uit Akron verwond toen hij haar kleren opensneed. Het was niet meer dan een schrammetje, maar het kwam overeen met de snee in de achterkant van haar blouse, die later naast de weg is gevonden. Maar dit is echt iets nieuws. Zoiets heb ik nog niet eerder gezien.’
‘Achter op haar kuit... dat lijkt wel een brandplek,’ merkte Starling op.
‘Dat zie je vaak bij oude mensen,’ zei Lamar.
‘Wat?’ vroeg Crawford.
‘IK ZEI DAT JE DAT VAAK ZIET BIJ OUDE MENSEN.’
‘Ik verstond je wel. Maar leg eens uit. Hoe zit dat met oude mensen?’
‘Oude mensen liggen vaak onder een elektrische deken als ze doodgaan. Zijn ze eenmaal dood, dan veroorzaakt zo’n ding brandplekken, ook al geven ze amper warmte af. Als je dood bent verbrand je onder een elektrische deken omdat er dan geen bloedsomloop meer is.’
‘We zullen de patholoog in Claxton vragen die plek te

onderzoeken en te kijken of die na het intreden van de dood is ontstaan,' zei Crawford tegen Starling.
'Waarschijnlijk van een knalpot,' zei Lamar.
'Wat?'
'KNALPOT – een uitlaat. Dat overkwam Billy Petrie. Die is doodgeschoten en in de kofferbak van zijn auto gesmeten. Zijn vrouw heeft een paar dagen in die wagen rondgereden, op zoek naar hem. Toen ze hem hier binnenbrachten, had hij op zijn heup net zo'n brandwond. Dat kwam omdat de knalpot onder de kofferbak heet was geworden,' zei Lamar. 'Ik kan geen diepvriesboodschappen in de kofferbak van mijn wagen leggen omdat het ijs dan smelt.'
'Dat is goed opgemerkt, Lamar. Ik wou dat je voor mij werkte,' zei Crawford. 'Ken je de mannen die haar in de rivier hebben gevonden?'
'Jabbo Franklin en zijn broer, Bubba.'
'Wat doen die voor de kost?'
'Knokken in de Moose, de draak steken met mensen die hun niets hebben gedaan. Als ik gewoon de Moose binnenkom om iets te drinken, kapot van al het verdriet dat ik de hele dag heb gezien, dan is het: "Ga op die kruk zitten, Lamar, en speel 'Filipino Baby' eens." Ze dwingen je gewoon om steeds maar weer "Filipino Baby" te spelen op die kleffe ouwe kroegpiano. Jabbo vindt dat prachtig. "Als je de woorden niet kent, bedenk je die goddomme zelf maar!" zegt hij. "En zorg verdomme eens een keer dat het rijmt." Hij krijgt een veteranenuitkering en met de kerst probeert hij altijd nog meer geld los te krijgen. Ik hoop nu al vijftien jaar hem op deze tafel aan te treffen.'
'Er moeten serotonine-tests worden uitgevoerd op de gaatjes van de vishaken,' zei Crawford. 'Ik zal de patholoog daarover berichten.'
'Die haken zitten te dicht bij elkaar,' zei Lamar.
'Wat zei je?'
'De Franklins zetten een beug uit met de haken te dicht

op elkaar. Dat is verboden. Daarom hebben ze hem waarschijnlijk vanmorgen pas binnengehaald.'
'De sheriff zei dat het om eendenjagers ging.'
'Dat zullen ze hem ook wel verteld hebben,' zei Lamar. 'Tegen u zullen ze ook wel zeggen dat ze vroeger hebben geworsteld tegen Duke Keomuka, in het team van Satellite Monroe. Als u dat wilt geloven, dan gaat u uw gang maar. Pak je een sniptas, dan nemen ze je mee op snippenjacht als je dat liever doet. En dan geven ze je ook nog een jongen mee die op de uitkijk staat.'
'Wat is er volgens jou gebeurd, Lamar?'
'De Franklins hadden een vislijn uitgezet; aan die verboden haken kun je zien dat het hun lijn is. Ze hebben hem ingehaald om te zien of er vis aan zat.'
'Waarom denk je dat?'
'Anders had deze dame niet naar boven kunnen drijven.'
'Nee.'
'Dus als ze die lijn niet hadden ingehaald, zouden ze haar nooit hebben gevonden. Ze zijn vast flink geschrokken en hebben het ten slotte aangegeven. Ik reken erop dat u de jachtopziener zult inschakelen.'
'Dat denk ik wel,' zei Crawford.
'Ze hebben in hun Ramcharger vaak een ouderwetse telefoon liggen. Dat levert aardig wat op, als je tenminste niet de bak indraait.'
Crawford trok zijn wenkbrauwen op.
'Vissen per telefoon,' zei Starling. 'De vis wordt verdoofd door de elektrische stroom als je de snoeren in het water hangt en aan de slinger draait. Dan drijven ze naar boven, zo voor het grijpen.'
'Zo is het,' zei Lamar. 'Komt u uit deze streek?'
'Dit wordt wel meer gedaan,' antwoordde Starling.
Starling voelde de neiging om iets te zeggen voordat ze de zak dichtritsten, om een gebaar te maken of een of andere belofte te doen. Uiteindelijk schudde ze alleen maar haar hoofd en ging de monsters inpakken.
Het was anders nu het lichaam en het probleem uit het

zicht waren. In dit ontspannen moment drong het tot haar door wat ze had gedaan. Starling trok haar handschoenen uit en zette de kraan boven de gootsteen aan. Met haar rug naar het vertrek liet ze water over haar polsen stromen, water dat niet echt koud was. Lamar, die haar gadesloeg, verdween in de gang. Hij keerde terug met een ongeopend blikje ijskoud sodawater uit de cola-automaat en bood het haar aan. 'Nee, bedankt,' zei Starling. 'Ik kan maar beter niets drinken.'
'U moet het tegen uw nek leggen,' zei Lamar. 'Dat koude spul helpt. Mij tenminste wel.' Tegen de tijd dat Starling het memo voor de patholoog over de ritssluiting van de lijkenzak had geplakt, stond Crawfords seinapparaat in het kantoortje te ratelen.
Het was een gelukstreffer dat dit slachtoffer zo kort na het misdrijf was gevonden. Crawford was vastbesloten haar zo snel mogelijk te identificeren en vervolgens in haar woonomgeving op zoek te gaan naar getuigen van de ontvoering. Zijn methode bezorgde iedereen veel werk, maar het ging in ieder geval snel.
Crawford had een Litton Policefax om vingerafdrukken mee te verzenden. In tegenstelling tot de federale seinapparatuur was de Litton compatibel met de meeste systemen van politiebureaus in de grote steden. De vingerafdrukken die door Starling waren genomen, waren nog maar net droog.
'Laden maar, Starling. Jij hebt een vaste hand.'
Hij bedoelde: *zorg dat er geen vlekken op komen*, en daar zorgde Starling dan ook voor. Het was moeilijk om de samengeperste compositiekaart om de kleine cilinder te rollen terwijl zes centrales in het land op ontvangst wachtten.
Crawford sprak met de telefooncentrale en de ontvangkamer van de FBI in Washington. 'Dorothy, staat iedereen klaar? Nu goed, heren, we zullen het afstellen op één-twintig om het gaaf en duidelijk te houden. Laat iedereen één-twintig controleren. Ja? Atlanta? Goed, geef

me het beeldtelegram... nu.'
Het volgende moment begon het toestel te draaien, langzaam om de helderheid te waarborgen, waarbij de vingerafdrukken van de dode vrouw werden overgeseind naar de ontvangstcentrales van de FBI en de belangrijkste districtsbureaus van de politie in het oosten. Zodra Chicago, Detroit, Atlanta of een van de andere plaatsen de afdrukken in huis had, zou binnen enkele minuten een grootscheeps onderzoek van start gaan.
Hierna seinde Crawford beelden door van het gebit en het gezicht van het slachtoffer. Voor de foto's van het gezicht had Starling het hoofd gedeeltelijk afgedekt met een handdoek, voor het geval de boulevardpers de beelden zou weten te bemachtigen.
Op het moment dat Starling en Crawford wilden vertrekken, arriveerden drie officieren van de staatspolitie uit West-Virginia, sectie Crimineel Onderzoek. Ze waren afkomstig uit Charleston. Crawford schudde handen en deelde kaartjes uit met daarop het nummer voor een rechtstreekse telefoonverbinding met het nationale informatiecentrum voor misdrijven. Starling zag met belangstelling hoe snel hij erin slaagde een sfeer van welwillende medewerking te creëren. Ze zouden beslist bellen als ze iets vonden, vast en zeker. Uiteraard, en tot genoegen. Hoewel ze aanvankelijk dacht dat het succes werd veroorzaakt door de toon van 'ouwe-jongens-krentenbrood', constateerde Starling dat het ook op haar een positieve uitwerking had.
Lamar zwaaide hen op de veranda na toen Crawford en Starling met de hulpsheriff wegreden, in de richting van de Elk River. Het blikje met sodawater was nog redelijk koud. Lamar nam het mee naar de voorraadkamer en mixte de drank met een verkwikkende scheut alcohol.

13

'Zet me maar af bij het lab, Jeff,' zei Crawford tegen de chauffeur. 'En ik wil dat je straks bij het Smithsonian-instituut op agent Starling wacht. Die reist vandaar door naar Quantico.'

'Ja, meneer Crawford.'

Ze reden tegen het vroege avondverkeer in over de brug van de Potomac River vanwaar ze, National Airport achter zich latend, het lager gelegen deel van Washington binnenreden.

Starling had de indruk dat de jongeman achter het stuur ontzag had voor Crawford. Hij reed tenminste opvallend voorzichtig. Ze kon hem geen ongelijk geven. Het was op de academie algemeen bekend dat de laatste agent die onder Crawford een stommiteit had begaan, nu kruimeldiefstallen onderzocht langs de DEW-lijn, de reeks radarposten in de noordpoolcirkel.

Crawford verkeerde niet in zo'n beste stemming. Er waren negen uur verstreken sinds hij de vingerafdrukken en foto's van het slachtoffer had doorgeseind en nog steeds was ze niet geïdentificeerd. Hij en Starling hadden, samen met de staatspolitie van West-Virginia, de brug en de rivieroever uitgekamd tot het donker werd. Zonder resultaat.

Starling had hem in het vliegtuig een telefoongesprek horen voeren om voor thuis een nachtverpleegster te regelen.

In de mooie FBI-sedan was het na de Blue Canoe heerlijk rustig en het was nu gemakkelijker om te praten.

'Ik ga wel even langs bij het informatiecentrum en het Latente Signalementsregister als ik je afdrukken naar Identificatie breng,' zei Crawford. 'Zorg jij voor een bijlage in het bestand. Een bijlage, geen 302. Weet je hoe dat moet?'

'Ja, dat weet ik.'

'Stel dat ik het register ben... Vertel mij dan eens het nieuws.'

Daar was ze even niet op voorbereid, en ze was blij dat Crawford geïnteresseerd leek in de steigers rond het standbeeld van Jefferson toen ze dat passeerden. Het Latente Signalementsregister in de computer van de afdeling Identificatie vergelijkt de karakteristieken van een misdrijf in onderzoek met de reeds bekende misdadigersgewoonten in het bestand. Als het overeenkomsten vindt, wijst het een aantal verdachten aan, compleet met hun vingerafdrukken. Vervolgens vergelijkt men de vingerafdrukken uit het bestand met de latente afdrukken die op de plaats van het misdrijf zijn gevonden. Er waren nog geen vingerafdrukken van Buffalo Bill, maar Crawford wilde er klaar voor zijn. Het systeem vereist korte, beknopte gegevens. Starling probeerde er een paar te bedenken.
'Blanke vrouw, rond de twintig, doodgeschoten, onderste deel romp en de bovenbenen gestroopt...'
'Starling, het register weet al dat hij jonge blanke vrouwen doodt en hun romp vilt. Je kunt trouwens beter het woord "villen" gebruiken. "Stropen" is een ongebruikelijke term, die een andere agent misschien niet zal toepassen. Je weet niet of dat verdomde ding wel een synoniem kan lezen. Het weet al dat hij ze in rivieren gooit. Het weet niet wat in deze zaak *nieuw is*. Wat is hier nieuw, Starling?'
'Dit is het zesde slachtoffer, het eerste gescalpeerde, het eerste dat driehoekige stukjes vel hoog op de schouders mist, het eerste dat in de borst is geschoten, het eerste met een cocon in de keel.'
'Je vergeet de gebroken vingernagels.'
'Nee, meneer Crawford, ze is de tweede met gebroken vingernagels.'
'Je hebt gelijk. Luister, geef aan dat die cocon vertrouwelijke informatie is wanneer je je bijlage inbrengt in het bestand. Die kunnen we gebruiken om valse bekentenissen te ontzenuwen.'
'Ik vraag me af of hij dat al eerder heeft gedaan, een

cocon of een insect inbrengen,' zei Starling. 'Het kan bij een autopsie gemakkelijk over het hoofd worden gezien, zeker als het een waterlijk betreft. U weet hoe dat gaat... de lijkschouwer ziet een ogenschijnlijke doodsoorzaak, het is warm daarbinnen, hij wil opschieten. Kunnen we dat achteraf controleren?'

'Als het moet... Je kunt er natuurlijk op rekenen dat de pathologen zeggen dat ze niets over het hoofd hebben gezien. Dat ongeïdentificeerde slachtoffer uit Cincinnati ligt nog in de vriezer. Ik zal vragen of ze haar nog eens goed willen bekijken, maar de andere vier liggen al onder de grond. Lijken opgraven, dat stuit doorgaans op weerstand. We hebben dat bij vier patiënten van dr. Lecter moeten doen, die onder zijn behandeling waren toen ze de dood vonden. Het was nodig om ons ervan te overtuigen wat precies de doodsoorzaak was. Laat ik je dit zeggen: het is een heel gedoe en het maakt de familieleden van streek. Ik doe het alleen als het niet anders kan, maar we wachten eerst af wat je in het Smithsonian te weten kunt komen voordat ik daartoe besluit.'

'Scalperen... dat gebeurt maar zelden, nietwaar?'

'Het is inderdaad ongewoon,' beaamde Crawford.

'Maar dr. Lecter zei dat Buffalo Bill het ging doen. Hoe wist hij dat?'

'Dat wist hij niet.'

'Toch heeft hij het gezegd.'

'Zo'n grote verrassing is het niet, Starling. Ik was niet echt verrast toen ik het zag. Ik had moeten zeggen dat het een zeldzaamheid was tot de zaak Mengele. Weet je nog? Die had die vrouw gescalpeerd? Daarna zijn er twee of drie epigonen geweest. Toen de kranten over Buffalo Bill begonnen te schrijven en allerlei onzin uitkraamden, hebben ze meermalen benadrukt dat deze moordenaar geen scalpen neemt. Dat het vervolgens toch gebeurt, is niet verwonderlijk; hij volgt waarschijnlijk wat er over hem wordt geschreven. Lecter heeft gegokt. Hij zei niet wannéér het zou gebeuren, dus hij kon het nooit bij het verkeerde eind hebben. Als we Bill te pakken hadden gekregen zonder dat er iemand was gescalpeerd, had Lecter kunnen zeggen dat we hem hadden gearresteerd vóórdat hij daaraan toe was gekomen.'

'Dr. Lecter heeft ook gezegd dat Buffalo Bill in een huis met een bovenverdieping woont. We hebben het daar nog niet over gehad. Waarom heeft hij dat volgens u gezegd?'

'Dat is geen gok. Hij heeft naar alle waarschijnlijkheid gelijk en had je ook kunnen vertellen waarom. Maar hij wilde je er vermoedelijk naar laten raden. Het is de enige zwakke plek die ik ooit bij hem heb kunnen ontdekken: hij wil slim lijken, slimmer dan wie ook. Zo doet hij al jaren.'

'U zei dat ik vragen moest stellen als ik iets wilde weten. Nou, ik moet u nu vragen dat uit te leggen.'

'Goed. Twee van de slachtoffers waren opgehangen, nietwaar? Hoge sporen van afbinding, verschuiving van de nekwervels... Ophanging, zonder enige twijfel. Zoals dr. Lecter uit persoonlijke ondervinding weet, Starling, is het voor een mens heel moeilijk een ander mens tegen diens wil op te hangen. Mensen hangen wel vaak zichzélf op, aan deurknoppen bijvoorbeeld. Dan laten ze zich gewoon zakken. Dat is niet zo moeilijk. Het is veel lastiger om een ander op te hangen, zelfs van een grote hoogte. Ook al is die vastgebonden, dan nog lukt het hem wel steun te vinden voor zijn voeten als er ook maar iets in de buurt is. Een ladder is bedreigend. Slachtoffers zullen daar heus niet geblinddoekt op klimmen, laat staan als ze de strop kunnen zien. Nee, het wordt gedaan in een trapgat. Trappen zijn iets gewoons. Je zegt dat je ze meeneemt naar boven, naar de badkamer of zoiets, en dan laat je ze met een kap over het hoofd de trap opgaan, legt de strop om hun nek en duwt ze vervolgens van de bovenste tree. Het touw heb je al van

tevoren aan de leuning op de overloop vastgemaakt. Dat is de enige goede methode in een huis. Een vent in Californië heeft er bekendheid aan gegeven. Die keren dat Bill niet over een trapgat kon beschikken, heeft hij ze op een andere manier gedood. En geef me nu maar eens de namen van die plaatsvervangend sheriff in Potter en van die agent van de staatspolitie, de hoogste in rang.'
Starling vond ze in haar notitieboekje en las ze op bij het licht van een zaklamp in de vorm van een pen, die ze tussen haar tanden geklemd hield.
'Mooi,' zei Crawford. 'Als je een hotline bemant, Starling, noem de agenten dan altijd bij hun naam. Ze denken eerder aan die lijn wanneer ze persoonlijk worden aangesproken. Als ze denken dat ze naam kunnen maken, bedenken ze eerder dat ze ons moeten bellen als ze op iets bijzonders stuiten. Wat maak je op uit de brandplek aan haar been?'
'Hangt ervan af of die postmortaal is.'
'En als die dat is?'
'Dan heeft hij een gesloten truck, een bestelwagen of een stationcar. Een langwerpig voertuig.'
'Waarom?'
'Omdat de brandplek achter op haar kuit zit.'
Ze waren gearriveerd op de hoek van Tenth Street en Pennsylvania Avenue, voor het nieuwe FBI-hoofdkwartier dat niemand ooit het J. Edgar Hoover Building noemt.
'Ik stap hier wel uit, Jeff,' zei Crawford. 'Je hoeft niet helemaal naar de ingang te rijden. Blijf maar in de wagen, Jeff. Druk alleen even op de knop voor de kofferbak. Kom, Starling, laat me eens zien wat je bedoelt.'
Ze stapte uit en keek toe terwijl Crawford zijn datafax en diplomatenkoffertje uit de bagageruimte pakte.
'Hij heeft het lichaam in iets gehesen dat groot genoeg was om het gestrekt op de rug neer te leggen,' zei Starling. 'Dat is de enige manier waarop de achterkant van

haar kuit op de bodem boven de uitlaatklep kon rusten. In een kofferbak van een auto als deze zou ze opgerold op haar zij hebben gelegen en...'
'Ja, zo denk ik er ook over,' viel Crawford haar in de rede.
Starling besefte dat hij haar alleen had laten uitstappen om haar onder vier ogen te kunnen spreken.
'Je was kwaad toen ik tegen die sheriff zei dat ik niet in het bijzijn van een vrouw met hem wilde praten, hè?'
'Ja.'
'Dat was een smoes. Ik wilde hem afzonderen van de rest.'
'Dat weet ik.'
'Mooi.' Crawford sloeg het kofferdeksel dicht en wendde zich af. Starling kon het er niet bij laten. 'Toch is het belangrijk, meneer Crawford.'
Met zijn spullen in zijn handen draaide hij zich weer naar haar toe. Ze had zijn volle aandacht.
'Die agenten weten wie u bent,' vervolgde ze. 'Ze nemen uw optreden als voorbeeld.' Met een ernstig gezicht haalde ze haar schouders op en toonde hem haar handpalmen. Ze had het gezegd, en er was geen speld tussen te krijgen. Crawford deed alsof haar woorden hem onverschillig lieten. 'Goed opgemerkt, Starling. Ga nu maar aan de slag met dat insect.'
'Komt in orde.'
Ze keek hem na toen hij wegliep, een man van middelbare leeftijd met zijn handen vol, in kleren die gekreukt waren door de vliegreis, de broekspijpen nog modderig van de rivieroever. Een man die naar huis ging om daar zijn plicht te doen.
Op dat moment zou ze voor hem door het vuur zijn gegaan. Dat was een van Crawfords grote talenten.

14

Het Nationaal Natuurhistorisch Museum van het Smithsonian-instituut was al uren gesloten, maar Crawford had van tevoren opgebeld en een suppoost wachtte Starling op om haar binnen te laten via de ingang aan Constitution Avenue. De lichten in het museum waren gedimd en het was er doodstil. Alleen de kolossale gedaante van een stamhoofd uit het gebied van de Stille Zuidzee, met het gezicht naar de ingang gericht, was zo rijzig dat de zwakke plafondverlichting hem in het gelaat scheen.
Starlings gids was een grote zwarte man, gekleed in het onberispelijke uniform dat alle suppoosten van het Smithsonian droegen. Toen hij in de lift zijn gezicht naar het licht ophief, vond ze dat hij wel wat van het stamhoofd had. Haar onnutte gemijmer gaf haar heel even een gevoel van verlichting, alsof iemand een kramp wegmasseerde.
De tweede verdieping boven de grote opgezette olifant, een enorme etage die niet voor het publiek toegankelijk is, wordt gedeeld door de afdelingen Antropologie en Entomologie. De antropologen noemen het de vierde verdieping; de entomologen beweren dat het de derde verdieping is. Een paar jongens van Landbouwwetenschappen zeggen over bewijzen te beschikken dat het hier om de zesde verdieping gaat. Elke afdeling heeft argumenten voor hun visie op het oude gebouw met al zijn uitbreidingen en nieuwe onderafdelingen.
Starling volgde de bewaker door een duister netwerk van gangen, met aan weerszijden hoge kasten vol met antropologische voorwerpen. Alleen de kleine labels verrieden de inhoud.
'Duizenden mensen in die dozen,' zei de suppoost. 'Veertigduizend voorwerpen.'
Met behulp van zijn zaklantaarn vond hij de kantoornummers en terwijl ze doorliepen, liet hij het licht over

de labels glijden. Babyskeletjes en ceremoniële doodskoppen van Dajakkers maakten plaats voor bladluizen: ze lieten de mens achter zich en betraden de oudere, ordentelijkere wereld van de insecten. Hier werd de gang geflankeerd door hoog opgestapelde grote metalen dozen die in een zachtgroene kleur waren geschilderd.
'Dertig miljoen insecten, en daar komen de spinnen nog bij. Rangschik spinnen niet onder insecten,' liet de suppoost haar weten. 'Als je dat doet, springen de spinnenkenners uit hun vel. Daar, het kantoor waar licht brandt. Ga niet in uw eentje weer naar beneden. Als niemand aanbiedt met u mee te lopen, belt u dit toestel maar. Het is het nummer van de suppoostenkamer. In dat geval kom ik u wel halen.' Hij gaf haar een kaartje en vertrok.
Ze bevond zich in het centrum van Entomologie, op een ronde galerij hoog boven de grote opgezette olifant. Daar was het kantoor waar licht brandde. De deur stond open.
'Vooruit, Pilch!' Een mannenstem, schril van opwinding. 'Kom op, jij bent aan zet!'
Starling bleef in de deuropening staan. Twee mannen zaten aan een laboratoriumtafel te schaken. Beiden waren een jaar of dertig, de een had zwart haar en was mager, de ander was mollig en had een weerbarstige rode haardos. Het leek alsof hun aandacht volledig in beslag werd genomen door het schaakbord. Zo ze Starlings aanwezigheid al opmerkten, lieten ze dat op geen enkele manier blijken en hetzelfde gold voor de reusachtige neushoornkever die langzaam over het bord kroop, zigzaggend tussen de schaakstukken door.
Maar toen bereikte de kever de rand van het bord en de magere riep onmiddellijk: 'Je tijd zit erop, Roden.'
De dikke verplaatste zijn loper, draaide de kever meteen om en gaf het beest een zetje, waarop het weer naar de andere kant sjokte.
'Als de kever nou alleen een hoekje afsnijdt?' vroeg Starling. 'Is de tijd dan ook voorbij?'

'Natuurlijk is de tijd dan voorbij,' zei de dikke luid, zonder op te kijken. 'Natuurlijk! Hoe speel jij het dan? Laat je hem soms over het hele bord kruipen? Tegen wie speel jij, zeg, een luiaard?'
'Ik heb een boodschap van speciaal agent Crawford, die had jullie al gebeld.'
'Dat we jullie sirene niet hebben gehoord!' zei de dikke. 'We zitten hier de hele avond te wachten om een insect voor de FBI te identificeren. We doen alleen insecten. Niemand heeft iets gezegd over een boodschap van speciaal agent Crawford. Die kan zijn boodschap, groot of klein, maar beter naar zijn huisarts brengen. Je bent aan zet, Pilch.'
'Ik wil dat spel best een keer tot het eind toe volgen, maar niet nu,' zei Starling. 'Dit is dringend. Laten we dus aan de slag gaan. Je tijd zit erop, Pilch.' Nu keek de man met het zwarte haar op en zag haar staan, leunend tegen de deurpost en met haar aktetas in haar hand. Hij zette de kever op een stukje vermolmd hout in een doos en legde er een slablaadje overheen. Toen hij opstond, zag ze hoe lang hij was.
'Ik ben Noble Pilcher,' zei hij. 'En dat is Albert Roden. Je wilt een insect geïdentificeerd hebben? We helpen je met alle plezier.' Pilcher had een ovaalvormig, vriendelijk gezicht, maar een rusteloze blik in zijn zwarte ogen, die te dicht bij elkaar stonden, terwijl één ervan een beetje loenste en onafhankelijk van het andere het licht opving. Hij maakte geen aanstalten haar een hand te geven. 'Jij bent...?'
'Clarice Starling.'
'Laat eens kijken wat je hebt.'
Pilcher hield de kleine pot tegen het licht.
Roden kwam er ook bij staan. 'Waar heb je die gevonden? Heb je hem soms met je pistool gedood? Heb je zijn mammie gezien?'
Starling dacht onwillekeurig hoe goed het voor Roden zou zijn als hij eens een elleboogstoot tegen zijn kaak-

gewricht zou krijgen.
'Hou op, man,' zei Pilcher. 'Vertel ons eens waar je het hebt gevonden. Zat hij ergens aan vast? Aan een tak of een blad? Of zat hij in de aarde?'
'Ik hoor het al,' zei Starling. 'Niemand heeft jullie iets verteld.'
'De chef heeft ons gevraagd wat langer te blijven om voor de FBI een insect te determineren,' antwoordde Pilcher.
'Bevolen,' zei Roden. 'Heeft ons bevolen om langer te blijven.'
'Dat doen we regelmatig voor de douane en voor het ministerie van Land- en Tuinbouw,' zei Pilcher.
'Alleen niet in het holst van de nacht,' voegde Roden eraan toe.
'Ik moet jullie een paar dingen vertellen die verband houden met een misdaadzaak,' zei Starling. 'Dat is mij toegestaan, mits jullie erover zwijgen tot de zaak is opgelost. Dit is belangrijk. Er staan levens op het spel. Dat is geen loze kreet. Nou, dr. Roden, kun je me beloven dat je een vertrouwelijke mededeling zult respecteren?'
'Ik ben geen doctor. Moet ik iets ondertekenen?'
'Niet als je erewoord iets waard is. Je hoeft alleen te tekenen voor het insect als het noodzakelijk is dat dat hier blijft. Dat is alles.'
'Natuurlijk help ik je. Ik heb heus wel een hart in mijn lijf.'
'Dr. Pilcher?'
'Dat klopt,' zei Pilcher. 'Hij heeft een hart in zijn lijf.'
'Je woord erop?'
'Ik zal mijn mond houden.'
'Pilch is ook nog geen doctor,' zei Roden. 'We zijn even ver met onze studie, maar hij vond het wel leuk dat jij hem met die titel aansprak.' Roden plaatste het topje van zijn wijsvinger tegen zijn kin, alsof hij daarmee de aandacht op zijn bedachtzame gezichtsuitdrukking wilde vestigen. 'Geef ons alles wat je weet. Wat in jouw

ogen misschien onbelangrijk lijkt, kan voor een deskundige informatie van vitaal belang zijn.'

'Dit insect is aangetroffen achter het zachte gehemelte van een vermoorde vrouw. Ik weet niet hoe het daar terecht is gekomen. Haar lichaam lag in de Elk River in West-Virginia, en ze was nog maar een paar dagen dood.'

'Het gaat om Buffalo Bill,' zei Roden. 'Ik heb het op de radio gehoord.'

'Ze zeiden toch zeker niets over dit insect, of wel?' vroeg Starling.

'Nee, maar ze hadden het wel over de Elk River. Kom je daar nu soms vandaan? Ben je daarom zo laat?'

'Ja,' antwoordde Starling.

'Dan zul je wel moe zijn,' zei Roden. 'Wil je koffie?'

'Nee, bedankt.'

'Water?'

'Nee.'

'Cola?'

'Nee, laat maar. We willen weten waar deze vrouw gevangen werd gehouden en waar ze werd vermoord. We hopen dat dit insect een specifieke natuurlijke omgeving kent, we willen weten of het binnen een bepaald gebied voorkomt, of het alleen in bomen slaapt, dat soort dingen. Kortom, we willen weten waar dit insect thuishoort. Als de dader dat insect daar opzettelijk heeft geplaatst, kan alleen hij van dit feit op de hoogte zijn. Daarom vraag ik jullie hierover te zwijgen: we kunnen deze wetenschap eventueel gebruiken om valse verklaringen te ontzenuwen en tijd te sparen. Hij heeft er minstens zes vermoord. De tijd dringt.'

'Denk je dat hij op dit moment, terwijl wij dit insect onderzoeken, een andere vrouw vasthoudt?' vroeg Roden haar onomwonden. Zijn ogen staarden haar aan en zijn lippen waren vaneen geweken. Ze kon in zijn mond kijken en heel even flitste een andere gedachte door haar heen.

'Dat wéét ik niet.' Het klonk een beetje schril. 'Dat weet

ik niet,' zei ze nogmaals, om de scherpte eraf te halen. 'Hij doet het opnieuw zodra hij de kans krijgt.'
'Dan gaan we hier dus zo snel mogelijk mee aan de slag,' zei Pilcher. 'Maak je maar geen zorgen. We zijn goed in dit werk en je kunt je geen betere hulp wensen.' Hij viste het bruine voorwerp met een dunne tang uit de pot en legde het op een stukje wit papier onder het licht. Vervolgens plaatste hij er een loep boven, die vastzat aan een flexibele stang.
Het insect was langwerpig en zag eruit als een mummie. Het zat in een omhulsel dat gedeeltelijk transparant was en het bolle lijfje als een sarcofaag omsloot. De aanhangsels werden zo stevig tegen het lijfje geperst dat het leek alsof ze in reliëf waren uitgesneden. Het snuitje leek een wijze uitdrukking te hebben.
'Ten eerste: dit is niet iets wat doorgaans in de vrije natuur in een mensenlichaam terechtkomt en het zou alleen door toeval in water geraken,' zei Pilcher. 'Ik weet niet hoe groot je kennis van insecten is of hoeveel je wilt horen.'
'Laten we er maar van uitgaan dat ik niets weet. Ik wil dat jullie me alles vertellen.'
'Nou goed. Dit is een pop, een onvolgroeid insect, in een omhulsel dat een cocon wordt genoemd en waarin het zich transformeert van larve tot volgroeid insect,' zei Pilcher.
'Obtect-pop, Pilch?' Roden trok zijn neus op om te voorkomen dat zijn bril naar beneden gleed.
'Ja, ik denk van wel. Wil je Chu erbij halen voor de onvolgroeide insecten? Nou dan, dit is de pop van een groot insect. De meeste van de bekendere insecten kennen een popstadium. Vele daarvan overwinteren op deze manier.'
'Bladeren of kijken, Pilch?' vroeg Roden.
'Ik kijk eerst wel even.' Pilcher legde het specimen onder een microscoop en boog zich er met een tandartssonde overheen. 'Daar gaat-ie dan: geen duidelijk waar-

neembare ademhalingsorganen in de dorso-cefale streek, ademspleetjes op de meso-thorax en een gering abdomen. Laten we daar maar eens mee beginnen.'
'Ummhmm,' mompelde Roden, terwijl hij in een klein handboek bladerde. 'Functionele kaak?'
'Nee.'
'Een paar helmvormige maxillen op het ventro meson?'
'Ja, ja.'
'Waar zitten de antennes?'
'Aan de mesale vleugelrand. Twee paar vleugels; het binnenste paar is volledig toegedekt. Alleen de onderste drie segmenten zijn vrij. Klein, scherp cremaster... Ik zou zeggen Lepidoptera.'
'Dat staat hier ook,' zei Roden.
'Het is de insectenorde van vlinders en motten. Beslaat een enorm gebied,' zei Pilcher.
'Dat zal moeilijk worden als de vleugels doorweekt zijn. Ik ga eens even wat gegevens natrekken,' zei Roden. 'Ik kan zeker niet voorkomen dat je over me kletst terwijl ik weg ben, hè?'
'Vast niet,' antwoordde Pilcher. 'Roden is een prima vent,' zei hij tegen Starling zodra zijn collega het vertrek had verlaten.
'Daar ben ik van overtuigd.'
'Werkelijk?' Pilcher keek haar geamuseerd aan. 'We hebben samen gestudeerd, nou, toen pakten we ieder baantje aan dat we maar konden krijgen. Hij heeft nog een tijdje werk gehad waarbij hij in een mijnschacht moest wachten op kernafval. Toen heeft hij te lang geen daglicht gezien. Maar hij is prima in orde, zolang je maar niet over kernafval praat.'
'Ik zal proberen dat te vermijden.'
Pilcher ging met zijn rug naar het felle licht staan. 'Het is een grote orde, de Lepidoptera. Misschien wel dertigduizend vlinders en honderddertigduizend motten. Ik zou hem graag uit de cocon halen. Dat zal wel moeten als we hem exact willen determineren.'

'Geen bezwaar. Kun je hem er in zijn geheel uithalen?'
'Ik denk van wel. Kijk, deze is op eigen kracht al aan de weg naar buiten begonnen voordat hij doodging. Dat kun je zien aan de grillige scheur hier. Dat kan soms een tijdje duren.'
Pilcher vouwde de natuurlijke spleet in het omhulsel open en haalde het insect er behoedzaam uit. De samengeplakte vleugels waren drijfnat. Die uitspreiden was net zoiets als een natte prop tissue ontwarren. Er viel geen patroon in te bekennen.
Roden kwam terug met de boeken.
'Klaar?' vroeg Pilcher. 'Daar gaat-ie. Het prothorax femus is niet te zien.'
'En de beharing?'
'Geen beharing,' zei Pilcher. 'Wil jij het licht even uitdoen, agent Starling?'
Ze wachtte bij het lichtknopje aan de muur tot ze het schijnsel van Pilchers zaklampje zag. Hij deed een stap terug van de tafel en bescheen het specimen. De ogen van het insect gloeiden op in de duisternis en weerkaatsten de smalle lichtstraal.
'Nachtuil,' zei Roden.
'Waarschijnlijk, maar welke?' vroeg Pilcher. 'Doe het licht maar weer aan. Familie der Noctuidae, agent Starling. Een nachtvlinder. Hoeveel soorten bestaan er, Roden?'
'Zesentwintighonderd en... Er bestaan beschrijvingen van ongeveer zesentwintighonderd exemplaren.'
'Maar die zijn lang niet allemaal zo groot. Nou dan, laat jij je licht er eens over schijnen, kerel.'
Rodens weerbarstige rode haardos boog zich over de microscoop.
'We gaan nu de huid van het insect aandachtig bekijken opdat we het eenduidig kunnen determineren,' zei Pilcher. 'Roden kan dat als de beste.'
Starling had het gevoel dat Pilcher zijn collega moed insprak.

Roden reageerde door heftig met Pilcher in discussie te gaan over de vraag of de larvale uitwassen van het specimen al dan niet in ringen waren gerangschikt. De discussie ging over in een meningsverschil over de rangschikking van de haren op het abdomen.
'*Erebus odora*,' zei Roden ten slotte.
'Laten we maar eens even gaan kijken,' zei Pilcher. Ze namen het specimen mee en gingen met de lift naar de etage die zich vlak boven de opgezette olifant bevond, waar ze een enorme ruimte vol lichtgroene kisten betraden. Een van oorsprong grote hal was in twee niveaus gesplitst om meer opslagruimte te creëren voor de insecten van het Smithsonian. Ze liepen via de neotropische afdeling naar het gebied van de Noctuidae. Pilcher raadpleegde zijn notitieblok en bleef voor een borsthoge kist staan.
'Je moet uitkijken met deze dingen,' zei hij terwijl hij de zware stalen deur uit de kist schoof en op de grond zette. 'Als je hem op je voet laat vallen, loop je een week kreupel.' Zijn vinger gleed langs de rijen laden tot hij er een uitkoos en naar buiten trok.
Op het schuifblad zag Starling de minuscule geconserveerde eitjes, de rups in een potje met alcohol, een cocon dat was verwijderd van een specimen dat veel leek op het hare, en het volwassen exemplaar, een grote, bruinzwarte nachtvlinder met een vleugelspanning van bijna vijftien centimeter, een harig lijf en broze antennes.
'*Erebus odora*,' zei Pilcher. 'De duivelsvlinder.'
Roden bladerde al in een boek. 'Een tropische soort die in de herfst soms helemaal tot in Canada afdwaalt,' las hij. 'De rupsen eten acacia, kattenklauw en soortgelijke planten. Horen thuis in West-Indië, het zuiden van de Verenigde Staten, worden in Hawaï beschouwd als schadelijk ongedierte.'
Lulkoek, dacht Starling. 'Onzin,' zei ze hardop. 'Je ziet ze overal.'

'Maar niet overal en altijd.' Pilchers hoofd was gebogen. Hij plukte aan zijn kin. 'Leggen ze meer dan één keer per jaar eieren, Roden?'
'Even kijken... Ja, in het uiterste zuiden van Florida en Texas.'
'Wanneer?'
'In mei en augustus.'
'Zomaar een gedachte,' zei Pilcher. 'Jullie exemplaar is iets verder ontwikkeld dan dat van ons, en het is vers. Het was al begonnen uit zijn cocon te kruipen. In West-Indië of Hawaï zou ik dat misschien nog kunnen begrijpen, maar hier is het winter. In dit land zou hij nog drie maanden wachten voordat hij naar buiten kwam. Tenzij het bij toeval in een broeikas is gebeurd of iemand hem heeft geteeld.'
'Telen? Hoe dan?'
'In een kas bijvoorbeeld. In een warme omgeving, met acaciabladeren als voedsel voor de rupsen tot ze klaar zijn om in hun cocons te kruipen. Dat is niet zo moeilijk.'
'Is het een populaire hobby? Wordt het, afgezien van vaklui, door veel mensen gedaan?'
'Nee. Het zijn voornamelijk entomologen die proberen een volmaakt exemplaar te verkrijgen, en misschien een paar verzamelaars. Ook de zijde-industrie houdt zich ermee bezig, maar daarbij gaat het om andere nachtvlinders, niet van deze soort.'
'Entomologen moeten beschikken over periodieken, over vakbladen,' zei Starling. 'Ze moeten mensen kennen die de benodigde uitrusting verkopen.'
'Inderdaad. De meeste van die publicaties komen hier terecht.'
'Ik zorg wel dat je daar een stapeltje van krijgt,' zei Roden. 'Een paar mensen hier hebben een privé-abonnement op de kleinere circulaires. Die houden ze achter slot en grendel. Als je die krengen wilt inkijken, laten ze je er een kwartje voor betalen. Ik laat die bulletins mor-

genochtend wel verzamelen.'
'Ik laat ze wel afhalen. Hartelijk dank, meneer Roden.'
Pilcher fotokopieerde de passages over *Erebus odora* en gaf zowel de kopieën als het insect aan Starling. 'Ik breng je wel even naar beneden,' zei hij.
Ze wachtten op de lift. 'De meeste mensen houden van vlinders en hebben een hekel aan motten,' merkte hij op.
'Maar motten zijn interessanter, fraaier.'
'Ze richten heel wat schade aan.'
'Sommige soorten, een behoorlijk aantal zelfs, maar ze leven op velerlei manieren. Net als wij.' Het bleef stil tot de volgende verdieping. 'Er bestaat een mot, of liever gezegd: meer dan een, die alleen maar leeft van tranen,' vertelde hij toen. 'Dat is het enige wat ze tot zich nemen.'
'Wat voor tranen? Van wie?'
'De tranen van grote landzoogdieren, ongeveer zo groot als wij zijn. Vroeger werd een mot omschreven als "alles wat andere dingen geleidelijk aan en geruisloos eet, verteert en verwoest". Bovendien had het woord "mot" ook een destructieve klank... Zeg, ben je hier de hele tijd mee bezig? Met de jacht op Buffalo Bill?'
'Zo vaak als maar mogelijk is.'
Pilcher maakte zijn tanden schoon, waarbij zijn tong zich achter zijn lippen bewoog als een kat onder een deken.
'Ga je ooit uit om ergens een hamburger te eten of gezellig een biertje of een glas huiswijn te drinken?'
'Daar komt de laatste tijd weinig van.'
'Mag ik je dan nu uitnodigen? We kunnen hier vlakbij een hapje eten.'
'Nee, maar ik trakteer jou als dit allemaal voorbij is. Meneer Roden is natuurlijk ook welkom.'
'Zo natuurlijk vind ik dat niet,' zei Pilcher. Bij de deur voegde hij eraan toe: 'Ik hoop dat je gauw klaar bent met deze zaak, agent Starling.'
Ze liep snel naar de wachtende auto.

Ardelia Mapp had Starlings post en een halve chocoladereep op haar bed gelegd. Zelf lag ze al te slapen.

Starling ging met haar kofferschrijfmachine naar de wasruimte, zette hem op de plank waar normaal het schone wasgoed werd gevouwen en draaide een vel papier met doorslag in de machine. Op de terugweg naar Quantico had ze haar aantekeningen over *Erebus odora* zodanig in haar hoofd gerangschikt dat ze alles nu snel kon uittypen. Toen ze daarmee klaar was, at ze de reep op en schreef een memo aan Crawford. Ze stelde hem voor de geautomatiseerde adreslijsten van de entomologiepublicaties te checken tegen de bij de FBI bekende misdadigersdossiers en de dossiers van de steden die zich het dichtst bij de plaatsen van de ontvoeringen bevonden, evenals met de dossiers over plegers van geweld- en sexmisdrijven van Metro Dade, San Antonio en Houston, de gebieden waar die vlinders het meest voorkwamen.

En dan was er nog iets wat ze, voor de tweede keer, naar voren moest brengen: *Laten we dr. Lecter vragen waarom hij dacht dat de dader zou gaan scalperen.*

Ze gaf de papieren af aan de agent die nachtdienst had en stapte in haar behaaglijke bed. De stemmen van de dag fluisterden nog in haar oor, zachter dan het geluid van Mapps ademhaling aan de andere kant van de kamer. In de dichte duisternis zag ze het wijze snuitje van de vlinder. Die gloeiende oogjes hadden Buffalo Bill gezien.

Vanuit de kosmische ruimte van het Smithsonian kwam haar laatste gedachte en een slotfrase voor deze dag: *In deze zonderlinge wereld, waarvan de helft in het donker gedompeld is, moet ik jacht maken op iets dat leeft van tranen.*

15

In het oosten van Memphis, Tennessee, zaten Catherine Baker Martin en haar vriend in zijn flat naar een nachtfilm op de televisie te kijken en ondertussen aan een goed gevulde hasjpijp te lurken. De onderbrekingen door reclamespots werden langduriger en frequenter.
'Ik krijg er de kriebels van,' zei ze. 'Heb jij zin in popcorn?'
'Geef mij de sleutels maar. Dan haal ik die wel.'
'Blijf maar zitten. Ik moet toch even luisteren of mam heeft gebeld.' Ze stond op van de bank, een lange, jonge vrouw met een stevige bouw en een mollig, bijna zwaar figuur. Ze had een knap gezicht, dat werd omlijst door een weelderige, glanzende haardos. Ze trok haar schoenen aan, die onder de salontafel stonden, en ging naar buiten. De februari-avond was eerder guur dan koud. Een lichte mist, afkomstig van de Mississippi River, hing op borsthoogte over de grote parkeerplaats. Recht boven haar hoofd zag ze de verblekende maan, vaal en smal als een benen vishaak. Als ze omhoogkeek, werd ze een beetje draaierig. Ze stak de parkeerplaats over, met vaste tred haar weg zoekend naar haar eigen voordeur, ongeveer honderd meter verderop.
De bruine bestelwagen stond vlak bij haar appartement geparkeerd, tussen enkele campers en boten op trailers. De wagen viel haar op omdat hij leek op de auto's van de besteldienst die vaak cadeautjes van haar moeder bij haar afleverden.
Toen ze de bestelwagen passeerde, drong het schijnsel van een lamp door de mist heen. Het was een staande lamp met een kap, die op het asfalt achter de wagen stond. Onder de lamp bevond zich een leunstoel met sits bekleding waarvan de grote rode bloemen in de mist in bloei leken te staan. De twee voorwerpen deden denken aan meubelen die waren uitgestald in een toonkamer.
Catherine Baker Martin knipperde een paar keer met

haar ogen en liep toen verder. Het woord surrealistisch kwam in haar op. Ze weet het aan de hasjpijp en hield zich voor dat haar niets mankeerde. Iemand was aan het verhuizen, ging hier weg of kwam hier wonen. In, uit. Er was in de Stonehinge Villa's altijd wel iemand aan het verhuizen. Het gordijn van haar appartement bewoog. Ze zag dat haar kat op de vensterbank zat en zich kromde, zijn flank tegen de vensterruit gedrukt.
Ze had haar sleutel al in haar hand maar keek eerst nog even achterom voordat ze hem in het slot stak. Een man klauterde uit de achterkant van de bestelwagen. In het licht van de lamp kon ze zien dat zijn hand in een gipsverband zat en dat hij zijn arm in een mitella droeg. Ze ging naar binnen en deed de deur achter zich op slot.
Catherine gluurde door het gordijn en zag dat de man probeerde de stoel achter in de bestelwagen te hijsen. Hij greep het ding met zijn goede hand vast en trachtte hem met zijn knie omhoog te duwen. De stoel viel om. Hij zette hem overeind, likte aan zijn vinger en wreef over een vlek op het sits, veroorzaakt door de val op de grond van het smerige parkeerterrein.
Ze ging naar buiten. 'Ik help u wel even.' Ze sloeg precies de juiste toon aan: hulpvaardig, maar meer ook niet. 'Wilt u dat? Bedankt!' Een vreemde, gespannen stem. Geen streekaccent.
De staande lamp verlichtte zijn gezicht van de onderkant, waardoor zijn gelaatstrekken een verwrongen indruk maakten. Maar zijn lichaam kon ze duidelijk zien. Hij droeg een gestreken kaki broek en een soort zeemleren overhemd dat bovenaan openstond en een sproetige borst liet zien. Zijn kin en wangen waren onbehaard, glad als bij een vrouw, en door de schaduwen die de lamp opwierp, waren zijn ogen niet meer dan gloeiende puntjes boven een paar jukbeenderen. Hij nam haar ook op, en daar was ze gevoelig voor. Mannen verbaasden zich vaak over haar lengte wanneer ze dichterbij kwa-

men en sommigen konden dat beter verdoezelen dan anderen.
'Fijn,' zei hij.
Er hing een onaangename geur om de man heen. Catherine zag vol afkeer dat er nog haren op zijn zeemleren shirt zaten, krulhaartjes op de schouders en onder aan de mouwen.
Het was een koud kunstje om de stoel op de lage bodem van de bestelwagen te tillen.
'Zullen we hem even naar voren schuiven?' De man klom naar binnen en legde wat spullen aan de kant, grote, platte bekkens die onder auto's worden geschoven om olie in op te vangen en een kleine handlier, een zogenaamde kistentakel.
Ze schoven de stoel naar voren tot hij vlak achter de bank stond. 'U hebt ongeveer maat vierenveertig, hè?' vroeg hij.
'Wat?'
'Wilt u me dat touw even aangeven? Het ligt vlak bij uw voeten.' Toen ze zich bukte om te kijken, liet hij het gipsverband op haar achterhoofd neerkomen. Ze dacht dat ze haar hoofd had gestoten en wilde haar hand erop leggen toen het gips opnieuw neerdaalde, waarbij het haar vingers bijna tegen haar schedel verbrijzelde. Er volgde een reeks van slagen achter haar oor, niet al te hard, tot ze neerzeeg over de stoel. Ze gleed op de vloer van de wagen en bleef daar op haar zij liggen.
De man bleef even naar haar staan kijken voordat hij het gipsverband van zijn hand trok en de mitella afdeed. Daarna zette hij vlug de lamp in de wagen en deed de achterportieren dicht. Hij trok haar kraag naar achteren en scheen met een zaklantaarn op het maatetiketje van haar blouse.
'Prima,' zei hij. Hij knipte de achterkant van de blouse open met een verbandschaar, trok haar het kledingstuk uit en sloeg haar polsen op haar rug in de handboeien. Nadat hij een verhuisdeken op de bodem van de wagen

had uitgespreid, rolde hij haar op haar rug. Ze droeg geen beha. Hij priemde met zijn vingers in haar volle borsten en voelde hoe zwaar en veerkrachtig ze waren.
'Mooi,' zei hij.
Op haar linkerborst zat een roze zuigplek. Hij likte aan zijn vinger en probeerde het weg te wrijven zoals hij dat met de vlek op het sits had gedaan. Toen de kleur bij een lichte druk iets wegtrok, knikte hij. Hij rolde haar op haar buik, schoof haar dikke haar met zijn vingers opzij en onderzocht haar schedel. Het gips had geen wond veroorzaakt.
Hij voelde haar polsslag door twee vingers tegen de zijkant van haar hals te leggen en constateerde dat die krachtig was.
'Mooooi,' zei hij. Het was nog een lange rit naar zijn huis, dat een bovenverdieping had, en hij wilde hier liever geen noodverband aanleggen.
De kat van Catherine Baker Martin keek door het raam naar buiten toen de bestelwagen wegreed, waarna de achterlichten steeds dichter bij elkaar leken te staan. Achter de kat rinkelde de telefoon. De rode lampjes van het antwoordapparaat in de slaapkamer lichtten op in de duisternis toen het op de oproep reageerde. Degene die belde was Catherines moeder, de jongste senator voor de staat Tennessee.

16

In de jaren tachtig, het gouden tijdperk voor terrorisme, werden procedures ontwikkeld voor ontvoeringszaken die betrekking hadden op leden van het Congres.
Om 2.45 uur 's nachts meldde de verantwoordelijke speciaal agent van het FBI-bureau in Memphis aan het hoofdkwartier in Washington dat de enige dochter van senator Ruth Martin was verdwenen.
Om 3.00 uur die nacht verlieten twee bestelwagens zon-

der dienstkenteken de ondergrondse garage van het hoofdbureau in Washington, Buzzard's Point. Een van de wagens reed naar het senaatsgebouw, waar technici opname- en afluisterapparatuur plaatsten in het kantoor van senator Martin en met Title 3-apparatuur de telefooncellen in de naaste omgeving van het kantoor aftapten. Het ministerie van Justitie wekte het jongste lid van de bijzondere veiligheidscommissie voor de Senaat om hem volgens de regels te verwittigen van de geplaatste afluisterapparatuur.
Het andere voertuig, een zogenaamde 'gluurwagen' met ruiten die alleen van binnenuit zicht bieden en uitgerust zijn met alle surveillancemiddelen, werd geparkeerd op Virginia Avenue om een oogje te houden op de voorzijde van het Watergate West, de residentie van senator Martin in Washington. Twee inzittenden van deze wagen gingen naar binnen om afluisterapparatuur te bevestigen aan de huistelefoons van de senator.
De telefooncentrale Atlantic schatte de gemiddelde opsporingstijd op zeventig seconden voor ieder losgeldtelefoontje dat via een binnenlands digitaal telefoonnet binnenkwam.
Het reactieteam van Buzzard's Point verdubbelde de mankracht voor het geval losgeld zou worden geëist dat in de omgeving van Washington zou moeten worden afgeleverd. Hun radiocontact ging over op verplichte codetaal om te voorkomen dat eventuele afspraken over het afleveren van losgeld door helikopters van de nieuwsdiensten werden opgevangen. Dergelijk onverantwoordelijk gedrag van de nieuwsmedia was weliswaar een zeldzaamheid, maar het was al eens eerder gebeurd.
Vervolgens werd het speciale bijstandsteam voor gijzelingszaken in paraatheid gebracht alsof het om luchtlandingstroepen ging.
Iedereen hoopte dat de verdwijning van Catherine Baker Martin een zaak was van professionele ontvoerders

die op losgeld uit waren. Die mogelijkheid bood de beste kans dat ze het er levend van af zou brengen. Geen mens sprak over de gruwelijkste mogelijkheid van allemaal. Kort voor het aanbreken van de dag in Memphis was er een ontwikkeling: een agent van de gemeentepolitie onderzocht een klacht over een landloper in Winchester Avenue en hield daarbij een oudere man aan die langs de kant van de weg lege blikjes en oude rommel liep te verzamelen. In zijn handkar vond de agent een damesblouse. De knoopjes aan de voorkant van de blouse waren nog dicht en de achterkant was opengesneden als bij een begrafenispak. Het wasmerkje stond op naam van Catherine Baker Martin.

Om halfzeven 's morgens reed Jack Crawford vanuit zijn huis in Arlington in zuidelijke richting toen de telefoon in zijn wagen voor de tweede keer binnen twee minuten begon te piepen.

'Negen twintig-twee veertig.'

'Veertig stand-by voor Alpha 4.'

Crawford zag een parkeerterrein, reed dat op en stopte om zijn volle aandacht aan het telefoongesprek te wijden. Alpha 4 was de directeur van de FBI.

'Jack, heb je 't al gehoord van Catherine Martin?'

'Ik hoorde het zojuist van de agent die nachtdienst heeft.'

'Dan weet je het ook al van de blouse. Vertel eens wat je ervan vindt.'

'Buzzard's Point is paraat op kidnapping,' zei Crawford.

'Ik wil ze liever voorlopig paraat houden. Als dat niet langer kan, dan wil ik de telefoonsurveillance aanhouden. Opengesneden blouse of niet, we weten niet zeker dat het om Bill gaat. Als het een na-aper is, kan hij bellen om losgeld te eisen. Wie doet de afluisterapparatuur in Tennessee, wij of zij?'

'Zij. De staatspolitie. Ze zijn er redelijk goed in. Phil Adler belde me vanuit het Witte Huis op om te zeggen dat de president de zaak "met grote belangstelling volgt".

We kunnen best een succesje gebruiken, Jack.'
'Dat had ik ook al bedacht. Waar is de senator?'
'Onderweg naar Memphis. Ze belde me een paar minuten geleden thuis op. Je kunt je wel voorstellen wat voor telefoontje dat was.'
'Ja.' Crawford kende senator Martin van hoorzittingen over de budgettering.
'Ze komt met al het grof geschut waarover ze maar kan beschikken.'
'Ik kan haar geen ongelijk geven.'
'Ik ook niet,' zei de directeur. 'Ik heb haar gezegd dat we ons tot het uiterste zullen inspannen, zoals we dat steeds hebben gedaan. Ze is... ze kent je privé-omstandigheden en heeft je een Learjet ter beschikking gesteld. Maak er gebruik van. Ga 's nachts naar huis, als je dat kunt.'
'Goed. De senator is een vechtjas, Tommy. Als zij de leiding probeert over te nemen, krijgen we heel wat met haar te stellen.'
'Weet ik. Verschuil je maar achter mij als dat nodig is. Hoeveel tijd hebben we, Jack? Zes, zeven dagen op z'n hoogst?'
'Geen idee. Als hij in paniek raakt wanneer hij ontdekt wie ze is... Nou, dan maakt hij misschien korte metten met haar.'
'Waar ben je nu?'
'Drie kilometer van Quantico.'
'Kan een Lear daar landen?'
'Ja.'
'Twintig minuten.'
'Jawel.'
Crawford toetste cijfers in zijn telefoon en mengde zich weer tussen het verkeer.

17

Clarice Starling stond, geradbraakt na een onrustige nacht, in haar badjas en op haar donspantoffels, met een handdoek over haar schouder geslagen, te wachten tot ze toegang kreeg tot de badkamer die zij en Mapp deelden met de studentes die naast hen woonden. Toen ze het nieuws uit Memphis op de radio hoorde, stokte haar adem.
'O, god!' zei ze. 'O, hemel! HÉ, JULLIE DAARBINNEN! DEZE BADKAMER IS GEVORDERD. KOM NAAR BUITEN MET JE BROEK AAN. DIT IS GEEN OEFENING!' Ze stapte naast een verschrikte buurvrouw onder de douche. 'Maak eens ruimte, Grace, en geef me de zeep even aan.'
Met haar oren gespitst op eventueel telefoongerinkel pakte ze haar spullen voor een dag en nacht in een tas en zette haar onderzoekskoffer klaar bij de deur. Ze liet de centrale weten dat ze in haar kamer was en sloeg het ontbijt over om bij de telefoon te kunnen blijven. Toen ze tien minuten voor de aanvang van haar lessen nog niets had gehoord, haastte ze zich met haar uitrusting naar de afdeling Gedragswetenschappen.
'Meneer Crawford is drie kwartier geleden naar Memphis vertrokken,' vertelde de secretaresse haar vriendelijk. 'Burroughs is meegegaan, en Stafford van het lab is vanaf National Airport vertrokken.'
'Ik heb hier vannacht een rapport voor hem neergelegd. Heeft hij nog een boodschap voor me achtergelaten? Ik ben Clarice Starling.'
'Ja, ik weet wie je bent. Ik heb hier drie papiertjes met je telefoonnummer erop en ik geloof dat er op zijn bureau ook nog een paar liggen. Nee, hij heeft niets voor je achtergelaten, Clarice.' De vrouw keek naar Starlings bagage. 'Moet ik hem soms iets zeggen als hij opbelt?'
'Heeft hij ook geen telefoonnummer in Memphis achtergelaten?'

'Nee, dat belt hij nog door. Heb je vandaag geen lessen, Clarice? Je bent toch nog met de opleiding bezig?'
'Ja. Ja, dat klopt.'
Starling was laat toen ze haar klaslokaal betrad en ze had het gevoel dat ze een lange weg moest afleggen voordat ze haar plaats had bereikt. Gracie Pitman, de jonge vrouw die ze onder de douche opzij had geschoven, zat op de stoel achter de hare en maakte het haar niet gemakkelijk. Gracie trok uitgebreid schampere bekken voordat Starling op haar plaats zat en zich aan de aandacht kon onttrekken. Daarna moest ze twee uur lang op een lege maag luisteren naar een uiteenzetting over 'uitzonderingsaspecten bij huiszoeking en inbeslagneming'. Pas na dat verhaal had ze gelegenheid om een cola uit de drankautomaat te gaan halen.
Rond het middaguur keek ze in haar postvakje of er iets in lag, maar dat bleek niet het geval te zijn. Op dat moment schoot het door haar heen, zoals sommige andere dingen waarvan ze zich in haar leven opeens bewust was geworden, dat intense frustratie bijna net zo smaakt als levertraan, een smaak die ze zich uit haar kinderjaren maar al te goed herinnerde.
Op sommige dagen werd je wakker als een ander mens. Starling voelde dat dit zo'n dag was. Wat ze gisteren had gezien in het uitvaartcentrum van Potter had een licht tektonische verandering in haar teweeggebracht.
Starling had psychologie en criminologie gestudeerd. Het was een goede opleiding geweest. Ze had in haar leven kennisgemaakt met een aantal van de gruwelijk plotselinge manieren waarop de wereld achteloos dingen kan vernietigen. Maar ze had niet echt gewéten. Nu wist ze: soms brengt de mensheid, verborgen achter een menselijk gezicht, een geest voort die genot vindt in wat daar op de porseleincn tafel in Potter, West-Virginia, in dat vertrek met hel roosjesbehang, had gelegen. Starlings eerste besef van die geest was afschuwelijker dan alles wat ze zich op een autopsietafel kon voorstellen. Dit weten

zou haar eeuwig bijblijven en ze besefte dat ze moest zorgen dat ze eelt op haar ziel kreeg als ze er niet aan onderdoor wilde gaan.
Het dagelijks lesprogramma hielp haar niet. Ze had de hele dag het gevoel dat zich vlak achter de horizon van alles afspeelde. Het leek of ze een heftig geroezemoes van gebeurtenissen hoorde, als de geluiden uit een ver verwijderd stadion. Ze schrok op bij bepaalde bewegingen, wanneer een groepje mensen haar in de gang passeerde of schaduwen van een wolkendek haar bestreken. Ook het geluid van een vliegtuig kon haar van slag brengen.
Na de lessen ging Starling hardlopen, waarbij ze te veel rondjes maakte, en vervolgens ging ze zwemmen. Ze zwom tot de gedachte aan de lijken in het water in haar opkwam, waardoor ze meteen het water uit wilde.
Met Mapp en een stuk of twaalf andere studenten keek ze in de recreatiezaal naar het televisiejournaal van zeven uur. De ontvoering van de dochter van senator Martin werd niet als eerste vermeld, maar volgde op de ontwapeningsonderhandelingen in Genève.
Er werden opnamen uit Memphis getoond die waren gemaakt over het zwaailicht van een patrouillewagen heen. Ze begonnen met het naambord van de Stonehinge Villa's. De pers stortte zich vol overgave op de gebeurtenis en omdat er weinig nieuws te melden was, interviewden verslaggevers elkaar op de parkeerplaats van Stonehinge. Gezagsdragers van Memphis en Shelby County deinsden terug voor het ongebruikelijk grote aantal microfoons dat hun werd voorgehouden. Onder gedrang en geschreeuw, in een chaos van beelden en geluiden, somden ze alles op wat ze niet wisten. Fotografen schoten ineengedoken hun plaatjes, terwijl televisiecamera's vastlegden welke rechercheurs het appartement van Catherine Baker Martin betraden of verlieten.
In de recreatiezaal van de Academie steeg even een gejoel op toen Crawfords gezicht heel even zichtbaar was

achter een van de ramen van het appartement. Starling trok haar ene mondhoek op tot een scheef glimlachje. Ze vroeg zich af of Buffalo Bill zat te kijken, wat hij dacht van Crawfords gezicht en of hij eigenlijk wel wist wie Crawford was.
Ook anderen bleken te denken dat Bill mogelijk zat te kijken. Senator Martin verscheen live in beeld, alleen in de slaapkamer van haar dochter. Op de muur achter haar hing een embleem van de Southwestern-universiteit, naast posters van Wile E. Coyote en het Equal Rights Amendment. Ze was een rijzige vrouw met een markant, niet echt knap gezicht.
'Ik spreek nu tot de persoon die mijn dochter vasthoudt,' zei ze. Ze liep dichter naar de camera toe, zodat de cameraman onverwacht het beeld moest bijstellen, en sprak zoals ze nooit tegen een terrorist zou hebben gesproken. 'U hebt de macht om mijn dochter ongedeerd vrij te laten. Haar naam is Catherine. Ze is een lief, begripvol mens. Laat mijn dochter alstublieft gaan, laat haar alstublieft ongedeerd vrij. U beheerst deze situatie. U hebt de macht. U hebt de leiding. Ik weet dat u in staat bent tot gevoelens van liefde en mededogen. U kunt haar beschermen tegen alles wat haar kwaad zou kunnen willen doen. U hebt nu een prachtige kans om de hele wereld te laten zien dat u intens goed kunt zijn, dat u voldoende goedheid bezit om anderen beter te behandelen dan de wereld u heeft behandeld. Haar naam is Catherine.'
De blik van senator Martin liet de camera los terwijl het beeld plaats maakte voor een familiefilmpje van een peuter die probeerde te lopen, zich vastklampend aan de manen van een grote collie.
De stem van de senator vervolgde: 'De film die u nu ziet, toont Catherine als klein meisje. Laat Catherine vrij. Laat haar ongedeerd gaan, onverschillig waar, en u weet zich verzekerd van mijn steun en mijn vriendschap.'
Nu werd een serie foto-opnamen getoond: Catherine

Martin als achtjarige aan het roer van een zeilboot. De boot stond op blokken en haar vader was de romp aan het verven. Vervolgens twee recente foto's van de jonge vrouw, op de ene stond ze voluit afgebeeld, de andere liet haar gezicht in close-up zien.
Terug naar de senator, eveneens in close-up: 'Ten overstaan van dit hele land beloof ik u dat u absoluut kunt rekenen op mijn steun, wanneer u die maar nodig hebt. Ik beschik over veel middelen om u te helpen. Ik zit in de senaat van de Verenigde Staten. Ik heb zitting in de commissie voor de Strijdkrachten. Ik ben zeer betrokken bij het Strategisch Defensie Initiatief, de bewapeningssystemen in de ruimte die door iedereen "Star Wars" worden genoemd. Hebt u vijanden, dan zal ik die bestrijden. Als ook maar iemand u belaagt, kan ik die tegenhouden. U kunt me altijd bellen, dag en nacht. Catherine is de naam van mijn dochter. Alstublieft, toon ons uw kracht,' besloot senator Martin, 'en laat Catherine ongedeerd vrij.'
'Tjonge, dat is slim,' zei Starling. Ze beefde als een juffershondje. 'Jezus, wat slim!'
'Wat?' vroeg Mapp. 'Die Star Wars? Als de marsmannetjes vanaf een andere planeet Buffalo Bills gedachten beheersen, dan kan senator Martin hem beschermen... Is dat wat jij zo slim vindt?'
Starling knikte. 'Veel paranoïde schizofrenen lijden aan nu net die hallucinatie dat ze in de macht van buitenaardse wezens verkeren. Als ook Bill daaraan ten prooi is, kan deze benadering hem misschien tot zichzelf brengen. Het is hoe dan ook een verdomd goeie zet. Knap gedaan, hoor! Dit kan Catherine op z'n minst een paar dagen extra uitstel van executie opleveren. Nu hebben ze misschien voldoende tijd om meer over Bill aan de weet te komen. Of misschien is die tijd er niet. Crawford denkt dat Bills passieve periodes weleens steeds korter zouden kunnen worden. Ze kunnen dit probéren, zoals ze ook andere dingen kunnen proberen.'

'Ik zou niets onbeproefd laten als hij iemand van mijn familie had. Waarom zei ze toch steeds "Catherine"? Waarom noemde ze telkens weer die naam?'
'Ze hoopt dat Buffalo Bill haar dochter op die manier als een mens gaat beschouwen. Het vermoeden is dat hij haar eerst moet ontdoen van haar persoonlijkheid, dat hij haar als een ding moet bekijken, voordat hij haar kan verscheuren. Seriemoordenaars, sommigen tenminste, praten daarover tijdens gesprekken in gevangenschap. Ze zeggen dat het is alsof ze dan met een pop bezig zijn.'
'Zie jij Crawford achter de woorden van senator Martin?'
'Misschien. Het kan ook dr. Bloom zijn... O, daar heb je hem al,' zei Starling.
Op het scherm verscheen een interview dat enkele weken daarvoor was opgenomen. Het was een vraaggesprek over seriemoord met dr. Alan Bloom van de universiteit van Chicago.
Dr. Bloom wilde Buffalo Bill niet vergelijken met Francis Dolarhyde of Garrett Hobbs, en ook niet met de anderen uit zijn praktijkervaring. Verder weigerde hij de naam 'Buffalo Bill' te gebruiken. In wezen zei hij buitengewoon weinig, maar hij stond bekend als een deskundige, vermoedelijk als de enige echte expert op dit gebied, en de televisiemaatschappij wilde gewoon zijn gezicht op het scherm brengen. Als apotheose van de uitzending werden zijn slotwoorden gebruikt: 'Er is niets waarmee we hem kunnen dreigen dat erger is dan dat waarmee hij zich iedere dag weer geconfronteerd ziet. Wél kunnen we hem vragen naar ons toe te komen. We kunnen hem verlichting en een zachtzinnige behandeling beloven, en we kunnen dat absoluut en oprecht menen.'
'Nou, we kunnen allemaal wel wat verlichting gebruiken,' zei Mapp. '*Ik* in ieder geval wel! Al dat vage gezwets, die ongrijpbare, wazige praatjes. Heerlijk, hoor! Hij heeft eigenlijk niets gezegd, maar nou ja, hij heeft

Bill tenminste hoogstwaarschijnlijk ook niet op de kast gejaagd.'
'Ik kan dat beeld van die vrouw uit West-Virginia bijna niet van me af zetten,' zei Starling. 'Hooguit een halfuur, en dan doemt het opeens weer voor me op. Parelmoerlak op haar nagels... dat laat me maar niet los.'
Mapp deed tijdens de avondmaaltijd een greep uit haar vele interesses om Starling wat op te beuren en boeide luisterende omstanders door vergelijkingen te trekken tussen versregels in de werken van Stevie Wonder en Emily Dickinson.
Op de terugweg naar haar kamer vond Starling een briefje in haar postvak. Ze las: *Albert Roden bellen,* gevolgd door een telefoonnummer.
'Dat bewijst mijn theorie,' zei ze tegen Mapp toen ze met hun boeken op hun bed waren neergeploft.
'En die luidt?'
'Je ontmoet twee kerels, ja? Nou, dan zul je zien dat de verkeerde van de twee je goddomme opbelt.'
'Vertel mij wat.'
De telefoon rinkelde.
Mapp drukte haar balpen tegen het puntje van haar neus. 'Als dat die hitsige Bobby Lowrance is, wil je dan zeggen dat ik in de bibliotheek ben?' vroeg ze. 'Zeg maar dat ik hem morgen wel bel.' Het was Crawford. Hij belde vanuit een vliegtuig en zijn stem klonk schor. 'Starling, pak voor twee nachten een tas in en wacht me over een uur op.'
Ze dacht dat hij alweer weg was toen ze alleen nog maar een hol gezoem in het toestel hoorde, maar het volgende moment was zijn stem er opeens weer. '... instrumentenkoffer is niet nodig, alleen kleren.'
'Waar moet ik u opwachten?'
'Bij het Smithsonian.' Hij praatte alweer tegen iemand anders toen hij de verbinding verbrak.
'Jack Crawford,' zei Starling. Ze gooide haar weekendtas op het bed.

Mapps gezicht verscheen boven de rand van haar *Federal Code of Criminal Procedure*. Ze keek toe terwijl Starling pakte en gaf haar met een van haar grote donkere ogen een vette knipoog. 'Ik wil je niet betuttelen, hoor,' zei ze.
'Ja, dat wil je wel,' zei Starling. Ze wist al wat er ging komen.
Mapp had de revisiewetgeving al gedaan aan de universiteit van Maryland, waarbij ze 's nachts had gewerkt. Op de academie was ze tweede van de klas als het om theoretische kennis ging. Ze was dan ook verzot op boeken.
'Morgen moet je het examen over het wetboek van strafrecht afleggen, en over twee dagen is die LO-test. Maak opperhoofd Crawford maar goed duidelijk dat als hij niet oppast ze jou straks misschien het hele jaar over laten doen. Op het moment dat hij zegt: "Goed werk, rekruut Starling," moet jij niet reageren met: "Graag gedaan." Nee, dan zeg je hem recht in dat uitgestreken smoel van hem: "Ik reken er wel op dat u er persóónlijk voor zorgt dat ze me op de academie niet het jaar laten overdoen wegens verzuim van lessen." Begrijp je wat ik bedoel?'
'Voor strafrecht kan ik een herkansing krijgen,' zei Starling terwijl ze met haar handen een haarspeldje opentrok.
'Dat is waar. Maar stel dat je dat niet haalt omdat je geen tijd had om te studeren. Denk je echt dat ze je dan niet laten zakken? Kind, die geven je een rottrap, neem dat maar van mij aan! Voor dankbaarheid koop je niets, Clarice. Dwing hem de belofte af dat je dit jaar niet over hoeft te doen. Je hebt tot nu toe goede cijfers gehaald en staat er uitstekend voor. Trouwens, ik zou nooit meer een kamergenoot kunnen vinden die zo snel als jij, vlak voordat de lessen beginnen, nog iets voor me kan strijken.'

Starling reed in haar oude Pinto met een gezapig gangetje over de vierbaansweg, ruim een kilometer per uur onder de snelheid waar die altijd begon te schudden. De geur van verhitte olie en aanslag, het gerammel aan de onderkant en het gegier van de transmissie riepen vage herinneringen op aan de open besteltruck van haar vader in de tijd dat ze naast hem in die wagen reed, samen met haar ongedurige broers en zusje.
Nu zat zij achter het stuur, rijdend door de nachtelijke duisternis terwijl het bleke dashboard met protesterende geluiden oplichtte. Ze had tijd om na te denken. Haar angsten voelden als warme adem in haar nek. Andere, recente herinneringen drongen zich aan haar op.
Starling was ontzettend bang dat Catherine Baker Martin al dood was aangetroffen. Als Buffalo Bill had ontdekt wie ze was, was hij misschien in paniek geraakt. Hij had haar misschien vermoord en zich van haar lijk ontdaan, met een insect in de keel.
Misschien kwam Crawford het insect brengen om het te laten determineren. Waarom zou hij anders willen dat ze naar het Smithsonian kwam? Maar om het even welke agent kon een insect naar het Smithsonian brengen, iedere FBI-koerier trouwens ook. Bovendien had hij haar gezegd dat ze voor twee dagen kleren moest meenemen. Ze kon best begrijpen dat Crawford haar via een open radioverbinding niet meer had kunnen vertellen, maar de onzekerheid was om gek van te worden.
Ze zocht een nieuwsstation op de radio en wachtte tot de weerberichten waren afgelopen. Toen het nieuws kwam, werd ze daar niets wijzer van. De berichtgeving vanuit Memphis was een samenvatting van het nieuws van zeven uur. De dochter van senator Martin werd vermist. Haar blouse was gevonden en bleek te zijn opengesneden in de stijl van Buffalo Bill. Geen getuigen. Het slachtoffer dat in West-Virginia was gevonden, was nog steeds niet geïdentificeerd.
West-Virginia... Onder Starlings herinneringen aan het

uitvaartcentrum in Potter was iets belangrijks. Iets dat houvast bood, als een licht dat losstond van de duistere onthullingen. Ze riep het nu doelbewust in haar herinnering terug en ontdekte dat ze het kon vastpakken, als een talisman. In het uitvaartcentrum van Potter had ze, terwijl ze bij de gootsteen stond, kracht geput uit een bron die haar had verrast en haar deugd had gedaan: de herinnering aan haar moeder. Starling had de goedheid van haar overleden vader slechts uit de tweede hand, via haar broers, moeten ervaren. Ze had dat overleefd en was erdoor gehard, maar juist daarom was ze zo verrast en geroerd door de toegift die ze had gekregen.

Ze parkeerde de Pinto in de ondergrondse parkeergarage van het FBI-hoofdkwartier aan Tenth Street en Pennsylvania Avenue. Twee televisieploegen hadden zich geïnstalleerd op het trottoir. In het schijnsel van de lampen zagen de journalisten er overdreven netjes uit. Ze gaven met eentonige stemmen een doorlopend verslag, met het J. Edgar Hoover Building op de achtergrond. Starling ontweek de lichten en legde de twee blokken naar het natuurhistorisch museum van het Smithsonian te voet af.

Hoog in het oude gebouw ontdekte ze een paar verlichte ramen. In de halvemaanvormige oprijlaan stond een politiebusje van het district Baltimore geparkeerd. Daarachter wachtte een nieuw surveillancebusje, met Crawfords chauffeur Jeff achter het stuur. Toen hij Starling aan zag komen lopen, sprak hij een paar woorden in een microfoon.

18

De suppoost bracht Clarice Starling naar de tweede verdieping boven de grote opgezette olifant van het Smithsonian. Toen de liftdeur opengleed, betrad ze weer die grote, gedempt verlichte afdeling.

Crawford stond haar in zijn eentje op te wachten, zijn handen in de zakken van zijn regenjas gestoken.
'Goedenavond, Starling.'
'Goedenavond,' zei ze.
Crawford richtte zich over zijn schouder tot de suppoost. 'We vinden het verder zelf wel. Bedankt.'
Crawford en Starling liepen naast elkaar tussen de rijen opgestapelde kisten en vitrines met antropologische voorwerpen. Aan het plafond brandden een paar lampen, maar niet veel. Toen ze zo bedachtzaam en gebogen naast elkaar voortslenterden, alsof ze een wandeling over de campus maakten, had Starling het gevoel dat Crawford zijn hand op haar schouder wilde leggen, dat hij het zou hebben gedaan als het hem mogelijk was geweest haar aan te raken. Ze wachtte tot hij iets zou zeggen. Uiteindelijk bleef ze staan en stopte net als hij haar handen in haar zakken. In de stilte van de hen omringende beenderen staarden ze elkaar een ogenblik aan.
Crawford steunde met zijn hoofd tegen de stellages en haalde diep adem door zijn neus. 'Catherine Martin is waarschijnlijk nog in leven,' zei hij.
Starling knikte. Na de laatste knik hield ze haar hoofd gebogen. Misschien ging het praten hem gemakkelijker af als ze hem niet aankeek. Hij was kalm, maar er was toch duidelijk iets wat hem dwarszat. Heel even vroeg Starling zich af of zijn vrouw soms was gestorven. Of misschien kwam het doordat hij de hele dag in het gezelschap van Catherines wanhopige moeder had doorgebracht.
'Ik ben in Memphis niet veel wijzer geworden,' zei hij. 'Ik vermoed dat hij haar op de parkeerplaats heeft gegrepen. Niemand heeft iets gezien. Ze was in haar appartement, maar is om de een of andere reden weer naar buiten gegaan. Ze was niet van plan lang buiten te blijven, want ze had de deur op een kier laten staan en de grendel vastgezet om te voorkomen dat hij achter haar in het slot viel. Haar sleutels lagen op de televisie. Bin-

nen zag alles er keurig uit. Volgens mij is ze maar even in het appartement geweest. Het antwoordapparaat in haar slaapkamer was niet afgeluisterd. Het opnamelampje knipperde nog toen die wazige vriend van haar eindelijk de politie belde.' Crawford liet achteloos zijn hand in een bak met beenderen rusten en trok hem toen snel weer terug. 'Dus hij heeft haar te pakken, Starling. De omroepen hebben beloofd er in het avondjournaal niet te veel aandacht aan te schenken. Volgens dr. Bloom zou hem dat ophitsen. Maar de sensatiebladen zullen zich niet onbetuigd laten.'

Bij een van de vorige ontvoeringen was een kledingstuk, eveneens op de rug opengesneden, vroeg genoeg gevonden om een Buffalo Bill-slachtoffer te identificeren terwijl ze nog in leven moest zijn. Starling herinnerde zich de zwartomrande koppen op de voorpagina's van de boulevardbladen, waarop de tijd nadrukkelijk werd bijgehouden. Het had achttien dagen geduurd voordat het lijk kwam bovendrijven.

'Dus nu zit Catherine Baker Martin te wachten in Bills speelkamer, Starling, en we hebben misschien een week de tijd. Op zijn hoogst... Bloom denkt dat zijn passieve periodes korter worden.'

Crawford was langer van stof dan gebruikelijk. Het woord 'speelkamer' klonk theatraal en gekunsteld. Starling wachtte tot hij ter zake kwam. Dat deed hij even later.

'Maar deze keer, Starling, deze keer hebben we misschien een klein gelukje.'

Ze sloeg haar ogen naar hem op en keek hem vanonder haar wenkbrauwen hoopvol en tegelijkertijd oplettend aan.

'We hebben weer een insect. Jouw mannen, Pilcher en die... andere.'

'Roden.'

'Die zijn ermee bezig.'

'Waarvandaan? Cincinnati? De vrouw in de vriezer?'

'Nee. Kom mee, dan laat ik het je zien. Eens horen wat jij ervan vindt.'
'Entomologie is de andere kant op, meneer Crawford.'
'Weet ik,' zei hij.
Ze sloegen een hoek om en liepen naar de deur van Antropologie. Het matglas liet licht en geluid van stemmen door. Ze gingen naar binnen.
Aan een tafel in het midden van het vertrek, onder een felle lamp, waren drie mannen in laboratoriumjassen aan het werk. Starling kon niet zien wat ze deden. Jerry Burroughs van Gedragswetenschappen keek over hun schouders mee en maakte aantekeningen op een klembord. Er hing een bekende geur in de lucht.
Toen een van de mannen in het wit wegliep om iets in de gootsteen te leggen, had Starling vrij zicht. In een bak van roestvrij staal lag 'Klaus', het hoofd dat ze had gevonden in Split City, het opslagterrein.
'Klaus had het insect in zijn keel,' zei Crawford. 'Een ogenblikje, Starling. Jerry, heb je daar de centrale aan de lijn?'
Burroughs gaf gegevens op zijn klembord door via de telefoon. Hij legde zijn hand over het mondstuk. 'Ja, Jack. Ze wachten tot de foto's van Klaus klaar zijn.'
Crawford nam de hoorn van hem over. 'Bobby, wacht maar niet op de gegevens van Interpol. Maak een beeldtelegram en sein de foto's onmiddellijk door, samen met de resultaten van het medisch onderzoek. Naar de Scandinavische landen, West-Duitsland, Nederland.
Zeg er vooral bij dat Klaus waarschijnlijk een zeeman is die ergens aan wal is gebleven. Vermeld dat hun nationale gezondheidsdienst misschien een claim heeft gehad voor zijn jukbeenfractuur. Denk eraan dat je de twee gebitsgrafieken doorgeeft, zowel de universele als die van de Fédération Dentaire. Ze zullen met een leeftijd komen, maar leg er de nadruk op dat het om een ruwe schatting gaat. Wat dat betreft kun je niet afgaan op schedelnaden.' Hij gaf de hoorn weer aan Burroughs.

'Waar is je bagage, Starling?'
'Beneden, in het kantoortje van de suppoosten.'
'Johns Hopkins heeft het insect gevonden,' zei Crawford toen ze op de lift stonden te wachten. 'Ze hebben het hoofd voor de politie van Baltimore County onderzocht. Het zat in de keel, precies zoals bij de vrouw in West-Virginia.'
'Precies zoals in West-Virginia.'
'Bij Hopkins hebben ze het rond zeven uur vanavond gevonden. De officier van justitie van Baltimore belde me op toen ik in het vliegtuig zat. Ze hebben de hele handel, met Klaus en al, naar ons toe gestuurd opdat wij het in zijn totaliteit zouden kunnen bekijken. Bovendien wilden ze dr. Angels mening over Klaus' leeftijd horen en weten hoe oud hij was toen hij zijn jukbeen brak. Ze gaan te rade bij het Smithsonian, net als wij.'
'Ik moet dit even tot me laten doordringen. Wilt u hiermee zeggen dat Kláús misschien is vermoord door Buffalo Bill? Al die jaren geleden?'
'Lijkt dat vergezocht? Een wel erg toevallige samenloop van omstandigheden?'
'Op dit moment wel.'
'Laat het dan nog maar even op je inwerken.'
'Dr. Lecter heeft me verteld waar we Klaus konden vinden,' merkte Starling op.
'Ja, dat is zo.'
'En hij heeft me ook verteld dat zijn patiënt Benjamin Raspail beweerde dat hij Klaus had gedood. Maar volgens Lecter was het vermoedelijk een onbedoelde verstikkingsdood tijdens wurgsex.'
'Dat zei hij.'
'Denkt u dat dr. Lecter precies weet hoe Klaus om het leven is gekomen? Dat Raspail niet de dader was en dat het ook niet om een dood door wurgsex ging?'
'Klaus had een insect in zijn keel, net als die vrouw in West-Virginia. Dat heb ik nooit eerder ergens gezien. Ik

heb er nog nooit over gelezen en er nog nooit van gehoord. Wat denk jij?'
'U hebt me gevraagd voor twee dagen te pakken. U wilt dat ik het dr. Lecter ga vragen, hè?'
'Jou staat hij te woord, Starling.' Crawford keek somber toen hij eraan toevoegde: 'Ik geloof dat hij jou wel amusant vindt.' Ze knikte.
'We gaan naar de inrichting,' zei hij. 'Onderweg praten we verder.'

19

'Dr. Lecter had voordat we hem wegens moord arresteerden jarenlang een belangrijke psychiatrische praktijk,' zei Crawford. 'Hij heeft talloze psychiatrische evaluaties gedaan voor de gerechtshoven van Maryland en Virginia en voor enkele gerechtshoven in steden aan de oostkust. Hij heeft heel wat criminele gekken gezien. Wie weet wie hij allemaal, omdat hij dat leuk vond, de vrijheid heeft gegeven? Op die manier zou hij hier ook weet van kunnen hebben. Bovendien heeft hij Raspail persoonlijk gekend en heeft Raspail hem tijdens de behandeling van alles verteld. Misschien heeft Raspail hem wel verteld wie Klaus heeft vermoord.'
Crawford en Starling zaten tegenover elkaar achter in het surveillancebusje dat in noordelijke richting over de U.S. 95 raasde, naar het vijfenvijftig kilometer verderop gelegen Baltimore. Jeff, die achter het stuur zat, had kennelijk opdracht gekregen stevig door te rijden.
'Lecter heeft aangeboden om te helpen, maar ik ben daar niet op ingegaan. Ik heb al eens eerder hulp van hem gehad. Hij heeft ons toen geen bruikbare informatie gegeven en heeft er die vorige keer voor gezorgd dat het gezicht van Will Graham met een mes werd bewerkt. Omdat hij dat leuk vond. Maar een insect in Klaus' keel, een insect in de keel van die vrouw in West-Virginia, dat

kan ik niet negeren. Alan Bloom heeft nooit eerder van zoiets gehoord, en ik ook niet. Heb jij weleens over een dergelijk geval gelezen, Starling? Jij hebt recentere literatuur bestudeerd dan ik.'

'Nooit. Wel over het inbrengen van andere voorwerpen, ja, maar nooit van insecten.'

'Twee dingen, om te beginnen. Ten eerste: we gaan uit van de veronderstelling dat dr. Lecter inderdaad iets concreets weet. Ten tweede: onthoud goed dat Lecter er louter en alleen op uit is zich te amuseren. Vergeet dat nooit. Hij moet willen dat Buffalo Bill wordt gepakt nu Catherine Martin nog in leven is. Met pleziertjes en voordelen moeten we proberen zijn hulp te verkrijgen. We hebben niets waarmee we hem kunnen dreigen; zijn toiletbril en zijn boeken is hij al kwijt. Dat zet ons buiten spel.'

'En als we hem de situatie nu eens gewoon voorleggen en hem iets in het vooruitzicht stellen? Een cel met een raam? Daar vroeg hij om toen hij zijn hulp aanbood.'

'Hij bood aan om te hélpen, Starling, niet om uit de school te klappen. Met dat laatste zou hij niet voldoende de aandacht trekken. Als je hem het voordeel van de twijfel gunt, vergeet dan niet dat Lecter geen haast heeft. Hij volgt deze zaak alsof hij naar een honkbalwedstrijd zit te kijken. Als we hem vragen uit de school te klappen, dan zal hij traineren. Dan zal hij daar niet onmiddellijk op ingaan.'

'Zelfs niet voor een beloning? Voor iets wat hij niet krijgt als Catherine Martin sterft?'

'Stel dat we tegen hem zeggen dat we wéten dat hij over informatie beschikt en dat hij ons moet inlichten. Hij zou met het grootste genoegen de zaak traineren en week in week uit doen alsof hij zijn best doet het zich te binnen te brengen, waarbij hij keer op keer de hoop van senator Martin zal doen oplaaien terwijl Catherine steeds een stapje dichter bij de dood komt. Vervolgens zou hij weer een andere moeder op dezelfde manier kwellen en

daarna weer een, hoop wekkend door net te doen alsof hij op het punt staat zich iets te herinneren. Daar zou hij meer plezier aan beleven dan aan een cel met uitzicht. Hij gedijt op dat soort dingen. Daaraan laaft hij zich.
Ik weet niet zeker of een mens met het stijgen der jaren wijzer wordt, Starling, maar je leert in ieder geval een zekere hoeveelheid ellende te ontwijken. Dat kunnen we in dit geval ook doen.'
'Dr. Lecter moet dus denken dat we alleen bij hem komen om theorie en inzicht op te doen?' vroeg Starling.
'Juist.'
'Waarom hebt u me dat verteld? Waarom hebt u me dan niet gewoon naar hem toe gestuurd om hem op die basis te ondervragen?'
'Ik wil dat je weet hoe de zaken ervoor staan. Als jij later mensen onder je hebt, zul je het precies zo spelen. Een andere aanpak is geen lang leven beschoren.'
'We hebben het dus niet over het insect in Klaus' keel, en ook niet over een relatie tussen Klaus en Buffalo Bill.'
'Nee. Je bent terug omdat je zo onder de indruk bent van zijn voorspelling over dat scalperen. Ik zou op het punt staan hem af te danken en ook Alan Bloom zou dat overwegen, maar ik laat jou er nog een beetje mee spelen. Je kunt hem een paar privileges aanbieden, dingen die alleen een invloedrijke persoon als senator Martin hem zou kunnen bezorgen. Hij moet denken dat hij weinig tijd heeft aangezien het aanbod niet langer geldt zodra Catherine dood is. Als haar dochter sterft, heeft de senator geen belangstelling meer voor hem. En als hij tekortschiet, komt dat doordat hij niet sluw en alwetend genoeg is om te doen wat hij volgens zijn zeggen zou kunnen, niet omdat hij ons aan het lijntje houdt om ons te pesten.'
'Zal de senator dan echt geen belangstelling meer voor hem hebben?'
'Het lijkt me beter dat je onder ede kunt verklaren dat

je het antwoord op die vraag nooit hebt geweten.'
'Juist ja.' Senator Martin wist dus van niets. Dat was groot lef. Crawford was kennelijk bang voor onnodige inmenging, bang dat de senator de fout zou begaan een smeekbede tot dr. Lecter te richten.
'Begrijp je ook echt wat ik bedoel?'
'Ja. Hoe kan hij voldoende bijzonderheden vrijgeven om ons op het spoor van Buffalo Bill te zetten zonder te laten merken dat hij over speciale informatie beschikt? Hoe speelt hij dat klaar in een gesprek louter over theorie en inzicht?'
'Dat weet ik niet, Starling. Hij heeft heel lang de tijd gehad om daarover na te denken. Hij heeft gewacht, ten koste van zes slachtoffers.' De codetelefoon in het busje zoemde en knipperde als gevolg van de eerste reeks gesprekken die Crawford met de FBI-centrale had gevoerd. Gedurende de volgende twintig minuten sprak hij met hem bekende officieren van de Nederlandse rijkspolitie en de Koninklijke Marechaussee, een *Överstelöjtnant* van de Zweedse technische politie die in Quantico had gestudeerd, een persoonlijke kennis die assistent was van de *Rigspolitichef* van de Deense rijkspolitie en verraste hij Starling door een gesprek in het Frans te voeren met de nachttelefonist van de Belgische *Police Criminelle.* In al die gesprekken benadrukte hij dat er haast bij was om Klaus en zijn makkers te identificeren. Iedere jurisdictie zou de oproep inmiddels wel op haar Interpol-telex hebben ontvangen, maar nu het netwerk van oude kameraden was ingeschakeld, zou de oproep geen uren ongezien op de machine blijven staan.
Starling begreep dat Crawford het surveillancebusje had uitgekozen omwille van de communicatiemogelijkheden: het was uitgerust met het nieuwe Voice Privacy-systeem waarbij met stemvervormers werd gewerkt. Toch zou het eenvoudiger zijn geweest als hij deze zaken vanuit zijn kantoor had kunnen regelen. Hier moest hij goochelen met zijn notitieboekjes aan een piepklein bureau, bij een

minimale verlichting. Bovendien stuiterden ze op en neer wanneer de banden over een oneffenheid hobbelden. Starlings praktijkervaring was gering, maar ze wist wel dat het voor een afdelingschef hoogst ongebruikelijk was om tijdens een zaak als deze rond te snorren in een surveillancebusje. Hij had haar via de radiotelefoon kunnen inlichten, maar ze was blij dat hij dat niet had gedaan.

Starling had het gevoel dat de rust en de kalmte in dit busje, de tijd die was uitgetrokken om deze missie naar behoren te kunnen uitvoeren, tegen een hoge prijs was verkregen. Dat gevoel werd bevestigd toen ze hoorde wat Crawford door de telefoon zei. Hij was op dat moment in gesprek met de directeur, die thuis was. 'Nee, beslist niet. Deden ze er moeilijk over...? Hoe lang? Nee, absoluut niet. Nee! Geen microfoontje. Tommy, zo wil ik het. Ik sta erop! Ik wil niet dat ze een verborgen microfoon draagt! Dr. Bloom zegt hetzelfde. Die zit door de mist vast op O'Hare. Hij komt zodra het weer opklaart. Prima.'

Daarna voerde Crawford een cryptisch telefoongesprek met de nachtzuster in zijn huis. Toen dat was afgelopen, staarde hij misschien wel een minuut lang door het raampje naar buiten. Zijn bril lag op zijn knie, vastgehouden in de kromming van zijn vinger, en zijn gezicht zag er naakt uit in de lichtbundels van het tegemoetkomend verkeer. Even later zette hij de bril weer op en wendde hij zich tot Starling.

'We hebben Lecter drie dagen voor onszelf. Als we geen resultaten bereiken, legt Baltimore hem het vuur na aan de schenen tot de rechtbank het overneemt.'

'Toen ze hem de laatste keer het vuur na aan de schenen legden, heeft dat niets opgeleverd. Dr. Lecter houdt het hoofd koel.'

'Wat heeft het ze uiteindelijk opgeleverd? Een papieren kip?'

'Ja, precies.' De gekreukte papieren kip zat nog steeds

in Starlings tas. Ze streek het ding glad op het bureautje en liet het pikken.
'Ik kan het de politie van Baltimore niet kwalijk nemen. Hij is hun gevangene. Als Catherine een waterlijk wordt, moeten zij senator Martin kunnen zeggen dat ze al het mogelijke hebben geprobeerd.'
'Hoe houdt senator Martin zich?'
'Kranig maar vertwijfeld. Ze is een gewiekste, onverzettelijke vrouw met een goed stel hersens, Starling. Je zou haar waarschijnlijk wel mogen.'
'Houden het Johns Hopkins en Moordzaken van Baltimore hun mond over het insect in Klaus' keel? Kunnen we het uit de pers houden?'
'In ieder geval drie dagen.'
'Dat heeft vast de nodige moeite gekost.'
'We kunnen Frederick Chilton, of wie dan ook van die inrichting, niet vertrouwen,' zei Crawford. 'Als Chilton het weet, weet de hele wereld het. Chilton moet op de hoogte zijn van je bezoek, maar voor hem bewijs je alleen Moordzaken van Baltimore maar een dienst door te proberen de zaak Klaus af te ronden. Het heeft niets te maken met Buffalo Bill.'
'En dit doe ik 's avonds laat?'
'Een ander tijdstip zou je niet van me krijgen. Ik kan het je maar beter vertellen: de kwestie van het insect in West-Virginia komt geheid in de ochtendkranten. Het is uitgelekt via het kantoor van de patholoog in Cincinnati, dus dat is geen geheim meer. Het is een vertrouwelijke informatie die je wel aan Lecter mag geven. Het is niet echt belangrijk, zolang hij er maar niet achter komt dat we er ook een in Klaus hebben gevonden.'
'Waarmee kunnen we onderhandelen?'
'Daar ben ik nog mee bezig,' antwoordde Crawford, en keerde terug naar zijn telefoons.

20

Een grote badkamer, wit betegeld, met dakramen en glanzend Italiaans sanitair tegen onbedekte oude baksteen. Een met zorg afgewerkte toilettafel, geflankeerd door hoge planten, vol met cosmetica. De spiegel was bedekt met wasem afkomstig van de damp uit de douche. Uit de douche zelf klonk geneurie, een octaaf te hoog voor de onwezenlijke stem. Het was een song van Fats Waller – 'Cash for Your Trash' uit de musical *Ain't Misbehavin'*. Soms ging het geneurie over in woorden:

> 'Save up all your old newsPA-PERS,
> Save and pile 'em like a high skySCRAPER
> DAH DAHDAHDAH DAH DAH DAHDAH DAH
> DAH...'

Telkens wanneer er woorden klonken, krabbelde een kleine hond aan de badkamerdeur.
Onder de douche stond Jame Gumb, een blanke man van vierendertig jaar, één meter tweeëntachtig lang, vijfennegentig kilo zwaar, donker en fors, geen opvallende uiterlijke kenmerken. Hij sprak zijn voornaam uit als *James* zonder de s. Jame. Zo wilde hij het met alle geweld.
Nadat hij zich voor de eerste keer had afgespoeld, nam Gumb een beetje Friction des Bains en wreef dit met zijn handen uit over zijn borst en zijn billen, waarbij hij een afwaskwast gebruikte voor de delen die hij niet wilde aanraken. Zijn benen en zijn voeten waren een beetje stoppelig, maar hij besloot dat ze er wel mee door konden. Gumb wreef zich droog tot zijn huid roze was en smeerde zich toen in met een goede bodylotion. Voor zijn manshoge spiegel hing een douchegordijn. Met behulp van de afwaskwast duwde Gumb zijn penis en zijn testikels tussen zijn benen door naar achteren. Hij schoof het douchegordijn opzij en ging voor de spiegel staan,

waarbij hij een van zijn heupen iets optrok, ook al bracht dat zijn edele delen op een pijnlijke manier in het gedrang.
'Doe iets voor me, schatje. Doe gauw iets voor me.' Hij gebruikte de kopstem van zijn van nature diepe stem en merkte dat dit hem steeds beter afging. De hormonen die hij innam – eerst een tijdje Premarine en toen, oraal, diëthylstilbestrol – konden niets voor zijn stem doen, maar ze hadden de haargroei op zijn licht ontluikende borsten een beetje uitgedund. Intensieve elektrolyse had Gumbs baard verwijderd en zijn haargrens veranderd in een vrouwelijke v-vorm op het voorhoofd. Maar hij zag er niet uit als een vrouw. Hij zag eruit als een man die in een vechtpartij niet alleen zijn vuisten en voeten zou gebruiken, maar ook zijn nagels.
Bij een oppervlakkige kennismaking zou iemand moeilijk kunnen beoordelen of zijn gedrag voortkwam uit een oprechte maar onbeholpen poging tot verwijfdheid of dat het ging om minachting voor zijn eigen sekse. En zijn contacten gingen nooit verder dan zo'n oppervlakkige kennismaking.
'Wat ga je voor me doe-oen?'
De hond krabbelde aan de deur bij het horen van zijn stem. Gumb trok zijn badjas aan en liet de hond binnen. Hij pakte de kleine, champagnekleurige poedel op en kuste haar vlezige rug.
'Ja-a-a-a! Heb je honger, Precious? Ik ook.' Hij schoof de hond van zijn ene arm op de andere om de deur naar de slaapkamer te openen. Het diertje kronkelde om zich te bevrijden en op de grond te springen. 'Even wachten, schatje.' Hij pakte met zijn vrije hand een Mini 14-karabijn van de grond naast het bed en legde die op de kussens. 'Ziezo. Nu dan. Over een minuutje gaan we eten.' Nadat hij het hondje op de vloer had gezet, kleedde hij zich voor de nacht.
Even later volgde het poedeltje hem verlangend naar beneden, naar de keuken. Daar haalde Jame Gumb drie

diepvriesmaaltijden uit zijn magnetronoven: twee voedzame diners voor zichzelf en een vetarme maaltijd voor de hond.
De poedel werkte zowel het vlees als het dessert gulzig naar binnen, maar liet de groenten onaangeroerd. Op de twee borden van Gumb bleven alleen de botten achter.
Hij liet het hondje uit via de achterdeur en sloeg zijn badjas dicht om zich heen tegen de kou terwijl hij toekeek hoe ze neerhurkte in de smalle lichtstreep die door de deur naar buiten scheen.
'Je hebt nog geen grote boodschap gedaan. Ja goed, ik zal niet kijken.' Maar hij loerde toch stiekem door zijn vingers. 'O, super, jij kleine meid! Wat ben je toch een fantastisch vrouwtje. Kom, dan gaan we naar bed.'
Gumb hield ervan om naar bed te gaan. Hij deed het verscheidene keren op een nacht. Hij vond het ook fijn om op te staan en in een van zijn vele kamers te zitten zonder de lampen aan te doen, of wanneer hij in een creatieve stemming was, in de nacht een tijdje te werken.
Hij wilde de keukenlamp uitdoen, maar bleef toen staan en tuitte nadenkend zijn lippen terwijl zijn ogen op de restanten van de maaltijden rustten. Vervolgens pakte hij de drie bladen van de diepvriesdiners op en veegde de tafel schoon.
Een schakelaar boven aan de trap naar de kelder zorgde voor licht beneden. Jame Gumb liep met de etensbladen de trap af. Achter hem jankte het hondje en duwde met zijn snuit de keukendeur open.
'Al goed, malle meid.' Hij tilde de poedel op en droeg haar naar beneden. Het diertje kronkelde in zijn arm en snuffelde aan de bladen in zijn andere hand. 'Nee, laat dat. Je hebt genoeg gehad.' Hij zette haar op de grond en ze liep dicht naast hem voort door de ruime kelderruimte, die een aantal verschillende niveaus had.
Recht onder de keuken bevond zich een vertrek met een waterput die sedert lang was opgedroogd. De stenen

rand, verstevigd door moderne stalen banden en cement, verhief zich zestig centimeter boven de zanderige vloer. Het originele houten veiligheidsdeksel, te zwaar om door een kind te worden opgetild, lag er nog bovenop. Het deksel had een valluik dat groot genoeg was om een emmer door te laten. Het luik stond open en Jame Gumb schraapte de etensresten van hem en zijn hond erdoor naar beneden.
De botten en groenten bleven nog even zichtbaar voordat ze verdwenen in de inktzwarte duisternis van de put.
De kleine hond ging bedelend op haar achterpoten staan.
'Nee, nee, alles is weg,' zei Gumb. 'Je bent trouwens toch al te dik.' Hij klom de keldertrap weer op, fluisterend tegen zijn hondje: 'Dikzak, dikzak.' Hij liet niet merken of hij de kreet hoorde die, vooralsnog redelijk krachtig en gezond, als een echo opsteeg uit het zwarte gat: 'TOE ALSTUBLIEFT!'

21

Clarice Starling arriveerde rond tien uur in de avond bij de strafinrichting voor geestelijk gestoorden in Baltimore. Ze was alleen. Starling had gehoopt dat dr. Chilton er niet zou zijn, maar hij wachtte haar op in zijn kantoor.
Frederick Chilton droeg een geruit sportcolbert met een Engelse snit. De dubbele split en de slippanden deden denken aan een aangerimpeld rokje, dacht Starling. Ze hoopte hartgrondig dat hij zich niet speciaal voor haar zo fraai had uitgedost.
De ruimte voor zijn bureau was leeg, met uitzondering van een rechte stoel die aan de vloer was vastgenageld, waarnaast Starling bleef staan. Haar groet bleef in de lucht hangen en ze rook de geur van de koude, smerige tabakspijpen naast Chiltons sigarendoos.
Dr. Chilton staakte de bestudering van zijn collectie

Franklin Mint-locomotieven en wendde zich tot haar. 'Wilt u een kopje cafeïnevrije koffie?'
'Nee, dank u. Het spijt me dat ik uw avond verstoor.'
'U probeert nog steeds iets meer te ontdekken over die kwestie met dat hoofd,' zei dr. Chilton.
'Ja. De assistent van de officier van justitie in Baltimore heeft me laten weten dat zij de nodige afspraken met u hebben gemaakt, dr. Chilton.'
'Inderdaad. Ik werk zéér nauw samen met de autoriteiten hier, juffrouw Starling. Werkt u trouwens aan een artikel of een proefschrift?'
'Nee.'
'Hebben ze ooit iets van u gepubliceerd in een van de vakbladen?'
'Nee, nooit. Dit gaat slechts om een opdracht die ik op verzoek van het ministerie van Justitie moet uitvoeren voor de afdeling Moordzaken van het district Baltimore. Ze zitten met een onopgeloste zaak en wij helpen hen alleen maar om het goede spoor te vinden.' Starling merkte dat haar afkeer voor Chilton de leugen gemakkelijker maakte.
'Draagt u een microfoontje waarmee de woorden van dr. Lecter worden vastgelegd, juffrouw Starling?'
'Nee.'
Dr. Chilton pakte een kleine Pearlcorder uit zijn bureau en stopte er een cassette in. 'Verberg dit dan maar in uw tas. Ik zal het laten uitwerken en u een kopie ervan toezenden. U kunt het gebruiken als aanvulling op uw aantekeningen.'
'Nee, dat zal niet gaan, dr. Chilton.'
'Waarom in vredesnaam niet? De autoriteiten van Baltimore hebben me vanaf het begin gevraagd hen op de hoogte te houden van alles wat Lecter zegt over het geval Klaus.'
Probeer Chilton te overtuigen, had Crawford gezegd. *Het is een koud kunstje om hem via een gerechtelijk bevel te dwingen, maar Lecter zal dat ruiken. Hij heeft Chilton*

door, hij kijkt dwars door hem heen alsof zijn ogen röntgenstralen zijn.
'De officier van justitie vond het beter om eerst een informele benadering te proberen. Als ik de woorden van dr. Lecter buiten diens medeweten zou opnemen en hij zou daarachter komen, dan zou dat het einde van iedere vorm van medewerking betekenen. Voorgoed! Ik weet zeker dat u dat met me eens bent.'
'Hoe zou hij erachter kunnen komen?'
Hij zou het in de krant lezen, net als alle andere dingen die jij weet, klootzak! Starling gaf geen antwoord op zijn vraag. 'Mocht dit ergens gebruikt worden en hij moet een getuigenis afleggen, dan zult u de eerste zijn die het materiaal te zien krijgt en zult u ongetwijfeld worden opgeroepen als getuige-deskundige. Op dit moment proberen we alleen nog maar een essentiële tip van hem los te krijgen.'
'Weet u waarom hij wel met u praat, juffrouw Starling?'
'Nee, dr. Chilton.'
Hij bestudeerde elk onderdeel van de certificaten en diploma's aan de muren achter zijn bureau, alsof hij bezig was met een opiniepeiling. Ten slotte draaide hij zich weer langzaam naar Starling om. 'Denkt u écht dat u weet wat u doet?'
'Natuurlijk weet ik dat.' *Zo was het wel genoeg!* Starlings benen trilden doordat ze te veel had getraind. Ze wilde op dat moment geen krachtmeting met dr. Chilton aangaan. Ze moest haar krachten sparen voor de confrontatie met Lecter.
'Wat u doet, is het volgende: u komt naar mijn inrichting om een van mijn patiënten te ondervragen en u weigert me te laten delen in de informatie.'
'Ik handel volgens mijn instructies, dr. Chilton. Hier hebt u het nummer van de officier van justitie. Misschien wilt u zo goed zijn om de kwestie met hem te bespreken. Zo niet, staat u mij dan nu toe mijn werk te doen.'
'Ik ben hier geen cipier, juffrouw Starling. Ik kom hier

niet op de late avond naartoe om mensen in en uit te laten. Ik had een kaartje voor *Holiday on Ice.*'

Hij besefte opeens dat hij het over één enkel kaartje had gehad. Op dat ogenblik zag Starling hoe zijn leven was, en dat wist hij.

Ze zag zijn smoezelige koelkast, de kruimels op het dienblad waarvan hij in zijn eentje voor de televisie zat te eten, de stapels spullen die maandenlang onaangeroerd bleven liggen voordat hij ze eindelijk eens verplaatste. Ze voelde de kwelling van het eenzame bestaan dat hij leed achter zijn tabaksgrijns. In een flits wist ze dat ze hem niet moest ontzien, dat ze niet langer met hem moest praten en zijn blik niet moest ontwijken. Ze keek hem strak aan, met haar hoofd een tikkeltje schuin. Zo toonde ze hem haar schoonheid en doordrong hem van haar inzicht, doorboorde hem ermee, wetend dat hij een voortzetting van hun gesprek nu niet langer aankon.

Hij liet haar gaan en stuurde een bewaker die Alonzo heette met haar mee.

22

Terwijl ze met Alonzo afdaalde naar de laatste gesloten afdeling van de inrichting slaagde Starling erin het gebonk en geschreeuw grotendeels buiten te sluiten, hoewel ze voelde hoe die geluiden de lucht in beweging brachten en de trilling haar huid beroerde. Ze gevoelde een druk alsof ze onder een wateroppervlak gleed en steeds dieper wegzonk.

De nabijheid van krankzinnigen, de gedachte aan Catherine Martin die weerloos en alleen door zo'n figuur, tastend naar zijn instrumenten, werd besnuffeld, gaven Starling de moed die ze voor haar taak nodig had. Maar onverschrokkenheid was niet voldoende. Ze moest ook kalm en rustig zijn, een scherp instrument waartegen de ander niet bestand was. Ze moest geduld betrachten waar

spoed zo dringend noodzakelijk was. Als dr. Lecter het antwoord kende, zou ze door zijn gedachten moeten laveren om het te kunnen vinden.
Starling betrapte zich erop dat ze aan Catherine Baker Martin dacht als het kind dat ze in het filmpje van het journaal had gezien, als het kleine meisje in de zeilboot.
Alonzo drukte op de zoemer van de laatste zware deur.
'Leer ons te vrezen en niet te vrezen. Leer ons kalm te zijn.'
'Pardon?' zei Alonzo, en Starling besefte dat ze hardop had gesproken.
Alonzo droeg haar over aan de forse bewaker die de deur opende. Starling zag dat hij een kruis sloeg toen hij zich omdraaide om terug te lopen.
'Prettig u weer te zien,' zei de bewaker. Hij vergrendelde de deur stevig achter haar.
'Hallo, Barney.'
Barneys massieve wijsvinger lag tussen de bladzijden van een pocketboek om te onthouden waar hij was gebleven. Het was Jane Austens *Sense and Sensibility*. Starling was niet van plan zich ook maar iets te laten ontgaan.
'Hoe wilt u de verlichting?' vroeg hij.
Tussen de cellen lag de gang er schemerig bij. Alleen aan het eind zag ze het lichtschijnsel op de vloer, afkomstig uit de helder verlichte laatste cel.
'Dr. Lecter is wakker.'
'Dat is hij altijd 's nachts, zelfs wanneer zijn lampen uit zijn.'
'Laat het maar zoals het is.'
'Blijf in het midden van de gang. Geen tralies aanraken. Begrepen?'
'Die televisie moet uit.' Het toestel was verplaatst. Het stond nu helemaal achteraan, met het beeld naar het midden van de gang gericht. Sommige gevangenen konden het zien als ze met hun hoofd tegen de tralies leunden.

'Het geluid mag uit, maar ik laat het beeld liever aanstaan. Als u daar geen bezwaar tegen hebt, tenminste. Sommigen kijken er graag naar. De stoel staat daar, voor het geval u hem nodig hebt.'
Starling liep in haar eentje de verduisterde gang door. Ze keek niet in de cellen die ze passeerde. Haar voetstappen klonken haar luid in de oren. De enige andere geluiden bestonden uit vochtig gesnurk uit één, mogelijk twee cellen en een zacht gegrinnik uit een andere cel. De cel van wijlen meneer Miggs had een nieuwe bewoner. Ze zag lange benen, uitgestrekt op de vloer, en de kruin van een hoofd dat tegen de tralies rustte. Ze keek in het voorbijgaan. Op de grond zat een man temidden van snippers behangselpapier. Zijn gezicht droeg een wezenloze uitdrukking. Het televisiebeeld werd weerspiegeld in zijn ogen en een glinsterende speekseldraad verbond zijn mondhoek met zijn schouder.
Ze wilde niet in Lecters cel kijken voordat ze zeker wist dat hij haar had gezien. Met kriebels tussen haar schouderbladen liep ze er voorbij, begaf zich naar het televisietoestel en zette het geluid uit.
Dr. Lecter was gekleed in een witte inrichtingspyjama. De enige kleuren in zijn eveneens witte cel waren afkomstig van zijn haar en zijn ogen, en van zijn rode mond. Zijn gezicht, dat al zo lang geen zon meer had gezien, loste op in de witte omgeving en zijn gelaatstrekken leken boven de kraag van zijn jasje te zweven. Hij zat aan zijn tafel achter het nylon net dat hem gescheiden hield van de tralies. Hij zat te tekenen op pakpapier, waarbij hij zijn hand als model gebruikte. Terwijl ze hem gadesloeg, draaide hij zijn hand om, kromde zijn vingers tot zijn spieren strak gespannen waren en tekende toen zijn onderarm na. Hij gebruikte zijn pink om een houtskoollijn te wissen en op die manier schaduwen aan te brengen.
Starling liep iets dichter naar de tralies toe. Hij keek op. Ze had het gevoel dat iedere schaduw in de cel zich plot-

seling concentreerde in zijn ogen en in de v-vorm van zijn haargrens.
'Goedenavond, dr. Lecter.'
Het puntje van zijn tong, even rood als zijn lippen, kwam naar buiten. Het beroerde zijn bovenlip, precies in het midden, en verdween toen weer naar binnen.
'Clarice.'
Ze hoorde de metaalachtige hese ondertoon in zijn stem en vroeg zich af hoeveel tijd was verstreken sinds hij had gesproken. Een stilzwijgen dat een aantal maten standhield...
'Je bent nog laat op voor een studieavond,' zei hij.
'Dit is een avondopleiding.' Ze wenste dat haar stem krachtiger klonk. 'Gisteren ben ik in West-Virginia geweest...'
'Heb je je bezeerd?'
'Nee, ik...'
'Je draagt een nieuwe pleister, Clarice.'
Toen wist ze het weer. 'Ik heb me geschaafd aan de rand van het zwembad, tijdens het zwemmen vandaag.' De pleister zat op haar kuit en was door haar broek aan het zicht onttrokken. Hij rook hem kennelijk. 'Ik ben gisteren in West-Virginia geweest. Ze hadden daar een lijk gevonden, het laatste slachtoffer van Buffalo Bill.'
'Niet helemaal zijn laatste, Clarice.'
'Zijn op een na laatste.'
'Ja.'
'Ze was gescalpeerd. Precies zoals u had voorspeld.'
'Vind je het erg als ik doorga met tekenen terwijl we praten?'
'Nee, ga gerust uw gang.'
'Heb je het stoffelijk overschot onderzocht?'
'Ja.'
'Had je zijn eerdere prestaties ook gezien?'
'Nee. Alleen foto's.'
'Hoe voelde je je?'

‘Nerveus. Toen ging ik aan de slag.’
‘En daarna?’
‘Geschokt.’
‘Kon je normaal functioneren?’ Dr. Lecter wreef met zijn stukje houtskool over de rand van het grove papier om de punt aan te scherpen.
‘Heel goed zelfs. Ik functioneerde prima.’
‘Voor Jack Crawford? Of hangt hij nog steeds aan de telefoon om naar huis te bellen?’
‘Hij was er ook.’
‘Doe me even een plezier, Clarice, en laat je hoofd eens naar voren hangen. Gewoon laten hangen, alsof je slaapt. Een momentje nog.
Dank je. Nu heb ik het. Ga zitten, als je wilt. Had je Jack Crawford verteld wat ik tegen je had gezegd voordat ze haar vonden?’
‘Ja. Hij ging er amper op in.’
‘En toen hij het lijk in West-Virginia had gezien?’
‘Hij heeft er met zijn beste deskundige over gesproken. Iemand van de universiteit van...’
‘Alan Bloom.’
‘Inderdaad. Volgens dr. Bloom wilde Buffalo Bill beantwoorden aan het imago dat door de pers is geschapen: een scalperende Buffalo Bill. Dr. Bloom zei dat iedereen dat kon zien aankomen.’
‘Had dr. Bloom het zien aankomen?’
‘Dat beweerde hij wel tenminste.’
‘Hij had het zien aankomen, maar had het voor zich gehouden. Juist ja. Wat denk jij ervan, Clarice?’
‘Ik weet het nog niet zo goed.’
‘Je hebt enige tijd psychologie gestudeerd, en de methodologie van het gerechtelijk onderzoek. Iemand die deze twee zaken in zich verenigt, gaat vissen. Heb je al iets aan de haak, Clarice?’
‘Tot nu toe wil het niet vlotten.’
‘Wat vertellen die twee studierichtingen je over Buffalo Bill?’

'Volgens de theorie moet hij wel een sadist zijn.'
'Het leven is veel te onbetrouwbaar om af te gaan op theorie, Clarice. Soms uit woede zich als wellust, lupus als netelroos.' Dr. Lecter was klaar met het tekenen van zijn linkerhand en begon nu met die hand zijn rechterhand te tekenen, wat hem even goed af ging. 'Had je het over de theorie van dr. Bloom?'
'Ja.'
'Je hebt in zijn boek opgezocht wat hij over mij heeft geschreven, nietwaar?'
'Ja.'
'Hoe omschreef hij mij?'
'Als een ware sociopaat.'
'Vind jij dat dr. Bloom altijd gelijk heeft?'
'Ik heb bij u nog niets gemerkt van emotionele oppervlakkigheid.'
Lecters glimlach ontblootte zijn kleine witte tanden. 'We hebben deskundigen op ieder gebied, Clarice. Volgens dr. Chilton is Sammie, daar achter je, een reddeloos verloren schizofreen. Hij heeft Sammie in Miggs' oude cel gestopt omdat hij denkt dat Sammies dagen zijn geteld. Weet je hoe het schizofrenen meestal vergaat? Wees maar niet bang... hij hoort je niet.'
'Ze zijn het moeilijkst te behandelen,' antwoordde Starling. 'Ze vervallen gewoonlijk in een toestand van terminale vervreemding en desintegratie van de persoonlijkheid.'
Dr. Lecter pakte iets tussen zijn vellen papier en legde het op de schuifla. Starling trok het naar zich toe.
'Dit heeft Sammie me gisteren nog bij mijn maaltijd gestuurd,' zei hij.
Het was een snipper behang waarop met houtskool iets was geschreven. Starling las:

IK WIL NAAR JEZUS GAAN
IK WIL MET CHRISTUS GAAN
IK KAN MET JEZUS GAAN

ALS IK ME GOED GEDRAAG
SAMMIE

Starling keek over haar rechterschouder. Sammie zat met een wezenloos gezicht tegen de muur van zijn cel, zijn hoofd steunend tegen de tralies.
'Zou je het hardop willen lezen? Hij hoort je toch niet.'
Starling stak van wal. 'Ik wil naar Jezus gaan, ik wil met Christus gaan, ik kan met Jezus gaan als ik me goed gedraag.'
'Nee, nee! Je moet nadrukkelijker spreken. Alsof je op een zeepkist staat. De versmaat wisselt, maar de intensiteit blijft gelijk.' Lecter klapte zacht in zijn handen om de maat aan te geven. 'Ik wil naar Jezus gaan, ik wil met Christus gaan... Met klem, hoor je wel? Hartstochtelijk.'
'Ik begrijp het,' zei Starling. Ze legde het stukje papier weer in de la.
'Nee, je begrijpt er helemaal niets van.' Dr. Lecter sprong overeind, waarbij zijn soepele lichaam plotseling een groteske houding aannam. Hij dook ineen in een dwergachtige hurkzit en wipte op en neer, met zijn handen de maat klappend en zingend met een stem die klonk als een sonar. 'Ik wil naar Jezus gaan...'
Sammies stem dreunde plotseling achter haar als het schorre gebrul van een luipaard, harder dan het geluid van een brulaap. Hij was opgestaan en sloeg met zijn gezicht tegen de tralies, woest en onbeheerst, met aderen die als dikke strengen langs zijn hals liepen. Hij bulderde:

'IK *WIL* NAAR JEZUS GAAN
IK *WIL* MET *CHRISTUS* GAAN
IK *KAN* MET JEZUS GAAN *ALS IK ME GOED GEDRAA-AAG*.'

Stilte. Starling besefte dat ze stond en dat haar klapstoel was omgevallen. Haar papieren waren van haar schoot

op de grond gedwarreld.
'Alsjeblieft.' Dr. Lecter nodigde haar uit te gaan zitten. Hij had zich opgericht en stond er weer gracieus als een danser bij. Hij ging bedaard op zijn stoel zitten en steunde zijn kin op zijn hand. 'Je begrijpt er helemaal niets van,' zei hij nogmaals. 'Sammie is diep religieus. Hij is gewoon teleurgesteld omdat Jezus zo lang op zich laat wachten. Mag ik Clarice vertellen waarom je hier bent, Sammie?'
Sammie greep de onderkant van zijn gezicht vast en probeerde het stil te houden.
'Alsjeblieft?' vroeg Lecter.
'Jaaa...' zei Sammie tussen zijn vingers door.
'Sammie heeft zijn moeders hoofd op de collecteschaal van de Highway Baptist Kerk in Trune gelegd. Ze zongen "Loof de Heer", geef de Heer het beste wat u bezit... en dat was het beste dat hij had.' Lecter sprak over zijn schouder. 'Dank je, Sammie. Dat was voortreffelijk. Ga nu maar televisie kijken.'
De lange man liet zich weer op de grond zakken en legde zijn hoofd tegen de tralies, net als kort tevoren. De televisiebeelden krioelden in zijn pupillen. Zijn gezicht vertoonde nu drie strepen zilver, van speeksel en van tranen.
'Welnu... Eens kijken of je zijn probleem kunt analyseren. Misschien besluit ik dan om me in jouw probleem te verdiepen. Voor wat, hoort wat. Hij luistert niet.'
Starling moest zich tot het uiterste inspannen. 'De regels veranderen van "gaan naar Jezus" in "gaan met Christus",' zei ze. 'Dat is een logische volgorde: gaan naar, arriveren bij, gaan met.'
'Ja. Het is een lineaire ontwikkeling. Het doet me vooral deugd dat hij weet dat "Jezus" en "Christus" dezelfden zijn. Dat betekent vooruitgang. Het idee dat één enkel opperwezen ook een drievuldigheid zou zijn, is moeilijk in overeenstemming te brengen. Vooral voor Sammie, die niet eens zeker weet uit hoeveel mensen hij

zelf bestaat. Eldridge Cleaver geeft ons de parabel van de drie-eenheidtheorie, en die achten we bruikbaar.'
'Hij ziet een oorzakelijk verband tussen zijn gedrag en zijn doelstellingen. Dat is gestructureerd denken,' zei Starling. 'Dat geldt ook voor de opzet van een vers. Hij is niet ongevoelig. Integendeel: hij huilt. Denkt u dat hij een catatonische schizofreen is?'
'Ja. Ruik je zijn zweet? Die typische geitachtige geur, dat is trans-3-methyl-2 hexaanzuur. Onthoud dat goed, dit is de geur van schizofrenie.'
'En u denkt dat hij te behandelen is?'
'Nu in elk geval nog wel. Juist omdat hij ontwaakt uit een lethargische toestand. Kijk eens hoe zijn wangen gloeien!'
'Dr. Lecter, waarom zegt u dat Buffalo Bill geen sadist is?'
'Omdat de kranten vermeldden dat de polsen sporen van afknelling vertoonden, maar de enkels niet. Heb jij dergelijke sporen gezien op de enkels van die vrouw in West-Virginia?'
'Nee.'
'Clarice, iemand die voor zijn plezier mensen stroopt, hangt altijd zijn slachtoffer met het hoofd naar beneden. Daardoor blijft de bloeddruk in het hoofd en de borst langer constant en raakt de betrokkene niet buiten bewustzijn. Wist je dat niet?'
'Nee.'
'Als je weer in Washington bent, ga dan eens naar de National Gallery en bekijk Titiaans *Marsyas die gevild wordt* voordat ze het terugsturen naar Tsjecho-Slowakije. Hij had oog voor detail, die Titiaan. Prachtig! Let maar eens op de hulpvaardige Pan, die de emmer met water brengt.'
'Dr. Lecter, we hebben op het ogenblik te maken met buitengewone omstandigheden en ongebruikelijke mogelijkheden.'
'Voor wie?'

'Voor u... als we erin slagen dit slachtoffer te redden. Hebt u senator Martin op de televisie gezien?'
'Ja, ik heb naar het nieuws gekeken.'
'Wat vond u van haar woorden?'
'Dom maar ongevaarlijk. Ze heeft slecht advies gehad.'
'Ze heeft veel invloed, deze senator Martin. En ze is vasthoudend.'
'Ter zake.'
'Ik denk dat u over een uitzonderlijk goed inzicht beschikt. Senator Martin heeft te kennen gegeven dat ze u wil helpen bij de overplaatsing naar een federale inrichting. Zodra daar een cel met uitzicht vrij is, krijgt u die. Bovendien zult u misschien benaderd worden om psychiatrische evaluaties van nieuwe patiënten uit te voeren. Met andere woorden: u zult uw beroep kunnen uitoefenen. De veiligheidsmaatregelen zullen onbeperkt gehandhaafd blijven. In ruil daarvoor moet u ons helpen Catherine Baker Martin levend en ongedeerd terug te krijgen.'
'Ik geloof er niets van, Clarice.'
'Dat kunt u maar beter wel doen.'
'O, in jou heb ik alle vertrouwen. Maar er zijn meer dingen die jij niet weet over menselijk gedrag dan hoe je iemand moet villen. Vind je het niet vreemd dat een Amerikaanse senator jou uitkiest om deze boodschap over te brengen?'
'Ik was uw keus, dr. Lecter. U heeft mij uitgekozen om tegen te praten. Wilt u nu soms liever iemand anders? Of denkt u misschien dat u niet kunt helpen?'
'Dat is zowel schaamteloos als onwaar, Clarice! Ik geloof niet dat Jack Crawford ooit zal dulden dat ik ook maar enige compensatie krijg... Misschien zal ik je één ding vertellen wat je kunt overbrengen aan de senator, maar ik neem alleen genoegen met contante betaling. Mogelijk doe ik het voor een stukje informatie over jou. Ja of nee?'
'Stel de vraag maar.'

'Ja of nee? Catherine wacht, nietwaar? Luisterend naar de slijpsteen? Wat zou zij van je verlangen, denk je?'
'Stel eerst de vraag maar.'
'Wat is je akeligste herinnering uit je jeugd?' Starling haalde diep adem.
'Je moet sneller antwoorden,' zei dr. Lecter. 'Ik heb geen belangstelling voor je akeligste verzínsel.'
'De dood van mijn vader,' zei Starling.
'Vertel eens.'
'Hij was sheriff. Op een nacht werd hij overrompeld door twee inbrekers, junkies, die via de achterdeur een drugstore verlieten. Toen hij uit zijn pick-up stapte, ketste zijn jachtgeweer en ze schoten hem dood.'
'Ketste zijn geweer?'
'Hij had de loop niet goed vrijgemaakt. Het was een oud wapen, een Remington 870, en de kogel bleef steken in de patroonhouder. Wanneer zo'n geweer niet afgaat, moet je het eerst uit elkaar halen en schoonmaken. Ik vermoed dat mijn vader met de loop tegen het portier heeft gestoten toen hij wilde uitstappen.'
'Was hij op slag dood?'
'Nee. Hij was sterk. Hij heeft nog een maand geleefd.'
'Heb je hem in het ziekenhuis bezocht?'
'Dr. Lecter... ja.'
'Vertel me een detail dat je je herinnert uit dat ziekenhuis.'
Starling sloot haar ogen. 'Er kwam een buurvrouw, een oudere vrouw, ongetrouwd, en ze citeerde voor hem het slot van "Thanatopsis". Ik denk dat ze niets anders wist te zeggen. Dat is het. Maar, dr. Lecter, wij hebben een afspraak.'
'Ja, dat hebben we. Je bent bijzonder openhartig geweest, Clarice. Zoiets kan ik altijd voelen. Ik denk dat het heel interessant zou zijn om jou persoonlijk te kennen.'
'Voor wat, hoort wat.'
'Denk je dat die vrouw in West-Virginia lichamelijk erg aantrekkelijk was toen ze nog leefde?'

'Ze zag er goed verzorgd uit.'
'Verspil mijn tijd niet met loyaliteit.'
'Ze was zwaargebouwd.'
'Dik?'
'Ja.'
'In de borst geschoten.'
'Ja.'
'Kleine borsten zeker?'
'Voor haar omvang wel, ja.'
'Maar volle heupen. Breed.'
'Ja, dat klopt.'
'Wat nog meer?'
'Ze had een insect in haar keel, opzettelijk ingebracht. Dat is niet openbaar gemaakt.'
'Was het een vlinder?'
Haar adem stokte heel even. Ze hoopte dat hij het niet hoorde. 'Het was een nachtvlinder,' zei ze. 'Vertel me alstublieft waarom u dat vermoedde.'
'Clarice, ik zal je zeggen waarvoor Buffalo Bill Catherine Baker Martin nodig heeft, en daarna wens ik je welterusten. Dit zijn mijn laatste woorden onder de huidige voorwaarden. Je kunt de senator vertellen waarvoor hij Catherine nodig heeft. Vervolgens moet ze maar met een interessanter aanbod komen... of wachten tot Catherine boven komt drijven en zien dat ik gelijk had.'
'Waarvoor heeft hij haar nodig, dr. Lecter?'
'Voor een vest met tieten,' antwoordde dr. Lecter.

23

Catherine Baker Martin lag vijf meter lager dan de vloer van de kelder. De duisternis werd nadrukkelijk gevuld door haar ademhaling en het bonken van haar hart. Soms zette de angst zijn hiel op haar borst als een stroper die een vos doodt. Soms kon ze nadenken; ze wist dat ze was ontvoerd, maar ze wist niet door wie. Ze wist dat ze niet droomde. In de inktzwarte duisternis kon ze het zachte geklik van haar oogleden horen wanneer ze met haar ogen knipperde.

Ze voelde zich nu beter dan toen ze voor het eerst bij bewustzijn kwam. Die afschuwelijke duizeligheid was grotendeels verdwenen en ze wist dat er voldoende lucht was. Ze kon *onder* onderscheiden van *boven* en ze had weer enig besef van haar lichaamspositie.

Haar schouder, heup en knie deden pijn door de druk op de cementen vloer waarop ze lag. Die kant was *onder. Boven* was de grove deken waaronder ze was weggekropen tijdens de laatste interval van scherp, verblindend licht. Haar hoofd bonsde niet meer van de pijn. De enige echte pijn die ze voelde, was afkomstig van de vingers van haar linkerhand. Ze wist dat de ringvinger was gebroken.

Ze was gekleed in een gewatteerd jumpsuit die ze niet kende. Hij was schoon en rook naar wasverzachter. De vloer was eveneens schoon, met uitzondering van de kippenbotjes en stukjes groenten die haar ontvoerder door het gat naar beneden had gegooid. De enige andere voorwerpen in haar omgeving waren de deken en een plastic toiletemmer met een dun touw aan het hengsel. Het touw voelde aan als een katoenen koord waarmee je een rollade samenbindt en het leidde in de duisternis omhoog zo ver ze maar kon reiken.

Hoewel Catherine Martin niet was vastgebonden, kon ze nergens naartoe. De ovaalvormige vloer waarop ze lag, was ongeveer tweeëneenhalf bij drie meter, met in het midden een smalle afvoerbuis. Het was de bodem van een diepe, afgedekte put. De gladde cementmuren helden naar boven toe iets naar binnen.

Nu klonken boven geluiden. Of was het haar hart? Geluiden van boven, die duidelijk tot haar doordrongen. De onderaardse kerker waarin ze gevangen werd gehouden, bevond zich in het keldergedeelte dat recht onder de keuken lag. Nu hoorde ze voetstappen op de keu-

kenvloer, en stromend water. Het gekrabbel van hondenpoten op linoleum. Daarna niets meer, tot een zwak gelig schijnsel door het openstaande luik boven haar hoofd naar binnen drong toen de kelderlampen aangingen. Vervolgens een fel licht, dat naar beneden scheen. Deze keer ging ze rechtop in de lichtstraal zitten, met de deken over haar benen geslagen, vastbesloten haar omgeving in zich op te nemen. Terwijl haar ogen langzaam wenden aan het licht, probeerde ze door haar vingers te gluren. Haar schaduw zwaaide heen en weer toen een stormlamp, die in de put werd neergelaten, hoog boven haar hoofd aan een koord hing te slingeren.
Ze deinsde achteruit toen haar toiletemmer bewoog, werd opgetild en aan het dunne koord omhooggehesen, langzaam ronddraaiend terwijl hij opsteeg naar het licht. Ze probeerde haar angst weg te slikken, kreeg te veel lucht binnen maar ze kon toch iets zeggen.
'Mijn familie betaalt je,' zei ze. 'In contanten. Mijn moeder betaalt meteen, zonder vragen te stellen. Dit is haar privé... o!' Een fladderende schaduw viel op haar neer. Het was alleen maar een handdoek. 'Dit is haar privénummer. Het is 202...'
'Ga je wassen.'
Het was dezelfde onwezenlijke stem die ze tegen de hond had horen praten. Aan een dun koord werd een andere emmer neergelaten. Ze rook warm sop.
'Maak de emmer los en ga je wassen. Van top tot teen. Anders moet ik de tuinslang pakken.' En terloops tegen de hond, terwijl de stem al wegstierf: 'Ja, dan moet het met de tuinslang, hè, honnepon? Ja, daar kan het op rekenen!'
Catherine Martin hoorde de voetstappen en de hondenpoten op de vloer boven de kelder. De dubbele beelden die ze had gezien toen het licht voor het eerst aanging, waren nu verdwenen. Ze kon zien. Hoe hoog was de wand? Hing de lamp aan een stevig touw? Kon ze de jumpsuit eraan vasthaken? Probeer iets met de hand-

doek. Doe in ieder geval íéts, verdomme! De muren waren spiegelglad, een verticale gladde koker. Een scheur in het cement, dertig centimeter boven haar bereik, was de enige oneffenheid die ze kon zien.
Ze rolde de deken zo strak mogelijk op en bond de handdoek eromheen. Ze ging erbovenop staan en reikte wankelend naar de scheur, schoof haar nagels erin om haar evenwicht te bewaren en tuurde omhoog naar het licht. Met samengeknepen ogen tegen de gloed zag ze dat de lamp een beschermkap had en niet dieper dan dertig centimeter in de put hing, bijna drie meter boven haar opgestoken hand. Het had net zo goed de maan kunnen zijn. En hij kwam terug! Grabbelend naar de scheur in de muur zocht ze haar evenwicht, toen sprong ze op de grond. Iets, een cementsplinter, viel rakelings langs haar gezicht.
Er werd iets anders neergelaten in het lichtschijnsel. Een tuinslang. Een spetter ijskoud water, als dreigement.
'Ga je wassen. Van top tot teen.'
Er lag een washandje in de emmer en in het water dreef een plastic fles met huidlotion van een duur buitenlands merk.
Ze gehoorzaamde. Met kippenvel op haar armen en dijen, met tepels die door de koele lucht pijnlijk en hard waren, hurkte ze zo dicht mogelijk tegen de muur naast de emmer met warm water en waste zich.
'Droog je nu af en smeer je helemaal in met lotion. Wrijf je hele lichaam ermee in!'
De lotion was warm van het badwater. Door de vochtige lotion plakte de jumpsuit aan haar huid.
'Ruim nu je rommel op en maak de vloer schoon.'
Ook dat deed ze. Ze verzamelde de kippenbotjes en raapte de erwten op, waarna ze alles in de emmer deed en de vetvlekjes op het cement verwijderde. Daar, vlak bij de muur, lag nog iets. De splinter die uit de scheur in de muur naar beneden was gevallen. Het was geen cement maar de vingernagel van een mens, bedekt met pa-

relmoerlak en ver op het levende vlees naar achteren afgebroken.
De emmer werd omhooggehesen.
'Mijn moeder betaalt heus,' zei Catherine Martin. 'Zonder vragen te stellen. Ze betaalt genoeg om jullie allemaal rijk te maken. Als het voor een bepaalde zaak is, Iran of Palestina of de Black Liberation, zal ze het geld daaraan schenken. Je hoeft alleen maar...'
De lichten gingen uit. Inktzwarte duisternis, volkomen en onverwacht.
Ze rilde en slaakte een kreet toen de toiletemmer aan het touw naast haar neerkwam. Ze ging op de deken zitten en dacht koortsachtig na. Ze dacht nu dat haar ontvoerder alleen was, dat hij een blanke Amerikaan was. Ze had haar best gedaan hem de indruk te geven dat ze geen idee had wat hij was, welke huidkleur hij had of hoeveel anderen er waren, dat haar herinnering aan de parkeerplaats was weggevaagd door de klappen op haar hoofd. Ze hoopte dat hij geloofde dat hij haar veilig kon laten gaan. Haar hersens werkten als bezeten en vonden uiteindelijk de juiste richting: de vingernagel... er was hier nog iemand geweest. Een vrouw, een meisje. Waar was ze nu? Wat had hij met haar gedaan?
Als ze niet ten prooi was geweest aan shock en verwarring, dan zou het niet zo lang hebben geduurd voordat de waarheid tot haar doordrong. Nu was het de huidlotion die haar de ogen opende. Huid... Op dat moment wist ze wie haar gevangenhield. Het besef trof haar met de verpletterende kracht van alle gruwelijkheden ter wereld en ze gilde. Ze kroop gillend onder de deken, gillend kwam ze weer overeind en ze probeerde omhoog te klimmen, haar vingers klauwend tegen de muur; ze gilde tot ze iets warms en ziltigs ophoestte en ze bracht haar handen naar haar gezicht. Ze liet zich op de deken vallen en kromde haar lichaam, lichtte het in een starre boog op van de vloer tot het alleen nog op haar hoofd en hielen steunde. Vertwijfeld bracht ze haar han-

den, met op de bovenkant het kleverig opgedroogde vocht uit haar mond, naar haar hoofd en rukte aan haar haren.

24

Clarice Starling bevond zich in de kale bewakersloge en pakte de telefoon. Ze draaide het nummer van het surveillancebusje.

'Crawford.'

'Ik bel via een munttelefoon buiten de gesloten afdeling van de inrichting,' zei Starling. 'Dr. Lecter vroeg me of het insect in West-Virginia een vlinder was. Hij wilde er verder niets over kwijt. Hij zei dat Buffalo Bill Catherine Martin nodig heeft voor, ik citeer: "een vest met tieten". Lecter wil onderhandelen. Hij verlangt een "interessanter" aanbod van de senator.'

'Heeft hij het onderhoud afgebroken?'

'Ja.'

'Hoe lang denk je dat het duurt voordat hij weer wil praten?'

'Volgens mij binnen de komende dagen, maar ik zou hem het liefst nu meteen weer onder handen nemen. Maar dan moet ik wel met een dringend aanbod van de senator kunnen komen.'

'Dringend is goed gekozen. We weten inmiddels wie de vrouw uit West-Virginia was, Starling. Haar vingerafdrukken zijn teruggevonden bij de afdeling vermiste personen in Detroit, een halfuur geleden. Het gaat om Kimberly Jane Emberg, tweeëntwintig jaar, in Detroit vermist sinds 7 februari. We zijn in haar vroegere woonomgeving op zoek naar getuigen. Volgens de lijkschouwer van Charlottesville is ze niet later dan 11 februari gestorven, mogelijk een dag eerder, de tiende.'

'Dan heeft hij haar dus maar drie dagen in leven gehouden,' zei Starling.

'Zijn passieve periodes worden korter. Dat zal waarschijnlijk niemand verbazen.' Crawfords stem klonk kalm. 'Hij heeft Catherine Martin nu ongeveer zesentwintig uur. Als Lecter iets weet, moet hij dat in jullie volgende gesprek onthullen. Ik heb me geïnstalleerd in het hoofdbureau in Baltimore. De surveillancewagen heeft je doorverbonden. Ik heb een kamer voor je gereserveerd in het HoJo Hotel, twee blokken verwijderd van de inrichting, voor het geval je later nog behoefte hebt aan een hazenslaapje.'
'Hij vertrouwt het niet, meneer Crawford. Hij betwijfelt of u hem gunsten zult toestaan. Wat hij over Buffalo Bill zei, heeft hij gegeven in ruil voor persoonlijke informatie over mij. Ik geloof niet dat er enig tekstueel verband is tussen zijn vragen en de werkelijke zaak... Wilt u de vragen horen?'
'Nee.'
'Daarom wilde u niet dat ik een microfoon zou dragen, hè? U dacht dat het gemakkelijker voor me zou zijn, dat ik hem eerder allerlei dingen zou vertellen en hem gunstig stemmen als niemand anders het kon horen.'
'Ik zal je nog een mogelijkheid geven: als ik nou eens vertrouwen had in jouw oordeel, Starling? Als ik nou eens gewoon vond dat jij mijn beste wapen was en je wilde verschonen van allerlei lui die het achteraf beter denken te weten? Zou ik je in dat geval een microfoon laten dragen?'
'Nee, meneer Crawford.' *Je bent vermaard om de manier waarop je je agenten weet te manipuleren, nietwaar, meneer de Vleier?* 'Wat kunnen we dr. Lecter bieden?'
'Een paar dingen, die ik naar je toe zal sturen. Je hebt ze over vijf minuten, tenzij je eerst even wilt rusten.'
'Ik ga liever meteen door,' zei Starling. 'Zeg ze dat ze naar Alonzo moeten vragen. En laten ze tegen Alonzo zeggen dat ik op de gang voor afdeling 8 op hem wacht.'
'Vijf minuten,' zei Crawford.
Starling ijsbeerde over het linoleum van de sjofele be-

wakersloge, diep onder de grond. Ze was het enige fleurige in het vertrek.
We krijgen zelden de gelegenheid ons op het ergste voor te bereiden in een groen weiland of op een breed grindpad. We doen het op het laatste moment in kamers zonder ramen, in ziekenhuisgangen, in ruimten als deze loge met zijn gescheurde plastic bank en Cinzano-asbakken, waar de bruine gordijnen blind cement bedekken. In vertrekken als dit, met zo weinig tijd, bereiden we onze gebaren voor, maken ze tot een automatisme zodat we ze ook kunnen uitvoeren wanneer we angstig oog in oog staan met de hel. Starling was oud genoeg om dat te weten, en ze liet zich dan ook niet door de sombere omgeving beïnvloeden.
Heen en weer lopend gebaarde ze in het niets. 'Hou vol, meisje,' zei ze hardop. Ze sprak Catherine Martin toe, maar ook zichzelf. 'Wij zijn beter dan deze kamer. Wij zijn beter dan deze vervloekte plaats.' Ze praatte nog steeds hardop. 'Wij zijn beter dan de plaats waar dan ook, waar hij je vasthoudt. Help me. Help me.' Ze dacht heel even aan haar ouders, die er niet meer waren. Ze vroeg zich af of die zich nu voor haar zouden schamen, louter en alleen deze ene vraag, zonder toelichting of voorbehoud, gewoon de manier waarop we onszelf altijd die vraag stellen. Het antwoord was nee, ze zouden zich niet voor haar schamen.
Ze waste haar gezicht en verliet het vertrek.
Alonzo stond op de gang te wachten met een verzegeld pakketje van Crawford. Het bevatte een kaart en instructies. Ze las ze snel door bij het licht van de ganglampen en drukte toen op de knop om Barney te laten weten dat hij haar binnen moest laten.

25

Dr. Lecter zat aan zijn tafel, verdiept in zijn correspondentie. Nu hij niet naar haar keek, kostte het Starling minder moeite de cel te naderen.
'Dr. Lecter.'
Hij hief zijn vinger om haar tot stilte te manen. Toen hij klaar was met het lezen van zijn brief, legde hij de duim van zijn zesvingerige hand onder zijn kin en zijn wijsvinger langs zijn neus en bleef zo een ogenblik nadenkend zitten.
'Wat maak jij hieruit op?' vroeg hij toen. Hij schoof het document op de etensla naar haar toe. Het was een brief van het nationale octrooibureau.
'Dit gaat over mijn crucifixklok,' zei Lecter. 'Ze willen me geen octrooi geven, maar ze adviseren me het copyright van de wijzerplaat te laten vastleggen. Kijk eens hier.' Hij legde een tekening ter grootte van een servet op de la, waarna Starling die naar zich toe trok. 'Je hebt misschien wel gezien dat bij de meeste kruisigingen de handen op laten we zeggen kwart voor drie staan – of hooguit op tien voor twee – terwijl de voeten naar de zes wijzen. Zoals je ziet, hangt Jezus op deze wijzerplaat aan het kruis en draaien de armen rond om de tijd aan te geven, precies zoals de armen op de populaire Disney-horloges. De voeten blijven op de zes staan en bovenaan, in het aureool, draait een kleine secondewijzer. Wat vind je ervan?'
De kwaliteit van de anatomische tekening was uitmuntend. Het hoofd was dat van haar.
'Er zal veel detail verloren gaan als het wordt teruggebracht tot de omvang van een horloge,' zei Starling.
'Klopt, jammer genoeg. Maar denk eens aan de klokken. Zou dit veilig zijn zonder octrooi?'
'U zou kwartsmechanieken moeten kopen, nietwaar? En die zijn al onder octrooi. Ik weet het niet zeker, maar volgens mij worden octrooien alleen verleend aan unie-

ke mechanische instrumenten en heeft copyright betrekking op ontwerp.'
'Maar jij bent geen advocaat, of wel? Die eis stellen ze niet meer bij de FBI.'
'Ik heb een voorstel voor u,' zei Starling. Ze opende haar aktetas. Barney kwam eraan. Ze deed haar tas weer dicht. Ze benijdde Barney om zijn immense kalmte. Aan zijn ogen was te zien dat hij geen verdovende middelen gebruikte en ze straalden een grote intelligentie uit.
'Neemt u me niet kwalijk,' zei Barney. 'Als u veel paperassen bij u hebt... in de bergruimte die de zielenknijpers hier gebruiken, staat een schrijftafel, een schoollessenaar. Wilt u die hebben?'
Net een schoollokaal. Zou ze daar goed aan doen?
'Gaan we nu praten, dr. Lecter?'
Lecter hief een hand op, de palm naar boven. 'Graag, Barney. Dank je.'
Nu zat ze, en Barney was veilig verdwenen.
'Dr. Lecter, de senator komt met een buitengewoon aanbod.'
'Dat beslis ik zelf wel. Heb je haar zo snel al gesproken?'
'Ja. Ze houdt niets achter. Dit is alles wat ze te bieden heeft, dus het is geen kwestie meer van onderhandelen. Dit is het. Alles. Eén aanbod.' Ze keek op van haar aktetas.
Dr. Lecter, de moordenaar van negen mensen, had zijn vingertoppen tegen elkaar gelegd en drukte ze tegen de onderkant van zijn neus. Hij keek haar aan. Diep in zijn ogen lag peilloze duisternis.
'Als u ons helpt Buffalo Bill te vinden voordat Catherine Martin iets overkomt, krijgt u het volgende: overplaatsing naar het Veterans' Administration Hospital in Oneida Park, New York, naar een cel met uitzicht op de bossen die de kliniek omgeven. Maximum veiligheidsmaatregelen blijven van toepassing. Verder zal uw hulp worden gevraagd voor de evaluatie van schriftelij-

ke psychologische tests van een aantal federale gevangenen, hoewel dat niet per definitie gevangenen uit uw eigen inrichting zullen zijn. U zult de evaluaties blind moeten uitvoeren: identiteiten worden niet bekendgemaakt. U krijgt een redelijke vrijheid om boeken te lezen.' Ze keek op.

Stilte kan spottend klinken.

'En het mooiste, het buitengewone: u mag één week per jaar de kliniek verlaten en hierheen gaan.' Ze legde een kaart op de schuifla. Dr. Lecter trok hem niet naar zich toe.

'Plum Island,' vervolgde Starling. 'In die week kunt u iedere middag over het strand wandelen of in zee zwemmen terwijl de bewakers op minstens vijfenzeventig meter afstand blijven. Maar het zullen wel bewakers zijn die speciaal zijn opgeleid om terrorisme te bestrijden. Dat is het.'

'En als ik weiger?'

'Dan hangt u hier maar een paar bloemetjesgordijnen op. Misschien helpt dat. We hebben niets waarmee we u kunnen dreigen, dr. Lecter. Wat ik u te bieden heb, is een mogelijkheid om het daglicht te zien. Meer niet.' Ze keek hem niet aan. Ze wilde nu geen krachtmeting via hun blikken. Dit was geen confrontatie.

'Als ik besluit tot publicatie over te gaan, zal Catherine Martin dan met mij komen praten? Uitsluitend over haar ontvoerder. Zal ze dan exclusief met mij praten?'

'Ja. Dat kunt u als een gegeven beschouwen.'

'Hoe weet je dat? Gegeven door wie?'

'Ik zal haar persoonlijk komen brengen.'

'Als ze dat wil.'

'Dat zullen we haar eerst moeten vragen, nietwaar?'

Hij trok de schuifla naar zich toe. 'Plum Island.'

'Zoek bij de punt van Long Island, de noordelijke landtong daar.'

'Plum Island. Er staat: "Instituut voor Dierenziekten Plum Island, nationaal researchcentrum voor mond- en

klauwzeer." Klinkt alleraardigst.'
'Dat is maar een deel van het eiland. Het heeft een mooi strand en het biedt een goed onderkomen. In het voorjaar bouwen zeezwaluwen er hun nesten.'
'Zeezwaluwen.' Dr. Lecter zuchtte. Hij hield zijn hoofd iets schuin en beroerde met zijn rode tong het midden van zijn rode bovenlip. 'Als we hierover praten, Clarice, moet ik er iets voor terug hebben. Voor wat, hoort wat. Ik vertel jóú dingen en jij vertelt mij dingen.'
'Steek maar van wal,' zei Starling.
Ze moest een volle minuut wachten voordat hij zei: 'Een rups wordt een *pop* in een gesponnen omhulsel. Dan werkt hij zich naar buiten en verlaat zijn geheime kleedkamer als het prachtige imago. Weet je wat een imago is, Clarice?'
'Een volkomen ontwikkeld gevleugeld insect.'
'Maar wat nog meer?'
Ze schudde haar hoofd.
'Het is een term uit de verouderde religie van de psychoanalyse. Een imago is een beeld van de ouder dat in het onderbewuste van het jonge kind besloten ligt en verbonden is met de kinderlijke affectiviteit. Het woord is afkomstig van de oude Romeinen, van de wassen borstbeelden die hun voorvaderen voorstelden en die ze met zich meedroegen in begrafenisstoeten... Zelfs de flegmatieke Crawford moet enige betekenis zien in de insectenpop.'
'Niets waarin hij zich kan vastbijten. Hoogstens laat hij de abonnementenlijsten van entomologische tijdschriften vergelijken met de namen van mensen die zijn veroordeeld wegens het plegen van seksuele misdrijven zoals die zijn opgenomen in de signalementenindex.'
'Punt één: laten we niet verder van "Buffalo Bill" spreken. Dat is een misleidende benaming die niets te maken heeft met de persoon die je zoekt. We zullen hem voor het gemak Billy noemen. Ik zal je in het kort vertellen wat ik denk. Klaar?'

'Klaar.'
'De betekenis van de pop is gedaanteverandering. Worm naar vlinder, nachtvlinder of mot. Billy denkt dat hij wil veranderen. Hij maakt voor zichzelf een vrouwenpak. Uit echte vrouwen. Vandaar dat zijn slachtoffers zo groot zijn: hij moet spullen hebben die hem passen. Het *aantal* slachtoffers duidt er vermoedelijk op dat hij het ziet als een reeks van veranderingen. Hij doet dit in een huis met een bovenverdieping. Heb je al ontdekt waar die bovenverdieping voor dient?'
'Hij heeft een paar van hen in het trapgat opgehangen.'
'Juist.'
'Dr. Lecter, ik heb nooit enig verband gezien tussen transseksualisme en geweld. Transseksuelen zijn doorgaans niet agressief.'
'Dat klopt, Clarice. Soms raken ze verslaafd aan chirurgische ingrepen – met hun verschijning zijn transseksuelen niet gauw tevreden – maar dat is zo'n beetje alles. Billy is geen echte transseksueel. Je bent heel dichtbij, Clarice, bij de benadering waarmee je hem kunt pakken. Besef je dat wel?'
'Nee, dr. Lecter.'
'Mooi. Dan wil je me vast wel vertellen wat er na de dood van je vader met jou is gebeurd.'
Starling staarde naar het bekraste blad van de lessenaar.
'Ik kan me niet voorstellen dat het antwoord in je papieren staat, Clarice.'
'Mijn moeder heeft ons ruim twee jaar bij elkaar gehouden.'
'Door wat te doen?'
'Door overdag als kamermeisje te werken in een motel en 's avonds de maaltijden te verzorgen in een cafetaria.'
'En toen?'
'Toen ben ik naar een nicht van mijn moeder gegaan, die met haar man in Montana woonde.'
'Jij alleen?'

‘Ik was de oudste.’
‘Deed de gemeente niets voor jullie gezin?’
‘We kregen een cheque van vijfhonderd dollar.’
‘Vreemd dat er geen verzekering was, Clarice. Je zei dat je vader met zijn geweer tegen het portier van zijn pick-up was gebotst.’
‘Ja.’
‘Had hij geen patrouillewagen?’
‘Nee.’
‘En het is ’s nachts gebeurd?’
‘Ja.’
‘Had hij geen pistool?’
‘Nee.’
‘Clarice, hij werkte ’s nachts, in een open besteltruck, slechts gewapend met een oud geweer... Vertel me eens, droeg hij toevallig een prikklok aan zijn riem? Zo’n ding waarin sleutels van verschillende stadsposten passen, posten waar je langs moet gaan om te prikken opdat de autoriteiten weten dat je je werk doet? Vertel me eens, Clarice... Droeg hij zo’n prikklok?’
‘Ja.’
‘Hij was nachtwaker, nietwaar, Clarice? Hij was helemaal geen sheriff. Ik weet het als je liegt.’
‘De functieomschrijving luidde: nachtsheriff.’
‘Wat is daarmee gebeurd?’
‘Waarmee?’
‘Met die prikklok. Wat is daarmee gebeurd nadat je vader was neergeschoten?’
‘Dat weet ik niet meer.’
‘Zul je het me vertellen als het je weer te binnen schiet?’
‘Ja. Wacht eens... de burgemeester kwam naar het ziekenhuis en vroeg mijn moeder om de prikklok en de penning.’ Ze had niet geweten dat ze dat wist. De burgemeester in zijn vrijetijdspak en op zijn oude dienstschoenen van de mariniers. De smeerlap! ‘Voor wat, hoort wat, dr. Lecter.’
‘Dat heb je beslist niet uit je duim gezogen, of wel? Nee,

als je het had verzonnen, zou het je niet zo kwetsen. Nu, we hadden het over transseksuelen. Je zei dat geweld en destructief abnormaal gedrag statistisch niet gerelateerd zijn aan transseksualiteit. Klopt. Weet je nog wat we zeiden over woede die zich uit als lust en lupus die zich als netelroos manifesteert? Billy is geen transseksueel, Clarice, maar hij denkt het te zijn, hij probeert het althans te zijn. Ik vermoed dat hij heeft geprobeerd nog veel meer te zijn.'
'U zei dat ik er dichtbij was, dicht bij de benadering waarmee ik hem kon pakken.'
'Er zijn drie belangrijke instituten waar transseksuelen voor de chirurgische behandeling terechtkunnen: het Johns Hopkins, de universiteit van Minnesota en het Medisch Centrum Columbus. Het zou me niet verbazen als hij bij een daarvan of bij alle drie een verzoek heeft ingediend om zich operatief van geslacht te laten veranderen en is afgewezen.'
'Op welke gronden zouden ze hem afwijzen? Wat zou er aan het licht komen?'
'Je bent snel van begrip, Clarice. De eerste reden zou een crimineel strafblad kunnen zijn. Daardoor komt een aanvrager niet in aanmerking, tenzij de gepleegde misdaad betrekkelijk onbeduidend is en verband houdt met het probleem rond de seksuele identiteit. Travestie in het openbaar of iets dergelijks. Als hij met succes heeft gelogen over een ernstig misdrijf, zou hij bij de karaktertests door de mand vallen.'
'Hoe?'
'Dat moet je weten teneinde een schifting te kunnen maken, nietwaar?'
'Ja.'
'Waarom vraag je het niet aan dr. Bloom?'
'Ik vraag het liever aan u.'
'Hoe word jij hier beter van, Clarice? Een promotie en een salarisverhoging? Wat ben je nu? Een G-9? Wat krijgen eenvoudige G-9's tegenwoordig?'

'Een sleutel van de voordeur, om te beginnen. Hoe zou hij via de diagnostiek ontmaskerd worden?'
'Hoe vond je Montana, Clarice?'
'Montana is prima.'
'Hoe vond je de man van je moeders nicht?'
'Ik had niets met hem gemeen.'
'Hoe waren ze?'
'Murw van het werken.'
'Waren er andere kinderen?'
'Nee.'
'Waar woonde je?'
'Op een boerderij.'
'Met schapen?'
'Schapen en paarden.'
'Hoe lang ben je daar geweest?'
'Zeven maanden.'
'Hoe oud was je?'
'Tien.'
'Waar ben je toen naartoe gegaan?'
'Naar het Luthershuis in Bozeman.'
'Vertel me de waarheid.'
'Ik vertel u de waarheid.'
'Je draait om de waarheid heen. Als je moe bent, kunnen we aan het eind van de week verder praten. Ik heb er zelf ook genoeg van. Of wilde je liever nu praten?'
'Nu, dr. Lecter.'
'Goed dan. Een kind wordt bij haar moeder weggehaald en naar een boerderij in Montana gestuurd. Een boerderij met schapen en paarden. Het mist de moeder, raakt in de ban van de dieren...' Dr. Lecter nodigde Starling met een handgebaar uit verder te gaan.
'Het was fantastisch. Ik had mijn eigen kamer, met een indiaans kleed op de vloer. Ik mocht op een paard rijden. Ze leidden dat dier dan aan de teugels rond omdat het niet goed kon zien. Aan alle paarden mankeerde wel iets; ze waren kreupel of ziek. Sommige waren opgegroeid met kinderen en hinnikten tegen me wanneer ik

naar de schoolbus liep.'
'Maar toen?'
'Ik ontdekte iets vreemds in de schuur. Ze hadden daar een kleine tuigkamer. Ik vond een voorwerp dat op een oude helm leek. Toen ik het pakte en nader bekeek, zag ik een stempel waarop stond: "W.W. Greener, paardenslachter". Het was een soort klokvormige metalen kap en bovenin bevond zich een kamer voor een patroonhuls, zo te zien een .32.'
'Hielden ze slachtpaarden op die boerderij, Clarice?'
'Ja.'
'Slachtten ze de paarden op het erf?'
'De afgedankte renpaarden en de paarden die goed in het vlees zaten, werden op de boerderij zelf afgemaakt. Als ze dood zijn, kun je er zes in een vrachtwagen stouwen. De paarden die bestemd waren voor hondenvoer, werden levend weggehaald.'
'En het paard waarop jij altijd reed?'
'We zijn samen gevlucht.'
'Hoe ver ben je gekomen?'
'Ongeveer even ver als ik ga tot u me nadere uitleg geeft over de diagnostiek.'
'Ken je de testprocedure voor mannen die een sekseveranderingsoperaties aanvragen?'
'Nee.'
'Het zou misschien nuttig zijn om me een afschrift te bezorgen van het protocol van een van die instellingen, maar om te beginnen: de meest gebruikte tests zijn Wechsler Adult Intelligence Scale, Huis-Boom-Mens, Rorschach, het tekenen van een zelfbeeld, Thematic Apperception, MMPI natuurlijk, en een paar andere, de Jenkins, geloof ik, die NYU heeft ontwikkeld. Je moet iets hebben wat je snel kunt doorzien, nietwaar? Zo is het toch, Clarice?'
'Dat zou het beste zijn. Iets wat snel gaat.'
'Eens even denken... Onze hypothese is dat we zoeken naar een man die anders uit een test te voorschijn zal

komen dan een echte transseksueel. Goed... Neem Huis-Boom-Mens en zoek naar iemand die niet eerst de vrouwenfiguur tekende. Mannelijke transseksuelen tekenen bijna altijd eerst de vrouw en het is typerend dat ze veel aandacht besteden aan de opsmuk die ze haar op hun tekening meegeven. Hun mannenfiguren zijn eenvoudige stereotypen. Enkele opmerkelijke uitzonderingen tekenen mister Amerika, maar iets daartussenin komt zelden voor.
Zoek naar de tekening van een huis zonder de verfraaiingen die duiden op een toekomst vol rozengeur en maneschijn. Dus geen kinderwagen in de tuin, geen gordijnen voor de ramen, geen bloemen in de perkjes.
Echte transseksuelen tekenen twee soorten bomen, weelderige, deinende wilgen en bomen met castratiethema's. De bomen die door de grens van de tekening of op de rand van het papier zijn gekortwiekt – dat is de castratiegedachte – zijn in de tekeningen van echte transseksuelen een en al leven, bloeiende, vruchtdragende struiken. Dat is een belangrijk onderscheid. Ze verschillen enorm van de angstige, dode, verminkte bomen die je ziet bij tekeningen van mensen met psychische afwijkingen. Ja, daar heb je wat aan: Billy's boom zal angstwekkend zijn. Ga ik te snel?'
'Nee, dr. Lecter.'
'Als een transseksueel een zelfportret maakt, zal hij zichzelf bijna nooit naakt tekenen. Laat je niet misleiden door een zekere aanwezigheid van paranoïde ideatie bij de Thematic Apperception-tests. Dat is vrij algemeen voor transseksuele personen die veel aan travestie doen. Ze hebben dikwijls slechte ervaringen opgedaan met de politie. Zal ik het samenvatten?'
'Ja, ik wil graag een samenvatting.'
'Je moet dus in feite proberen in het bezit te komen van een lijst met mensen die zijn afgewezen bij de drie instituten waar operaties bij transseksuelen worden verricht. Verifieer eerst de personen die zijn afgewezen om-

dat ze een strafblad hadden en besteed daarbij extra aandacht aan de inbrekers. Zoek bij degenen die probeerden hun criminele strafblad te verdoezelen naar ernstige jeugdproblemen waarbij sprake was van geweld. Kijk of ze in hun jeugd misschien opgenomen zijn geweest. Richt je dan op de tests. Je zoekt een blanke, forse man, vermoedelijk niet ouder dan vijfendertig. Hij is geen transseksueel, Clarice. Dat denkt hij alleen maar. Bovendien is hij kwaad en begrijpt hij niet waarom ze hem niet willen helpen. Dat is, geloof ik, alles wat ik wil zeggen voordat ik het dossier van de zaak heb gelezen. Dat moet je echt bij me achterlaten.'
'Ja.'
'En de foto's.'
'Die zitten erbij.'
'Dan kun je nu maar beter aan de slag gaan met wat je hebt, Clarice. We zullen eens zien wat je ervan terechtbrengt.'
'Ik moet nog weten hoe u...'
'Nee. Niet inhalig zijn, anders bespreken we het volgende week pas. Kom maar terug wanneer je de nodige vorderingen hebt gemaakt. Of niet. En... Clarice?'
'Ja?'
'De volgende keer vertel je me twee dingen. In de eerste plaats wil ik van je horen wat er met dat paard is gebeurd. En verder vraag ik me af... Hoe houd jij je woede in bedwang?'
Alonzo kwam haar halen. Terwijl ze, met haar aantekeningen tegen haar borst gedrukt, met gebogen hoofd meeliep, probeerde ze alles in haar gedachten vast te houden. Ze verlangde zo hevig naar de buitenlucht, dat ze in haar haast om de inrichting te verlaten niet eens een blik in Chiltons kantoor wierp.
De lamp van dr. Chilton brandde. Het licht scheen onder de deur door.

26

Diep onder de roestbruine dageraad van Baltimore kwam de gesloten en streng bewaakte afdeling van de psychiatrische strafinrichting tot leven. Daar waar het nooit donker is, bespeurden de gefolterde geesten het aanbreken van de dag, zoals oesters in een ton zich openen voor hun verloren tij. Gods schepselen die zichzelf in slaap hebben geschreeuwd, ontwaakten om opnieuw te gaan krijsen en de raaskallers schraapten hun kelen. Dr. Hannibal Lecter stond stram rechtop aan het eind van de gang, met zijn gezicht dertig centimeter van de muur. Een stevige canvas band bond hem onwrikbaar vast aan een hoge steekwagen, alsof hij een staande klok was die vervoerd moest worden. Onder de canvas band droeg hij een dwangbuis en beenkluisters. Een hockeymasker voor zijn gezicht belette hem te bijten. Dat was even effectief als een muilkorf en voor de oppassers minder kleverig om aan te pakken. Achter dr. Lecter was een kleine oppasser met gebogen schouders Lecters cel aan het dweilen. Barney hield toezicht op de schoonmaakbeurt, die drie keer per week plaatsvond, en zocht tegelijkertijd naar smokkelwaar. Schoonmakers hadden de neiging hun werk in Lecters cel met de Franse slag te doen omdat ze zich daar slecht op hun gemak voelden. Daarom controleerde Barney hen. Hij controleerde alles en zag niets over het hoofd. Alleen Barney hield toezicht op al wat rond dr. Lecter gebeurde, want Barney vergat nooit wie hij voor zich had. Zijn twee assistenten keken naar een videoband met hoogtepunten uit hockeywedstrijden.

Dr. Lecter amuseerde zich; hij beschikte over een immens doorwrocht gedachteleven en kon zich oneindig lang bezighouden. Zijn gedachten kenden evenmin de begrenzing van angst of mededogen als Miltons gedachten door natuurwetten werden ingeperkt. In zijn hoofd was hij vrij. Zijn innerlijke wereld kende intense kleuren en geuren, maar slechts weinig geluid. Het kostte hem zelfs enige inspanning om de stem van de overleden Benjamin Raspail te horen. Dr. Lecter overdacht mijmerend de manier waarop hij Jame Gumb aan Clarice Starling zou openbaren en het was hierbij nuttig de herinnering aan Raspail op te roepen. Hier was de dikke fluitist tijdens de laatste dag van zijn leven, liggend op Lecters therapiebank terwijl hij hem het relaas over Jame Gumb deed:

'Jame woonde in een armoedig logement in San Francisco, in de afschuwelijkste kamer die je je maar kunt indenken. De muren hadden een soort aubergine-kleur met hier en daar psychedelische fluorescente schilderingen uit de hippietijd. Het geheel zag er vreselijk verlopen uit.
Jame... zo staat die naam precies op zijn geboorteakte geschreven; op die manier is hij aan die naam gekomen. Je moest het uitspreken als Jame, dus zonder "s", zoals bij "leem", anders werd hij woedend, ook al was die naam een vergissing van het ziekenhuis. Zelfs toen huurden ze al goedkope krachten in, lui die nog niet eens een naam goed konden spellen. Tegenwoordig is de situatie nog erger en zet je je leven op het spel wanneer je een ziekenhuis betreedt. Hoe dan ook: daar was Jame, zittend op zijn bed met zijn hoofd in zijn handen in die afschuwelijke kamer. Hij was ontslagen bij de curiosawinkel en hij was weer stout geweest.
Ik zei hem dat ik zijn gedrag niet langer kon dulden. Het was dus ook zo dat Klaus toen net in mijn leven verschenen was. Jame is geen echte homo, weet u. Hij heeft er alleen maar mee kennisgemaakt in de gevangenis. Eigenlijk is hij helemaal niets en probeert hij een totale leemte op seksueel gebied op te vullen. En agressief dat hij was! Je had altijd het gevoel dat wanneer hij een kamer binnenkwam, die een beetje

leegliep. Ik bedoel... hij heeft zijn grootouders vermoord toen hij twaalf was. Je zou toch denken dat iemand die tot zulke dingen in staat is, enige persoonlijkheid bezit, nietwaar?
Nou, daar zat hij, hij was zijn baantje kwijt en hij had weer iets stouts uitgespookt met een onfortuinlijke zwerver. Ik had het niet meer. Hij was naar het postkantoor gegaan om de post van zijn voormalige werkgever op te halen in de hoop dat er iets bij was wat hij kon verkopen. Er was een pakje uit Maleisië, of daaromtrent. Dat maakte hij gretig open en toen vond hij een doos met dode vlinders, die er zomaar los in lagen.
Zijn baas stuurde geld naar postmeesters op al die eilanden, die hem dan talloze dozen met dode vlinders stuurden. Die vatte hij in perspex en zo maakte hij de meest smakeloze decoraties die je je maar kunt voorstellen, en dan durfde hij ze ook nog objets d'art *te noemen. Jame had niets aan de vlinders. Hij woelde er met zijn handen in omdat hij dacht dat er misschien juwelen onder verborgen lagen – ze kregen soms armbanden uit Bali – en toen kwam er vlinderpoeder aan zijn vingers. Maar hij vond niets. Hij ging op zijn bed zitten en liet zijn hoofd in zijn handen rusten, zodat ook zijn gezicht werd besmeurd met de kleuren van de vlinders. Hij zat in een diep dal, zoals ons allemaal weleens gebeurt, en hij huilde. Toen hoorde hij een geluidje uit de openstaande doos komen. Het was een vlinder. Het beestje worstelde zich uit een cocon die tussen de vlinders was gegooid, en klauterde uit de doos. Er was stof van de vlinders in de lucht en stof in het zonlicht dat door het raam kwam; u weet wel, zo'n haarscherp beeld als je krijgt wanneer iemand die high is je iets beschrijft. Hij zag hoe de vlinder zijn vleugels uitzette. Het was een grote, zei hij. Groen. Hij opende het raam en de vlinder vloog weg. Hij voelde zich vederlicht, zei hij, en hij*

wist wat hem te doen stond.
Jame vond het strandhuisje waar Klaus en ik op dat moment woonden en toen ik van een repetitie thuiskwam, zat hij daar. Maar ik zag Klaus niet. Klaus was er niet. Ik vroeg: "Waar is Klaus?" En hij zei: "Zwemmen." Ik wist dat hij loog, want Klaus ging nooit zwemmen. De Grote Oceaan is veel te ruw. En toen ik de koelkast opendeed... Nou, u weet wat ik vond. Klaus' hoofd, dat me aankeek van achter de jus d'orange. Jame had ook nog een schort voor zichzelf gemaakt, van Klaus. Hij deed het voor en vroeg hoe ik hem nu vond. Ik weet dat het u verbijstert dat ik verder nog maar iets met Jame te maken wilde hebben. Toen u hem leerde kennen, was hij nog veel verder heen. Ik vermoed dat hij werkelijk verbijsterd was dat u niet bang voor hem was.'
En toen de laatste woorden die Raspail ooit nog zou zeggen: 'Ik vraag me af waarom mijn ouders me niet hebben doodgemaakt voordat ik oud genoeg was om ze te bedriegen.'
Het smalle heft van de stiletto trilde toen Raspails doorboorde hart pogingen deed om te blijven kloppen. Dr. Lecter zei: 'Het lijkt net een rietje in een mierenhoop. Vind je niet?' Maar Raspail kon al geen antwoord meer geven.

Dr. Lecter kon zich ieder woord – en nog veel meer – herinneren. Het waren aangename gedachten om de tijd te doden terwijl zijn cel schoongemaakt werd.
Clarice Starling was schrander, mijmerde hij. Ze zou Jame Gumb kunnen pakken met wat hij haar had verteld, maar het was een gok. Om hem op tijd te snappen, had ze meer specifieke gegevens nodig. Dr. Lecter was overtuigd dat er vanzelf aanwijzingen naar voren kwamen wanneer hij de details van de misdrijven onder ogen had, mogelijk iets wat te maken had met Gumbs opvoeding in het jeugdinternaat nadat hij zijn grootou-

ders had vermoord. Morgen zou hij haar Jame Gumb geven, en wel zo onmiskenbaar dat zelfs Jack Crawford er niet aan voorbij kon gaan. Morgen zou het gebeuren.
Dr. Lecter hoorde voetstappen achter zich. De televisie werd uitgezet. Hij voelde dat de steekwagen naar achteren werd gekanteld. Nu zou de langdurige, eentonige procedure beginnen om hem binnen zijn cel weer los te maken. Het werd altijd op dezelfde manier gedaan. Eerst legden Barney en zijn helpers hem op zijn buik op zijn brits. Dan bond Barney zijn enkels met touwen vast aan een stang aan het voeteneinde van de brits, verwijderde de beenkluisters en maakte de gespen aan de achterkant van de dwangbuis los onder dekking van zijn twee met traangas en gummistokken bewapende helpers. Vervolgens verliet Barney achterwaarts de cel, sloot het net stevig op zijn plaats en vergrendelde het traliehek, waarna dr. Lecter zich verder zelf van zijn ketenen moest bevrijden. Tot slot gaf hij de uitrusting terug in ruil voor zijn ontbijt. Deze procedure werd gevolgd sinds het moment dat dr. Lecter de verpleegster had aangevallen en gebeten. Het bleek voor iedereen een bevredigende oplossing te zijn.
Vandaag werd de procedure onderbroken.

27

Er klonk een zachte bons toen de steekwagen met dr. Lecter over de drempel van de cel naar binnen werd gereden. En daar, op de brits, zat dr. Chilton.
Hij had zijn das afgedaan, zijn jas uitgetrokken, en zat Lecters correspondentie door te nemen. Dr. Lecter zag dat er een soort medaille om Chiltons nek hing.
'Zet hem rechtop naast het toilet neer, Barney,' zei dr. Chilton zonder op te kijken. 'Ga dan met de anderen naar je post en wacht daar.'
Dr. Chilton staakte het lezen van Lecters laatste brief-

wisseling met het Hoofdarchief voor Psychiatrie. Hij gooide de brieven op de brits en liep de cel uit. Er lichtte een gloed op achter het hockeymasker toen Lecters ogen hem volgden, maar dr. Lecter had zijn hoofd niet bewogen.

Chilton liep naar de lessenaar in de gang, boog zich stram voorover en verwijderde een klein afluisterapparaat onder de zitting van de stoel. Hij zwaaide het heen en weer voor de oogopeningen in Lecters masker, waarna hij zijn plaats op de brits weer innam.

'Ik dacht dat ze misschien zou onderzoeken of Miggs' dood een schending van de rechten van gevangenen inhield, dus heb ik meegeluisterd,' zei Chilton. 'Ik had je stem in geen jaren gehoord, voor het laatst waarschijnlijk toen je me al die misleidende antwoorden gaf tijdens de verhoren die ik je afnam, om me vervolgens belachelijk te maken in je Journal-artikelen. Onvoorstelbaar dat de opinie van een gevangene in vakkringen serieus werd genomen, niet? Maar ik ben nog steeds hier. En jij ook.'

Dr. Lecter zei niets.

'Jaren van stilzwijgen... Dan stuurt Jack Crawford zijn grietje en je gaat onmiddellijk door de knieën. Wat heeft je de das omgedaan, Hannibal? Waren het die mooie slanke enkels? Haar glanzende haar? Ze is verrukkelijk, hè? Afstandelijk maar verrukkelijk. Als een winterse zonsondergang, zo zie ik haar. Ik weet dat het lang geleden is sinds jij voor het laatst een winterse zonsondergang hebt gezien, maar je kunt me op mijn woord geloven.

Je krijgt nog maar één dag met haar. Daarna neemt Moordzaken van Baltimore de ondervraging over. Die zijn al bezig met het vastschroeven van een stoel aan de vloer van de kamer voor elektroshocktherapie. De stoel heeft een toiletbril om het je gemakkelijk te maken, maar dat is natuurlijk voor hen ook wel zo makkelijk wanneer ze die stroom inschakelen. En ik weet van niets!

Snap je al hoe het zit? Ze weten het, Hannibal. Ze weten dat jij weet wie Buffalo Bill precies is. Ze vermoeden dat je hem onder behandeling hebt gehad. Toen ik juffrouw Starling vragen hoorde stellen over Buffalo Bill, was ik verbaasd. Ik heb een vriend gebeld bij Moordzaken van Baltimore. Ze hebben een insect in Klaus' keel gevonden, Hannibal. Ze weten dat Buffalo Bill hem heeft vermoord. Crawford laat je in de waan dat je slim bent. Ik geloof niet dat je beseft hoezeer Crawford je haat omdat je zijn protégé aan flarden hebt gesneden. En nou heeft hij je te grazen, Hannibal. Voel je je nu nog zo slim?'

Dr. Lecter zag dat Chiltons ogen naar de banden gleden die het masker op zijn plaats hielden. Kennelijk wilde Chilton het verwijderen om Lecters gezicht te kunnen zien. Lecter vroeg zich af of Chilton het op de veilige manier zou doen, van achteren dus. Als hij het via de voorkant deed, zou hij om Lecters hoofd heen moeten reiken en zouden de blauwgeaderde binnenkanten van zijn onderarmen vlak bij Lecters gezicht komen. Kom, dr. Chilton. Kom dichtbij. Nee, hij heeft besloten het niet te doen.

'Denk je nog steeds dat je ergens naartoe gaat waar een raam is? Denk je dat je over het strand zult wandelen en de vogels zult zien? Ik geloof er niks van. Ik heb senator Martin gebeld en ze wist niets van een overeenkomst met jou. Ik moest haar zelfs helpen herinneren wie je was. Bovendien had ze nog nooit van Clarice Starling gehoord. Je bent beetgenomen. We moeten er altijd op bedacht zijn dat een vrouw leugentjes kan vertellen, maar dit is op z'n minst schokkend, nietwaar?

Wanneer ze je helemaal hebben uitgemolken, Hannibal, zal Crawford je vervolgen wegens het achterhouden van informatie over een misdrijf. Daar kom je natuurlijk wel onderuit via de bepalingen over toerekeningsvatbaarheid, maar de rechter zal er niet gelukkig mee zijn. Je bent veroordeeld voor zes moorden. De rechter zal nu heus niet meer warmlopen voor jouw welzijn.

Geen raam, Hannibal. Je zult de rest van je leven moeten doorbrengen in een staatsinrichting, zittend op de grond en kijkend hoe de linnenwagen voorbij rolt. Je zult je tanden verliezen en je kracht kwijtraken. Niemand zal nog bang voor je zijn. Ze zullen je luchten op een binnenplaats van een inrichting als Flendauer. De jongeren zullen je met minachting behandelen en je gebruiken voor sex wanneer ze daar maar zin in hebben. Je krijgt niet meer te lezen dan wat je zelf op de muur schrijft. Denk je dat het gerechtshof zich daar druk om zal maken? Je hebt de oude gevangenen gezien. Die janken wanneer ze de gestoofde abrikozen niet lusten.
Jack Crawford en zijn grietje. Zodra zijn vrouw dood is, gaan die openlijk met elkaar om, zal je zien. Hij zal zich jeugdiger gaan kleden en aan een sport gaan doen die ze samen kunnen beoefenen. Ze zijn al intiem met elkaar sinds Bella Crawford ziek is. Wat dat betreft kunnen ze niemand iets wijsmaken. Ze zullen hun promoties krijgen en bijna nooit meer aan jou denken. Crawford zal je na afloop van de zaak waarschijnlijk persoonlijk willen vertellen wat jij krijgt. Als extra beloning. Ik ben ervan overtuigd dat hij zijn speech al heeft voorbereid.
Hannibal, hij kent je niet zo goed als ik je ken. Hij dacht dat als hij je om informatie had gevraagd, je alleen maar die moeder zou gaan kwellen.'
Dat klopt nog ook, dacht Lecter. *Wat verstandig van Jack. Dat slome Schots-Ierse uiterlijk is misleidend. Als je goed kijkt, zie je dat zijn gezicht vol littekens zit. Nu, misschien is er nog ruimte voor een paar erbij.*
'Ik weet waarvoor jij bang bent. Niet voor pijn of eenzaamheid. Wel voor verlies van waardigheid, Hannibal, dáár kun jij niet tegen. Wat dat betreft ben je net een kat. Ik ben moreel verplicht om voor je te zorgen, Hannibal, en dat doe ik dan ook. Ik, van mijn kant, heb nooit persoonlijke overwegingen laten meespelen in onze relatie. En ook nu zorg ik voor je.

Er was helemaal geen overeenkomst gesloten tussen jou en senator Martin, maar nu is die er wel. Tenminste... de mogelijkheid is er. Omwille van jou en voor het welzijn van dat meisje heb ik urenlang aan de telefoon gehangen. Ik zal je de eerste voorwaarde vertellen: je praat alleen via mij. Ik alleen publiceer hiervan een professioneel verslag, van mijn vruchtbare gesprek met jou. Jij publiceert niets. Ik heb het exclusieve recht om met Catherine Martin te praten als ze ongedeerd vrijkomt. Hierover valt niet te onderhandelen en je zult me nu antwoord moeten geven. Aanvaard je deze voorwaarde?'
Dr. Lecter glimlachte in zichzelf.
'Je kunt beter mij antwoorden dan het verhoor van Moordzaken af te wachten. Dan gebeurt er het volgende: als je zegt wie Buffalo Bill is en het meisje op tijd wordt gevonden, zal senator Martin – en dat zal ze telefonisch bevestigen – je laten overbrengen naar de staatsgevangenis Brushy Mountain in Tennessee, buiten het bereik van de autoriteiten in Maryland. Je zult onder haar rechtsgebied vallen, op veilige afstand van Jack Crawford. Je krijgt een cel op de gesloten afdeling, met uitzicht op de bossen. Je krijgt boeken. En lichaamsbeweging in de buitenlucht; de details daarvan zullen nog uitgewerkt moeten worden, maar de senator is uiterst welwillend. Zeg wie hij is, en je kunt er meteen heen. De mensen van de staatspolitie van Tennessee zullen je op het vliegveld onder hun hoede nemen. De gouverneur heeft daarvoor toestemming gegeven.'
Eindelijk heeft dr. Chilton iets interessants gezegd, en hij weet niet eens wat het is. Dr. Lecter tuitte achter het masker zijn lippen. *Onder de hoede van de politie. Politiemensen zijn niet zo slim als Barney. Ze gebruiken vaak voetkluisters en handboeien. Kluisters en boeien die je met een sleutel kunt openmaken. Met een sleutel zoals ik die heb.*
'Zijn voornaam is Billy,' zei dr. Lecter. 'De rest zal ik aan de senator zelf vertellen. In Tennessee.'

28

Jack Crawford weigerde de koffie die dr. Danielson hem aanbood. In plaats daarvan liep hij met het bekertje naar de roestvrij stalen gootsteen achter de verpleegsterspost en loste voor zichzelf een Alka-Seltzer op. Alles was hier van roestvrij staal: de bekerautomaat, het aanrecht, de afvalbak, het montuur van dr. Danielsons bril. Het glanzende staal deed denken aan instrumenten en veroorzaakte een voelbare scheut in Crawfords lies. Ze waren met z'n tweeën in het keukentje, hij en dr. Danielson.
'Geen sprake van, niet zonder een bevel van de rechter,' herhaalde Danielson. Zijn bitse toon was in strijd met de vriendelijkheid waarmee hij de koffie had aangeboden.
Danielson was hoofd van de kliniek voor seksuele identiteit aan de Johns Hopkins-universiteit en hij had erin toegestemd Crawford bij het krieken van de dag, lang voordat zijn ochtendspreekuur begon, te woord te staan.
'U moet me voor elk specifiek geval een afzonderlijk rechterlijk bevel kunnen tonen en dan zullen we ons voor elk daarvan inzetten. Hoe reageerden Columbus en Minnesota? Ongetwijfeld op dezelfde manier. Waar of niet?'
'Justitie is er op dit moment mee bezig. Er is haast bij, dr. Danielson. Als dat meisje al niet dood is, zal hij haar binnen zeer korte tijd – vanavond of morgen – om het leven brengen. En dan zal hij de volgende te grazen nemen,' zei Crawford.
'Het is onoordeelkundig, onbillijk en gevaarlijk om de naam Buffalo Bill in één adem te noemen met de problemen die we hier behandelen, meneer Crawford. Daar gaan mijn haren recht van overeind staan. Het heeft jaren geduurd – en we zijn er nog steeds niet – om het publiek ervan te overtuigen dat transseksuelen niet krankzinnig zijn, dat het geen perverse figuren zijn, dat ze niet van de verkeerde kant zijn...'
'Ik ben het met u eens...'

'Een ogenblikje nog! Geweld onder transseksuelen komt heel wat minder vaak voor dan onder de bevolking in het algemeen. Transseksuelen zijn brave burgers met een waarachtig probleem, een zoals bekend bijzonder moeilijk op te lossen probleem. Ze verdienen hulp, en wij kunnen die bieden. Ik ben niet van plan een heksenjacht te ontketenen. We hebben het vertrouwen van een patiënt nog nooit beschaamd en dat zullen we ook in de toekomst niet doen. Begint u maar liever bij dat uitgangspunt, meneer Crawford.'
In zijn privéleven was Crawford nu al maandenlang bezig de artsen en verpleegsters van zijn vrouw voor zich in te nemen, elk voordeel voor haar, hoe gering ook, eruit te slepen. Hij had zo langzamerhand meer dan genoeg van de medische stand. Maar hier ging het niet om zijn privéleven. Dit was werk, dit was Baltimore. Hij moest vriendelijk blijven.
'Dan heb ik me niet duidelijk uitgedrukt, dr. Danielson. Dat ligt helemaal aan mij. Het is nog vroeg en ik ben geen ochtendmens. Het is juist zo dat de man die we zoeken, géén patiënt van u is. Het vermoeden bestaat dat het om iemand gaat die u juist hebt afgewezen omdat u zag dat hij géén transseksueel was. We hebben heel goede redenen voor deze aanpak. Ik zal u een aantal specifieke opzichten voorleggen waarin hij juist zou afwijken van de typerend transseksuele patronen die in uw karakteroverzichten voorkomen. Hier hebt u een korte lijst van kenmerken waarnaar uw personeel zou kunnen zoeken in uw bestand van afgewezen personen.'
Tijdens het lezen wreef dr. Danielson met zijn vinger langs de zijkant van zijn neus. Toen gaf hij het papier terug. 'Dit is zonderling, meneer Crawford. Het is in feite uiterst bizar, en dat is een woord dat ik niet zo vaak gebruik. Mag ik vragen wie u dit stuk... eh... giswerk heeft gegeven?'
U zou het vast niet prettig vinden dat te weten, dr. Danielson. 'De staf van Gedragswetenschappen,' antwoord-

de Crawford, 'in overleg met dr. Alan Bloom van de universiteit van Chicago.'
'Wordt dit door *Alan Bloom* onderschreven?'
'En we gaan niet alleen af op de tests. Er is nog een mogelijkheid waarop Buffalo Bill er in uw bestand naar alle waarschijnlijkheid uitspringt: hij heeft vermoedelijk geprobeerd een strafblad voor geweldmisdrijven geheim te houden of andere achtergrondgegevens vervalst. Toon me de namen van personen die u hebt afgewezen, dr. Danielson.'
Danielson schudde nog steeds zijn hoofd. 'Gegevens over onderzoeken en vraaggesprekken zijn vertrouwelijk.'
'Dr. Danielson, hoe kunnen fraude en onjuiste voorstelling van zaken als vertrouwelijk worden behandeld? Hoe zouden de ware naam en de ware achtergrond van een misdadiger onder de vertrouwensrelatie tussen arts en patiënt kunnen vallen als de betrokkene u daarover nooit heeft ingelicht en u dat zelf moest ontdekken? Ik weet hoe grondig Johns Hopkins te werk gaat. U hebt dergelijke gevallen gehad, dat weet ik zeker. Lieden met een ziekelijk verlangen naar steeds meer chirurgische ingrepen wenden zich tot iedere plek waar deze worden verricht. Dat doet geen afbreuk aan het instituut of aan de rechtmatige patiënten. Denkt u dat zich bij de FBI nooit idioten melden? We hebben er regelmatig mee te maken. Vorige week meldde zich een kerel met een toupetje bij het bureau in St.-Louis. Hij had een bazooka, twee raketten en een sjako van berenvel in zijn golftas.'
'En, heeft u hem in dienst genomen?'
'Helpt u mij, dr. Danielson. De tijd dringt. Terwijl wij hier staan te praten, is Buffalo Bill misschien wel bezig Catherine Martin in iets als dit hier te veranderen.' Crawford legde een foto op het glimmende aanrecht.
'Dat kunt u beter niet doen!' zei dr. Danielson. 'Dat is een kinderachtige poging tot intimidatie. Ik ben veldchirurg geweest in de oorlog, meneer Crawford. Stop die foto weer in uw zak.'

'Ja, een chirurg kan de aanblik van een verminkt lichaam wel verdragen,' zei Crawford. Hij verfrommelde het plastic bekertje en trapte op het pedaal van de afvalemmer om het deksel op te wippen. 'Maar ik denk niet dat een medicus het kan aanzien dat een leven wordt verspild.' Hij liet zijn beker vallen, waarna het deksel van de emmer met een nadrukkelijke klap dichtviel. 'Ik doe u het volgende voorstel, het beste dat ik heb: ik zal geen patiëntengegevens van u verlangen, alleen informatie over aanvragen die betrekking heeft op de door u gebruikte richtlijnen. U en uw psychiatrische inspectieteam kunnen afgewezen aanvragen veel sneller beoordelen dan ik. Mochten we Buffalo Bill via uw informatie op het spoor komen, dan zal ik dat feit niet openbaar maken. Ik bedenk wel een andere manier waarop het ons zou zijn gelukt hem te vinden en zal daarop ook de rapportage baseren.'
'Zou de Johns Hopkins-universiteit als getuige achter de schermen kunnen blijven, meneer Crawford? Kunnen jullie ons soms een nieuwe identiteit geven? Door onze naam te veranderen in het Bob Jones College, bijvoorbeeld? Ik betwijfel ten zeerste of de FBI, of welke andere overheidsinstelling ook, in staat is om gedurende lange tijd een geheim te bewaren.'
'Dat kon u weleens meevallen.'
'Ik kan het me niet voorstellen. Een poging om onder een misplaatste bureaucratische leugen uit te komen zou meer schade berokkenen dan het vertellen van de waarheid. Doe me een plezier en probeer ons nooit op die manier te beschermen. Daar bedank ik voor.'
'Ik bedank ú, dr. Danielson, voor uw snedige opmerkingen. Ze hebben me bijzonder geholpen; ik zal u over een minuutje uitleggen hoe. U geeft de voorkeur aan de waarheid. Welnu, luister dan: hij ontvoert jonge vrouwen en stroopt de huid van hun lichaam. Hij trekt deze huiden zelf aan en dartelt er vrolijk in rond. Wij willen daar een eind aan maken. Als u me niet zo snel

mogelijk helpt, zal ik het volgende doen: vanmorgen nog zal Justitie in het openbaar om een rechterlijk bevel vragen, waarbij wordt vermeld dat u uw medewerking heeft geweigerd. We zullen twee keer per dag een verzoek indienen, ruimschoots voor de nieuwsuitzendingen van de middag en avond. Ieder perscommuniqué van Justitie over deze zaak zal berichten over onze pogingen om dr. Danielson van de Johns Hopkins-universiteit ertoe te bewegen ons te helpen en over de vorderingen die daarmee zijn gemaakt. Bij ieder nieuws in de Buffalo Bill-zaak – wanneer Catherine Martin komt bovendrijven, wanneer het volgende slachtoffer wordt gevonden, en het daaropvolgende – zullen we onmiddellijk een nieuw communiqué uitzenden over onze contacten met dr. Danielson van de Johns Hopkins-universiteit, compleet met uw geestige commentaar over het Bob Jones College. Nog één ding, dokter: u weet dat de nationale gezondheidsraad hier in Baltimore is gevestigd. Ik moet meteen denken aan de afdeling Medische Bevoegdheid... Was dat ook niet úw eerste zorg? Stelt u zich eens voor dat senator Martin, enige tijd na de begrafenis van haar dochter, de volgende vraag zal voorleggen aan de mensen van Medische Bevoegdheid: zouden de operaties waarbij het geslacht van de patiënt wordt veranderd, niet eigenlijk onder plastische chirurgie moeten vallen? Wat dan, dr. Danielson? Misschien krabben die mensen zich dan wel achter de oren en zeggen ten slotte: "Tja, de senator heeft best gelijk. Ja, wij zijn van mening dat het plastische chirurgie is." Vervolgens zal uw programma niet méér financiële steun van de overheid krijgen dan een kliniek waar ze neuzen verfraaien.'
'Dat is een belediging!'
'Nee, het is alleen maar de waarheid.'
'Ik laat me door u niet bang maken, ik laat me niet door u intimideren!'
'Mooi, want dat was niet mijn bedoeling, dr. Danielson. Ik wil u er alleen van doordringen dat het me ernst is.

Helpt u mij, dokter. Alstublieft!'

'U zei dat u samenwerkt met Alan Bloom.'

'Ja. De universiteit van Chicago...'

'Ik ken Alan Bloom, en ik bespreek dit liever op professioneel niveau. Zegt u hem dat ik vanmorgen nog contact met hem zal opnemen. Ik zal u voor de middag laten weten wat ik heb besloten. Ik ben wel degelijk begaan met het lot van die jonge vrouw, meneer Crawford. En die anderen laten me ook niet onverschillig. Maar er staat hier veel op het spel en ik geloof niet dat u daarvan voldoende doordrongen bent... Meneer Crawford, hebt u de laatste tijd uw bloeddruk nog laten controleren?'

'Dat doe ik zelf.'

'En schrijft u zichzelf ook medicijnen voor?'

'Dat is bij de wet verboden, dr. Danielson.'

'Maar u hebt een huisarts.'

'Ja.'

'Vertel hem dan wat uw bevindingen zijn, meneer Crawford. Het zou voor ons allen een groot verlies betekenen als u dood zou neervallen. U hoort nog van me, later op de morgen.'

'Hoeveel later, dr. Danielson? Zullen we het op een uur houden?'

'Een uur.'

Toen Crawford op de begane grond uit de lift stapte, ging zijn pieper af. Hij holde naar het surveillancebusje, waar zijn chauffeur Jeff al zat te wenken. *Ze is dood en ze hebben haar gevonden!* dacht Crawford terwijl hij de telefoon greep.

Het was de directeur. Het nieuws was niet zo slecht als het had kunnen zijn, maar toch slecht genoeg: Chilton had zich met de zaak bemoeid en nu was ook senator Martin op het toneel verschenen. De procureur-generaal van de staat Maryland had, op instructies van de gouverneur, toestemming verleend om dr. Lecter uit te leveren aan Tennessee. De federale rechtbank van het dis-

trict Maryland zou alle zeilen moeten bijzetten om de overdracht te voorkomen of te vertragen. De directeur verlangde Crawfords oordeel over de kwestie, nu meteen.
'Blijf aan de lijn,' zei Crawford. Hij legde de hoorn op zijn bovenbeen en staarde door het raampje van de bus naar buiten. Er viel in februari weinig kleur te bekennen voor het vroege ochtendgloren. Alles was grauw. Bijzonder deprimerend.
Jeff opende zijn mond om iets te zeggen, maar Crawford legde hem met een handgebaar het zwijgen op.
Lecters monsterlijke ego. Chiltons eerzucht. Senator Martins angst om haar kind. Catherine Martins leven... Dat was genoeg!
'Laat maar doorgaan,' zei hij in de telefoon.

29

Bij zonsopgang stonden dr. Chilton en drie grondig geïnstrueerde politieagenten uit Tennessee dicht bij elkaar op de winderige startbaan.
Ze schreeuwden om zich verstaanbaar te kunnen maken boven de geluiden van het luidruchtige radioverkeer die uit de openstaande deur van de Grumman Gulfstream naar buiten stroomden en van de ambulance die met stationair draaiende motor naast het vliegveld stond.
De verantwoordelijke commandant van de staatspolitie overhandigde dr. Chilton een pen. De papieren wapperden over de rand van het klembord, zodat de politieman ze moest terugvouwen en vasthouden.
'Kunnen we dit niet doen als we in de lucht zijn?' vroeg Chilton.
'Nee, de administratieve afhandeling dient op het moment van de daadwerkelijke overdracht plaats te hebben. Zo luiden mijn instructies.'
De copiloot was klaar met het aanbrengen van de oprit

over de vliegtuigtrap. 'Ik ben zover!' riep hij.
De agenten verzamelden zich met dr. Chilton bij de achterkant van de ambulance. Toen Chilton de achterportieren opende, zetten ze zich schrap alsof ze verwachtten dat er iets naar buiten zou springen. Hannibal Lecter stond rechtop op zijn steekwagen, gewikkeld in een canvas net en voorzien van zijn hockeymasker. Hij leegde zijn blaas in het urinaal dat Barney voor hem ophield. Een van de agenten schoot in de lach. De twee anderen wendden hun blikken af.
'Neem me niet kwalijk,' zei Barney tegen dr. Lecter. Hij deed de portieren weer dicht.
'Het is in orde, Barney,' zei dr. Lecter. 'Ik ben al klaar. Dank je.' Barney knoopte Lecters kleren weer dicht en rolde hem naar de uitgang van de ambulance.
'Barney?'
'Ja, dr. Lecter?'
'Je hebt me al die tijd goed behandeld.'
'Graag gedaan.'
'Als Sammie weer aanspreekbaar is, wil je hem dan de groeten van me doen?'
'Natuurlijk.'
'Vaarwel, Barney.'
De stevige bewaker duwde de portieren open en riep de agenten. 'Willen jullie daar de onderkant pakken, mannen? Aan twee kanten graag. We zullen hem op de grond zetten. Kalmpjes aan.'
Barney rolde dr. Lecter via de oprit het vliegtuig in. Aan de rechterkant van het toestel waren drie stoelen verwijderd. De copiloot bond de steekwagen vast aan de bodemklampen.
'Moet hij tijdens de vlucht plat blijven liggen?' vroeg een van de agenten. 'Draagt-ie een rubberen broek?'
'Je zult je water moeten ophouden tot we in Memphis zijn, makker,' zei de andere politieman.
'Dr. Chilton, kan ik u even spreken?' vroeg Barney.
Ze stonden naast het vliegtuig terwijl de wind om hen

heen blies, stof en afval opjagend tot kleine cyclonen.
'Deze kerels weten van toeten noch blazen,' zei Barney. 'Aan het eind van de vlucht krijg ik hulp van ervaren psychiatrische verplegers. Nu is hij hun verantwoordelijkheid.'
'Denkt u dat ze hem op de juiste manier zullen behandelen? U weet hoe hij is, je moet hem met verveling dreigen. Dat is het enige waar hij niet tegen kan. Slaan heeft geen zin.'
'Dat zou ik nooit toestaan, Barney.'
'Bent u erbij als ze hem ondervragen?'
'Ja.' *En jij niet*, voegde Chilton er in stilte aan toe.
'Ik kan meegaan,' zei Barney. 'Dan zou ik nog ruimschoots op tijd terug zijn voordat mijn dienst begint.'
'Hij is niet langer jouw verantwoordelijkheid, Barney. Ik ben erbij. Ik zal ze laten zien hoe ze met hem moeten omgaan. Bij iedere stap die hij doet.'
'Laten ze hem maar goed in de gaten houden,' zei Barney. 'Híj laat zijn aandacht geen moment verslappen.'

30

Clarice Starling zat op de rand van haar motelbed en staarde bijna een volle minuut naar het zwarte telefoontoestel nadat Crawford de verbinding had verbroken. Haar haar zat in de war en haar academie-nachthemd zat gedraaid om haar lichaam doordat ze tijdens haar korte slaap had liggen woelen. Ze had een gevoel alsof iemand haar een stomp in de maag had gegeven. Het was nog maar drie uur geleden dat ze bij dr. Lecter was weggegaan, en twee uur sinds zij en Crawford klaar waren met het nalopen van de aanvragen die bij de medische centra waren ingediend aan de hand van de lijst met kenmerken. In die korte tijd, terwijl zij had liggen slapen, was dr. Chilton erin geslaagd alles te bederven.

Crawford was op weg naar haar toe. Ze moest zich voorbereiden, moest haar gedachten bij de zaak houden.
Godverdomme! GodVERDOMME! GODVERDOMME! Je hebt haar om zeep geholpen, dr. Chilton. Je hebt haar vermoord, dr. Klootzak. Lecter wist nog meer en dat had ik van hem los kunnen peuteren. Daar kan ik nu naar fluiten, nu is alles voor niets. Alles voor niets. Als Catherine Martin komt bovendrijven, zal ik ervoor zorgen dat jij naar haar moet kijken. Ik zweer het je! Je hebt mijn werk ongedaan gemaakt. Ik moet echt iets zinvols doen. Nu, op dit moment. Wat kan ik doen? Wat kan ik hier en nu gaan doen? Me wassen...
In de badkamer vond ze een doosje met ingepakte stukjes zeep, tubes met shampoo en lotion, een klein naaigarnituur, allemaal attenties waar een goed motel voor zorgt.
Toen Starling onder de douche stapte, zag ze zichzelf in een flits als meisje van acht dat de handdoeken, de shampoo en de stukjes zeep naar haar moeder bracht wanneer die motelkamers schoonmaakte. Toen ze acht was, was er een kraai, horend bij een zwerm die zich liet meevoeren op de bijtende wind in die afschuwelijke stad, die vaak spullen stal van de schoonmaakwagens van het motel. Hij pikte alles wat glinsterde. De kraai wachtte zijn kans af en begon vervolgens rond te snuffelen tussen de talloze huishoudspulletjes op de wagen. Soms, als hij er onverwacht vandoor moest, poepte hij op het schone linnengoed. Een van de andere schoonmaaksters gooide bleekwater over hem heen, met als enig resultaat dat er witte spikkels op zijn veren verschenen. De zwart-witte kraai wachtte altijd tot Clarice bij de wagen wegliep om haar moeder, die badkamers schoonmaakte, spulletjes te brengen. Haar moeder stond in de deur van zo'n motelbadkamer toen ze Starling vertelde dat ze weg moest, dat ze in Montana moest gaan wonen. Haar moeder legde de handdoeken die ze vasthield neer, ging op de rand van het motelbed zitten en nam haar in haar armen.

Starling droomde nog steeds van de kraai en zag hem nu voor zich, nu ze geen tijd had over het waarom na te denken.
Haar hand schoot met een beweging als om hem weg te jagen omhoog en ging toen, alsof ze zich wilde verontschuldigen voor het gebaar, door naar haar voorhoofd om de natte lok naar achteren te strijken.
Ze kleedde zich snel aan. Broek, blouse, een licht vest, de revolver met de korte loop in de buikholster stevig tegen haar ribben gedrukt, de snellader schrijlings over de andere kant van haar riem. Haar blazer zat nog niet helemaal goed. Rafels van de voeringzoom hingen over de snellader heen. Ze was vastbesloten om bezig te blijven, om bezig te blijven tot ze haar kalmte had herwonnen. Ze pakte het naaigarnituurtje van het motel en naaide de voering vast. Sommige agenten naaiden leertjes in het jaspand om te zorgen dat ze het ongehinderd konden openzwaaien. Dat zou zij ook moeten doen...
Crawford klopte op de deur.

31

Crawford wist uit ervaring dat woede vrouwen iets verlopens gaf. Woede maakte dat hun haren verwilderd naar alle kanten uitstaken en kwam hun teint niet ten goede. Bovendien vergaten ze hun ritsen dicht te doen. Alles wat ze onaantrekkelijk kon maken kwam extra sterk naar voren.
Starling zag er toen ze de deur van haar motelkamer opendeed net zo uit als anders, maar ze was wel degelijk kwaad. Crawford besefte dat hem op dit moment waarschijnlijk een wezenlijke nieuwe waarheid over haar onthuld werd. Terwijl ze in de deuropening stond, kwam hem een geur van zeep en een dampige lucht tegemoet. De dekens op het bed achter haar waren opgetrokken tot over het kussen.

'Een mooi zootje, hè, Starling?'
'Een klerezooi, meneer Crawford. Wat nu?'
Hij gebaarde met zijn hoofd. 'De drugstore op de hoek is al open. We gaan koffie drinken.'
Het was een zachte morgen voor februari. De zon, die in het oosten nog laag aan de hemel stond, weerkaatste rood op de gevel van de inrichting toen ze die voorbijliepen. Jeff reed in het busje langzaam achter hen aan, met krakende radio's. Eén keer stak hij de hoorn van een telefoon naar buiten, waarop Crawford een kort gesprek voerde.
'Kan ik Chilton laten aanklagen wegens belemmering van de rechtsgang?' vroeg Starling.
Ze liep iets voor hem uit en Crawford kon de spanning in haar kaakspieren zien nadat ze de vraag had gesteld.
'Nee, dat zou niets uithalen.'
'En als hij haar de das heeft omgedaan? Als Catherine door zijn toedoen sterft? Ik wil hem dit betaald zetten... Laat me aan deze zaak blijven werken, meneer Crawford. Stuur me niet terug naar school.'
'Twee dingen. Als ik je laat blijven, is dat niet opdat jij Chilton te grazen kunt nemen. Dat komt later. En verder: als ik je nog veel langer laat blijven, zul je een deel van het jaar over moeten doen. Dat zou je een paar maanden kosten. De academie maakt voor niemand uitzonderingen. Ik kan je de garantie geven dat je niet je plaats aan de academie kwijtraakt, maar dat is alles. Er zal een plaats voor je open zijn. Dat verzeker ik je.'
Al lopend legde ze haar hoofd in de nek en bracht het toen weer terug in de normale stand. 'Het is misschien niet beleefd van me dat ik dit aan mijn baas vraag, maar... zit u in de klem? Kan senator Martin het u moeilijk maken?'
'Starling, over twee jaar ga ik verplicht met pensioen. Al zou ik Jimmy Hoffa en de Tylenol-moordenaar vinden, dan nog moet ik opkrassen. Ik heb geen keus.'
Crawford, als altijd voorzichtig met verlangens, wist hoe-

zeer hij naar wijsheid hunkerde. Hij wist dat een man van middelbare leeftijd zo vertwijfeld kan verlangen naar wijsheid dat hij in staat zou zijn een paar wijsheden uit zijn duim te zuigen, en hij wist ook dat zoiets fataal kan zijn voor jongelui die hem geloven. Daarom koos hij zijn woorden zorgvuldig en sprak hij alleen over dingen die hij kende.

Wat Crawford haar vertelde in die verlaten straat van Baltimore, had hij geleerd tijdens meer dan één ijzige dageraad in Korea, in een oorlog die zich had afgespeeld voordat zij was geboren. Hij liet het gedeelte over Korea weg omdat hij daaraan niet zijn geloofwaardigheid hoefde te ontlenen. 'Dit is een verschrikkelijk moeilijke tijd, Starling. Gebruik deze tijd, daar zul je van leren jezelf meester te blijven. Nu sta je voor de zwaarste proeve: je zult moeten zorgen dat woede en frustratie je niet het denken beletten. Dat is de essentie die bepaalt of je in staat bent al dan niet een commando te voeren. Met onachtzaamheid en stommiteiten trek je aan het kortste eind. Chilton is een godvergeten dwaas en door hem heeft Catherine Martin misschien haar leven verloren. Maar misschien ook niet. Wij zijn haar kans. Starling, hoe koud is vloeibare stikstof in het lab?'

'Wat? O, vloeibare stikstof... ongeveer tweehonderd graden Celsius onder nul. Vlak daarboven gaat die al koken.'

'Heb je er ooit iets mee bevroren?'

'Zeker.'

'Ik wil dat je nu ook iets bevriest. Bevries de kwestie met Chilton. Bewaar de informatie die je van Lecter hebt gekregen en bevries de gevoelens. Ik wil dat je duidelijk je doel voor ogen houdt, Starling. Dat is het enige wat telt. Je bent uitgegaan op informatie, je hebt ervoor betaald, je hebt die gekregen... en nu gaan we die gebruiken. Die informatie is nog even waardevol – of even waardeloos – als voordat Chilton zich met de zaak ging bemoeien. Alleen krijgen we waarschijnlijk verder niets

meer te horen van Lecter. Gebruik de kennis over Buffalo Bill die je van Lecter hebt gekregen en zorg dat je in vorm blijft. Bevries de rest. De verspilling, het verlies, je woede, Chilton – bevries het allemaal. Als we tijd over hebben, trappen we Chiltons reet tussen zijn schouderbladen. Nu moet je het bevriezen en aan de kant schuiven zodat je het doel kunt zien. Het doel, Starling, de beloning: het leven van Catherine Martin. En het grote doel: de schuilplaats van Buffalo Bill. Hou je doel goed voor ogen. Als je dat kunt, kan ik je gebruiken.'
'Om de medische dossiers door te nemen?' Ze stonden inmiddels voor de drugstore.
'Alleen als de klinieken ons de voet dwars zetten en we de dossiers in beslag moeten nemen. Ik wil dat je naar Memphis gaat. Laten we hopen dat Lecter senator Martin iets zinnigs zal vertellen. Ik wil je in ieder geval dicht in de buurt hebben, voor alle zekerheid, voor het moment waarop hij genoeg krijgt van zijn spelletje met haar en dan misschien weer met jou wil praten. Ondertussen moet je proberen je in te leven in Catherine, een idee krijgen over hoe en waarom Bill haar heeft uitgekozen. Je bent niet veel ouder dan Catherine en haar vrienden vertellen jou misschien dingen die ze zouden verzwijgen tegenover iemand die er officiëler uitziet.
We hebben nog steeds die andere invalshoeken. Interpol probeert de identiteit van Klaus te achterhalen. Als die eenmaal bekend is, kunnen we niet alleen zijn contacten in Europa nagaan maar ook die in Californië, waar hij zijn romance met Benjamin Raspail heeft beleefd. Ik ga naar de universiteit van Minnesota – we zijn daar verkeerd van start gegaan – en vanavond ben ik in Washington. Nu ga ik die koffie halen. Roep Jeff en zeg dat hij zich klaar moet houden. Over veertig minuten zit je in een vliegtuig.'
De rode zon bescheen inmiddels driekwart van de telefoonpalen. De trottoirs hadden nog steeds een paarse gloed. Toen Starling haar hand opstak naar Jeff, was

die hand al in het licht.
Ze voelde zich beter, niet meer zo loodzwaar. Crawford was echt heel goed. Ze wist dat die vraag van hem over stikstof een zinspeling was op haar kennis van gerechtelijk onderzoek, bedoeld om haar een hart onder de riem te steken en een aanzet te geven om gedisciplineerd denken tot een ingewortelde gewoonte te maken. Ze vroeg zich af of mannen een dergelijke vorm van manipulatie werkelijk als subtiel beschouwden. Vreemd hoe dingen je konden beïnvloeden, zelfs wanneer je die doorhad. Vreemd hoe een begenadigd leider vaak van nogal grof geschut gebruik maakt. Aan de overkant van de straat verliet een bekende figuur de staatsinrichting voor crimineel gestoorden en liep de treden van het bordes af. Het was Barney, die er in zijn sportjack nog forser uitzag dan anders. Hij had zijn lunchtrommeltje bij zich. Starling richtte zich tot Jeff, die in de surveillancebus zat te wachten, en vormde met haar lippen de woorden 'vijf minuten'. Ze bereikte Barney op het moment dat hij het portier van zijn oude Studebaker ontsloot.
'Barney!'
Hij keerde zich om en keek haar uitdrukkingsloos aan. Misschien stonden zijn ogen iets groter dan normaal. Zijn lichaamsgewicht rustte stevig op zijn beide benen.
'Heeft dr. Chilton je gezegd dat je je geen zorgen meer hoeft te maken over wat er is gebeurd?'
'Wat zou hij anders zeggen?'
'Geloof je hem?'
Zijn mondhoek zakte omlaag. Hij zei geen ja of nee.
'Je moet iets voor me doen. Nu meteen, zonder iets te vragen. Om te beginnen heb ik een paar vragen voor je. Wat is er in Lecters cel achtergebleven?'
'Een paar boeken: *Joy of Cooking*, medische tijdschriften. Zijn gerechtelijke documenten hebben ze meegenomen.'
'De dingen aan de muren? De tekeningen?'
'Die zijn er nog.'

'Ik wil dat allemaal hebben, maar ik heb verdomd weinig tijd.'
Hij keek haar een ogenblik onderzoekend aan. 'Wacht hier,' zei hij toen. Hij holde het bordes weer op, soepel voor een man van zijn postuur.
Crawford zat al op haar te wachten in het busje toen Barney terugkwam met opgerolde tekeningen en een plastic tas met tijdschriften en boeken.
'Denkt u echt dat ik weet had van dat verborgen microfoontje?' vroeg Barney terwijl hij haar de spullen overhandigde.
'Daar heb ik nog niet over nagedacht. Hier is een pen, schrijf je telefoonnummers even op die tas. Barney, denk je dat die lui dr. Lecter aankunnen?'
'Ik heb mijn twijfels. Dat heb ik ook tegen dr. Chilton gezegd. Onthoudt u dat maar goed, voor het geval dat hij dat per ongeluk is vergeten. Ik mag u wel, agent Starling. Zeg, mocht u Buffalo Bill te pakken krijgen...'
'Ja?'
'Breng hem dan niet bij mij omdat ik toevallig een plaatsje over heb. Afgesproken?' Hij grijnsde. Barney had kleine melktanden.
Starling moest wel met hem meelachen. Met een wuivende groet over haar schouder rende ze naar het surveillancebusje.
Crawford was tevreden.

32

De Grumman Gulfstream met dr. Lecter aan boord liet twee sporen van blauwe rubberwolken achter toen het vliegtuig in Memphis landde. Op instructies van de verkeerstoren taxiede het toestel snel naar de Air National Guard-hangars, weg van de passagiershal. In de eerste hangar stonden een ambulance van de medische hulpdienst en een limousine te wachten.

Senator Martin keek door het rookglas van de limousine toe terwijl de politieagenten dr. Lecter uit het vliegtuig rolden. Ruth Martin was het liefst naar de vastgebonden en gemaskerde figuur toe gerend om de informatie uit hem te trekken, maar daar was ze te slim voor.
De telefoon van de senator ging over. Haar assistent, Brian Gossage, pakte de hoorn vanaf het klapstoeltje waarop hij zat.
'Het is de FBI,' zei Gossage. 'Jack Crawford.'
Zonder dr. Lecter ook maar een ogenblik met haar ogen los te laten, stak senator Martin haar hand uit naar het telefoontoestel.
'Waarom hebt u me niets over dr. Lecter verteld, meneer Crawford?'
'Ik was bang dat u precies zou doen wat u nu doet, senator.'
'Ik leg u niets in de weg, meneer Crawford. Maar als u mij dwarsboomt, zult u er spijt van krijgen.'
'Waar is Lecter nu?'
'Waar ik hem kan zien.'
'Kan hij u horen?'
'Nee.'
'Senator Martin, luister naar me. U wilt Lecter persoonlijke garanties geven... Best, prima. Maar doe me een plezier en laat u door dr. Alan Bloom instrueren voordat u het tegen Lecter opneemt. Bloom kan u helpen. Geloof me!'
'Ik heb deskundig advies gekregen.'
'Beter dan van Chilton, hoop ik.'
Dr. Chilton tikte tegen het raampje van de limousine. De senator stuurde Brian Gossage naar buiten om hem af te wimpelen.
'Intern geruzie verspilt tijd, meneer Crawford. U hebt een onervaren rekruut met een niet-bestaand aanbod naar Lecter gestuurd. Ik kan hem iets beters bieden. Volgens dr. Chilton staat Lecter open voor een serieus bod.

Dat krijgt hij van mij – geen bureaucratie, geen beledigingen, geen onzekerheden. Als we Catherine ongedeerd terugkrijgen, maakt iedereen een goede beurt, uzelf incluis. Als ze... sterft, heb ik geen boodschap aan excuses.'
'Maak dan gebruik van ons, senator Martin!'
Ze hoorde geen woede in zijn stem, alleen de koelbloedigheid van een vakman die zijn verliezen probeert in te perken. Daar had ze boodschap aan. 'Laat horen.'
'Als u iets te weten komt, stel ons dan in staat naar die kennis te handelen. Zorg dat we van alles op de hoogte blijven, dat de plaatselijke politie niets voor ons achterhoudt. Zorg dat ze niet denken dat ze u een plezier zouden doen door ons erbuiten te houden.'
'Paul Krendler van Justitie komt over. Hij zal ervoor zorgen.'
'Wie is daar nu uw hoogste officier?'
'Majoor Bachman, van het Tennessee Bureau of Investigation.'
'Mooi. Als het nog niet te laat is, probeer de pers er dan buiten te houden. En zegt u maar nadrukkelijk tegen Chilton dat hij zijn mond moet houden tegenover journalisten, want hij is dol op aandacht. We willen niet dat Buffalo Bill iets te weten komt. Als we hem vinden, willen we het speciale bijstandsteam voor gijzelingszaken inschakelen. We willen hem overrompelen. Bent u van plan Lecter persoonlijk te ondervragen?'
'Ja.'
'Wilt u voor die tijd even met Clarice Starling praten? Ze is onderweg.'
'Waarom? Dr. Chilton heeft de hele kwestie al voor me samengevat. Er is nu genoeg tijd verloren gegaan.'
Chilton tikte opnieuw tegen de ruit en vormde woorden met zijn lippen. Brian Gossage legde een hand op zijn pols en schudde zijn hoofd.
'Ik wil tot Lecter worden toegelaten nadat u met hem hebt gesproken,' zei Crawford.

'Meneer Crawford, hij heeft beloofd de identiteit van Buffalo Bill te onthullen in ruil voor privileges. Voor meer comfort, om precies te zijn. Als hij zich daar niet aan houdt, kunt u onbeperkt over hem beschikken.'
'Senator Martin, ik weet dat het overdreven klinkt, maar ik moet u dit zeggen: wat u ook doet, ga hem niet smeken!'
'Goed, meneer Crawford. Ik heb nu echt geen tijd meer.'
Ze verbrak de verbinding. 'Als ik me vergis, zal ze niet doder zijn dan de andere zes waarmee jullie je hebben beziggehouden,' mompelde ze, waarna ze Gossage en Chilton wenkte om in de wagen te komen.
Dr. Chilton had om kantoorruimte verzocht voor het gesprek van senator Martin met dr. Lecter. Om tijd te besparen, was in allerijl een instructielokaal van Air National Guard in gereedheid gebracht.
Senator Martin moest in de hangar wachten terwijl dr. Chilton Lecter in het lokaal installeerde. Ze kon het in de auto niet uithouden en ijsbeerde in een kringetje rond onder het grote dak van de hangar. Haar blik gleed afwisselend van de hoge, rastervormige spanten naar de geverfde strepen op de vloer. Op een gegeven moment bleef ze naast een oude Phantom F-4 staan en steunde met haar hoofd tegen de koude zijkant, waar gestencilde letters meldden dat daar geen ingang was. *Dit vliegtuig was hoogstwaarschijnlijk ouder dan Catherine. Jezus, maak voort!*
'Senator Martin.' Majoor Bachman riep haar. Chilton stond bij de deur te wenken.
In het vertrek stond een bureau voor Chilton en er waren stoelen voor senator Martin, haar assistent en majoor Bachman. Een man met een videocamera hield zich gereed om de bijeenkomst op te nemen. Volgens Chilton was dat een van Lecters eisen.
Senator Martin was een imposante verschijning zoals ze naar binnen ging. Haar marineblauwe mantelpak straalde macht uit. Zelfs Gossage was onder de indruk.

Dr. Hannibal Lecter zat alleen in het midden van het vertrek, op een stevige eikenhouten leunstoel die aan de vloer was vastgenageld. Een deken bedekte zijn dwangbuis en beenkluisters en verhulde het feit dat hij aan de stoel was vastgeketend. Het hockeymasker, dat hem belette te bijten, was niet verwijderd.

Waarom niet? vroeg de senator zich af. Het was de bedoeling geweest dr. Lecter in een zakelijke omgeving enige waardigheid toe te staan. Na een blik op dr. Chilton wendde senator Martin zich tot haar assistent voor de benodigde papieren.

Chilton ging achter dr. Lecter staan, maakte de banden om zijn hoofd los en zette, in de camera kijkend, met veel vertoon het masker af. 'Senator Martin, ik stel u voor aan dr. Hannibal Lecter.'

De theatrale manier waarop dr. Chilton handelde verontrustte senator Martin meer dan wat ook dat was gebeurd sinds de verdwijning van haar dochter. Elk vertrouwen dat ze eerder in Chiltons oordeel had gehad, maakte plaats voor de kille vrees dat hij een dwaas was. Ze zou moeten bluffen.

Een lok van Lecters haar viel tussen zijn kastanjebruine ogen. Hij was even bleek als het masker. Senator Martin en Hannibal Lecter bezagen elkaar aandachtig, de een met duidelijke intelligentie en de ander met peilloze ondoorgrondelijkheid.

Dr. Chilton liep terug naar zijn bureau, liet zijn blik langs de aanwezigen glijden en begon: 'Dr. Lecter heeft me laten weten, senator, dat hij behulpzaam wil zijn bij het onderzoek door ons speciale informatie te verschaffen in ruil voor privileges ten aanzien van zijn opsluiting.'

Senator Martin hield een document op. 'Dr. Lecter, dit is een attest dat ik nu zal ondertekenen. Er staat in dat ik u zal helpen. Wilt u het lezen?'

Ze verwachtte niet dat hij zou antwoorden en wendde zich al naar het bureau om haar handtekening te zetten

toen hij zei: 'Ik zal uw tijd en die van Catherine niet verspillen met onderhandelingen over onbeduidende privileges. Carrièrejagers hebben al genoeg verspild. Ik zal u nu helpen en ik vertrouw erop dat u mij helpt wanneer alles voorbij is.'
'Daar kunt u op rekenen. Brian?'
Gossage stak zijn notitieblok omhoog.
'Buffalo Bill heet in werkelijkheid William Rubin. Hij staat bekend als Billy Rubin. Hij consulteerde me in april of mei 1975, op aanraden van mijn patiënt Benjamin Raspail. Hij zei dat hij in Philadelphia woonde, maar ik kan me geen adres herinneren. Wel weet ik nog dat hij bij Raspail in Baltimore logeerde.'
'Waar zijn uw rapporten?' onderbrak majoor Bachman hem.
'Mijn rapporten werden op rechterlijk bevel vernietigd, kort nadat...'
'Hoe zag hij eruit?' vroeg Bachman.
'Wat kan u dat schelen, majoor? Senator Martin, de enige...'
'Geef me een leeftijd en een signalement, en alles wat u zich verder nog kunt herinneren,' zei majoor Bachman.
Dr. Lecter sloot zich eenvoudigweg af. Hij dacht aan iets anders, aan Géricaults anatomische studies voor *Le radeau de la Méduse*, en zo hij de daaropvolgende vragen al hoorde, liet hij daar niets van merken. Toen senator Martin weer zijn aandacht kreeg, waren ze alleen in het vertrek en had zij Gossages notitieblok in haar handen.
Dr. Lecter keek haar aan. 'Die vlag ruikt naar sigaren,' zei hij. 'Hebt u Catherine gezoogd?'
'Pardon? Heb ik...?'
'Hebt u haar aan de borst gehad?'
'Ja.'
'Dorstig karweitje, nietwaar?'
Toen haar ogen omfloerst raakten, dronk dr. Lecter haar pijn in en hij vond de smaak verrukkelijk. Dat was ge-

noeg voor vandaag. Hij vervolgde: 'William Rubin is ongeveer één meter tweeëntachtig lang en zal nu een jaar of vijfendertig zijn. Hij is zwaargebouwd; toen ik hem kende, woog hij ongeveer negentig kilo, en ik vermoed dat hij sinds die tijd nog wel zwaarder is geworden. Hij heeft bruin haar en lichtblauwe ogen. Geef dat maar vast door, dan gaan we daarna verder.'
'Ja, dat zal ik doen,' zei senator Martin. Ze overhandigde haar aantekeningen aan iemand op de gang.
'Ik heb hem maar één keer gezien. Hij heeft toen een tweede afspraak gemaakt, maar hij is nooit meer gekomen.'
'Waarom denkt u dat hij Buffalo Bill is?'
'Hij vermoordde toen ook al mensen en deed, anatomisch gezien, gelijksoortige dingen met ze. Hij beweerde dat hij hulp zocht om ermee op te houden, maar in werkelijkheid wilde hij er alleen maar over praten. Babbelen.'
'En u hebt hem niet... Hij was er zeker van dat u hem niet zou aangeven?'
'Hij dacht niet dat ik dat zou doen. Bovendien neemt hij graag risico's. Ik had het vertrouwen van zijn vriend Raspail ook niet beschaamd.'
'*Raspail* wist dat hij die dingen deed?'
'Raspails lusten neigden tot louche praktijken en hij had talloze littekens. Billy Rubin vertelde me dat hij een strafblad had, maar details kreeg ik niet te horen. Ik heb een beknopte anamnese gekregen. Daar was één ding bij dat er uitsprong: Rubin vertelde me dat hij ooit miltvuur had opgelopen van vers ivoor. Meer kan ik me niet herinneren, senator Martin, en ik neem aan dat u popelt om te vertrekken. Als me nog iets te binnen schiet, zal ik het u laten weten.'
'Dat hoofd in de auto... Is die persoon door Billy Rubin om het leven gebracht?'
'Ik vermoed van wel.'
'Weet u wie dat is?'

'Nee. Raspail noemde hem Klaus.'
'Waren de andere dingen die u aan de FBI heeft verteld waar?'
'Minstens zo waar als wat de FBI mij heeft verteld, senator Martin.'
'Ik heb hier in Memphis een aantal tijdelijke maatregelen voor u getroffen. We zullen uw situatie en overplaatsing naar Brushy Mountain nader bespreken wanneer dit... als we deze kwestie rond hebben.'
'Dank u. Ik wil graag een telefoontoestel hebben, voor het geval me nog iets te binnen schiet.'
'Dat krijgt u.'
'En muziek. Glenn Gould, de Goldbergvariaties? Of is dat te veel gevraagd?'
'Het komt in orde.'
'Senator Martin, vertrouw belangrijke aanwijzingen niet uitsluitend toe aan de FBI. Jack Crawford speelt nooit open kaart met de overige instanties. Het is een geweldig kat-en-muisspel met die lui. Hij is vastbesloten de arrestatie zelf te verrichten. "Inrekenen" noemen ze dat.'
'Dank u, dr. Lecter.'
'Schitterend mantelpak trouwens,' zei hij toen ze naar de deur liep.

33

De kelderverdieping van Gumbs huis bestaat uit een aantal vertrekken die in elkaar overlopen als de doolhof waarin wij in onze dromen verstrikt raken. Toen hij nog een schuchter mens was – vele levens geleden – amuseerde hij zich het liefst in de ruimten die het meest verborgen lagen, ver van de trap. In de verste uithoeken bevinden zich kamers – kamers uit andere levens – die Gumb in geen jaren heeft geopend. Sommige daarvan zijn bij wijze van spreken nog bewoond, hoewel de geluiden achter deze deuren reeds lang geleden zijn ver-

zwakt om uiteindelijk te verstillen.
Het niveau van de vloeren verschilt van vertrek tot vertrek wel dertig centimeter. Er zijn drempels waarover hij heen moet stappen en draagbalken waarvoor hij zich moet bukken. Het is onmogelijk een last voort te rollen en moeilijk die te slepen. Het is nog lastiger, gevaarlijk zelfs, om iets voor je uit te laten lopen, het struikelt, jammert, smeekt en stoot het versufte hoofd.
Naarmate hij meer inzicht en zelfvertrouwen kreeg, vond Jame Gumb het niet langer nodig zijn behoeften te bevredigen in de verborgen delen van de kelderverdieping. Hij gebruikt nu een aantal vertrekken die rond de trap zijn gesitueerd, grote kamers met stromend water en elektriciteit.
Op dit moment is de kelderverdieping in volslagen duisternis gehuld. Onder de zanderige vloer, in de onderaardse kerker, houdt Catherine Martin zich rustig.
Gumb bevindt zich in een ander gedeelte van de kelder. De kamer achter de trap is zwart voor het menselijk oog, maar het is vervuld van kleine geluiden. Hier druppelt water en gonzen kleine pompen. Zachte echo's zorgen dat de ruimte groot lijkt. De lucht is vochtig en koel. Ruik het loof en gebladerte! Gefladder van vleugels langs de wang, door de lucht klikt iets. Een laag, nasaal geluid van genot, een door een mens voortgebracht geluid. De kamer bevat geen licht uit het deel van het spectrum waar het menselijk oog iets aan heeft, maar Gumb is hier en hij kan heel goed zien, ook al ziet hij alles in nuances en varianten van groen. Hij draagt een bril met goede infrarode glazen (uit een dumpstore, afkomstig van het Israëlische leger, voor nog geen vierhonderd dollar) en hij richt de straal van een infrarode zaklamp op de met metaaldraad omspannen kooi voor zich. Hij zit op de rand van een rechte stoel en kijkt in vervoering naar een insect dat achter het gaas over een plant kruipt. Het jonge imago is zojuist te voorschijn gekomen uit een gespleten cocon in de vochtige aarde van de kooibodem.

Het klimt behoedzaam over een stengel nachtschade, zoekend naar ruimte om zijn klamme nieuwe vleugels, die nu nog op zijn rug gerold liggen, te ontvouwen. Het kiest een horizontale twijg uit.
Jame Gumb moet zijn hoofd schuin houden om het te kunnen zien. Beetje bij beetje worden de vleugels volgepompt met bloed en lucht. Ze zijn nog steeds aan elkaar vastgeplakt boven de rug van het insect. Twee uren gaan voorbij. Gumb heeft zich nauwelijks bewogen. Hij knipt de infrarode zaklamp aan en uit om zichzelf te verrassen met de vorderingen die het insect heeft gemaakt. Om de tijd te doden, laat hij het licht door de rest van het vertrek dwalen, over zijn grote aquaria met de plantaardige looi-oplossing. Op mallen en spanramen in de reservoirs staan zijn recente aanwinsten als gebroken klassieke beeldhouwwerken onder zeewater, groen uitgeslagen. Zijn licht glijdt over de grote gegalvaniseerde werkbank met zijn metalen kussenblok, de rugspuit en afvoerbuizen, beroert de takel erboven en de langwerpige fabrieksgootstenen langs de muur. Alles in de groene beelden van gefilterd infrarood. Gefladder, strepen en fosforescentie doorkruisen zijn blik, kleine komeetstaarten van nachtvlinders die vrij in de kamer rondvliegen. Precies op tijd richt hij de straal weer op de kooi. De grote vleugels bevinden zich boven de rug van het insect, waar ze hun patroon nog verdoezelen en vervormen. Nu slaat het zijn vleugels neer en bedekt zijn lijf, waarbij het befaamde patroon zichtbaar wordt. Een menselijke schedel, prachtig uitgevoerd in de bontachtige schubben, verschijnt op de rug van de vlinder. Onder de beschaduwde kruin van de schedel vormen de zwarte ogen gaten en vooruitstekende jukbeenderen. Daaronder, boven de kaak, een zwarte streep die als een soort knevel over de snuit ligt. De schedel rust op een patroon dat uitwaaiert als de bovenkant van een bekken... Een schedel op een bekken, door een gril van de natuur getekend op de rug van een nachtvlinder.

Jame Gumb voelt zich heerlijk en vederlicht van binnen.
Hij leunt naar voren en blaast een zachte luchtstroom naar de vlinder, die zijn scherpe zuigorgaan opheft en nijdig piept.
Gumb loopt geruisloos naar de ruimte van de onderaardse kerker, zijn mond geopend om zonder geluid te kunnen ademhalen. Hij wil zijn stemming niet laten bederven door ergerlijke geluiden vanuit de put. De lenzen van zijn bril op hun kleine, uitpuilende cilinders, doen denken aan krabbenogen op steeltjes. Gumb weet dat de bril hem niet bepaald flatteert, maar hij heeft er fantastische momenten mee gehad in de donkere kelder door er kelderspelletjes mee te spelen. Hij buigt voorover en schijnt met zijn onzichtbare licht in de schacht. Het materiaal ligt op haar zij, opgerold als een garnaal. Ze schijnt te slapen. Haar toiletemmer staat naast haar. Ze is niet zo stom geweest het touw weer te breken in een poging zich langs de steile muren op te trekken. In haar slaap drukt ze de hoek van de deken tegen haar gezicht en zuigt ze op haar duim. Terwijl hij Catherine gadeslaat en het infrarode licht over haar lichaam laat glijden, bereidt Jame Gumb zich voor op de grote problemen die hij het hoofd moet bieden.
De menselijke huid is buitengewoon moeilijk te hanteren als je maatstaven zo hoog zijn als die van Jame Gumb. Allereerst zijn er fundamenteel structurele beslissingen die hij moet nemen. De eerste daarvan is: waar moet de ritssluiting komen?
Hij laat de straal langs Catherines rug naar beneden gaan. Normaal gesproken zou hij de sluiting aan de achterkant maken, maar hoe zou hij de huid dan zonder hulp aantrekken? Het is niet iets waarvoor hij iemand anders kan vragen hem te helpen, hoe opwindend dat vooruitzicht wellicht ook is. Hij kent plaatsen, kringen, waar zijn pogingen zeer bewonderd zouden worden – er bestaan bepaalde zeiljachten waar hij in vol ornaat aan boord zou kunnen komen – maar dat zal moeten wach-

ten. Hij moet stukken hebben die hij zonder hulp kan aantrekken. Het zou heiligschennis zijn om het midden voor te splitsen, dus die gedachte verwerpt hij onmiddellijk.
Bij het infrarode licht kan Gumb Catherines teint niet onderscheiden, maar wel ziet ze er magerder uit. Hij denkt dat ze wellicht op dieet was toen hij haar ontvoerde.
Ervaring heeft hem geleerd vier dagen tot een week te wachten alvorens de huid te oogsten. Plotseling gewichtsverlies maakt de huid losser en gemakkelijker te verwijderen. Bovendien zorgt verhongering ervoor dat zijn objecten veel aan kracht inboeten en daardoor handelbaarder, meegaander zijn. Sommigen van hen krijgen iets van een versufte gelatenheid over zich. Tegelijkertijd is het noodzakelijk om ze toch een beetje voedsel te geven ter voorkoming van wanhoop en destructieve aanvallen van razernij waarbij de huid beschadigd zou kunnen raken.
Het heeft beslist gewicht verloren. Dit exemplaar is zo bijzonder, zo belangrijk voor waar hij mee bezig is, dat hij een lange wachttijd niet kan verdragen. Dat hoeft trouwens niet. Morgenmiddag kan hij het doen. Of morgenavond. Op z'n laatst overmorgen. In ieder geval binnenkort.

34

Clarice Starling herkende het bord van de Stonehinge Villa's van het televisiejournaal. Het wooncomplex in Oost-Memphis, een mengeling van appartementen en herenhuizen, vormde een grote U rond een parkeerterrein. Starling parkeerde haar gehuurde Chevrolet Celebrity in het midden van het uitgestrekte terrein. De mensen van Trans-Ams en IROC-Z Camaro's hadden haar verteld dat hier goed betaalde carrièremakers woonden. Op privé-

plaatsen van het parkeerterrein stonden kampeerauto's voor de weekends en speedboten met felgekleurde glitterverf gestald.
Stonehinge Villa's – de spelling irriteerde Starling telkens wanneer ze het onder ogen kreeg. De appartementen waren vermoedelijk gemeubileerd met wit rotan en voorzien van noppenstoffering. Kiekjes onder de glasplaat van de salontafel, het *Dinner for Two Cookbook* en *Fondue on the Menu*. Starling, die niet meer dan een slaapvertrek van de FBI-Academie tot haar beschikking had, stond uiterst kritisch tegenover dit soort dingen.
Ze moest Catherine Baker leren kennen, en dit leek een vreemde plek om als onderkomen voor een senatorsdochter te dienen. Starling had de beknopte biografische gegevens gelezen die de FBI had verzameld.
Daarin kwam Catherine Martin naar voren als een intelligente vrouw die minder presteerde dan ze zou kunnen. Ze was mislukt op Farmington en had twee rampzalige jaren op Middlebury achter de rug. Nu studeerde ze aan de Southwestern-universiteit en werkte ze als invalleerkracht.
Het zou Starling weinig moeite kosten zich haar voor te stellen als een egocentrisch, ongevoelig kostschoolmeisje, zo'n type dat nooit echt luistert. Starling wist dat ze in dat opzicht voorzichtig moest zijn omdat ze haar eigen vooroordelen en wrokgevoelens had. Ze had zelf op kostscholen gezeten, op studiebeurzen, en haar cijfers waren veel beter geweest dan haar kleren. Ze had heel veel kinderen van welgestelde ouders gezien, kinderen die thuis weinig aandacht kregen en te veel tijd doorbrachten op internaten. Sommigen van hen lieten haar koud, maar ze had door de jaren heen geleerd dat achteloosheid een manier kan zijn om zich tegen verdriet te wapenen en dat die houding vaak ten onrechte wordt gezien als oppervlakkigheid en onverschilligheid.
Ze kon maar beter aan Catherine denken als een kind dat zeilde met haar vader, zoals ze te zien was in de film

die het pleidooi van senator Martin op de televisie had begeleid. Ze vroeg zich af of Catherine, toen ze nog klein was, had geprobeerd haar vader te behagen. Verder vroeg ze zich af waar Catherine mee bezig was toen ze haar kwamen vertellen dat haar vader dood was, op tweeënveertigjarige leeftijd overleden aan een hartverlamming. Starling was ervan overtuigd dat Catherine hem miste. Het gemis van een vader, de gemeenschappelijke wond, gaf Starling het gevoel dat ze een zekere band had met deze jonge vrouw. Het was voor haar van wezenlijk belang dat ze Catherine Martin sympathiek vond omdat dit haar hielp zich voor haar in te zetten.

Starling zag meteen waar Catherines appartement zich bevond: voor de deur stonden twee patrouillewagens van de verkeerspolitie geparkeerd. Op een deel van het parkeerterrein, het dichtst bij het appartement, was wit poeder gestrooid. Vermoedelijk had het TBI olievlekken opgenomen met behulp van puimsteen of een ander inert poeder. Volgens Crawford was de recherche van Tennessee redelijk goed in zijn werk.

Starling liep naar de recreatievoertuigen en boten die op het privé-gedeelte voor het appartement waren geparkeerd. Hier had Buffalo Bill haar gepakt. Dicht genoeg bij haar deur om er zeker van te zijn dat ze die niet afsloot wanneer ze naar buiten kwam. Er was iets geweest wat haar naar buiten had gelokt. Het moest een onschuldig uitziende val zijn geweest.

Starling wist dat de politie van Memphis een grondig huis-aan-huisonderzoek had ingesteld en dat niemand iets had gezien, dus was het misschien gebeurd tussen de hoge kampeerwagens. Hij moest hier zijn kans hebben afgewacht, naar alle waarschijnlijkheid in een of ander voertuig. Maar Buffalo Bill had geweten dat Catherine hier was. Hij moest haar ergens hebben opgemerkt en haar zijn gevolgd, wachtend op een geschikte gelegenheid. Er liepen niet zo veel meisjes rond die zo lang waren als Catherine. Hij zat niet zomaar op willekeurige

plaatsen te wachten tot er een vrouw met de gewenste lengte voorbijkwam. Dan zou hij daar dagen kunnen zitten zonder er een te zien. Alle slachtoffers waren lang. Ze waren allemaal lang. Sommigen waren mollig, maar allemaal waren ze lang. 'Hij moet spullen hebben die hem passen.' Starling huiverde toen ze aan Lecters woorden terugdacht. Dr. Lecter, die nu ook in Memphis was...
Starling haalde diep adem, blies haar wangen op en liet de lucht langzaam naar buiten stromen. Laten we eens kijken wat er over Catherine te vertellen valt.

De deur van Catherines appartement werd geopend door een agent van de staatspolitie uit Tennessee, met op zijn hoofd de bekende boswachtershoed met de brede rand. Nadat Starling haar identiteitspapieren had getoond, gebaarde hij dat ze mocht binnenkomen.

'Agent, ik moet de lokatie hier bekijken.' Lokatie leek een goed woord tegenover een man die met zijn hoed op door het huis liep. Hij knikte. 'Als de telefoon gaat, laat dan maar rinkelen. Ik neem wel op.'

Starling zag een bandrecorder op het aanrecht in de open keuken staan. Het apparaat was aangesloten op het telefoontoestel. Ernaast stonden twee nieuwe telefoons. Een daarvan had geen kiesschijf en vormde een rechtstreekse verbinding met de bewakingsdienst van Southern Bell, de opsporingsfaciliteit voor het midden Zuiden.

'Kan ik u ergens mee helpen?' vroeg de jonge agent.

'Is de politie hier klaar?'

'Het appartement is vrijgegeven aan de familie. Ik ben hier alleen nog maar voor de telefoon. U kunt de dingen gewoon aanraken, als u dat bedoelt.'

'Mooi. Dan ga ik nu even rondneuzen.'

'Goed hoor.' De jonge agent pakte de krant, die hij onder de bank had weggemoffeld, en zocht zijn plaats weer op.

Starling wilde zich concentreren. Ze wenste dat ze alleen in het appartement was, maar ze wist dat ze van geluk

mocht spreken dat er niet veel meer agenten waren. Ze begon in de keuken. Die was niet uitgerust voor een serieuze kok. Catherine was naar haar appartement gegaan om popcorn te halen, had haar vriend aan de politie verteld. Starling opende de vriezer. Er lagen twee dozen popcorn voor een magnetronoven. Het parkeerterrein was vanuit de keuken niet zichtbaar.
'Waar komt u vandaan?'
De vraag drong eerst niet tot Starling door.
'Waar komt u vandaan?' De agent op de bank sloeg haar over zijn krant heen gade.
'Washington,' antwoordde ze.
Onder de gootsteen... jawel... krassen op de afvoerbuis: ze hadden het filter eruit gehaald en onderzocht. Netjes van het bureau Tennessee. De messen waren niet scherp. De vaatwasser had gedraaid, maar was niet uitgeruimd. De koelkast bevatte voornamelijk kwark en vruchtensalade uit een delicatessewinkel. Catherine Martin haalde kant-en-klaargerechten in huis, had daar vermoedelijk een vast adres voor, een winkel in de buurt. Misschien had iemand daar op de loer gelegen. Het was de moeite waard dat na te gaan.
'Komt u van de procureur-generaal?'
'Nee, van de FBI.'
'De procureur-generaal komt ook. Dat hoorde ik tenminste tijdens de instructie. Hoe lang bent u al bij de FBI?'
In de groentela lag een nepkool. Starling rolde het ding om en controleerde het inwendige sieradenvakje. Leeg. Starling keek de jonge politieman aan.
'Luister eens, agent. Als ik hier klaar ben, heb ik u waarschijnlijk nog het een en ander te vragen. Misschien kunt u dan aanvulling geven op een paar zaken.'
'Natuurlijk. Als ik kan...'
'Best, fijn. Laten we tot zolang wachten en dan verder praten. Ik moet nu alles even op me laten inwerken.'
'Best, hoor. Geen probleem.'

De slaapkamer was licht, met een zonnige, dromerige sfeer die Starling aansprak. Het vertrek was ingericht met een betere stoffering en mooiere meubels dan de meeste jonge vrouwen zich konden veroorloven. Er stond een kamerscherm van ebbenhout, een mooie secretaire van genopt notenhout en op de planken twee vazen met goudemail. Verder een lits-jumeaux. Starling tilde de rand van de sprei op. Onder het linkerbed waren wielen aangebracht, maar niet onder het rechterbed. Catherine rolde ze waarschijnlijk tegen elkaar wanneer haar dat uitkwam. *Misschien heeft ze een minnaar van wie haar vriend geen weet heeft. Of misschien overnachten ze af en toe hier. Haar antwoordapparaat bevat geen afstandspieper. Misschien moet ze zorgen dat ze hier is wanneer haar moeder opbelt.*

Het was precies zo'n antwoordapparaat als Starling zelf had, een eenvoudige Phone-Mate. Ze opende het bovenste paneel. Zowel de banden met de inkomende als die met de uitgaande gesprekken waren verdwenen en vervangen door een briefje met de tekst BANDEN IN BESLAG GENOMEN DOOR TBI 6.

De kamer was redelijk netjes maar had het ontwrichtte aanzien van een vertrek waarin speurders met grove hand hun werk hadden verricht, mannen die hadden geprobeerd de dingen weer precies op hun plaats terug te zetten maar daar niet echt in waren geslaagd. Zelfs zonder de sporen van poeder voor vingerafdrukken op alle gladde oppervlakken zou Starling hebben geweten dat deze kamer was doorzocht.

Starling geloofde niet dat ook maar enig deel van het misdrijf had plaatsgevonden in de slaapkamer. Crawford had vermoedelijk gelijk: Catherine was op de parkeerplaats overrompeld. Maar Starling wilde haar leren kennen en dit was de plaats waar ze woonde. Woont, verbeterde Starling zichzelf. Hier wóónt ze.

In het nachtkastje lagen een telefoonboek, Kleenex, een doos met make-upspulletjes en daarachter een polaroid

SX-70-camera met een draadontspanner en een korte driepoot er ingeklapt naast. Hmmmm... Starling keek naar de camera, even geconcentreerd als een hagedis. Ze knipperde als een hagedis met haar ogen en raakte hem niet aan.
De klerenkast interesseerde Starling het meest. Catherine Baker Martin – wasmerk C.B.M. – had veel kleren en de meeste daarvan waren bijzonder mooi. Starling herkende veel van de labels, waaronder die van Garfinkel's en Britches uit Washington. Cadeautjes van mammie, zei Starling in zichzelf. Catherine had mooie, klassieke kleren in twee maten die haar, volgens Starlings schatting, moesten passen bij een gewicht van zowel drieënzeventig als drieëntachtig kilo. Voorts waren er voor periodes wanneer het met haar gewicht echt uit de hand liep enkele wijde broeken en truien van de Statuesque Shop. In een hangrek stonden drieëntwintig paar schoenen. Zeven paar waren van het merk Ferragamo in maat 10C, en verder waren er enkele Reeboks en soepele mocassins. Op de bovenste plank lagen een lichtgewicht rugzak en een tennisracket.
De bezittingen van een bevoorrechte jonge vrouw, een studente en invalleerkracht die welvarender was dan de meeste mensen.
In de secretaire lagen veel brieven. Krullige krabbels van voormalige klasgenoten vroeger op school. Postzegels, postetiketten. Cadeaupapier in de onderste la, een stapel in diverse kleuren en patronen. Starlings vingers bladerden erdoorheen. Ze overwoog juist of ze het personeel van de naburige delicatessewinkel zou ondervragen toen ze een vel tussen de stapel cadeaupapier voelde dat te dik en te stug was. Haar vingers gingen eraan voorbij en zochten het toen weer op. Ze was erop getraind om afwijkingen op te merken en ze had het al half te voorschijn getrokken toen ze ernaar keek. Het was een vel blauw papier en het materiaal deed denken aan dat van een lichtgewicht vloeiblok; het gedrukte patroon was

een primitieve imitatie van Pluto, de hond uit de tekenfilms. De honden, opgesteld in korte rijen, leken allemaal op Pluto en hadden de juiste gele kleur, maar hun proporties klopten niet helemaal.
'Catherine toch,' zei Starling. Ze pakte een pincet uit haar tas en gebruikte dat om het vel gekleurd papier in een plastic envelop te laten glijden. Daarna legde ze de envelop zolang op het bed.
Het sieradendoosje op de toilettafel was een ding van geperst leer, een exemplaar zoals dat in iedere meisjeskamer te vinden is. In de twee laatjes aan de voorkant en het gelaagde deksel lagen namaakjuwelen, geen kostbare sieraden. Starling vroeg zich af of de waardevolste sieraden soms in de nepkool in de koelkast hadden gelegen en als dat zo was, wie ze dan had meegenomen.
Ze haakte haar vinger onder de zijkant van het deksel en opende de geheime la achter in het doosje. De la was leeg. Starling vroeg zich af voor wie dit vakje een geheim was. Zeker niet voor inbrekers! Haar hand gleed om de achterkant van de doos en ze wilde de la juist dichtdoen toen haar vingers op hetzelfde moment in aanraking kwamen met een envelop die aan de onderkant van de geheime la was vastgeplakt.
Starling trok katoenen handschoenen aan en draaide het sieradendoosje om. Ze trok de lege la eruit en keerde hem ondersteboven. Aan de bodem zat een bruine envelop die er met plakband aan was gehecht. De klep was gewoon naar binnen gevouwen, niet vastgeplakt. Ze bracht het papier tot vlak bij haar neus. De envelop was niet onderzocht op vingerafdrukken. Met behulp van het pincet maakte Starling de envelop open en haalde de inhoud eruit. Er zaten vijf polaroidfoto's in, die ze een voor een naar buiten trok. Het waren foto's van een copulerende man en vrouw. Er waren geen hoofden of gezichten op te zien. Twee foto's waren genomen door de vrouw, twee door de man, en de laatste leek te zijn ge-

nomen vanaf de driepoot die op het nachtkastje was geplaatst.
Het was moeilijk om op een foto de juiste verhoudingen te beoordelen, maar met die onmiskenbare drieënzeventig kilo aan een rijzig lichaam kon het niet anders of de vrouw was Catherine Martin. De man droeg iets om zijn penis wat op een gekerfde ivoren ring leek. De afdruk van de foto's was niet scherp genoeg om veel detail te kunnen zien. De man had een blindedarmoperatie gehad. Starling stopte de foto's afzonderlijk in plastic zakjes en schoof ze in haar eigen bruine envelop. Daarna duwde ze het laatje terug in de sieradendoos.
'Ik heb de echte sieraden in mijn tas,' klonk een stem achter haar. 'Ik geloof niet dat er iets is gestolen.'
Starling keek in de spiegel. Senator Martin stond in de deuropening van de slaapkamer. Ze zag er afgemat uit.
'Dag, senator Martin.' Starling draaide zich om. 'Wilt u misschien even gaan liggen? Ik ben hier bijna klaar.'
Vermoeid als ze was, was senator Martin als persoonlijkheid nadrukkelijk aanwezig. Starling herkende de vechtjas onder het zorgvuldig aangebrachte vernis.
'Mag ik vragen wie u bent? Ik dacht dat de politie hier alles al had afgehandeld.'
'Ik ben Clarice Starling, van de FBI. Hebt u dr. Lecter gesproken, senator?'
'Hij heeft me een naam gegeven.' Senator Martin stak een sigaret op en nam Starling van top tot teen op. 'We zullen wel zien wat dat waard is. En wat hebt u in die sieradendoos gevonden, agent Starling? Wat is dat waard?'
'Bewijsmateriaal dat we in luttele minuten kunnen verifiëren,' was het beste wat Starling kon bedenken.
'In de sieradendoos van mijn dochter? Laat eens zien!'
Starling hoorde stemmen in het aangrenzende vertrek en hoopte dat ze gestoord zouden worden. 'Is meneer Copley bij u? De speciaal agent uit Memphis die...'
'Nee, hij is niet bij me. En dat is geen antwoord op mijn

vraag. Het is niet kwaad bedoeld, agent, maar ik wil zien wat u uit de sieradendoos van mijn dochter hebt gehaald.' Ze wendde haar hoofd af en riep over haar schouder: 'Paul! Paul, wil je even hier komen? Agent Starling, u kent de heer Krendler van Justitie waarschijnlijk wel? Paul, dit is het meisje dat Jack Crawford op Lecter af heeft gestuurd.'

Krendlers kale kruin was door de zon gebruind en hij zag eruit als een man van een jaar of veertig die in goede conditie verkeerde.

'Ik weet wie u bent, meneer Krendler,' zei Starling. 'Hallo.' *DeeJay criminele afdeling, contactpersoon met het Congres, probleemoplosser, op z'n minst een waarnemend procureur-generaal. Ik ben er gloeiend bij!*

'Agent Starling heeft iets in de sieradendoos van mijn dochter gevonden en stopte dat net in een bruine envelop. Ik denk dat we maar beter kunnen zien wat het is, vindt u ook niet?'

'Agent,' zei Krendler.

'Kan ik u even spreken, meneer Krendler?'

'Natuurlijk kan dat. Later.' Hij hield zijn hand op.

Starlings gezicht gloeide. Ze wist dat senator Martin zichzelf niet was, maar de twijfel op Krendlers gezicht zou ze hem nooit vergeven. Nooit!

'Zoals u wilt,' zei Starling. Ze gaf hem de envelop.

Krendler gluurde erin en bekeek de eerste foto. Hij had de klep alweer gesloten toen senator Martin de envelop uit zijn handen griste. Het was pijnlijk om toe te kijken terwijl de senator de foto's bestudeerde. Toen ze daarmee klaar was, liep ze naar het raam en hief haar gezicht op naar de bewolkte lucht. Ze hield haar ogen gesloten. In het daglicht zag ze er oud uit en haar hand trilde toen ze probeerde te roken.

'Senator, ik...' begon Krendler.

'De politie heeft deze kamer doorzocht,' zei senator Martin. 'Ik ben ervan overtuigd dat ze die foto's hebben gevonden, maar zo verstandig waren ze terug te leggen en

er hun mond over te houden.'
'Nee, ze hebben ze niet gevonden,' zei Starling. De vrouw had het moeilijk, maar daar kon zij niets aan doen. 'Mevrouw Martin, u zult begrijpen dat we moeten weten wie deze man is. Als het haar vriend is... geen probleem. Ik kan daar in vijf minuten achter komen. Niemand anders hoeft de foto's te zien en Catherine hoeft het nooit te weten.'
'Ik regel dat wel.' De senator stopte de envelop in haar tas. Krendler deed geen poging haar tegen te houden.
'Senator, hebt u de juwelen uit de nepkool in de keuken gepakt?' vroeg Starling.
Brian Gossage, de assistent van senator Martin, stak zijn hoofd om de deur. 'Neem me niet kwalijk, senator, maar het beeldscherm is geïnstalleerd. We kunnen zien hoe ze bij de FBI de naam William Rubin natrekken.'
'Gaat u maar, senator,' zei Krendler. 'Ik kom zo bij u.'
Ruth Martin verliet het vertrek zonder Starlings vraag te beantwoorden.
Starling kreeg de gelegenheid Krendler te bestuderen toen hij de slaapkamerdeur dichtdeed. Zijn pak was een fraai staaltje kleermakerswerk en hij was ongewapend. Tot een centimeter van de onderkant was de glans van zijn hakken verdwenen door het vele lopen op hoogpolige tapijten en de randen van die hakken waren scherp. Hij bleef een ogenblik met gebogen hoofd en zijn hand op de deurknop staan. 'Dat was goed speurwerk,' zei hij toen, terwijl hij zich omdraaide.
Met zo'n goedkope opmerking kon hij Starling niet voor zich winnen. Ze keek hem strak aan.
'Quantico levert goede snuffelaars af,' zei Krendler.
'En geen dieven.'
'Dat weet ik,' zei hij.
'Dat zou je anders niet zeggen.'
'Hou daarmee op.'
'We laten een onderzoek instellen naar de foto's en de nepkool,' zei ze. 'Ja?'

'Ja.'
'Wat is er met de naam "William Rubin", meneer Krendler?'
'Volgens Lecter is dat de ware naam van Buffalo Bill. Hier is ons bericht aan ID en NCIC. Kijk maar eens.' Hij gaf haar een afschrift van het gesprek tussen Lecter en senator Martin, een slechte kopie van een matrixprinter.
'Enig idee?' vroeg hij toen ze klaar was met lezen.
'Hier staat niets waaraan hij zich ooit kan branden,' zei Starling. 'Hij zegt dat het gaat om een blanke man genaamd Billy Rubin die miltvuur heeft opgelopen door vers ivoor aan te raken. Wat er ook gebeurt, ze zullen hem in dit geval nooit kunnen beschuldigen van een leugen. Hij zou zich op z'n hoogst vergist kunnen hebben. Ik hoop dat het waar is. Maar het is ook mogelijk dat hij een spelletje met haar speelt. Daar is hij heel goed toe in staat, meneer Krendler. Hebt u hem ooit... ontmoet?'
Krendler schudde zijn hoofd en haalde minachtend zijn neus op.
'Voor zover ons bekend, heeft dr. Lecter negen mensen vermoord. De vrijheid krijgt hij nooit weer, wat hij ook aanreikt. Al zou hij in staat zijn de doden te laten verrijzen, dan nog zouden ze hem nooit laten gaan. Het enige wat hem dus nog rest, is vermaak. Daarom hebben we een spel met hem gespeeld...'
'Ik weet wat voor spel jullie met hem hebben gespeeld. Ik heb Chiltons bandopname gehoord. Ik zeg niet dat het verkeerd was, maar wel dat het voorbij is. Gedragswetenschappen kan het spoor volgen dat u uit hem hebt losgekregen: het transseksuele aspect. Wat dat waard is zal nog moeten blijken. En u gaat morgen terug naar Quantico, terug naar school.'
Nou nog mooier! 'Ik heb nog iets anders gevonden.'
Het vel gekleurd papier had onopgemerkt op het bed gelegen. Ze gaf het aan Krendler.
'Wat is dit?'

'Een blad vol Pluto's, zo te zien.' Ze liet het aan hem over om door te vragen.
Hij wenkte met zijn hand om de informatie.
'Ik weet bijna zeker dat het is doordrenkt met LSD. Mogelijk uit het midden van de jaren zeventig of daarvoor. Het is nu een curiositeit. Het loont de moeite om na te gaan waar ze het vandaan heeft. We zouden het moeten onderzoeken om er echt zeker van te zijn.'
'U mag het meenemen naar Washington en aan het lab geven. U vertrekt over enkele minuten.'
'We kunnen het ook nu meteen doen, als u niet zo lang wilt wachten. Als de politie beschikt over de narcoticum identificatieset... Het is test J. Het duurt een paar seconden. We kunnen...'
'Terug naar Washington,' zei hij, terwijl hij de deur opende. 'Terug naar school.'
'Meneer Crawford heeft me instructies gegeven...'
'Uw instructies zijn wat ik u opdraag! U staat nu niet onder bevel van Jack Crawford, maar weer onder dezelfde supervisie als iedere andere rekruut, en u hebt hier niets meer te zoeken. U gaat nu meteen terug naar Quantico. Begrepen? Om tien over twee vertrekt er een vliegtuig. Zorg dat u aan boord bent.'
'Meneer Krendler, dr. Lecter heeft met mij gesproken nadat hij had geweigerd met de politie van Baltimore te praten. Misschien doet hij dat opnieuw. Meneer Crawford dacht...'
Krendler deed de deur weer dicht, harder dan noodzakelijk was. 'Agent Starling, ik hoef u geen tekst en uitleg te geven, maar luister goed. Gedragswetenschappen heeft een adviserende taak. Dat is nooit anders geweest. De activiteiten van die afdeling zullen opnieuw worden ingeperkt tot de oorspronkelijke functie. Als het goed is, gaat Jack Crawford trouwens toch eerdaags met buitengewoon verlof. Het verbaast me dat hij nog zo goed heeft kunnen functioneren. Hij heeft een dom risico genomen door dit buiten de senator om te doen en hij

krijgt nu de rekening gepresenteerd. Maar met zijn staat van dienst, en nog maar zo kort te gaan, kan zelfs de senator hem niet veel kwaad meer doen. Als ik u was, zou ik me dus maar geen zorgen maken om zijn pensioen.'

Starling begon behoorlijk geïrriteerd te raken. 'Is er soms nog iemand die drie seriemoordenaars heeft gepakt? Kent u iemand die er een in zijn kraag heeft gevat? U moet dit niet aan haar overlaten, meneer Krendler.'

'U bent vast een snuggere tante, anders zou Crawford niet met u in zee zijn gegaan. Daarom zeg ik het u nog één keer: hou uw tong in bedwang als u niet op de typekamer terecht wilt komen! Begrijpt u het dan niet? De enige reden waarom u ooit op Lecter bent afgestuurd is om informatie los te krijgen voor uw directeur, informatie die hij kan gebruiken op Capitol Hill. Onbeduidende details over zware misdrijven, een gesprek met dr. Lecter dat als primeur kan gelden. Hij deelt dat uit als strooigoed terwijl hij probeert het budget erdoor te krijgen. Congresleden slikken het kritiekloos; ze maken er tijdens hun dineetjes de blits mee. U bevindt zich op onbevoegd terrein, agent Starling, en ik verbied u zich nog langer met deze zaak te bemoeien. Ik weet dat u een extra identiteitsbewijs hebt gekregen. Lever dat in.'

'Ik heb het nodig om de revolver te mogen dragen. En die revolver is eigendom van Quantico.'

'Revolver. Welja! Lever die identiteitskaart in zodra u terug bent!'

Senator Martin, Gossage, een technicus en een aantal politiemensen hadden zich verzameld rond een videoscherm met een modem dat was aangesloten op de telefoon. Via de rechtstreekse lijn met het nationale informatiecentrum voor misdrijven werd een doorlopend verslag gegeven van de vorderingen die werden gemaakt bij het natrekken van Lecters informatie. Er was juist nieuws binnen van het nationale centrum voor ziektecontrole uit Atlanta: miltvuur na aanraking met vers

ivoor wordt opgelopen door het inademen van gruis dat afkomstig is van gemalen Afrikaans ivoor, gewoonlijk gebruikt voor decoratieve heften. In de Verenigde Staten komt de ziekte voor onder messenmakers.
Bij het woord 'messenmakers' sloot senator Martin haar ogen, die droog en branderig waren. Ze kneep het Kleenex-doekje in haar hand fijn.
De jonge agent die Starling had binnengelaten, bracht de senator een kop koffie. Hij had nog steeds zijn hoed op.
Starling vertikte het om stilletjes de aftocht te blazen. Ze bleef voor de vrouw staan en zei: 'Veel succes, senator. Ik hoop dat u Catherine ongedeerd terugkrijgt.'
Senator Martin knikte zonder haar aan te kijken. Krendler duwde Starling naar de deur.
'Ik wist niet dat ze geen toestemming had om hier te komen,' zei de jonge agent toen Starling de kamer verliet.
Krendler volgde haar naar buiten. 'Ik heb niets dan respect voor Jack Crawford,' zei hij. 'Zeg hem hoezeer het ons spijt van... Bella, et cetera. Ga nu maar gauw terug naar school en aan de slag. Ja?'
'Tot ziens, meneer Krendler.'
Het volgende moment stond ze alleen op de parkeerplaats, bevangen door het onzekere gevoel dat ze niets meer van deze wereld begreep. Haar blik viel op een duif, die op de grond bij de kampeerwagens en de boten rondscharrelde. Het dier pikte een pindadop op en liet hem weer vallen. De vochtige wind blies de veren van de duif overeind. Starling wenste dat ze met Crawford kon praten. *Met onachtzaamheid en stommiteiten trek je aan het kortste eind*, had hij gezegd. *Gebruik deze tijd, daar zul je van leren jezelf meester te blijven. Nu sta je voor de zwaarste proeve: je zult moeten zorgen dat woede en frustratie je niet het denken beletten. Dat is de essentie die bepaalt of je in staat bent al dan niet een commando te voeren.*
Dat commando voeren kon haar geen barst schelen. Ze

besefte opeens dat het haar helemaal geen moer kon schelen dat ze speciaal agent Starling was. Niet als het op deze manier moest.
Ze dacht aan de arme, dikke, onfortuinlijke, dode vrouw die ze had zien liggen op de tafel van het uitvaartcentrum in Potter, West-Virginia. *Lakte haar nagels met glitter, precies die schittering van deze godvergeten blitse speedboten. Hoe heette ze ook alweer? Kimberly. Ik mag doodvallen als deze klootzakken hier me zien huilen!*
Jezus, iedereen heette tegenwoordig Kimberly. In haar klas zaten er vier. En drie mannen die Sean heetten. Kimberly, met haar naam uit een soap opera, had haar best gedaan om zich op te tutten en had al die gaatjes in haar oren geboord in de hoop er mooier uit te zien, zichzelf te verfraaien. Maar toen Buffalo Bill haar armzalige platte borsten zag, stak hij er de loop van een geweer tussen om vervolgens een gat in de vorm van een zeester in haar borst te schieten.
Kimberly, haar ongelukkige, mollige zuster die haar benen met hars onthaarde. Geen wonder, te oordelen naar haar gezicht, haar armen en haar benen, was haar huid het mooiste aan haar. *Kimberly, waar je ook bent, ben je boos?* Geen senator die zich voor háár inzette. Geen vliegtuigen die gevaarlijke gekken vervoerden. *Gek* was een woord dat ze niet geacht werd te gebruiken. Er was veel wat ze geacht werd niet te doen. *Gevaarlijke gekken!*
Starling keek op haar horloge. Ze had anderhalf uur de tijd voordat het vliegtuig vertrok en er was nog één dingetje dat ze kon doen. Ze wilde Lecters gezicht zien wanneer hij 'Billy Rubin' zei. Als ze erin slaagde de blik uit die vreemde, kastanjebruine ogen lang genoeg te doorstaan, als ze diep doordrong in de duisternis achter die vonkjes, zou ze misschien iets nuttigs ontdekken. Ze had een vermoeden dat ze daar weleens leedvermaak zou kunnen zien.
Godzijdank heb ik mijn identiteitskaart nog!

Ze reed het parkeerterrein af, een bandenspoor van ruim drie meter lengte achter zich latend.

35

Clarice Starling reed gejaagd door het gevaarlijk drukke verkeer van Memphis, met op haar wangen twee opgedroogde tranen van nijd. Ze voelde zich nu merkwaardig licht en vrij. Haar gevoel waarschuwde haar met bovennatuurlijke klaarheid dat ze in een agressieve stemming was, daarom hield ze zichzelf goed in de gaten.
Toen ze eerder op de dag van het vliegveld kwam, was ze langs het oude gerechtsgebouw gereden en ze vond het nu zonder moeite terug. De autoriteiten van Tennessee namen geen enkel risico met Hannibal Lecter. Ze hadden besloten hem veilig achter slot en grendel te houden zonder hem bloot te stellen aan de gevaren van de stadsgevangenis. Hun oplossing was een gebouw dat vroeger zowel een gevangenis als een gerechtshof was geweest. Het complex was opgetrokken in gotische stijl en gebouwd van graniet, in een tijd dat er nog geen minimumloon bestond. Het was nu een gemeentelijk kantoorgebouw, tot overdrijvens toe gerestaureerd door een stad die welvarend was en haar geschiedenis in ere hield. Vandaag zag het eruit als een middeleeuwse vesting die was omsingeld door politiemensen. Het parkeerterrein werd bevolkt door voertuigen van verschillende overheidsinstanties: verkeerspolitie, politie van het district Shelby, Tennessee Bureau of Investigation, het gevangeniswezen. Starling moest eerst langs een politiepost voordat ze haar gehuurde auto zelfs maar kon parkeren.
Dr. Lecter zorgde voor een extra bewakingsprobleem aan de buitenkant van het gebouw. Sinds de nieuwsuitzendingen halverwege de ochtend zijn verblijfplaats hadden onthuld, waren er dreigtelefoontjes binnengekomen.

Lecters slachtoffers hadden veel vrienden en familieleden die hem graag dood zouden zien.
Starling hoopte dat de dienstdoende FBI-agent, Copley, niet aanwezig was. Ze wilde hem niet in moeilijkheden brengen. Ze zag Chiltons achterhoofd temidden van een meute verslaggevers op het gras naast het bordes. Tussen de menigte bevonden zich twee televisiecamera's. Starling wenste dat ze iets op haar hoofd had. Ze wendde haar gezicht af toen ze de ingang van de torenvesting naderde.
Een politieagent die voor de deur was geposteerd, bekeek haar identiteitskaart voordat ze mocht doorlopen naar de hal, die op dat moment deed denken aan een arrestantenlokaal. Een agent van de gemeentepolitie hield de wacht bij de enkelvoudige liftkoker en een andere bij de trap. Agenten van de staatspolitie, de aflossingsploeg voor de patrouille-eenheden die rondom het gebouw waren gestationeerd, zaten de krant te lezen op banken die onzichtbaar waren voor het publiek.
De balie tegenover de lift werd bemand door een brigadier. Op zijn naamplaatje stond: TATE, C.L.
'Geen pers,' zei brigadier Tate toen hij Starling zag.
'Nee,' antwoordde ze.
'Hoort u bij de mensen van de procureur-generaal?' vroeg hij terwijl hij een blik op haar kaart wierp.
'Bij waarnemend procureur-generaal Krendler,' zei ze. 'Ik kom zojuist bij hem vandaan.'
Hij knikte. 'We hebben alle soorten politiemensen uit West-Tennessee hier gehad om bij dr. Lecter te gaan kijken. Zoiets gebeurt niet vaak, godzijdank. U zult eerst met dr. Chilton moeten praten voordat u naar boven kunt gaan.'
'Ik heb hem buiten al gesproken,' zei Starling. 'We zijn eerder op de dag, in Baltimore, al tot overeenstemming gekomen. Moet ik hier intekenen, brigadier Tate?'
De brigadier voelde even met zijn tong aan een kies. 'Daarginds,' zei hij toen. 'Gevangenisregels, jongedame.

Bezoekers worden gecontroleerd op wapens, of ze in dienst zijn bij de politie of niet.'
Starling knikte. Ze verwijderde de patronen uit haar revolver, terwijl de brigadier vergenoegd de bewegingen van haar handen over het wapen volgde. Ze overhandigde hem de revolver met de kolf naar voren, waarna hij die wegsloot in een la.
'Vernon, breng haar naar boven.' Hij draaide drie cijfers en gaf telefonisch haar naam door.
De lift, die in de jaren twintig was ingebouwd, steeg knarsend op naar de bovenste etage, waar hij uitkwam op een trapportaal en een korte gang.
'Recht aan de overkant, mevrouw,' zei de politieman.
Op het matglas van de deur was geschilderd: HISTORISCHE GEMEENTE DISTRICT SHELBY.
Bijna de hele bovenverdieping van de torenvesting werd in beslag genomen door een gewit achthoekig vertrek met een vloer en lijstwerk van gepolijst eikenhout. Het rook er naar was en boekenlijm. Door de schaarse meubilering heerste er de sfeer van een sobere kerk. Het zag er nu beter uit dan ooit in de tijd dat het nog dienst deed als kantoor van de schout.
Twee mannen, gekleed in het uniform van een gevangenbewaarder, hielden de wacht. De kleinste van de twee kwam achter zijn bureau overeind toen Starling binnenkwam. De langere bewaker zat aan de andere kant van het vertrek op een klapstoel, met zijn gezicht naar de deur van een cel gericht. Hij was de zelfmoordbewaker.
'Hebt u toestemming om met de gevangene te praten, mevrouw?' vroeg de man achter het bureau. Op zijn naamplaatje stond: PEMBRY, T.W. Op zijn bureau stond een telefoon en er lagen twee gummistokken en een bus traangas. In de hoek achter hem stond een lange knuppel.
'Ja, dat heb ik,' antwoordde Starling. 'Ik heb hem al eerder ondervraagd.'

‘U kent de regels? Blijf achter de barrière.’
‘Daar kunt u van op aan.’
De enige kleur in de kamer was afkomstig van de verkeersbarrière van de politie, een felgestreepte zaagbok in oranje en geel met bovenop ronde, gele knipperlichten die op dat moment waren uitgeschakeld. Hij stond op anderhalve meter afstand van de celdeur op de gepoetste vloer. Vlakbij bevond zich een staande kapstok waaraan Lecters spullen hingen: het hockeymasker en iets wat Starling nooit eerder had gezien, een galgenvest uit Kansas. Doordat het was vervaardigd van sterk leer en was voorzien van handboeien met dubbele sloten op taillehoogte en gespen op de rug, was het wellicht de meest onfeilbare dwangbuis ter wereld. Het masker en het zwarte vest, dat met de kraag aan de kapstok hing, vormden een angstwekkende compositie tegen de witte muur.
Toen Starling de cel naderde, kon ze dr. Lecter zien. Hij zat te lezen aan een kleine tafel, die was vastgeschroefd aan de vloer. Hij zat met zijn rug naar de deur. Hij was in het bezit van een aantal boeken en het afschrift van het recente dossier over Buffalo Bill, dat ze hem in Baltimore had gegeven. Een kleine cassetterecorder was aan een tafelpoot geketend. Hoe vreemd was het hem in een andere omgeving dan de inrichting te zien.
Starling had als kind wel vaker cellen als deze gezien. Ze waren rond de eeuwwisseling in onderdelen gefabriceerd door een bedrijf in St.-Louis en niemand had ooit betere cellen gebouwd. Het was een modulaire kooiconstructie van gehard staal die iedere ruimte in een cel veranderde. De vloer bestond uit staven die waren afgedekt met plaatstaal en de ruimte was omsloten door wanden en een plafond van tralies die koud waren gesmeed. Er was geen raam. De cel was smetteloos wit en helder verlicht. Voor het toilet stond een scherm van dun papier.
Die witte tralies voorzagen de muren van ribben. Dr.

Lecter had een keurig verzorgd, donker hoofd. *Hij is een kerkhofwezel. Hij leeft onder de grond in een ribbenkast, tussen de dorre kleppen van een hart.* Ze knipperde met haar ogen om het beeld te verdrijven.
'Goedemorgen, Clarice,' zei hij zonder zich om te draaien. Hij las zijn bladzijde uit, gaf aan waar hij in het boek was gebleven en keerde zich op zijn stoel om. Hij keek haar aan, met zijn kin steunend op zijn onderarmen, die hij over de rugleuning had gelegd. 'Volgens Dumas verbeteren de kleur en de smaak van bouillon aanzienlijk als je er in de herfst een kraai aan toevoegt die zich te goed heeft gedaan aan jeneverbessen. Hoe wil jij hem het liefst in de soep, Clarice?'
'Ik dacht dat u misschien uw tekeningen uit uw vorige cel wilde hebben tot u uw uitzicht krijgt.'
'Wat attent! Dr. Chilton is verrukt dat jij en Jack Crawford zijn ontheven uit deze zaak. Of hebben ze je soms gestuurd om nog één keer te proberen me te paaien?'
De zelfmoordbewaker was weggeslenterd en stond bij het bureau met Pembry te praten. Starling hoopte dat ze niets konden horen.
'Niemand heeft me gestuurd. Ik ben uit mezelf gekomen.'
'Straks gaat men nog denken dat we verliefd op elkaar zijn. Wil je me niets vragen over Billy Rubin, Clarice?'
'Dr. Lecter, zonder ook maar enigszins te... twijfelen aan wat u senator Martin hebt verteld, zou u me adviseren voort te borduren op uw idee over...'
'Twijfelen, wat heerlijk! Ik zou je helemaal niet adviseren. Jij hebt geprobeerd mij om de tuin te leiden, Clarice. Denk je dat ik een spelletje speel met deze mensen?'
'Ik denk dat u mij de waarheid hebt verteld.'
'Jammer dat jij hebt geprobeerd mij voor de gek te houden, nietwaar?' Lecters gezicht zakte achter zijn armen weg tot alleen zijn ogen nog zichtbaar waren. 'Jammer dat Catherine Martin nooit meer de zon zal zien. De

zon is een binnenbrand die haar God heeft verteerd, Clarice.'

'Jammer dat u nu moet vleien en u tevreden moet stellen met de schaarse tranen die u kunt weglikken,' zei Starling. 'Het is jammer dat we ons gesprek niet hebben kunnen afmaken. Uw idee van dat imago, de structuur ervan, bezat een zekere... verfijning die je moeilijk kunt loslaten. Nu is het net een ruïne waarvan slechts een half gewelf overeind staat.'

'Een half gewelf blijft niet staan. Hoe staat het trouwens met jouw vooruitzichten, Clarice? Hebben ze je penning in beslag genomen?'

'Nee.'

'Wat heb je daar onder je jas? Een prikklok zoals je vader die had?'

'Nee, dat is een snellader.'

'Je loopt dus gewapend rond?'

'Ja.'

'Dan kun je beter je jas uitleggen. Kun je trouwens naaien?'

'Ja.'

'Heb je die kleren zelf gemaakt?'

'Nee. Dr. Lecter, u komt altijd alles te weten. Als u vertrouwelijk met deze "Billy Rubin" had gesproken, dan is het uitgesloten dat u maar zo weinig van hem te weten zou zijn gekomen.'

'O heus?'

'Als u hem persoonlijk hebt gesproken, dan weet u álles. Maar vandaag kon u zich maar één detail herinneren. Dat hij ooit miltvuur had opgelopen. U had ze moeten zien juichen toen Atlanta meldde dat dat een ziekte is die voorkomt onder messenmakers. Ze namen het voor zoete koek aan, precies zoals u had verwacht. Daarvoor had u een suite in het Peabody Hotel moeten krijgen. Dr. Lecter, als u hem hebt ontmoet, dan weet u meer over hem. Ik denk dat u hem misschien nooit hebt gekend en dat Raspail u iets over hem heeft verteld. Voor

informatie uit de tweede hand zou senator Martin niet zo gemakkelijk door de knieën gaan, nietwaar?' Starling wierp een snelle blik over haar schouder. Een van de bewakers wees de ander iets aan in het tijdschrift *Guns & Ammo*. 'U had mij in Baltimore meer te vertellen, dr. Lecter. Ik geloof dat die informatie juist was. Vertelt u me dan nu de rest.'
'Ik heb de dossiers gelezen, Clarice. En jij? Alles wat je moet weten om hem te vinden, staat daarin. Maar je moet wel aandachtig lezen. Zelfs emeritus inspecteur Crawford had het moeten zien. Tussen twee haakjes, heb je Crawfords oersaaie speech voor de Nationale Politie Academie van vorig jaar gelezen? Marcus Aurelius declamerend over plicht, respect en zelfbeheersing... We zullen eens zien hoe stoïcijns Crawford is wanneer Bella de pijp uitgaat. Als je het mij vraagt, haalt hij zijn filosofie uit een inleidende cursus. Zou hij Marcus Aurelius begrijpen, dan zou hij zijn zaak misschien kunnen oplossen.'
'Zeg me hoe.'
'Door die onverwachte vlagen van intelligentie die jij aan de dag legt, vergeet ik dat jouw generatie niet kan lezen, Clarice. De keizer adviseert eenvoud. Basisprincipes. Vraag voor elk ding afzonderlijk: wat is het in wezen, in zijn eigen constitutie? Wat is zijn causale aard?'
'Dat zegt me niets.'
'Wat doet hij? De man die je zoekt?'
'Hij moordt.'
'Ah!' zei hij scherp. In reactie op haar gebrek aan inzicht wendde hij heel even zijn gezicht af. 'Dat is een bijkomstigheid. Wat doet hij in de eerste en voornaamste plaats? Welke behoefte bevredigt hij door te moorden?'
'Woede, wrok tegen de samenleving, seksuele frus...'
'Nee.'
'Wat dan wel?'
'Hij hunkert. In werkelijkheid hunkert hij ernaar te zijn

wat jij bent. Het ligt in zijn aard besloten om te hunkeren. Hoe ontstaat hunkering, Clarice? Zoeken we dingen uit om ernaar te hunkeren, om ze te begeren? Probeer daar eens een juist antwoord op te geven.'
'Nee. We willen alleen...'
'Nee. Precies! We beginnen met te hunkeren naar dat wat we dagelijks zien. Voel jij niet iedere dag, bij toevallige ontmoetingen, dat ogen jou volgen, Clarice? Ik kan me nauwelijks voorstellen dat zoiets je ontgaat. En laat jij niet ook jouw blikken over dingen glijden?'
'Ja goed, maar vertelt u me dan hoe...'
'Het is jouw beurt om mij iets te vertellen, Clarice. Jij hebt me geen strandvakantie bij het instituut voor mond- en klauwzeer meer te bieden. Vanaf nu is het strikt voor wat hoort wat. En ik moet voorzichtig zijn als ik met jou in zee ga. Vertel het me, Clarice.'
'Vertel wat?'
'De twee dingen die je me nog van de vorige keer verschuldigd bent. Wat is er met jou en het paard gebeurd, en hoe houd je je woede in bedwang?'
'Dr. Lecter, als er tijd is, zal ik...'
'We kijken allebei verschillend aan tegen de tijd, Clarice. Dit is alle tijd die je ooit zult krijgen.'
'Later. Luister, ik zal...'
'Ik zal nu naar je luisteren. Twee jaar na de dood van je vader heeft je moeder je naar een boerderij in Montana gestuurd, naar haar nicht en diens man. Je was toen tien jaar. Je ontdekte dat ze slachtpaarden vetmestten. Je bent gevlucht met een paard dat niet goed kon zien. En toen?'
'Het was zomer en we konden buiten slapen. Via landweggetjes wisten we Bozeman te bereiken.'
'Had het paard een naam?'
'Waarschijnlijk wel, maar ze... Als je slachtpaarden houdt, doe je geen moeite om de namen van die dieren te achterhalen. Ik noemde haar Hannah. Dat vond ik een naam die bij haar paste.'

'Leidde je haar aan de teugels? Of bereed je haar?'
'Allebei. Ik moest haar tot vlak bij een hek leiden om op haar rug te kunnen klimmen.'
'Je bent dus rijdend en lopend naar Bozeman gegaan.'
'Daar was een stalhouderij, een vakantieboerderij, vlak buiten de stad. Er werden lessen gegeven, geloof ik. Ik probeerde hen over te halen haar te houden. Het kostte twintig dollar per week voor de kraal. Een stal was duurder. Ze hadden onmiddellijk door dat ze niet kon zien. Ik zei dat ik haar dan wel zou rondleiden. Ik stelde voor om te blijven, de stallen uit te mesten en de kinderen van ouders die regelmatig kwamen lessen rond te leiden op Hannahs rug. Terwijl een van hen, de man, in alles wat ik zei toestemde, belde zijn vrouw de sheriff.'
'De sheriff was een politieman, net als je vader.'
'Dat belette niet dat ik aanvankelijk bang voor hem was. Hij had een groot, rood gezicht. De sheriff bood uiteindelijk aan om twintig dollar te betalen om het paard een week in de kost te houden terwijl hij intussen zou proberen "een en ander te regelen". Hij zei dat het met dat warme weer niet nodig was om een stal te nemen. De pers kreeg lucht van het verhaal. Opeens zat iedereen erbovenop. De nicht van mijn moeder stemde erin toe mij te laten gaan. Toen belandde ik in het Luthershuis in Bozeman.'
'Is dat een weeshuis?'
'Ja.'
'En Hannah?'
'Zij mocht mee. Een stevige lutherse boerenknecht zorgde voor het hooi. Het weeshuis beschikte al over een schuur. We ploegden met behulp van Hannah de tuin om. Maar je moest haar wel in de gaten houden om te voorkomen dat ze door de sperziebonen liep of op planten stapte die voor haar te laag waren om ze te kunnen voelen. We leidden haar ook rond met een wagen vol kinderen achter zich aan.'

'Maar ze is nu dood.'
'Eh... ja.'
'Vertel me daarover.'
'Ze hebben het me vorig jaar geschreven. Ik kreeg hun brief op school. Ze schatten dat ze tweeëntwintig jaar is geworden. Op de laatste dag van haar leven heeft ze nog een wagen met kinderen voortgetrokken. Ze is in haar slaap gestorven.'
Dr. Lecter maakte een teleurgestelde indruk. 'Wat hartverwarmend,' zei hij. 'Heeft je pleegvader in Montana je geneukt, Clarice?'
'Nee.'
'Heeft hij het wel geprobeerd?'
'Nee.'
'Waarom ben je met het paard weggelopen?'
'Ze waren van plan haar af te maken.'
'Wist je wanneer dat zou gebeuren?'
'Niet precies. Maar ik was er voortdurend bang voor. Ze werd al behoorlijk vet.'
'Wat was dan de oorzaak? Waarom ben je juist op die dag gevlucht?'
'Dat weet ik niet.'
'Volgens mij weet je het wel.'
'Ik maakte me de hele tijd zorgen.'
'Wat heeft je op de vlucht gejaagd, Clarice? Hoe laat ben je vertrokken?'
'Vroeg. Het was nog donker.'
'Dan ben je ergens wakker van geworden. Wat heeft je uit de slaap gehaald? Droomde je? Wat was het?'
'Ik werd wakker en hoorde de lammetjes blaten. Het was nog donker en de lammetjes blaatten klaaglijk.'
'Waren ze de zuiglammeren aan het slachten?'
'Ja.'
'Wat deed je?'
'Ik kon niets voor ze doen. Ik was alleen maar een...'
'Wat heb je met het páárd gedaan?'
'Ik heb me aangekleed zonder het licht aan te doen en

ben naar buiten gegaan. Ze was bang. Alle paarden waren bang en liepen paniekerig rond. Ik blies in haar neus en toen wist ze dat ik het was. Ten slotte duwde ze haar neus in mijn hand. De lampen in de stal en in het schapenhok brandden. Het waren kale gloeilampen die grote schaduwen wierpen. De koelwagen was gekomen en stond met draaiende motor klaar. Ik heb haar weggeleid.'
'Heb je een zadel op haar rug gelegd?'
'Nee. Ik heb haar zadel achtergelaten en heb alleen een touwtoom meegenomen.'
'Kon je de lammeren achter je, waar de lichten brandden, horen toen je in het donker wegliep?'
'Dat duurde niet lang. Het waren er maar twaalf.'
'Je wordt nu nog steeds onverwacht wakker, nietwaar? Je ontwaakt in de wrede duisternis en hoort de lammeren krijsen. Zo is het toch?'
'Soms.'
'Denk je dat je de lammeren tot zwijgen kunt brengen als je persoonlijk Buffalo Bill te pakken krijgt en ervoor zorgt dat Catherine ongedeerd vrijkomt? Denk je dat er dan ook die lammetjes niets zal gebeuren en dat je niet meer in het donker wakker zou worden van hun angstige geblaat? Clarice?'
'Ja. Ik weet het niet. Misschien.'
'Dank je, Clarice.' Dr. Lecter maakte een ongewoon vredige indruk.
'Vertel me zijn naam, dr. Lecter,' zei Starling.
'Dr. Chilton,' zei Lecter. 'Ik geloof dat jullie elkaar al kennen.'
Het duurde even voordat Starling besefte dat Chilton achter haar stond. Tot hij haar elleboog vastpakte.
Ze rukte zich los. Chilton was in het gezelschap van agent Pembry en diens forse partner.
'Naar de lift!' zei Chilton. Zijn gezicht zat onder de rode vlekken.
'Wist je dat dr. Chilton geen medische graad heeft?' vroeg

dr. Lecter. 'Wees zo goed dat later in gedachten te houden.'
'Laten we gaan,' zei Chilton.
'U hebt hier niet de leiding, dr. Chilton,' zei Starling.
Agent Pembry stapte langs Chilton heen naar voren. 'Nee, mevrouw, maar ik wel. Hij heeft zowel met mijn chef als met uw chef gebeld. Het spijt me, maar ik heb orders om u hier te verwijderen. Komt u nu maar met me mee, onmiddellijk!'
'Adieu, Clarice. Laat je me weten of de lammeren ooit zwijgen?'
'Ja.'
Pembry pakte haar arm. Tenzij ze bereid was verzet te plegen, moest ze nu meegaan.
'Ja,' zei ze. 'Ik zal het u laten weten.'
'Beloof je dat?'
'Ja.'
'Waarom voltooi je dan dat gewelf niet? Neem je dossier mee, Clarice. Ik heb het niet meer nodig.' Hij stak het op armlengte door de tralies, met zijn wijsvinger langs de rug. Ze reikte over de barrière heen en pakte het aan. Heel even raakte het topje van haar wijsvinger dat van dr. Lecter. De aanraking bracht een schittering in zijn ogen. 'Dank je, Clarice.'
'Dank u, dr. Lecter.'
En zo bleef hij in Clarices gedachten: betrapt op een moment dat hij haar niet bespotte. Staande in zijn witte cel, fier als een danser, met zijn handen voor zich ineengeslagen en zijn hoofd lichtjes opzij gebogen.
Op het vliegveld reed ze op zo hoge snelheid over een verkeersdrempel dat ze haar hoofd tegen het dak van de wagen stootte. Ze moest rennen om het vliegtuig te halen dat ze op Krendlers bevel moest nemen.

36

Pembry en Boyle waren ervaren mannen die speciaal van de staatsgevangenis Brushy Mountain waren overgeplaatst om als bewakers van dr. Lecter te fungeren. Ze waren kalm en zorgvuldig en ze vonden het overbodig dat dr. Chilton hun uitlegde wat er van hen werd verwacht.
Ze waren eerder dan dr. Lecter in Memphis aangekomen en hadden de cel nauwgezet onderzocht. Toen dr. Lecter het oude gerechtsgebouw was binnengebracht, hadden ze ook hem aan een onderzoek onderworpen. Lecter was, terwijl hij nog geboeid was, door een broeder gevisiteerd. Ook zijn kleren werden doorzocht, waarbij een metaaldetector de zomen controleerde.
Tijdens deze procedure fluisterden Boyle en Pembry de gevangene op beleefde toon in de oren hoe zij tegen de situatie aankeken.
'Het kan allemaal prima verlopen, dr. Lecter. We zullen u behandelen zoals u ons behandelt, even goed of even slecht. Gedraagt u zich als een heer, dan hebt u bij ons een prima leven. Maar onze handen zitten los, makker. Probeer één keer te bijten en we slaan u alle tanden uit de mond. Het ziet ernaar uit dat u het hier aardig voor elkaar hebt. Dat wilt u toch niet verpesten, hè?'
Dr. Lecter keek het tweetal met samengeknepen ogen vriendelijk aan. Een gesproken antwoord werd hem belet door de houten wig tussen zijn kiezen terwijl de verpleger met een zaklamp in zijn mond scheen en een gehandschoende vinger langs de binnenkant van zijn wangen liet glijden.
De metaaldetector knetterde in de buurt van Lecters wangen. 'Wat is dat?' vroeg de verpleger.
'Vullingen,' zei Pembry. 'Trek zijn lip daar maar weg. Je hebt nogal wat weggegeten met die achterste kiezen, hè, dokter?'
'Hij lijkt mij een zacht eitje,' vertrouwde Boyle zijn col-

lega toe nadat ze Lecter veilig in zijn cel hadden geïnstalleerd. 'Zolang het hem niet in zijn bol slaat, krijgen we met hem geen problemen.'
De cel was weliswaar veilig en solide, maar beschikte niet over een schuifla om voedsel door te geven. Tijdens lunchtijd, in de onaangename sfeer die na Starlings bezoek was ontstaan, maakte dr. Chilton het iedereen onnodig lastig door Boyle en Pembry te dwingen tot de langdurige procedure waarbij de volgzame dr. Lecter in de dwangbuis werd gestopt en in zijn beenkluisters werd geslagen terwijl hij met zijn rug naar de tralies stond en Chilton hem in de gaten hield met het traangas in de hand. Pas toen deze procedure was voltooid, mocht de deur worden geopend en het blad met eten naar binnen gebracht.
Hoewel Boyle en Pembry een naamplaatje droegen, vertikte Chilton het hen bij de naam te noemen en sprak hij hen aan met 'jij daar'. Omgekeerd, toen de bewakers eenmaal hadden gehoord dat Chilton geen echte dokter in de medicijnen was, zei Boyle tegen Pembry dat 'die klootzak vast de kweekschool had gedaan of zo'.
Pembry probeerde Chilton op een gegeven moment uit te leggen dat niet hij, maar de balie beneden toestemming had gegeven voor Starlings bezoek. Hij zag dat Chilton zo woedend was dat het niets uitmaakte.
Bij het avondeten kwam dr. Chilton niet opdagen. Nu gebruikten Boyle en Pembry, met medewerking van Lecter, die in gedachten verzonken was, hun eigen methode om het blad naar binnen te brengen. Deze werkte uitstekend.
'Dr. Lecter, u hoeft vanavond uw smokingjasje niet aan te trekken,' zei Pembry. 'Ik verzoek u alleen op de grond te gaan zitten en naar achteren te schuiven tot u uw handen net door de tralies kunt steken, met uw armen naar achteren gestrekt. Ga uw gang. Nog iets naar achteren, armen meer gestrekt, ellebogen recht...' Pembry sloeg dr. Lecter buiten de tralies stevig in de handboeien, met een

tralie tussen zijn armen en een dwarsstang er vlak boven. 'Dat voelt niet echt lekker, hè? Dat weet ik, maar het duurt niet langer dan een minuutje. En het bespaart ons allebei een heleboel moeite.'

Dr. Lecter kon niet opstaan, niet eens tot hurkzit komen, en met zijn benen recht voor zich uit op de grond kon hij evenmin schoppen. Pas wanneer Lecter op deze manier zat vastgeketend, liep Pembry terug naar het bureau om de sleutel van de celdeur te pakken. De bewaker schoof de wapenstok in de ring aan zijn riem, stak een bus met traangas in zijn zak en begaf zich vervolgens weer naar de cel. Hij opende de deur, terwijl Boyle het blad naar binnen bracht. Nadat de deur weer was vergrendeld, legde Pembry eerst de sleutels terug op het bureau voordat hij Lecters boeien losmaakte. Wanneer Lecter vrij in zijn cel rondliep, kwam Pembry geen seconde met de sleutel in de buurt van de tralies.

'Nou, dat viel reuze mee, hè?' zei Pembry.

'Een bijzonder handige oplossing, agent. Dank u,' antwoordde Lecter. 'Ach weet u, ik probeer er alleen maar het beste van te maken.'

'Dat doen we allemaal, makker,' zei Pembry.

Dr. Lecter prikte maar zo'n beetje in zijn eten terwijl hij ondertussen met een viltstift op zijn blocnote schreef, krabbelde en tekende. Hij draaide het bandje om in de cassetterecorder die was vastgeketend aan de tafelpoot en drukte de startknop in. Glenn Gould speelde Bachs Goldbergvariaties op de piano. De muziek, mooi genoeg om tijd en plaats te doen vergeten, vervulde de lichte cel en het vertrek waar de bewakers zaten.

Voor dr. Lecter, die roerloos aan de tafel zat, verstreek de tijd langzamer, zoals wanneer zich iets gewichtigs voltrekt. Voor hem dreven de muziekklanken uiteen, evenwel zonder hun tempo te verliezen. Zelfs in Bachs felste uitbarstingen hoorde hij elke toon apart. De klanken streken flonkerend langs het staal rondom hem. Dr. Lecter stond op. Er lag een afwezige uitdrukking op zijn gezicht terwijl hij toekeek hoe zijn papieren servet van zijn schoot naar de grond gleed. Het servet zweefde lange tijd in de lucht, streek langs een tafelpoot, waaierde open, bleef steken en fladderde ondersteboven voordat het op de stalen vloer tot rust kwam. Hij deed geen poging het servet op te rapen maar liep zijn cel door en verdween achter het papieren scherm, waar hij op het deksel van zijn toilet ging zitten. Dit was de enige plek waar hij alleen was. Met zijn kin op zijn hand leunde hij zijwaarts op de wasbak en luisterde naar de muziek, zijn vreemde kastanjebruine ogen halfgesloten. De structuur van de Goldbergvariaties interesseerde hem. Hier kwam hij weer, die keer op keer herhaalde baspassage uit de sarabande. Zijn hoofd bewoog mee en zijn tong streek langs de rand van zijn tanden, gleed omhoog langs de bovenkant en toen weer naar beneden. Het was een lange, interessante tocht voor zijn tong, te vergelijken met een stevige wandeling in de Alpen.

Nu verkende hij zijn tandvlees, waarbij zijn tong hoog in de kloof tussen zijn wang en het tandvlees gleed en langzaam rondbewoog, zoals sommige mensen dat doen wanneer ze diep nadenken. Het was koel boven in de kloof. Zijn tong hield stil toen hij bij het kleine metalen buisje kwam.

Boven de muziek uit hoorde hij het gezoem en geratel van de lift, die beneden in werking werd gezet. Vele muziekklanken later ging de liftdeur open en zei een hem onbekende stem: 'Ik kom het dienblad halen.'

Dr. Lecter hoorde de kleinste van de twee, Pembry, naderbij komen. Hij kon door de kier tussen de panelen van zijn scherm door kijken. Pembry stond bij de tralies.

'Dr. Lecter! Ga op de grond zitten, met uw rug naar de tralies. Zoals we dat al eerder hebben gedaan.'

'Vindt u het erg om even te wachten tot ik hier klaar ben, agent Pembry? Ik ben bang dat de reis mijn darmen van streek heeft gebracht.' Hij deed er heel lang

over deze woorden uit te brengen.
'Best.' Pembry riep naar achteren: 'We bellen wel even naar beneden als we dat blad hebben.'
'Mag ik hem zien?'
'We bellen je wel.' Opnieuw de geluiden van de lift. Even later alleen nog muziek. Dr. Lecter pakte het buisje uit zijn mond en droogde het met vaste hand af aan een stukje toiletpapier. Zijn handpalmen waren kurkdroog.
In zijn jaren van gevangenschap had dr. Lecter met zijn nooit aflatende nieuwsgierigheid veel van de geheime gevangenistrucs geleerd. Sinds hij de verpleegster van de inrichting in Baltimore had aangevallen en gebeten, was er maar twee keer een fout gemaakt bij de veiligheidsmaatregelen rond zijn persoon. Dat was beide keren tijdens Barneys vrije dag gebeurd. Bij de eerste gelegenheid leende een psychiatrisch onderzoeker hem een balpen en vergat het ding terug te vragen. Nog voordat de man de afdeling had verlaten, had dr. Lecter het plastic omhulsel van de pen opengebroken en door zijn toilet gespoeld. Het metalen inktbuisje verdween in de rolzoom van zijn matras.
De enige scherpe rand in zijn cel in Baltimore was een braam op de kop van een bout waarmee zijn brits aan de muur was bevestigd. Dat was voldoende. Na twee maanden van schuren had dr. Lecter de vereiste twee inkervingen, parallel en zes millimeter lang, vanaf het open uiteinde en over de lengte van het buisje ingesneden. Vervolgens sneed hij het inktbuisje op tweeëneenhalve centimeter van het open uiteinde in twee stukken en spoelde het lange stuk met de punt weg door het toilet. Barney ontdekte niet dat hij eeltplekken op zijn vingers had, veroorzaakt door het nachtelijke schuren.
Zes maanden later bracht een bewaker hem enkele documenten van zijn advocaat en vergat de grote paperclips te verwijderen. Tweeëneenhalve centimeter van de metalen clip verdween in het buisje en de rest werd weggespoeld door het toilet. Het buisje, glad en kort, liet

zich gemakkelijk verbergen in kleding, tussen wang en tandvlees of in het rectum.
Nu, achter zijn papieren scherm, tikte dr. Lecter met zijn duimnagel tegen het metalen buisje tot het stukje ijzer naar buiten gleed. Het ijzerdraadje was een instrument en dit was het moeilijke deel van de operatie. Dr. Lecter stak het ijzerdraad tot halverwege in het buisje en gebruikte het uiterst voorzichtig als een hefboom om het reepje metaal tussen de twee inkervingen om te buigen. Zo'n reepje kon afbreken. Behoedzaam bogen zijn sterke handen het metaal. Er kwam beweging in... Ja! Het minuscule reepje metaal vormde een rechte hoek met de inktbuis. Nu had hij een sleutel voor de handboeien.
Dr. Lecter stak zijn handen achter zijn rug en pakte de sleutel vijftien keer van de ene hand over in de andere. Daarna stopte hij hem weer in zijn mond, waste zijn handen en droogde ze zorgvuldig af. Vervolgens verstopte hij de sleutel tussen de vingers van zijn rechterhand, in de wetenschap dat Pembry naar zijn zonderlinge linkerhand zou kijken wanneer die achter zijn rug was.
'Als u ook zover bent, ik ben klaar, agent Pembry,' zei dr. Lecter. Hij ging op de vloer van de cel zitten, strekte zijn armen naar achteren en stak zijn handen en polsen door de tralies. 'Bedankt voor het wachten.'
Het leek een lange toespraak, maar hij werd begeleid door de muziek.
Nu hoorde hij Pembry achter zich. De bewaker betastte zijn pols om te voelen of hij die had ingezeept en deed toen hetzelfde met de andere pols. Pembry bracht de handboeien aan en deed ze stevig dicht. Hij liep terug naar het bureau om de sleutel van de cel te pakken. Boven de pianomuziek uit hoorde dr. Lecter het gerinkel van de sleutelring toen Pembry die uit de bureaula pakte. Nu kwam hij terug, lopend tussen de muzieknoten die de lucht bezwangerden met kristallen klanken. Deze keer werd hij door Boyle vergezeld. Dr. Lecter hoor-

de de gaten die ze in de echo's van de muziek maakten. Pembry controleerde nogmaals de handboeien. Dr. Lecter kon Pembry's adem achter zich ruiken. Nu ontsloot Pembry de cel en zwaaide de deur open. Boyle kwam naar binnen. Dr. Lecter draaide zijn hoofd om. De cel gleed aan zijn blik voorbij in een tempo dat hem traag voorkwam en waarbij de details wonderbaarlijk scherp waren – Boyle die de op tafel rondslingerende etensspullen bij elkaar graaide en ze, geërgerd door de rommel, met veel lawaai op het blad legde, de cassetterecorder met de ronddraaiende banden, het servet op de grond naast de vastgeschroefde tafelpoot. Vanuit zijn ooghoeken, door de tralies heen, zag dr. Lecter de achterkant van Pembry's knie en het uiteinde van de wapenstok die aan zijn riem hing terwijl hij de deur van de cel openhield.
Dr. Lecter vond het sleutelgat in zijn linkerhandboei, stak de sleutel erin en draaide hem om. Hij voelde hoe de boei om zijn pols lossprong. Hij nam de sleutel over in zijn linkerhand, vond het sleutelgat, stak de sleutel erin en draaide hem om.
Boyle bukte zich om het servetje van de grond op te rapen. Snel als een bijtschildpad sloot de handboei zich om Boyles pols en terwijl hij zijn verschrikte blik op Lecter richtte, ging de andere boei dicht om de vastgenagelde tafelpoot. Nu kwam dr. Lecter overeind, hij stormde naar de deur en pinde Pembry met het stalen gevaarte vast voordat deze opzij kon springen. Pembry's ene arm zat bekneld tussen de deur en zijn lichaam en met zijn andere tastte hij naar het traangas aan zijn riem. Lecter greep de lange wapenstok en trok hem hoog op, waardoor Pembry's riem strak kwam te staan. Het volgende moment boorde Lecter zijn elleboog in Pembry's keel en begroef zijn tanden in diens gezicht. Met zijn neus en bovenlip gevangen tussen de verscheurende tanden probeerde Pembry naar Lecter te klauwen. Lecter schudde zijn hoofd als een hond die een rat doodbijt en rukte de

wapenstok van Pembry's riem. In de cel zette Boyle inmiddels een keel op; zittend op de grond tastte hij vertwijfeld in zijn zak, op zoek naar zijn sleutel voor de handboeien, morrelde ermee, liet hem vallen, vond hem weer...

Lecter dreef het uiteinde van de stok in Pembry's maag en keel, waarop de bewaker door de knieën ging. Boyle had de sleutel in een slot van de handboeien gekregen. Hij schreeuwde nog steeds. Nu beende Lecter naar hem toe en legde Boyle met een stoot traangas het zwijgen op. Terwijl de bewaker gierend ademhaalde, brak Lecter de opgeheven arm van de man met twee klappen van de wapenstok. Boyle probeerde weg te kruipen onder de tafel, maar verblind door het traangas kroop hij de verkeerde kant op, waarna het voor dr. Lecter een koud kunstje was hem met vijf welgemikte slagen dood te knuppelen.

Pembry was erin geslaagd te gaan zitten. Hij huilde met lange uithalen. Dr. Lecter keek met zijn rode grijns op hem neer. 'Als u ook zover bent, ik ben klaar, agent Pembry,' zei hij.

De knuppel flitste fluitend, in een vlakke boog, door de lucht en daalde met een doffe klap neer op Pembry's achterhoofd, waarop de bewaker als een doodgeknuppelde vis tegen de grond sloeg.

Door de inspanning was Lecters polsslag opgelopen tot iets boven de honderd, maar hij kwam al snel weer in het normale ritme. Hij zette de muziek af en luisterde.

Dr. Lecter liep naar de trap en spitste opnieuw de oren. Vervolgens keerde hij Pembry's zakken binnenstebuiten, pakte de bureausleutel en opende alle laden. In de onderste la lagen de dienstwapens van Boyle en Pembry, twee .38 Special-revolvers. En nog beter, in Boyles zak vond hij een zakmes.

37

De hal was vol met politiemensen. Het was halfzeven in de avond en de bemanning van de politieposten was zojuist afgelost, iets wat volgens afspraak om de twee uur gebeurde. De mannen die vanuit de kille avondlucht de hal binnenkwamen, warmden hun handen aan elektrische kachels. Sommigen hadden geld ingezet op het basketbalteam van de staat Memphis en popelden om te weten hoe de wedstrijd die op dat moment werd gespeeld, verliep.
Brigadier Tate stond niet toe dat er een radio hard aanstond in de hal, maar een van de agenten had een walkman en kon zo de wedstrijd volgen. Af en toe gaf hij de stand door, maar niet vaak genoeg om de gokkers tevreden te stellen.
Er waren in totaal vijftien gewapende politiemensen in de hal en twee agenten van het gevangeniswezen die Pembry en Boyle om zeven uur moesten aflossen. Brigadier Tate zelf keek uit naar het moment dat ook zijn dienst erop zat en hij om elf minuten voor zeven werd afgelost door de volgende ploeg.
Alle posten meldden dat het rustig was. Geen van de heethoofden die Lecter telefonisch hadden bedreigd, was tot actie overgegaan.
Het was kwart voor zeven toen Tate de lift naar boven hoorde gaan. Hij zag dat de bronskleurige pijl boven de deur aan een rondje over de wijzerplaat begon. Bij de vijf bleef de pijl staan.
Tates blik gleed door de hal. 'Is Sweeney naar boven om dat blad te halen?'
'Nee, ik ben hier, brigadier. Wilt u zelf even bellen om te horen of ze daar klaar zijn? Ik moet opschieten.'
Brigadier Tate draaide drie cijfers en luisterde. 'Het toestel is in gesprek,' zei hij. 'Ga eens even boven kijken.' Hij richtte zijn aandacht weer op het logboek, dat hij bijwerkte voor zijn opvolger.

Agent Sweeney drukte op de knop van de lift. Die kwam niet naar beneden.
'Hij wilde vanavond *lamskoteletten* hebben, vooral niet te gaar,' zei Sweeney. 'Wat zal hij als ontbijt wensen? Zeker een karkas uit de dierentuin? En wie moet dat voor hem halen? Sweeney!' De bronskleurige pijl boven de deur bleef op de vier staan. Sweeney wachtte nog een minuut. 'Wat krijgen we nou?' zei hij toen.
Ergens boven hen knalde de .38 Special. De schoten weerkaatsten langs de stenen trap naar beneden, twee schoten vlak achter elkaar, toen nog een derde.
Brigadier Tate stond bij het derde schot overeind, een microfoon in zijn hand. 'CP, schoten boven in de toren! Buitenposten attentie! We gaan eropaf.'
Geschreeuw en chaos in de hal.
Toen zag Tate dat de bronzen pijl van de lift weer in beweging kwam. Hij stond al op de drie. Tate bulderde boven de herrie uit: 'Stop! Verdubbel de wacht bij jullie buitenposten. De eerste sectie blijft bij mij. Berry en Howard houden die vervloekte lift onder schot als hij komt...' De pijl bleef staan bij de twee.
'Eerste sectie eropaf! Onderweg alle deuren controleren. Bobby, naar buiten, haal een geweer en de vesten en breng ze naar boven.' Terwijl Tate de eerste trap opliep, werkten zijn hersens koortsachtig door. Voorzichtigheid streed om de voorrang met het heftige verlangen de agenten boven te helpen. *God, laat hem niet zijn ontsnapt! Niemand draagt een vest, verdomme. Die klootzakken van bewakers...*
De kantoren op de eerste, tweede en derde verdieping werden geacht verlaten en afgesloten te zijn. Via deze verdiepingen, als je door de kantoren liep, kon je vanuit de toren het hoofdgebouw bereiken. Dat was op de vierde verdieping niet mogelijk.
Tate had de gedegen SWAT-opleiding in Tennessee gevolgd en wist precies wat hem te doen stond. Hij ging voorop en gaf leiding aan de minder ervaren agenten.

Snel en behoedzaam namen ze de eerste trap, elkaar van portaal tot portaal dekkend.
'Als jullie met je rug naar een deur gaan staan zonder die eerst te hebben gecontroleerd, krijgen jullie op je lazer!'
De deuren op de eerste verdieping waren dicht en op slot.
Op naar de tweede verdieping. Het was schemerig in de korte gang. Het licht uit de openstaande lift zorgde voor een rechthoekig schijnsel op de vloer. Tate schoof behoedzaam langs de muur tegenover de lift. Er waren geen spiegels in de kooi die hem behulpzaam konden zijn. Met zijn vinger gespannen aan de trekker gluurde hij in de liftkooi. Leeg.
Tate schreeuwde naar boven. '*Boyle! Pembry!* Verdomme!' Hij postte een man op de tweede verdieping en liep door naar boven.
De derde verdieping werd overspoeld door de pianomuziek van boven. De deuren naar de kantoren konden met een duw worden geopend. De straal van de lange zaklantaarn bescheen een openstaande deur achter de kantoren, die toegang gaf tot het grote, donkere gebouw erachter.
'*Boyle! Pembry?*' Hij liet twee mannen in het portaal achter. 'Hou die deur onder schot. De vesten komen eraan. Zorg dat je uit die deuropening blijft.'
Begeleid door de muziek beklom Tate de stenen trap. Nu bevond hij zich boven in de toren, op de vierde verdieping. Het licht in de korte gang was gedempt. Door het matglas waarop stond HISTORISCHE GEMEENTE DISTRICT SHELBY, scheen fel licht.
Tate liep gebukt onder het glas in de deur door naar de andere kant, waar de scharnieren zaten. Met een knikje naar Jacobs, die was blijven staan, draaide hij de knop om en duwde zo hard tegen de deur dat deze doorschoot en het glas aan diggelen sloeg. Tate sprong snel naar binnen en verdween onmiddellijk uit de deuropening,

waarbij hij het vertrek boven het brede vizier van zijn revolver onder schot hield.
Tate had veel gezien. Hij was getuige geweest van onvoorstelbaar gruwelijke ongevallen, moorden en vechtpartijen. Gedurende zijn diensttijd had hij zes politiemannen de dood zien vinden. Maar wat nu aan zijn voeten lag, was volgens hem het afschuwelijkste wat hij ooit had aanschouwd. Nooit eerder had hij gezien dat een agent zoiets gruwelijks was aangedaan. Het vlees boven de uniformkraag toonde geen enkele gelijkenis meer met een gezicht. De voorkant en de bovenkant van het hoofd vormden één bloederige brij van verscheurd vlees en naast de neus stak nog slechts één oog naar voren, met een oogkas die was gevuld met bloed.
Glibberend over de bloederige vloer liep Jacobs langs Tate heen naar de cel en ging naar binnen. Hij boog zich over Boyle, die nog steeds aan de tafelpoot lag vastgeketend. Boyles gezicht was aan flarden gereten, zijn ingewanden waren gedeeltelijk verwijderd en het leek alsof hij was geëxplodeerd in bloed; de wanden van de cel en de afgehaalde brits waren bedekt met bloedspatten.
Jacobs legde zijn vingers tegen de hals. 'Deze is dood!' riep hij boven de muziek uit. 'Brigadier?'
Tate, beschaamd over zijn kortstondige verdwazing, kwam weer tot zichzelf en sprak in de radio. 'Commandopost, twee agenten uitgeschakeld. Ik herhaal: twee agenten uitgeschakeld. Gevangene vermist. Lecter wordt vermist. Buitenposten, hou de ramen in de gaten. Verdachte heeft het bed afgehaald en maakt misschien een vluchttouw. Laat ambulances komen.'
'Is Pembry dood, brigadier?' Jacobs zette de muziek af.
Tate knielde neer en tastte naar de hals om te voelen. De gruwel op de vloer kreunde en blies een bloederige speekselbel.
'Pembry leeft.' Tate wilde zijn mond niet in de bloederige massa stoppen maar wist dat hij het zou doen als hij Pembry moest helpen om te ademen, wist dat hij dat

niet aan een van de agenten zou overlaten. Het was waarschijnlijk maar beter als Pembry doodging. Toch zou hij hem helpen ademhalen. Maar er was een hartslag. Hij vond hem. En er was ademhaling. Onregelmatig en rochelend, maar het was ademhaling. De jammerlijke resten ademden op eigen kracht.
Tates radio kraakte. Een inspecteur van politie die zich buiten had opgesteld, nam het bevel over en verlangde nieuws. Tate moest iets zeggen.
'Kom hier, Murray,' riep Tate naar een jonge politieman. 'Blijf bij Pembry en hou hem ergens vast waar hij je handen kan voelen. Praat op hem in.'
'Hoe heet hij, brigadier?' Murray zag groen.
'Pembry. Zeg iets tegen hem, godverdomme.' Tate sprak weer in de radio. 'Twee agenten uitgeschakeld. Boyle is dood en Pembry zwaargewond. Lecter is weg en hij is gewapend. Hij heeft hun revolvers meegenomen. De riemen en holsters liggen op het bureau.'
Door de dikke muren heen klonk de stem van de inspecteur krassend: 'Zijn de trappen vrij voor brancards?'
'Ja, inspecteur. Waarschuw de eerste drie verdiepingen voordat ze naar boven komen. Ik heb bij ieder trapportaal mannen gepost.'
'Begrepen, brigadier. Buitenpost acht meende beweging te zien achter de ramen op de derde verdieping van het hoofdgebouw. We hebben de uitgangen onder schot. Hij komt niet weg. Handhaaf uw posten op de portalen. Dit is een klus voor het SWAT-team. SWAT rookt hem wel uit. Bevestig.'
'Ik begrijp het... Een SWAT-actie.'
'Wat heeft hij in zijn bezit?'
'Twee revolvers en een mes, inspecteur. Jacobs, kijk eens even of er nog munitie in die wapengordels zit.'
'Patroontassen,' zei de agent. 'Die van Pembry is nog vol, de tas van Boyle ook. Die stomme zak heeft niet eens extra patronen meegenomen.'
'Wat zijn het?'

'Achtendertig +Ps JHP.'
Tate sprak opnieuw in de radio: 'Inspecteur, het ziet ernaar uit dat hij twee .38'ers met elk zes kamers heeft. We hebben drie schoten gehoord en de patroonzakken aan de gordels zijn nog vol, dus hij heeft misschien nog maar negen patronen over. Vertel SWAT dat het om +Ps bemantelde holle patronen gaat. Deze knaap zal op het gezicht schieten.'
Plus Ps'ers waren ontvlambare kogels. Ze konden niet door de lichaamsuitrusting van de SWAT dringen, maar een voltreffer in het gezicht zou naar alle waarschijnlijkheid fataal zijn en een schot in een arm of been zou tot verminking leiden.
'De brancards komen naar boven, Tate.'
Hoewel de ambulances verrassend snel ter plekke waren, ging het voor Tates gevoel niet vlug genoeg terwijl hij luisterde naar het deerniswekkende ding aan zijn voeten. De jonge Murray probeerde het kreunende, schokkende lichaam vast te houden, probeerde geruststellend te praten en er niet naar te kijken. 'Je redt het wel, Pembry. Het komt wel goed,' zei hij telkens weer op benepen toon.
Zodra hij de ambulancebroeders op het portaal zag, schreeuwde Tate: 'Hospik!' Net als destijds in de oorlog. Hij greep Murray bij de schouders en duwde hem aan de kant.
De broeders werkten snel. Vakkundig bonden ze de gebalde vuisten, glibberig van het bloed, vast onder de riem, brachten een luchtbuisje aan en probeerden met een wikkelverband enige druk op het bebloede hoofd en gezicht aan te brengen. Een van hen pakte een intraveneuze set met bloedplasma, maar de ander, die de bloeddruk en de polsslag opnam, schudde zijn hoofd en zei: 'Dat doen we beneden wel.'
Nu klonken er orders door de radio. 'Tate! Ik wil dat je de kantoren in de toren ontruimt en afgrendelt. Sluit de deuren naar het hoofdgebouw stevig af. Zorg voor

dekking vanaf de trapportalen. Ik stuur vesten en geweren naar boven. We rekenen hem levend in als hij zich overgeeft, maar we nemen geen speciale risico's om zijn leven te sparen. Begrepen?'
'Begrepen, inspecteur.'
'Ik wil SWAT en niemand anders dan SWAT in het hoofdgebouw. Herhaal dat.'
Tate herhaalde het bevel.
Tate was een goede brigadier en dat liet hij nu zien. Hij en Jacobs hesen zich in hun zware pantservesten en volgden de brancard, die door de broeders via de trappen naar de ambulance werd gedragen. Een tweede ploeg volgde met Boyle. De mannen op de portalen werden kwaad toen ze de brancards zagen passeren maar Tate voegde hun de wijze raad toe: 'Laat je niet door je woede afleiden zodat hij je voor je kloten kan schieten.'
Terwijl buiten de sirenes loeiden, controleerde Tate de kantoren onder rugdekking van de veteraan Jacobs – en sloot de toren stevig af.
Een koele luchtstroom trok door de gang op de derde verdieping. Achter de deur, in de grote donkere ruimtes van het hoofdgebouw, rinkelden de telefoons. Door het hele gebouw heen, in alle donkere kantoren, flakkerden lampjes op de telefoontoestellen alsof het vuurvliegjes waren en er klonk een onafgebroken gerinkel.
Het gerucht ging dat dr. Lecter zich in het gebouw had verschanst. Radio- en televisieverslaggevers belden op, gebruik makend van hun snelle modems, in de hoop een rechtstreeks interview met het monster te krijgen. Om zo'n situatie te voorkomen, liet SWAT de telefoons gewoonlijk uitschakelen, met uitzondering van één toestel voor de onderhandelaar. Maar dit gebouw was te groot en er waren te veel kantoren.
Tate sloot de deur naar de vertrekken met flakkerende telefoons en deed hem op slot. Zijn borst en rug waren nat en jeukten onder het harde pantservest. Hij maakte

zijn radio los van zijn gordel. 'CP, met Tate hier. De toren is schoon. Over.'
'Begrepen, Tate. De chef wil dat je naar de controlepost komt.'
'Tien-vier. Torenhal... Ben je daar?'
'Contact, brigadier.'
'Ik sta in de lift en ga nu naar beneden.'
'Oké, brigadier.'
Jacobs en Tate stonden in de afdalende lift toen een druppel bloed op Tates schouder viel. Een tweede druppel viel op zijn schoen. Hij keek naar het plafond van de kooi, raakte Jacobs aan en gebaarde dat hij stil moest zijn.
Uit de spleet rond het dienstluik boven in de liftkooi druppelde bloed. Het leek een eeuwigheid te duren voordat ze de hal hadden bereikt. Tate en Jacobs stapten achterwaarts uit, hun wapens gericht op het plafond van de lift. Tate stak zijn hand uit en sloot de liftdeur. 'Ssst!' siste hij in de hal. En zacht: 'Berry, Howard, hij zit boven op de lift. Hou die onder schot.'
Tate ging naar buiten. Het zwarte SWAT-busje stond op de parkeerplaats. SWAT beschikte altijd over een verscheidenheid aan liftsleutels.
Ze hadden zich in luttele momenten opgesteld. Twee SWAT-agenten in een zwart harnas en met een hoofdband om die was voorzien van oortelefoon en microfoon, beklommen de trappen naar het portaal op de tweede verdieping. Bij Tate in de hal waren er nog eens twee, hun actiegeweren gericht op de zoldering van de lift.
Als grote mieren in de strijd, dacht Tate.
De SWAT-commandant sprak in zijn microfoon. 'Ga je gang, Johnny.'
Op de tweede verdieping, hoog boven de lift, draaide agent Johnny Peterson zijn sleutel in het slot en opende de liftdeur daar. De schacht was donker. Hij ging op zijn rug in de gang liggen, pakte een granaat met be-

dwelmingsgas uit zijn tactische vest en legde die naast zich neer.
'Zo, ik ga nu kijken.' Hij stak zijn spiegel met het lange handvat over de rand terwijl zijn collega met een sterke zaklamp in de schacht scheen. 'Ik zie hem! Hij ligt boven op de lift. Ik zie een wapen naast hem. Hij beweegt zich niet.'
De vraag in Petersons oortelefoon: 'Kun je zijn handen zien?'
'Ik zie één hand. De andere ligt onder hem. De lakens zijn om zijn lichaam gewikkeld.'
'Geef het bevel.'
'LEG JE HANDEN OP JE HOOFD EN VERROER JE NIET!' schreeuwde Peterson naar beneden. 'Hij heeft zich niet bewogen, inspecteur... Juist.
LEG JE HANDEN OP JE HOOFD, ANDERS KRIJG JE EEN GASGRANAAT OP JE KOP! JE HEBT DRIE SECONDEN,' riep Peterson. Hij trok een van de deurstoppen, die alle SWAT-leden bij zich droegen, van zijn vest.
'OKÉ, MANNEN... OPGELET DAAR BENEDEN! HIER KOMT DE GRANAAT.'
Hij gooide de stop over de rand en zag hoe het ding op de gestalte afketste. 'Nog steeds geen beweging, inspecteur.'
'Nou goed, Johnny, we gaan het luik met een stok, van buiten de kooi, openduwen. Kun je het luik zien?'
Peterson rolde zich om. Hij zette zijn automatische wapen, een .45, op scherp en richtte op de gestalte beneden. 'Ja. Ik heb hem onder schot.'
Peterson tuurde in de schacht en zag een lichtstreep verschijnen toen de mannen in de hal het luik met een bootshaak van de SWAT openduwden. De roerloze gedaante lag gedeeltelijk op het luik en een van de armen bewoog toen de agenten van onderen kracht zetten.
'Zijn arm bewoog, inspecteur!' Petersons vinger sloot zich iets steviger om de trekker van de Colt. 'Maar ik

geloof dat het door dat luik kwam.'
'Oké... Duwen!'
Het luik schoot omhoog en kwam met een klap tegen de wand van de liftschacht. Het kostte Peterson moeite iets te zien nu hij in het licht keek. 'Hij heeft zich niet bewogen. Zijn hand ligt niet op het wapen.'
De rustige stem in zijn oor: 'Goed, Johnny, blijf op je post. We stappen nu in de kooi. Let via de spiegel op mogelijke bewegingen. Als er geschoten moet worden, doen alleen wij dat. Begrepen?'
'Begrepen.'
Tate keek in de hal toe hoe ze de lift binnengingen. Een schutter, uitgerust met pantsergranaten, richtte zijn geweer op het plafond van de kooi. Een tweede agent klom een ladder op. Hij was gewapend met een groot automatisch pistool waaronder een zaklamp was bevestigd. De pistoollamp en een spiegel werden door het luik gestoken, gevolgd door het hoofd en de schouders van de agent. Hij gaf een .38 revolver door naar beneden. 'Hij is dood!' riep hij.
Tate vroeg zich af of de dood van dr. Lecter betekende dat ook Catherine Martin zou sterven, of alle informatie verloren was nu de lichten in het brein van dat monster gedoofd waren.
Nu trokken de agenten hem door het luik in de liftkooi, waar het lichaam met het hoofd naar beneden door talloze armen werd ondersteund. Het was een zonderling tafereel, daar in die verlichte lift. De hal liep vol en politiemensen verdrongen zich om te kijken.
Een agent van het gevangeniswezen baande zich een weg naar voren en staarde naar de gespreide, getatoeëerde armen.
'Dat is Pembry!' zei hij.

38

De jonge broeder achter in de loeiende ambulance zette zich schrap tegen de slingerende bewegingen van de wagen en sprak, op luide toon om boven het geluid van de sirene uit te komen, in zijn radio om de eerstehulppost op de hoogte te brengen.
'Hij is in coma, maar hart en longen zijn in orde. Zijn bloeddruk is goed: honderddertig-negentig. Ja, negentig. Polsslag is vijfentachtig. Hij heeft ernstige verwondingen in het gezicht, veel losgescheurd vlees. Een van de ogen ontbreekt. Ik heb een drukverband aangelegd op het gezicht en een luchtbuisje aangebracht. Mogelijk een schotwond in het hoofd, maar dat kan ik niet beoordelen.'
Op de brancard achter hem ontspanden de gebalde en bebloede vuisten zich onder de veiligheidsgordel. De rechterhand bevrijdde zich en vond de gesp van de band die over zijn borst was gespannen.
'Ik durf niet nog meer druk op het hoofd aan te brengen. Hij had lichte stuiptrekkingen toen we hem op de brancard legden. Ja, hij ligt in de Fowler-houding.'
Achter de jongeman greep de hand het drukverband en veegde de ogen schoon. De broeder hoorde vlak achter zich het gesis van het luchtbuisje, draaide zich om en zag het bebloede gezicht op zich afkomen. Wat hij niet zag, was het neerdalende pistool, dat hem hard boven het oor trof.
De ambulance kwam langzaam tot stilstand tussen het verkeer op de zesbaans autoweg. De automobilisten erachter reageerden verward en toeterden, aarzelden om een ziekenwagen te passeren. Er klonken twee korte knallen, als het geluid van een motor die terugslaat, en de ambulance kwam weer in beweging, eerst slingerend, daarna in een strakke lijn doorstekend naar de rechterrijbaan.
De afslag naar het vliegveld naderde. De ambulance reed in een gezapig tempo op de rechterbaan terwijl ver-

schillende zwaailichten aan de buitenkant aan- en uitgingen, de ruitenwissers begonnen te werken en vervolgens weer stilstonden, de sirene loeide en tot zwijgen werd gebracht en de knipperlichten werden uitgeschakeld. In hetzelfde rustige tempo nam de ambulance de afslag naar Memphis International Airport, waar schijnwerpers het prachtige gebouw in de winteravond verlichtten. De wagen volgde de ronde afrit tot aan de automatische slagbomen naar de grote ondergrondse parkeergarage. Een bloederige hand kwam naar buiten om een kaartje te pakken. Even later verdween de ambulance in de tunnel naar het parkeerterrein onder de grond.

39

Normaal gesproken zou Clarice Starling nieuwsgierig zijn geweest naar Crawfords huis in Arlington, maar dat gevoel was volledig verdwenen sinds het nieuwsbulletin op de autoradio over de ontsnapping van dr. Lecter. Met strakke lippen en een tintelende hoofdhuid reed ze werktuiglijk door.

Ze stopte voor de mooie bungalow die was gebouwd in de jaren vijftig zonder het huis echt te zien en vroeg zich alleen vaag af of Bella zich soms bevond achter de verlichte ramen met de dichtgetrokken gordijnen.

Het geluid van de deurbel klonk haar te hard in de oren. Pas toen ze voor de tweede keer had aangebeld, deed Crawford open. Hij droeg een flodderig vest en sprak in een draadloze telefoon.

'Copley in Memphis,' zei hij, waarop hij haar wenkte hem te volgen. Hij ging haar voor door het huis en praatte intussen afgemeten in de telefoon.

In de keuken pakte een verpleegster een flesje uit de koelkast en hield dat tegen het licht. Toen Crawford haar met opgetrokken wenkbrauwen aankeek, schudde de ver-

pleegster haar hoofd. Ze had hem niet nodig.
Hij nam Starling mee naar zijn studeerkamer, drie treden naar beneden naar wat zo te zien een verbouwde dubbele garage was. Het was een behoorlijke ruimte. Er stonden stoelen en een bank, en op het rommelige bureau gloeide het beeldscherm van een computer groen op naast een antieke hoekmeter. De vloerbedekking voelde aan alsof die op beton was gelegd.
Crawford gebaarde dat ze moest gaan zitten en legde toen zijn hand over de hoorn. 'Starling, het is natuurlijk onzin, maar... heb jij Lecter iets gegeven toen je in Memphis bij hem was?'
'Nee.'
'Helemaal niets?'
'Niets.'
'Je hebt die tekeningen en zo uit zijn cel meegenomen.'
'Die andere dingen heb ik hem niet gegeven. Ze zitten nog in mijn tas. Hij heeft mij het dossier gegeven. Meer hebben we niet uitgewisseld.'
Crawford klemde de hoorn onder zijn kaak. 'Copley, dat is volslagen onzin! Ik wil dat je die schoft op zijn nummer zet. Onmiddellijk! Wend je rechtstreeks tot de chef en tot het TBI. Zorg dat de hotlines ook worden ingeschakeld. Burroughs houdt daar de wacht. Ja.' Hij schakelde de telefoon uit en stopte het kleine toestel in zijn zak.
'Koffie, Starling? Cola?'
'Hoe komt u erbij dat ik Lecter iets zou hebben gegeven?'
'Volgens Chilton moet jij Lecter iets hebben gegeven waarmee hij de palletjes in zijn handboeien heeft kunnen terugschuiven. Hij zegt dat het geen opzet van je was, maar alleen onnozelheid.' Soms leken Crawfords ogen net die van een nijdige schildpad. Hij sloeg haar reactie gade. 'Heeft Chilton iets bij je geprobeerd, Starling? Zit dat hem soms dwars?'
'Misschien. Voor mij graag zwart, met suiker.'

Terwijl hij in de keuken bezig was, ademde Starling diep in en uit. Ze keek om zich heen. Als je in een slaapzaal of een kazerne woont, is het prettig in een echt huis te zijn. Ook al trilde de grond op dat moment onder haar voeten, het besef dat de Crawfords in dit huis woonden, was voor haar een troostende gedachte.

Crawford kwam terug en liep, de bifocale bril op zijn neus, voorzichtig met de volle koppen het trapje af. Op zijn mocassins was hij ruim een centimeter kleiner dan anders. Toen Starling ging staan om haar koffie aan te pakken, waren hun ogen bijna op gelijke hoogte. Hij rook naar zeep en zijn haar zag er grijs en donzig uit.

'Copley zei dat ze de ambulance nog niet hebben gevonden. Alle politiemensen in het zuiden zijn opgetrommeld.'

Starling schudde haar hoofd. 'Ik weet nog geen bijzonderheden. De radio meldde alleen dat dr. Lecter twee agenten heeft gedood en is ontsnapt.'

'Twee agenten van het gevangeniswezen.' Crawford drukte op een knop van de computer, waarop de tekst traag op het scherm verscheen. 'Ze heetten Boyle en Pembry. Heb je ze ontmoet?'

Starling knikte. 'Ze... hebben me weggestuurd. Ze deden hun werk goed.' *Pembry, die langs Chilton heen naar voren kwam, slecht op zijn gemak, maar gedecideerd en beleefd. 'Komt u nu maar met me mee,' zei hij. Hij had levervlekken op zijn handen en op zijn voorhoofd. Nu was hij dood, bleek onder die vlekken.*

Plotseling moest Starling haar koffie neerzetten. Ze zoog haar longen vol lucht en keek even naar het plafond. 'Hoe heeft hij het gedaan?'

'Hij is in een ambulance ontsnapt, zei Copley. We zullen het onderzoeken. Heb je nog iets ontdekt op dat stuk papier? LSD?'

Het eind van de middag en het begin van de avond had Starling doorgebracht op de afdeling Wetenschappelijke Analyse, waar ze in opdracht van Krendler het vel met

Pluto's hadden onderzocht.
'Niets. Ze proberen het nu nog bij het informatiecentrum voor drugs, maar het spul is tien jaar oud. Misschien wordt de afdeling Documentatie evenmin wijzer van de afdrukken dan het informatiecentrum van de dope.'
'Maar het was beslist vloeipapier dat was doordrenkt met LSD?'
'Ja. Hoe heeft hij het gedaan, meneer Crawford?'
'Wil je het weten?' Ze knikte.
'Dan zal ik het je vertellen. Lecter is per abuis naar de ambulance gebracht. Ze dachten dat het Pembry was, zwaargewond.'
'Had hij Pembry's uniform aan? Ze hadden ongeveer hetzelfde postuur.'
'Hij heeft Pembry's uniform gebruikt en een deel van Pembry's gezicht. En ook nog een pondje van Boyle. Hij heeft Pembry's lichaam in de waterdichte matrashoes en in de lakens uit zijn cel gewikkeld om te voorkomen dat het bloed eruit lekte en heeft het vervolgens boven op de lift gelegd. Toen heeft hij het uniform aangetrokken, zichzelf met bloed ingesmeerd, en is op de grond gaan liggen. Toen heeft hij kogels in het plafond geschoten om actie te ontketenen. Ik weet niet wat hij met het pistool heeft gedaan. Misschien op zijn rug in zijn broek gestopt. De ambulance is gekomen en overal was politie, met hun wapens in de aanslag. De ziekenbroeders zijn snel naar binnen gegaan en hebben gedaan wat ze hebben geleerd onder dergelijke omstandigheden te doen: ze hebben een luchtbuisje geïnstalleerd, de ernstige verwondingen verbonden, een drukverband aangelegd om het bloeden te stoppen en hebben de slachtoffers meegenomen. Ze hebben hun werk gedaan. De ambulance is nooit bij het ziekenhuis aangekomen. De politie is er nog steeds naar op zoek. Ik heb een akelig voorgevoel over die ambulance-jongens. Copley zei dat ze de banden met spoedoproepen beluisteren. De ambulances wer-

den verscheidene keren opgeroepen. Ze denken dat Lecter zelf de ambulances heeft gebeld en vervolgens die schoten heeft afgevuurd opdat hij daar niet te lang hoefde te liggen. *Dr. Lecter mag graag zijn spelletjes spelen.*'
Nooit eerder had Starling deze verbitterde toon in Crawfords stem gehoord. Het beangstigde haar omdat ze verbittering associeerde met zwakte.
'Deze ontsnapping betekent niet dat dr. Lecter heeft gelogen,' zei Starling. 'Ja, hij zal wel tegen iemand hebben gelogen, tegen ons of tegen senator Martin, maar misschien niet tegen beide partijen. Hij vertelde senator Martin dat het Billy Rubin was en beweerde dat hij niet meer wist. Tegen mij zei hij dat het om iemand ging die zich verbeeldde dat hij transseksueel was. Over dat laatste zei hij: "Waarom voltooi je dat gewelf niet?" Hij praatte over de theorie van geslachtsverandering, het volgen daarvan...'
'Dat weet ik. Ik heb je verslag gelezen. Daar kunnen we niets mee beginnen zolang we geen namen van de klinieken hebben gekregen. Alan Bloom is persoonlijk naar de afdelingschefs gegaan. Ze zeggen dat ze ermee bezig zijn. Dat moet ik dan maar geloven.'
'Meneer Crawford, zit u op de schopstoel?'
'Ze hebben me verzocht om buitengewoon verlof te nemen,' antwoordde Crawford. 'Er is een nieuwe speciale FBI-eenheid, DEA, die zich bezighoudt met drugsbestrijding. Het kantoor van de procureur-generaal, ofwel Krendler, voert "bijkomende factoren" aan.'
'Wie heeft de leiding?'
'Officieel de onderdirecteur van de FBI, John Golby. Hij en ik staan in nauw overleg met elkaar. John is een prima kerel. En hoe zit het met jou? Zit jij op de schopstoel?'
'Krendler heeft me bevolen mijn identiteitskaart en revolver in te leveren en terug te gaan naar school.'
'Dat was voor jouw bezoekje aan Lecter. Starling, hij heeft de afdeling Aansprakelijkheid vanmiddag een uit-

brander gegeven. De academie is "onder voorbehoud" verzocht je te schorsen tot opnieuw is bekeken of je wel geschikt bent voor de dienst. Het is een smerige trap in de rug. De schietinstructeur, John Brigham, heeft het tijdens een stafbespreking gehoord. Hij heeft ze toen onomwonden de waarheid gezegd en mij opgebeld.'
'Hoe beroerd sta ik ervoor?'
'Je hebt recht op een hoorzitting. Ik zal getuigen dat je geschikt bent. Dat zal voldoende zijn. Maar als je nog langer wegblijft, zul je absoluut dit jaar over moeten doen, ongeacht het resultaat van een hoorzitting. Weet je wat er gebeurt als je het jaar over moet doen?'
'Natuurlijk. Dan sturen ze je terug naar het regionale bureau dat je als rekruut heeft aangenomen. Daar moet je archieven bijwerken en koffie zetten tot je weer in een klas wordt geplaatst.'
'Ik kan je een plaats in een groep die later start beloven, maar ik kan ze er niet van weerhouden je toch het hele jaar over te laten doen als je geen tijd hebt.'
'Ik moet dus ophouden met deze zaak en teruggaan naar school, of...'
'Ja.'
'Wat wilt u dat ik doe?'
'Jouw taak was Lecter. Je hebt succes geboekt. Ik verlang niet van je dat je je jaar overdoet. Dat zou je een halfjaar kunnen kosten. Misschien zelfs meer.'
'En Catherine Martin dan?'
'Hij heeft haar nu bijna achtenveertig uur, dat wil zeggen, om middernacht precies achtenveertig uur. Als we hem niet te pakken krijgen en het gaat zoals de laatste keer, zal hij haar waarschijnlijk morgen of overmorgen "behandelen".'
'Lecter is niet het enige wat we hadden.'
'Ze hebben tot nu toe zes William Rubins gevonden, allemaal met een voorgeschiedenis, maar niets waar we veel aan hebben. Er komen geen Billy Rubins voor op de abonnementenlijsten van insectentijdschriften. De ver-

eniging van messenfabrikanten kent sinds de laatste tien jaar ongeveer vijf gevallen van miltvuur door ivoor. Een paar daarvan moeten we nog controleren. Wat verder? Klaus is niet geïdentificeerd. Nog niet. Interpol meldt dat in Marseille vergeefs een opsporingsbevel is uitgevaardigd voor een zekere "Klaus Bjetland", of hoe je dat ook moet uitspreken. Noorwegen is op zoek naar zijn tandheelkundige dossier en zal dat opsturen. Als we informatie van de klinieken krijgen, kun je ons daarmee helpen. Mits je er de tijd voor hebt. Starling?'
'Ja, meneer Crawford?'
'Ga terug naar school.'
'Als u niet wilde dat ik jacht op hem ging maken, had u me niet moeten meenemen naar dat uitvaartcentrum, meneer Crawford.'
'Nee,' zei Crawford. 'Dat had ik waarschijnlijk niet moeten doen. Maar dan hadden we dat insect niet gevonden. Je levert je wapen niet in. Quantico loopt weinig gevaar, maar jij moet tot Lecter dood of gevangen is gewapend zijn wanneer je de basis in Quantico verlaat.'
'En u dan? Hij haat u. Ik bedoel... hij wacht al lang op een kans.'
'Dat hebben vele anderen ook gedaan, Starling. In talloze gevangenissen. Misschien zal het hem een dezer dagen lukken, maar op dit moment heeft hij het te druk. Het is heerlijk om vrij te zijn en hij zal nog niet bereid zijn die vrijheid voor zoiets op het spel te zetten. Bovendien is deze plaats veiliger dan die lijkt.'
De telefoon in Crawfords zak zoemde. Tegelijk begon het toestel op het bureau te ratelen en knipperen. Hij luisterde enkele ogenblikken, zei 'juist' en hing op.
'Ze hebben de ambulance gevonden. In de ondergrondse parkeergarage van het vliegveld in Memphis.' Hij schudde zijn hoofd. 'Niet best. De bemanning lag achterin. Allebei dood.' Crawford zette zijn bril af en zocht naar zijn zakdoek om de glazen op te poetsen.
'Starling, het Smithsonian heeft naar Burroughs gebeld.

Het was die Pilcher. Hij vroeg naar jou. Ze hebben het onderzoek naar dat insect bijna afgerond. Ik wil dat je daar een 302 over schrijft en er je handtekening onder zet voor het officiële dossier. Jij hebt dat insect gevonden en jij hebt er een onderzoek naar ingesteld. Ik wil dat in het rapport vermeld zien. Ben je er klaar voor?'
Starling was nog nooit zo moe geweest als op dat moment. 'Natuurlijk,' zei ze.
'Laat je auto maar in de garage staan. Als je daar klaar bent, rijdt Jeff je wel terug naar Quantico.'
Op het bordes wendde ze haar gezicht naar het verlichte raam met de dichtgetrokken gordijnen waar de verpleegster de wacht hield. Toen richtte ze haar blik weer op Crawford.
'Mijn gedachten gaan uit naar u en uw vrouw, meneer Crawford.'
'Dank je, Starling,' zei hij.

40

'Dr. Pilcher zei dat hij in de insectentuin op u zou wachten, agent Starling,' zei de suppoost. 'Ik breng u er wel heen.'
Om via de ingang van het museum aan Constitution Avenue de insectentuin te bereiken, moest je met de lift naar de eerste verdieping boven de grote opgezette olifant en daar een enorme etage, gewijd aan de studie van de mens, doorkruisen. Eerst passeerden Starling en de suppoost hoge, lange rijen schedels die een beeld gaven van de menselijke bevolkingsexplosie sinds de tijd van Christus. Vervolgens liepen ze door een halfduister landschap dat werd bevolkt door figuren die een illustratie vormden van menselijke herkomst en verscheidenheid. Hier bevonden zich bewijzen van rituele gebruiken: tatoeages, gebonden voeten, gebitsmodificaties, Peruaanse inkervingen en mummificatie.

'Hebt u Wilhelm von Ellenbogen weleens gezien?' vroeg de suppoost terwijl hij met zijn zaklamp een vitrine bescheen.
'Ik geloof van niet,' antwoordde Starling zonder haar pas in te houden.
'U zou eens moeten komen als de lichten branden. Dan kunt u hem zien. Hij werd in de achttiende eeuw begraven in Philadelphia. Zodra hij met het grondwater in aanraking kwam, veranderde hij in zeep.' De insectentuin was een groot vertrek, nu gehuld in halfduister en vervuld van tjirpende en gonzende geluiden. Overal stonden kooien en vitrines met levende insecten. Vooral kinderen zijn dol op deze tuin en zwerven er de hele dag in rond. 's Avonds, wanneer ze onder elkaar zijn, komen de insecten in actie. Een aantal vitrines werd verlicht door rode lampen, en de rode verlichting boven de nooduitgangen gloeide fel op in de duistere ruimte.
'Dr. Pilcher?' riep de suppoost vanuit de deuropening.
'Hier,' zei Pilcher. Hij stak een zaklampje aan als baken.
'Brengt u deze dame straks weer naar buiten?'
'Ja, dat doe ik.'
Starling pakte haar eigen kleine zaklamp uit haar tas en ontdekte dat de batterijen leeg waren omdat hij aan had gestaan. De woede die in haar opwelde, bracht haar in herinnering dat ze moe was en zich moest inhouden.
'Hallo, agent Starling.'
'Dr. Pilcher.'
'Waarom niet "professor Pilcher"?'
'Bént u dan professor?'
'Nee, maar ik ben ook geen doctor. Wat ik wél ben, is blij u te zien. Wilt u eens een paar insecten bekijken?'
'Heel graag. Waar is dr. Roden?'
'Hij is de afgelopen twee nachten opgebleven voor het onderzoek en moest er toen even tussenuit. Hebt u het insect gezien voordat we ermee aan de gang gingen?'
'Nee.'

'Er was in wezen maar heel weinig van over.'
'Maar u bent er uitgekomen. U hebt het gedetermineerd.'
'Ja. Kortgeleden pas.' Hij bleef staan voor een kooi met gaas. 'Eerst zal ik u een vlinder laten zien van het soort dat u hier maandag bracht. Dit is niet exact dezelfde als die van u, maar wel van dezelfde familie: een "uiltje".'
De straal van zijn zaklamp vond de grote, glanzend blauwe nachtvlinder, die met dichtgeklapte vleugels op een kleine tak zat. Pilcher blies zacht in de richting van de vlinder, waarop het dier onmiddellijk de vleugels uitsloeg zodat aan de onderkant van de vleugels de felle kop van een uil zichtbaar werd. De stippen die de ogen moesten voorstellen, straalden een nijdige gloed uit, de gloed die een rat ziet voordat hij aan een uil ten prooi valt.
'Dit is een *Caligo beltrao*, een soort die vrij algemeen voorkomt. Maar dat Klaus-specimen van u, dat is echt iets bijzonders. Kom mee.'
Aan het eind van het vertrek stond een vitrine die in een nis achter een slagboom was geplaatst. De vitrine bevond zich zo buiten bereik van kinderen en was afgedekt met een doek. Ernaast stond een kleine luchtbevochtiger te zoemen.
'We houden deze achter glas om de vingers van het publiek te beschermen. Hij kan agressief zijn! Bovendien houdt hij van een vochtige omgeving, en glas houdt de vochtigheidsgraad op peil.' Pilcher tilde de vitrinekooi voorzichtig aan de handvatten op en zette hem voor in de nis. Hij trok de doek eraf en knipte een lampje boven de kooi aan. 'Dit is de doodshoofdvlinder,' zei hij. 'Kijk, ze zit op een nachtschade. We hopen dat ze eitjes gaat leggen.'
De vlinder was prachtig en schrikwekkend om te zien. De grote, bruinzwarte vleugels hingen als een cape naar beneden en op de brede, bontachtige rug bevond zich het herkenningspatroon dat mensen al sinds jaar en dag angst inboezemt als ze er plotseling in hun mooie tuinen mee worden geconfronteerd. De doodskop, die in

werkelijkheid het kopje van de vlinder is, tuurt ze uit donkere ogen aan. De jukbeenderen, die zich in een delicate boog naast de ogen verheffen...
'De *Acherontia styx*,' zei Pilcher. 'Genoemd naar twee rivieren in de hel. De man die u zoekt... Heb ik niet gelezen dat hij de lijken iedere keer in een rivier gooit?'
'Ja,' antwoordde Starling. 'Is het een zeldzame soort?'
'In dit deel van de wereld wel. Er komt hier geen enkel exemplaar in de natuur voor.'
'Waar komt hij vandaan?' Starling bracht haar gezicht tot vlak boven de gaasbedekking van de kooi. Haar adem bracht de donzige haren op de rug van de vlinder in beweging. Ze deinsde achteruit toen het insect piepte en heftig met de vleugels wapperde, zodat ze de lichte luchtstroom voelde die het zo veroorzaakte.
'Maleisië. Er bestaat ook een Europese soort, die *atropos* heet. Maar deze vlinder en het exemplaar in Klaus' keel zijn Maleisisch.'
'Dan zijn ze dus door iemand gefokt.'
Pilcher knikte. 'Ja,' zei hij toen ze hem niet aankeek. 'Hij moet als een eitje of, nog waarschijnlijker, als een pop vanuit Maleisië zijn overgebracht. Geen mens is er ooit in geslaagd ze in gevangenschap te laten leggen. Ze paren wel, maar leggen geen eitjes. Het moeilijkst van alles is om in het oerwoud de larve te vinden. Daarna is het een koud kunstje om ze te fokken.'
'U zei dat ze agressief kunnen zijn.'
'Het zuigorgaan is scherp en stevig. Ze stoten het in je vinger wanneer je ze verstoort. Het is een uitzonderlijk wapen, en bij geconserveerde specimens heeft alcohol er geen effect op. Dat was voor ons een hulpmiddel om het gebied in te perken waardoor we het zo snel konden determineren.' Pilcher maakte plotseling een verlegen indruk, alsof hij zichzelf te veel op de borst had geslagen. 'Bovendien zijn ze sterk,' vervolgde hij snel. 'Ze dringen bijenkorven binnen en stelen de honing. We waren eens in Sawah, op Borneo, aan het verzamelen en

toen kwamen ze op het licht achter de jeugdherberg af. Het was griezelig om ze te horen, we...'
'Waar komt deze vandaan?'
'Een ruil met de Maleisische overheid. Ik weet niet wat we ervoor terug hebben gegeven. Het was gek, we zaten daar in het donker te wachten met dat cyanide-emmertje toen...'
'Welke douaneverklaring vergezelde deze vlinder? Bezit u officiële afschriften daarvan? Moeten ze in Maleisië worden uitgeklaard? Wie zou die documenten hebben?'
'U hebt haast. Luister, ik heb alle gegevens waarover we beschikken genoteerd, evenals de instanties waar u desgewenst kunt informeren. Kom, ik breng u naar de uitgang.'
Ze liepen zwijgend de uitgestrekte afdeling door. In het licht van de lift kon Starling zien dat Pilcher net zo moe was als zij.
'U bent hiervoor opgebleven,' zei ze. 'Dat was fantastisch van u. Het was niet mijn bedoeling om zo kortaf te doen, maar ik...'
'Ik hoop dat u hem te pakken krijgt, dat u deze zaak gauw hebt opgelost,' zei hij. 'Ik heb een aantal chemicaliën opgeschreven die hij zou kunnen kopen om zachte specimens mee te prepareren... Agent Starling, ik wil u graag beter leren kennen.'
'Misschien bel ik u wel als ik daarvoor in de gelegenheid ben.'
'Dat moet u beslist doen,' zei Pilcher. 'Dat zou ik echt op prijs stellen.'
De liftdeur gleed dicht en Pilcher en Starling waren verdwenen. Het was stil op de afdeling die was gewijd aan de mens. Geen menselijke gedaante bewoog zich. De getatoeëerde gestalte niet, de gemummificeerde niet, de gebonden voeten evenmin. Niets bewoog zich.
In de insectentuin gloeiden de lampen boven de nooduitgangen rood op en werden gereflecteerd in tienduizend beweeglijke ogen van het oudere phylum. De lucht-

bevochtiger zoemde en siste. In de donkere kooi, onder de doek, klom de doodshoofdvlinder langs de nachtschade naar beneden. Met haar vleugels als een cape achter zich aan slepend bewoog ze zich voort over de vloer en vond het stukje honingraat op haar schoteltje. Ze klemde de honingraat tussen haar sterke voorpoten, ontrolde haar scherpe zuigorgaan en stootte het door de waslaag van een honingcel. Nu ging ze er geluidloos aan zuigen terwijl in de duisternis om haar heen het getjirp en gegons alom werden hervat, en daarmee ook het gescharrel en gemoord van de nietige wezens.

41

Catherine Baker Martin bevond zich nog steeds in de gruwelijke duisternis. Het was zwart achter haar oogleden en tijdens onrustige momenten van slaap droomde ze dat de duisternis bij haar binnendrong. Het verraderlijke zwart drong zich in haar neus en in haar oren. Klamme vingers van duisternis namen bezit van al haar lichaamsopeningen. Ze legde haar hand voor haar mond en neus, bedekte haar vagina met haar andere hand, kneep haar billen samen, drukte een oor tegen de deken en bood de binnendringende duisternis haar andere oor. De duisternis ging vergezeld van een geluid en ze werd met een schok wakker. Het was een bekend geluid, het gesnor van een naaimachine. Wisselende snelheden. Langzaam en dan weer snel.
Boven in de kelder brandden de lichten. Hoog boven haar, waar het kleine luik in het putdeksel openstond, kon ze vaag een gele lichtschijf zien. De poedel blafte een paar keer en de onwezenlijke stem sprak het dier op gedempte toon toe.
Naaien... dat klopte niet, hier beneden. Naaien hoorde in het licht te gebeuren. Als een welkom beeld verscheen kortstondig de zonnige naaikamer uit haar jeugd in Ca-

therines gedachten. De huishoudster, lieve Bea Love, achter de machine... haar kleine kat, die speels naar het wapperende gordijn sloeg.
De stem verjoeg de beelden door uit te vallen tegen de poedel.
'Precious, blijf daarvan af! Straks prik je je nog aan een speld, en wat dan? Ik ben bijna klaar. Ja, lieverdje. Je krijgt een brokje-fijn *als we hiermee klaar zijn*, je krijgt een brokje-fijn *pom-pom-pom*.' Catherine wist niet hoe lang ze al gevangenzat. Ze wist dat ze zich twee keer had gewassen. De laatste keer was ze rechtop in het licht gaan staan met de bedoeling dat hij haar lichaam zou zien, hoewel ze niet zeker wist of hij achter het verblindende schijnsel wel naar beneden keek. Een naakte Catherine Baker Martin was een adembenemende verschijning, ze mocht er wezen, en dat wist ze. Ze wilde dat hij het zou zien. Ze wilde weg uit die put. Als ze hem dicht genoeg kon naderen om te neuken was ze dicht genoeg bij om te vechten, zo hield ze zich tijdens het wassen telkens opnieuw voor. Ze kreeg nu nog maar heel weinig te eten en ze wist dat ze het beter kon doen zolang ze haar kracht nog had. Ze wist dat ze met hem zou moeten vechten. Ze wist dat ze kon vechten. Zou het beter zijn om eerst met hem te neuken? Hem zo vaak te naaien als hij maar kon opbrengen en hem op die manier uit te putten? Ze wist dat als ze ooit haar benen om zijn nek kon krijgen, ze in staat was hem in ongeveer anderhalve seconde naar de andere wereld te helpen. *Kan ik dat opbrengen? Reken maar, verdomme! Neuken en je kans afwachten, neuken en je kans afwachten, neuken-en-je-kans-afwachten.* Maar er was boven niets te horen geweest toen ze zich had gewassen en de schone jumpsuit had aangetrokken. Er was niet gereageerd op haar uitnodigende pose toen de wasemmer aan het dunne touw omhoog werd getrokken en werd vervangen door haar toiletemmer.
Nu wachtte ze, uren later, luisterend naar de naaima-

chine. Ze riep niet naar hem. Na verloop van tijd, misschien na duizend ademhalingen, hoorde ze hem de trap oplopen, pratend tegen de hond, iets wat leek op '... ontbijt wanneer ik terugkom'. Hij liet het kelderlicht branden. Soms deed hij dat.

Teennagels en getrippel op de keukenvloer boven haar hoofd. De hond jankte. Ze vermoedde dat haar ontvoerder wegging. Soms vertrok hij langere tijd.

De ene ademhaling na de andere verstreek. Het hondje liep boven in de keuken rond, jankend, en sleepte kletterend iets over de vloer. Misschien haar etensbak. Gekrabbel en gekras boven haar hoofd. En opnieuw geblaf, kort en scherp, deze keer niet zo duidelijk als toen de hond zich nog recht boven haar bevond. Dat kwam omdat de poedel niet meer in de keuken was. Het dier had de deur met zijn snuit opengeduwd en rende nu in de kelder achter een muis aan, zoals het dat wel eerder had gedaan wanneer zijn baas niet thuis was.

Beneden in de duisternis tastte Catherine Baker Martin onder de deken die haar als matras diende. Ze vond het kippenbotje en rook eraan. Het was moeilijk om de stukjes vlees en kraakbeen niet af te kluiven en op te eten. Ze stopte het in haar mond om het te verwarmen. Nu ging ze staan, wankelend in de duizelingwekkende duisternis. In de steile schacht beschikte ze over niets anders dan de deken, de jumpsuit die ze droeg, de plastic toiletemmer en het daaraan bevestigde dunne katoenen koord dat zich loodrecht naar het flauwe, gele lichtschijnsel verhief.

Ze had erover nagedacht tijdens ieder schaars moment waarop haar hersens goed functioneerden. Catherine rekte zich zo hoog mogelijk uit en greep het touw. Was het beter om er een harde ruk aan te geven of om rustig te trekken? Ze had er gedurende duizenden ademtochten over nagedacht. Beter om het rustig aan te doen.

Het katoenen koord gaf meer mee dan ze had verwacht. Ze greep het opnieuw vast, zo hoog als ze maar kon, en

trok, waarbij ze haar arm van de ene kant naar de andere zwaaide, hopend dat het touw zou gaan rafelen op de plaats waar het over de houten rand van de opening boven haar hoofd hing. Ze sjorde tot haar schouder pijn deed. Ze trok. Het touw rekte mee. Nu niet meer, nu stond het strak. Alsjeblieft, breek hoog af! Plop... het viel naar beneden, in lussen op haar gezicht.
Ze ging op haar hurken zitten. Het touw lag op haar hoofd en over haar schouders. Door de opening ver boven haar hoofd kwam onvoldoende licht om te kunnen zien hoeveel touw ze nu had. Het mocht niet in de war raken! Voorzichtig spreidde ze het touw in lussen uit op de grond, waarbij ze met haar onderarm de maat opnam. Ze telde veertien onderarmen. Het touw was op de rand van de put gebroken. Ze bond het kippenbotje met de vleesresten vast aan het koord, op de plaats waar ook het hengsel van de emmer was bevestigd. Nu kwam het moeilijkste gedeelte. Hou je hoofd erbij! Het was erop of eronder, een situatie vergelijkbaar met de strijd om levensbehoud in een kleine boot tijdens zwaar weer. Ze bond het afgeknapte uiteinde van het touw om haar pols en trok de knoop met haar tanden aan. Daarna stelde ze zich zo strategisch mogelijk op, pakte de emmer bij het hengsel vast, zwaaide hem in een grote cirkel rond en slingerde hem toen recht omhoog, naar de vage lichtschijf boven haar hoofd. De plastic emmer miste het openstaande luik, sloeg tegen de onderkant van het deksel en stortte neer op haar gezicht en schouder. Het hondje begon harder te blaffen. Ze nam de tijd om het koord weer uit te leggen en gooide toen opnieuw. En nog eens. Bij de derde poging trof de emmer haar gebroken vinger toen hij weer naar beneden kwam. Ze moest tegen de taps toelopende muur steunen en diep ademhalen voordat de misselijkheid verdween. Bij de vierde worp viel de emmer boven op haar, maar bij de vijfde keer kwam hij niet terug. De emmer bevond zich nu ergens op het houten putdeksel, naast het open-

staande luik. Hoe ver van de opening verwijderd? Blijf kalm. Ze trok voorzichtig en bewoog het touw tot ze het hengsel over het hout boven haar hoofd hoorde ratelen. Het hondje blafte nog luider.
Ze mocht de emmer niet over de rand van het gat trekken. Ze moest trekken tot de emmer er dichtbij lag. Ze trok hem tot dicht bij het gat.
Het hondje bevond zich tussen de spiegels en etalagepoppen in een naburige kelderruimte, snuffelend aan het garen en de restjes weefsel onder de naaimachine en nieuwsgierig neuzend rond de grote zwarte kleerkast. Het beestje keek naar het deel van de kelder waar de geluiden vandaan kwamen, stortte zich blaffend in het halfduister dat daar heerste en draafde toen weer terug.
Nu een stem, flauwtjes weerkaatsend door de kelderverdieping. 'Preeeee-cious!'
Het hondje blafte en zocht snel haar plaats weer op. Het mollige lijfje sidderde tijdens het blaffen.
Nu vochtige zoengeluiden. De hond richtte haar blik op de bovenliggende keukenvloer, maar daar kwam het geluid niet vandaan. Een smakkend geluid, alsof iemand zat te eten. 'Kom, Precious! Kom dan, schatje.'
Op haar tenen, met gespitste oren, liep de hond de duisternis in. Slurp-slurp. 'Kom maar, lieverdje! Kom, Precious.'
De poedel kon het kippenbotje dat aan het hengsel van de emmer was gebonden, ruiken. Ze krabbelde jankend tegen de zijkant van de put.
Smak-smak-smak...
Het poedeltje sprong op het houten putdeksel. De geur kwam hier ergens vandaan, tussen die emmer en dat gat. Het hondje blafte tegen de emmer en jankte besluiteloos. Het kippenbotje bewoog bijna onmerkbaar.
De poedel legde haar kop tussen haar voorpoten en stak kwispelstaartend haar achterwerk in de lucht. Ze blafte twee keer, stortte zich toen naar voren en klemde het kippenbotje tussen haar kaken. Het leek alsof de emmer

probeerde het botje van het hondje af te pakken. De poedel gromde naar de emmer en zette zich schrap tegen het hengsel, het kippenbotje stevig tussen de tanden geklemd. Plotseling kwam er beweging in de emmer waardoor de poedel haar evenwicht verloor en omviel. Ze probeerde overeind te komen, maar de emmer duwde weer tegen haar aan en schoof het hondje langzaam mee. Een achterpoot en een bil zakten weg in het gat en ze krabbelde heftig met haar poten in het hout. De emmer zakte nu ook en kwam met het achterlijf van het hondje klem te zitten in het gat. Het poedeltje wist zich te bevrijden, waarop de emmer definitief door de opening verdween en het kippenbotje meenam naar beneden. Het hondje blafte woedend in het gat, geblaf dat luid doordrong tot onder in de schacht. Het volgende moment hield ze op met blaffen en luisterde met schuin geheven kop naar een geluid dat alleen zij kon horen. Even later sprong ze van het putdeksel en draafde de trap op, keffend toen boven een deur werd dichtgeslagen.
Catherines tranen stroomden heet over haar wangen en vielen op haar jumpsuit, waar ze de stof doorweekten en toen haar borsten verwarmden. Ze was ervan overtuigd dat ze nu zou sterven. Absoluut.

42

Crawford stond alleen in het midden van zijn studeerkamer, met zijn handen diep in zijn zakken gestoken. Hij stond daar van halfeen tot drie minuten over halfeen 's nachts, broedend op een idee. Toen verzond hij een telex naar het departement van Motorrijtuigen in Californië met een opsporingsverzoek voor de camper die Raspail volgens dr. Lecter in Californië had gekocht, de wagen die Raspail gebruikt had tijdens zijn romance met Klaus. Crawford verzocht Motorvoertuigen na te

gaan of er voor die wagen bekeuringen waren uitgeschreven aan anderen dan Benjamin Raspail.
Daarna ging hij met een klembord op de bank zitten en bedacht een uitdagende tekst voor een contactadvertentie in de grote dagbladen:

Stevig gebouwde, roomzachte passiebloem, 21, model, zoekt man die kwaliteit EN kwantiteit waardeert. Hand- en make-upmodel, je hebt me in de tijdschriften gezien. Nu wil ik jou graag zien. Stuur per omgaande je foto's.

Crawford bestudeerde de tekst een ogenblik, streepte 'stevig gebouwde' door en verving dat door 'mollige'. Zijn kin zakte op zijn borst en hij doezelde weg. Het groene scherm van de computer vormde minuscule vierkantjes in zijn brillenglazen. Nu kwam er beweging op het scherm, regels die langzaam omhoog kropen en werden weerkaatst in Crawfords bril. In zijn slaap schudde hij zijn hoofd alsof het beeld hem kietelde.
Het bericht luidde:

ONDERZOEK VAN LECTERS CEL DOOR MEMPHIS POX LEVERDE 2 VOORWERPEN OP:

1. GEÏMPROVISEERDE SLEUTEL VOOR HANDBOEIEN, VERVAARDIGD VAN BALPENBUISJE. INKERVINGEN DOOR MIDDEL VAN SCHUURWERK. BALTIMORE VERZOCHT CEL VAN DE INRICHTING TE ONDERZOEKEN OP SPOREN VAN FABRICAGE. GEVOLMACHTIGD DOOR COPLEY. ONDER AUSPICIËN VAN MEMPHIS.

2. VELLETJE POSTPAPIER IN TOILET, ACHTERGELATEN DOOR VOORTVLUCHTIGE. ORIGINEEL ONDERWEG NAAR WX AFDELING DOCUMENTATIE/LAB. GRAFIEK VAN HANDSCHRIFT VOLGT. GRAFIEK OOK NAAR LANGLEY, TER ATTENTIE VAN: BENSON – CRYPTOGRAFIE.

Toen de grafiek als een glurend iets onder op het beeldscherm verscheen en langzaam optrok naar boven, zag het er als volgt uit:

$C_{33}H_{36}$I L T O_6 N_4

De zachte dubbele pieptoon van het computerscherm was niet in staat Crawford wakker te maken, maar drie minuten later slaagde de telefoon daar wel in. Het was Jerry Burroughs, die de hotline van het nationaal informatiecentrum voor misdrijven bezette.
‘Kun je je beeldscherm zien, Jack?’
‘Momentje,’ zei Crawford. ‘Ja, oké.’
‘Het lab is er al uit, Jack. Het papier dat Lecter in de plee heeft achtergelaten. De cijfers tussen de letters in Chiltons naam... Dat is biochemie, $C_{33}H_{36}N_4O_6$ is de formule voor een pigment in menselijk gal, bilirubine genaamd. Volgens het lab is het een belangrijke kleuragens in stront.’
‘Gelul!’
‘Je had gelijk over Lecter, Jack. Hij heeft gewoon een spelletje met ze gespeeld. Spijtig voor senator Martin. Het lab zegt dat bilirubine bijna precies dezelfde kleur heeft als Chiltons haar. Gestichtshumor noemen ze dat. Heb je Chilton op het journaal van zes uur gezien?’
‘Nee.’
‘Marilyn Sutter heeft er boven naar gekeken. Chilton hield een opschepperig verhaal over “De speurtocht naar Billy Rubin”. Daarna ging hij uit eten met een televisieverslaggever. Hij zat te eten toen Lecter de benen nam. Wat een godvergeten klootzak!’
‘Lecter zei tegen Starling dat ze “in gedachten moest houden” dat Chilton geen medische graad heeft,’ merkte Crawford op.
‘Ja, dat heb ik in het verslag gelezen. Weet je wat ik denk? Dat Chilton heeft geprobeerd Starling te versie-

ren en dat ze hem op zijn nummer heeft gezet. Hij mag dan stom zijn, hij is niet blind. Hoe is het met die meid?'
'Goed, geloof ik. Maar uitgeput.'
'Denk je dat Lecter haar ook in de maling heeft genomen?'
'Misschien. We blijven er in ieder geval mee bezig. Ik weet niet wat de klinieken doen en kan de gedachte niet van me afzetten dat ik die dossiers via de rechter had moeten opeisen. Ik heb er een hekel aan om van die lui afhankelijk te zijn. Als ik morgenochtend om een uur of tien nog niets heb gehoord, ga ik het via de rechtbank spelen.'
'Zeg, Jack... De mensen die je op pad hebt gestuurd weten toch hoe Lecter eruitziet, hè?'
'Natuurlijk.'
'Het zou me niet verbazen als hij ergens in zijn vuistje staat te lachen.'
'Dat zal dan vast niet lang duren,' zei Crawford.

43

Dr. Hannibal Lecter stond voor de balie van het chique Marcus Hotel in St.-Louis. Hij droeg een bruine hoed en een hoog dichtgeknoopte regenjas. Een schoon verband bedekte zijn neus en wangen. Hij tekende het register onder de naam 'Lloyd Wyman', een handtekening die hij in Wymans auto had geoefend.
'Hoe betaalt u, meneer Wyman?' vroeg de receptionist.
'American Express.' Dr. Lecter overhandigde de man de creditcard van Lloyd Wyman.
Vanuit de lounge kwam zachte pianomuziek. Dr. Lecter ontwaarde aan de bar twee mensen met verband over hun neus. Een paar van middelbare leeftijd liep onder het neuriën van een Cole Porter-deuntje naar de liften. Het ene oog van de vrouw was bedekt met verbandgaas. De receptionist was intussen klaar met het bestuderen

van de creditcard. 'U weet toch dat u gebruik mag maken van de ziekenhuisgarage, meneer Wyman?'
'Ja, dank u,' antwoordde dr. Lecter. Hij had Wymans wagen al in de garage geparkeerd, met Wyman zelf in de kofferbak.
De piccolo die Wymans koffers naar de kleine suite bracht, kreeg als beloning een van Wymans vijfdollarbiljetten.
Dr. Lecter bestelde een drankje en een sandwich, waarna hij ontspanning zocht onder een uitgebreide douche. Na zijn langdurige gevangenschap had dr. Lecter het gevoel alsof de suite hem een zee van ruimte bood. Hij genoot ervan om zijn suite in en uit te lopen en in de vertrekken heen en weer te slenteren. Zijn ramen boden uitzicht op het Myron en Sadie Fleischer Paviljoen van het gemeenteziekenhuis van St.-Louis, een van 's werelds meest vooraanstaande instituten voor chirurgie op het gebied van schedel en gelaat.
Lecters gezicht stond te goed bekend om zich hier te laten behandelen door plastisch chirurgen, maar het was de enige plek ter wereld waar hij met zijn gezicht bedekt door verband kon rondlopen zonder opzien te baren. Hij was hier één keer eerder geweest, jaren geleden, toen hij psychiatrische research uitvoerde in de imposante Robert J. Brockman Memorial-bibliotheek.
Opwindend om een raam, meer dan één zelfs, te hebben. Hij ging in het donker voor zijn vensters staan en keek naar de lichten van de auto's die over de MacArthur Bridge reden, genietend van zijn drankje. Hij voelde zich aangenaam vermoeid na de vijf uur durende reis vanuit Memphis.
Het enige ongemak van de avond had zich voorgedaan in de ondergrondse parkeergarage van Memphis International Airport. Het was allesbehalve gerieflijk geweest om achter in de geparkeerde ambulance in de weer te zijn met watten, alcohol en gedistilleerd water om zichzelf weer toonbaar te maken. Maar toen hij eenmaal de

witte kleren van de broeder had aangetrokken, hoefde hij alleen nog maar op zoek te gaan naar een eenzame reiziger die zich ophield in een van de verlaten vakken waar voor een langere periode geparkeerd mocht worden. De man die hij vond, stond gebogen over de kofferruimte van zijn auto om een koffertje te pakken en zag niet dat dr. Lecter hem van achteren naderde.
Dr. Lecter vroeg zich af of de politie geloofde dat hij stom genoeg was om vandaar met een vliegtuig te vertrekken. Het enige probleem tijdens de rit naar St.-Louis was het vinden van de juiste knopjes voor de lichten en de ruitenwissers in de vreemde auto, vooral omdat dr. Lecter niet vertrouwd was met het moderne dashboard naast het stuur.
Morgen zou hij de noodzakelijke spullen gaan kopen: een blondeermiddel voor zijn haar, kappersbenodigdheden, een hoogtezon. En er waren nog meer preparaten die hij moest bemachtigen om radicale veranderingen in zijn uiterlijk aan te brengen. Zodra het moment gunstig was, zou hij doorreizen. Er was geen reden om zich te haasten.

44

Ardelia Mapp zat met een boek rechtop tegen de kussens, haar gebruikelijke houding wanneer ze in bed aan het studeren was. Ze luisterde naar de nieuwszender op de radio maar draaide de knop om toen Starling binnenkwam. Bij het zien van Starlings vermoeide gezicht was ze zo verstandig om niets anders te vragen dan: 'Wil je thee?'
Als ze aan het studeren was, dronk Mapp een drankje dat ze brouwde van een mengsel gedroogde bladeren die haar grootmoeder haar toestuurde en waaraan ze de naam 'thee voor intelligente mensen' had meegegeven. Van de twee meest intelligente mensen die Starling ken-

de, was de ene tevens de betrouwbaarste en de andere de meest angstwekkende. Starling hoopte dat dit feit voor een zeker evenwicht in haar kennissenkring zorgde.
'Je bofte dat je er vandaag niet was,' zei Mapp. 'Die verwenste Kim Won heeft ons echt afgeknepen. Ik overdrijf niet. Als je het mij vraagt, hebben ze hier een luizenbaantje na Korea. Ik bedoel, daar werkten ze met zwaar geschut en hier hoeven ze alleen maar les te geven in lichamelijke opvoeding. Een makkie voor ze...! John Brigham is nog even geweest.'
'Wanneer?'
'Vanavond, nog niet zo lang geleden. Wilde weten of je al terug was. Zijn haar plakte tegen zijn hoofd van de gel en hij stond hier te draaien als een verlegen eerstejaars. We hebben een tijdje gebabbeld. Hij zei dat als je een achterstand hebt en we je tijdens de schietlessen van de komende dagen maar liever moeten bijspijkeren, hij wel bereid is om de schietbaan in het weekend voor ons open te stellen om de verloren tijd in te halen. Ik heb gezegd dat ik hem dat nog wel zal laten weten. Hij is een aardige vent.'
'Ja, dat is hij.'
'Wist je dat hij jou tijdens de onderlinge dienstwedstrijden wil laten schieten tegen de lui van het informatiecentrum voor drugs en van de douanedienst?'
'Nee.'
'Niet bij de vrouwen, maar in de open competitie. Volgende vraag: ken je de stof voor het tentamen over het vierde amendement op vrijdag?'
'Grotendeels wel.'
'Oké, wat betekent *Chimel versus Californië*?'
'Grondig onderzoek op middelbare scholen.'
'Wat houdt onderzoek op scholen precies in?'
'Weet ik niet.'
'Het gaat daarbij om "direct contact". Wie was *Schneckloth*?'
'Jezus, dat weet ik niet!'

'Schneckloth versus Bustamonte.'
'Gaat dit over de mogelijkheid tot geheimhouding?'
'Schaam je! Mogelijkheid tot geheimhouding is het Katz-principe. *Schneckloth* is toestemming tot huiszoeking. Ik heb al in de gaten dat jij zal moeten blokken, meisje. Ik heb de aantekeningen.'
'Niet vanavond.'
'Nee. Maar morgen is er weer een dag, dan heb je je hoofd er wel bij. Dan zaaien we wat vrijdag geoogst moet worden. Starling, Brigham zei dat je aan die hoorzitting zult ontkomen. Hij mocht het niet zeggen, dus ik heb hem beloofd mijn mond erover te houden. Het is maar dat je het weet. Hij denkt dat die arrogante klootzak Krendler over twee dagen niet eens meer weet wie je bent. Je cijfers zijn goed en deze stof stampen we er gemakkelijk in.' Mapp wierp een onderzoekende blik op Starlings vermoeide gezicht. 'Je hebt alles voor dat arme kind gedaan wat menselijkerwijs mogelijk is, Starling. Je hebt je nek voor haar uitgestoken, je hebt je voor haar uitgesloofd en je hebt het voor je kiezen gekregen. Nu verdien je zelf een kans. Waarom ga je niet eerst lekker pitten? Ik stop nu ook met studeren.'
'Bedankt, Ardelia.'
En toen de lichten uit waren: 'Starling?'
'Ja?'
'Wie vind jij knapper: Brigham of hitsige Bobby Lowrance?'
'Een moeilijke vraag.'
'Brigham heeft een tatoeage op zijn schouder. Ik kon die door zijn shirt heen zien. Wat is het voor een tatoeage?'
'Geen idee.'
'Als je het weet, zul je het me dan vertellen?'
'Waarschijnlijk niet.'
'Ik heb jou ook verteld over de onderbroek van hitsige Bobby. Die met de pythons.'
'Die heb je alleen maar door het raam gezien, toen hij

bezig was met gewichtheffen.'
'Heeft Gracie je dat verteld? Dat kind moet haar tong...'
Starling sliep.

45

Crawford, die naast zijn vrouw lag te doezelen, werd tegen drie uur 's nachts wakker. Bella's ademhaling stokte even en ze bewoog zich in haar bed.
Hij ging rechtop zitten en pakte haar hand. 'Bella?'
Ze ademde diep in en blies de lucht weer uit. Haar ogen waren voor het eerst sinds dagen open. Crawford bracht zijn gezicht dicht bij het hare, maar hij dacht niet dat ze hem kon zien.
'Bella, ik hou van je, meisje,' zei hij voor het geval ze hem kon horen.
Angst welde in hem op en leek in zijn borst rond te cirkelen als een vleermuis in een kamer. Na enige tijd wist hij het gevoel de baas te worden. Hij wilde iets, wat dan ook, voor haar doen, maar ze mocht niet voelen dat hij haar hand losliet.
Hij legde zijn oor op haar borst. Hij hoorde een zacht getik, een trilling, en toen hield haar hart op met kloppen. Er was niets anders meer te horen dan een merkwaardig, rustig geruis. Hij wist niet of dat geluid uit haar borst kwam of alleen in zijn oren aanwezig was. 'God zegen je. Laat Hij je bij Zich houden... en bij je familie,' zei Crawford. Het waren woorden die hij oprecht meende.
Steunend tegen het hoofdeinde van het bed nam hij haar in zijn armen en hield haar tegen zijn borst terwijl haar hersenen afstierven. Met zijn kin schoof hij de sjaal van de schaarse haren die haar restten. Hij huilde niet. Dat had hij allemaal al gehad.
Crawford kleedde haar in haar lievelingsnachtjapon en bleef toen een tijdje naast het hoge bed zitten, met haar

hand tegen zijn wang gedrukt. Het was een brede werkhand, getekend door een leven van tuinieren en nu door prikken van infuusnaalden.
Vroeger roken haar handen naar tijm als ze in de tuin had gewerkt.
'Zie het maar als eiwit op je vingers,' hadden de meisjes op school haar vroeger aangeraden wat sex aanging. Zij en Crawford hadden er in bed om gelachen, jaren geleden, jaren later, vorig jaar... Niet aan denken. Denk aan de goede dingen, de zuivere dingen. Dit was zuiver. Ze droeg een ronde hoed en witte handschoenen, en toen ze voor het eerst met de lift naar boven gingen, floot hij een theatrale bewerking van 'Begin the Beguine'. In de kamer plaagde ze hem dat hij net zoveel troep in zijn zakken had als een schooljongen.
Crawford liep naar de aangrenzende kamer. Als hij dat wilde, kon hij zich daar omdraaien en haar door de openstaande deur zien, rustend in de warme gloed van de nachtlamp. Hij wachtte tot haar lichaam een ceremonieel voorwerp zou worden, een voorwerp waarvan hij losstond, los van de persoon die hij op het bed in zijn armen had gehouden en los van de levenskameraad die hij nu in zijn gedachten hield. Dat zou het moment zijn waarop hij de telefoon kon pakken en zeggen dat ze haar mochten komen halen.
Met zijn lege handen langs zijn lichaam, de palmen naar voren gericht, stond hij bij het raam en staarde naar het lege oosten. Hij keek niet uit naar de zonsopgang. Hij keek alleen naar het oosten omdat het raam daarop was gericht.

46

'Klaar, Precious?'
Jame Gumb zat rechtop en uiterst comfortabel tegen de kussens aan het hoofdeinde van zijn bed geleund. Het

hondje lag opgerold en warm op zijn buik.
Gumb had zojuist zijn haar gewassen en een handdoek om zijn hoofd gewikkeld. Zijn hand tastte tussen de lakens, vond de afstandsbediening van zijn VCR en drukte de speelknop in. Hij had zijn programma samengesteld uit twee opnamen die hij op één videocassette had gekopieerd. Hij bekeek de beelden iedere dag wanneer hij bezig was met belangrijke voorbereidingen, en hij bekeek ze altijd wanneer hij op het punt stond een huid te oogsten.
De eerste band bestond uit streperig filmmateriaal van Movietone News, een zwart-wit bioscoopjournaal uit 1948. Het waren de kwartfinales van de Miss Sacramento-verkiezingen, een selectie op de lange weg naar het Miss Amerika-spektakel in Atlantic City. Dit was de badpakkenronde. Alle meisjes hadden bloemen bij zich toen ze in een rij naar het trapje liepen en het podium betraden.
Gumbs poedeltje had dit al vele malen gezien en ze kneep haar ogen een beetje dicht toen ze de muziek hoorde, wetend dat hij haar zou knijpen.
De mooie deelneemsters zagen er echt uit als in de tijd van de Tweede Wereldoorlog. Ze droegen een Rose Marie Reid-badpak en sommigen hadden een beeldschoon gezicht. Hun benen waren ook mooi gevormd, van enkelen tenminste, maar er waren geen spieren te zien en het leek alsof ze bij de knieën iets lubberden.
Gumb kneep de poedel.
'Daar komt ze, Precious! Daar komt ze daarkomtze!'
En daar kwam ze, in haar witte badpak op weg naar de trap, met een stralende glimlach voor de jongeman die haar assisteerde, snelde toen op haar hoge hakken weg terwijl de camera de achterkant van haar dijen volgde. Mama! Daar was mama.
Gumb hoefde geen gebruik te maken van zijn afstandsbediening. Hij had alles al ingevoerd toen hij deze kopie samenstelde. De beelden gingen achteruit. Daar

kwam ze weer, achteruit de trap af; nu nam ze haar glimlach terug van de jongeman, achteruit het gangpad op, toen weer naar voren, en naar achteren en opnieuw naar voren, achteruit en naar voren.

Toen ze tegen de jongeman glimlachte, glimlachte Gumb ook.

Er was nog één opname van haar in een groep, maar dat beeld werd altijd vaag als hij het bevroor. Hij kon het maar beter snel doordraaien en genoegen nemen met de vage glimp. Mama stond bij de andere meisjes en feliciteerde de winnaressen.

Het volgende onderwerp had hij opgenomen van de kabeltelevisie in een motel in Chicago. Hij was er toen op uitgegaan om een videorecorder te kopen en had een nacht extra moeten blijven om de beelden te kunnen opnemen. Dit was de kaderfilm die tweederangs kabelstations 's avonds laat uitzenden als achtergrond voor de sexreclame die dan op het scherm verscheen. De fragmenten werden vervaardigd van waardeloos filmmateriaal, onschuldig pikante beelden uit de jaren veertig en vijftig: er werd volleybal gespeeld in een nudistenkamp, terwijl sexfilms uit de jaren dertig weinig onthullende fragmenten toonden en beelden lieten zien van mannelijke acteurs die een valse neus droegen en hun sokken nog aanhadden. Het geluid bestond uit willekeurige muziek. Op dit moment klonk 'The Look of Love', volkomen tegenstrijdig met de dartele activiteiten.

Gumb kon niets tegen de reclamespots doen die over het beeldscherm kropen. Hij moest ze nu eenmaal dulden.

Daar was het, een openluchtzwembad, in Californië, te oordelen naar het omringende loof. Mooie terrasmeubels, alles typerend voor de jaren vijftig. Er werd naakt gezwommen. Bevallige meisjes. Een paar van hen hadden misschien in enkele B-films gespeeld. Ze klommen dartel en energiek uit het bad en renden, veel sneller dan de muziek, naar de trap van een waterglijbaan, klauterden naar boven en... hup, naar beneden. Joepie! Borsten

zwiepten omhoog toen ze lachend en met gestrekte benen naar beneden gleden. Plons!
Daar kwam mama. Daar kwam ze. Ze klom uit het bad, achter het meisje met het krullende haar. Haar gezicht ging gedeeltelijk schuil achter een smerige advertentie van Sinderella, een sexboetiek, maar hier zag je haar weglopen en daar beklom ze de trap, haar lichaam nat en glanzend, verrukkelijk wulps en soepel, met een klein litteken van een keizersnee. Nu ging ze de glijbaan af... Joepie! Schitterend! Ook al kon Gumb haar gezicht niet zien, hij wist in zijn hart dat het mama was, gefilmd na de laatste keer in zijn leven dat hij haar ooit te zien had gekregen. Behalve dan in zijn gedachten natuurlijk.
Het beeld ging over in een gefilmde reclamespot van een huwelijksbureau en eindigde abrupt. De poedel kneep haar ogen twee keer samen voordat Gumb haar stevig tegen zich aandrukte.
'O, Precious, kom maar bij mammie. Mammie wordt zoooo mooi.' Veel te doen, veel te doen, veel te doen om alles klaar te maken voor morgen.
Hij kon het goddank niet in de keuken horen, zelfs niet als het de longen uit het lijf schreeuwde. Maar hij kon het wel op de keldertrap horen toen hij naar beneden ging. Hij had gehoopt dat het stil zou zijn en zou slapen. De poedel, bekneld onder zijn arm, gromde in antwoord op de geluiden uit de schacht.
'Jij bent veel beter opgevoed, hè,' sprak hij in de vacht op de achterkant van haar kop.
Een deur links onder aan de trap gaf toegang tot de onderaardse kerker. Hij keurde het geen blik waardig en luisterde ook niet naar de woorden uit de schacht, die wat hem betrof geen enkele betekenis hadden.
Jame Gumb liep regelrecht door naar de werkruimte, zette de poedel op de grond en knipte de lichten aan. Een paar vlinders fladderden en streken veilig neer op het gaas dat de plafondlampen afschermde.
Gumb was overdreven precies in zijn werkkamer. Hij

mengde zijn nieuwe oplossingen altijd in roestvrij staal, nooit in aluminium. Hij had zich aangewend voor alles ruim de tijd te nemen. Wanneer hij aan het werk was, spoorde hij zichzelf altijd aan: Je moet netjes zijn, je moet nauwkeurig werken, je moet al je vaardigheid gebruiken, want de problemen zijn enorm.

De menselijke huid is zwaar – zestien tot achttien procent van het lichaamsgewicht – en glibberig. Een hele huid is moeilijk te hanteren en glijdt gemakkelijk uit je handen als hij nog nat is. Tijd is ook belangrijk. Huid gaat krimpen zodra die is geoogst, vooral de huid van jonge volwassenen, die aanvankelijk het strakst zit. Daar komt nog bij dat de huid niet mooi elastisch is, zelfs niet bij jongeren. Als je de huid rekt, keert die nooit terug in zijn oorspronkelijke proporties. Naai je iets volmaakt glad en trek je het vervolgens te ruw over een kleermakersmal, dan gaat het opbollen en rimpelen. Dan schiet je er niets mee op om huilend achter de machine te blijven zitten – daar zal geen rimpel mee verdwijnen. En dan waren er de coupenaden, en je moest precies weten waar die hoorden te zitten. Huid rekt niet in alle richtingen in dezelfde mate mee. Voor je het weet ruk je collageenbundels los en gaan de vezels scheuren. Trek je de verkeerde kant op, dan krijg je een lelijke rekplooi.

Het is gewoon onmogelijk om met jeugdig materiaal te werken. Gumb had daar veel mee geëxperimenteerd en er vaak teleurstellingen bij moeten verwerken voordat hij de juiste methode vond. Uiteindelijk kwam hij tot de conclusie dat de oude procedures de beste waren.

Hij ging als volgt te werk: eerst weekte hij zijn materiaal in de aquaria, in plantaardige extracten die door de indianen waren ontwikkeld en waren samengesteld uit natuurlijke ingrediënten zonder enig spoor van minerale zouten. Vervolgens bediende hij zich van de methode die het weergaloze boterzachte bukskin van de Nieuwe Wereld produceerde: klassieke hersenlooiing. De india-

nen geloofden dat elk dier precies voldoende hersens bezat om het eigen vel te looien. Gumb wist dat dit niet waar was en had al lang zijn pogingen daartoe gestaakt, zelfs met de primaat die over de grootste hersens beschikte. Hij had inmiddels een vrieskast vol runderhersens, dus hij kwam nooit te kort.
De problemen die zich voordeden bij de bewerking van het materiaal kon hij wel aan. Met veel oefening was hij dicht bij perfectie gekomen. Er waren nog altijd lastige problemen van structurele aard, maar hij beschikte over meer dan voldoende capaciteiten om ook die op te lossen.
De werkkamer stond in verbinding met een keldergang die leidde naar een niet meer gebruikte badkamer waar Gumb zijn takelgerei en tijdmeter bewaarde. Via diezelfde gang kon je het atelier en de uitgestrekte donkere doolhof erachter bereiken.
Hij opende de deur naar zijn atelier, zodat helder licht naar buiten stroomde. Aan de balken van het plafond waren schijnwerpers en tl-buizen bevestigd die het daglicht moesten vervangen. Op een verhoogde vloer van blank gebeitst eikenhout stonden etalagepoppen opgesteld. Ze waren allemaal gedeeltelijk gekleed, sommige in leer en andere in mousselinen ontwerpen voor leren kledingstukken. Er waren acht poppen, een aantal dat werd verdubbeld door de twee spiegelwanden. Let wel, geen tegels, maar goede spiegelplaten. Op een toilettafel stonden cosmetica en verscheidene pruikenkoppen met pruiken. Dit was het lichtste atelier dat hij zich maar kon wensen, een en al wit en blank eiken.
De etalagepoppen droegen gedeeltelijk voltooide kopieën van originele modekleding – voornamelijk van Armani – die waren vervaardigd van fijn zwart cabretleder, alles uitgevoerd met rolnaden, kopmouwen en borstplaten.
De derde wand werd in beslag genomen door een grote werktafel, twee bedrijfsnaaimachines, twee kleerma-

kerspoppen en een mal die naar Gumbs eigen torso was gevormd.
Tegen de vierde wand stond een grote in Chinese stijl zwartgelakte kast die bijna tot aan het tweeëneenhalve meter hoge plafond reikte en het lichte vertrek domineerde. De kast was oud en de patronen erop waren vervaagd. Op de plaats waar ooit een draak was afgebeeld, restten nog maar enkele gouden schubben, maar het witte oog van het monster was intact gebleven en staarde duidelijk zichtbaar voor zich uit. Van een andere draak was alleen nog de rode tong te zien, maar van deze was het lijf vervaagd. Het lakwerk eronder was gebarsten maar niet afgebrokkeld. De immens grote en diepe kast stond los van de bedrijfsvoering en bevatte alleen de Speciale Spullen, op mallen en hangers. De deuren van de kast waren gesloten.
Het hondje lebberde uit haar waterbak in de hoek en ging toen tussen de voeten van een etalagepop liggen, vanwaar ze Gumb met haar ogen volgde.
Hij had aan een leren jasje zitten werken en moest dat afmaken. Hij had alles willen opruimen, maar hij was in een creatieve stemming en hij was nog niet tevreden over zijn eigen mousselinen maatkleding. Gumb was in het kleermakersvak veel verder gevorderd dan wat de strafinrichting voor jeugdige delinquenten hem vroeger had geleerd, maar dit was pas een ware uitdaging. Zelfs het werken met fijn cabretleder bereidt je niet voor op het écht fijne werk.
Hier had hij twee mousselinen maatstukken in de vorm van witte vesten; een ervan had precies zijn maat en het andere had hij gemaakt aan de hand van de maten die hij van Catherine Baker Martin had genomen toen ze nog buiten bewustzijn was. Wanneer hij het kleinere vest over zijn eigen pasvorm trok, waren de problemen duidelijk zichtbaar. Ze was een grote vrouw en verrukkelijk geproportioneerd, maar ze was niet zo groot als Jame Gumb en ze had zeker niet zo'n brede rug als hij.

Zijn ideaal was een naadloos kledingstuk, maar dat was niet mogelijk. Toch was hij vastbesloten om de voorkant van het lijfje volkomen naadloos en zonder onvolkomenheden te maken. Dat betekende dat alle figuurcorrecties aan de achterkant moesten worden uitgevoerd. Heel moeilijk! Hij had al één mousselinen werkstuk weggegooid en was opnieuw begonnen. Met uiterst voorzichtig rekwerk kon hij twee coupenaden ter hoogte van de oksels maken, geen Franse naden maar verticale inzetnaden die taps naar beneden liepen. Twee taillenaden konden eveneens op de rug worden aangebracht, precies ter hoogte van zijn nieren. Hij was gewend met slechts een heel kleine naadtoeslag te werken.
Zijn beweegredenen golden niet zozeer de visuele aspecten maar de tastbare. Het was niet ondenkbaar dat een aantrekkelijk persoon omhelsd zou worden.
Gumb strooide een beetje talkpoeder op zijn handen en sloeg met een ongedwongen, ontspannen gebaar zijn armen om het kleermakersmodel van zijn eigen torso.
'Geef me een zoen,' zei hij schalks tegen de leemte waar het hoofd zou moeten zijn. 'Jij niet, malle!' sprak hij tot het hondje toen dat haar oren spitste.
Gumb streelde de rug van het model binnen het normale bereik van zijn armen en liep er vervolgens omheen om de poederafdrukken te bekijken. Niemand wilde een naad voelen. Maar in een omhelzing ontmoetten de handen elkaar op het midden van de rug. Bovendien, zo redeneerde hij, zijn we eraan gewend om op het midden een ruggengraat te voelen. Dat valt minder op dan een asymmetrie in ons lichaam. Schoudernaden waren dan ook absoluut uit den boze. De oplossing daarvoor was een coupenaad in het midden, helemaal bovenaan, die boven het midden van de schouderbladen net taps moest toelopen. Met diezelfde naad kon hij het zware schouderstuk, dat als extra versteviging in de voering werd genaaid, vastmaken. Lycra inzetstukken onder splitten aan weerskanten – hij moest niet vergeten de ly-

cra te kopen – en een Velcro-sluiting onder het split aan de rechterkant. Hij dacht aan de prachtige japonnen van Charles James, waarvan de naden versprongen zodat ze volmaakt glad waren. De achternaad zou door zijn haar worden bedekt. Of liever gezegd: door het haar dat hij binnenkort zou hebben.

Gumb schoof de mousseline van de pasvorm en ging aan de slag. De naaimachine was oud en van goede makelij, een sierlijke trapmachine die een jaar of veertig geleden was omgebouwd tot een elektrische naaimachine. Op de arm stond in krulletters van bladgoud 'Ik word nooit moe, ik dien'. Het voetpedaal werkte nog en daarmee bracht Gumb de machine bij iedere serie stiksels die hij maakte in beweging. Bij het fijnere stikwerk gebruikte hij het liefst zijn blote voet, waarbij hij het trappedaal voorzichtig op en neer bewoog en zijn vlezige voet zodanig plaatste dat de tenen met de gelakte nagels over de voorrand grepen om te voorkomen dat hij te ver doorstikte. Een tijdlang was er niets anders te horen dan de geluiden van de naaimachine, het gesnurk van het hondje en het gesis van de stoompijpen in de warme kelder. Toen Gumb de coupenaden in het mousselinen model had aangebracht, ging hij voor de spiegels staan om het te passen. De poedel keek vanuit de hoek toe, haar kop een beetje schuin geheven. Hij moest het onder de oksels een beetje ruimer maken. En er waren ook nog een paar problemen met het beleg en het tussenbeleg. Voor het overige was het prachtig. Het was soepel, plooibaar, levendig. Hij zag zichzelf al de trap van een waterglijbaan beklimmen, zo snel als hij maar zou willen.

Gumb speelde met de lichten en zijn pruiken om indrukwekkende effecten te bereiken. Hij deed een schitterende schelpenketting om zijn hals, nauwsluitend op de plaats van de kraag. Het sieraad zou oogverblindend zijn als hij een japon met een decolleté of een harempakje over zijn nieuwe thorax droeg. Het was zo verleidelijk er nu mee door te gaan en echt actief te worden.

Maar zijn ogen waren moe en hij wilde ook dat zijn handen volkomen vast waren. Nee, hij was nu niet in de stemming voor die herrie. Geduldig haalde hij de steken uit en spreidde de panden. Een volmaakt patroon om langs te snijden.
'Morgen, Precious,' zei hij tegen het hondje terwijl hij de runderhersens te voorschijn haalde om te laten ontdooien. 'We gaan het mooooooooorgen doen, morgenochtend vroeg. O, wat zal mammie móói worden!'

47

Starling had vijf uur lang vast geslapen toen ze in het holst van de nacht midden in een angstdroom ontwaakte. Ze beet op de punt van haar laken en drukte haar handen tegen haar oren, wachtend tot ze zeker wist dat ze wakker was en niet bang hoefde te zijn. Stilte, geen schreeuwende lammeren. Haar hart kwam tot bedaren toen ze besefte dat ze werkelijk wakker was, maar onder de dekens bleven haar voeten in beweging. Ze wist dat haar gedachten elk moment op hol konden slaan.
Het was een opluchting toen niet angst maar een vlaag van intense woede door haar heen flitste.
'Waanzin!' zei ze en ze stak een voet buiten het bed.
Van die eindeloos lange dag, waarop ze door Chilton buiten spel was gezet, door senator Martin was beledigd, door Krendler in de kou was gezet en berispt, door dr. Lecter was bespot en door diens ontsnapping was geschokt, en door Jack Crawford van haar taak was ontheven, stak één ding haar nog het meest: dat ze voor dievegge was uitgemaakt.
Senator Martin was een moeder die het buitengewoon zwaar te verduren had en het niet langer kon aanzien dat politiemensen tussen de spullen van haar dochter snuffelden. Ze had het niet zo bedoeld, maar de be-

schuldiging stak Starling niettemin als een hete naald.
Als klein kind had Starling geleerd dat diefstal, na verkrachting en moord omwille van geld, het goedkoopste en verachtelijkste was wat een mens kon doen. In sommige gevallen was doodslag eerder goed te praten dan diefstal. Als een kind dat verbleef in tehuizen waar weinig extra's en veel verlangens waren, had ze geleerd de pest te krijgen aan dieven.
Liggend in de duisternis werd ze geconfronteerd met nog een reden waarom senator Martins verdenking haar zo dwarszat. Starling wist wat de boosaardige dr. Lecter zou zeggen, en het was waar: ze was bang dat senator Martin een armoedzaaier in haar zag, iemand die iets goedkoops en onbetrouwbaars had, dat de senator daarop had gereageerd. Die precieuze trut!
Dr. Lecter zou er met leedvermaak op wijzen dat ook klassehaat, de verborgen nijd die met de moedermelk naar binnen stroomt, een factor was die meespeelde. Hoewel Starling voor geen enkele Martin onderdeed qua opleiding, intelligentie, doorzettingsvermogen en uiterlijk – zeker niet als het om dat laatste ging – speelde die factor toch mee en Starling was zich daarvan bewust.
Starling was alleen op de wereld, stammend uit een eenvoudig geslacht waarvan de naam alleen op immigratiepapieren en in het strafregister terug te vinden was. Onteigend in Schotland, door uithongering gedwongen Ierland te verlaten, waren velen van hen gedwongen tot gevaarlijk werk. Zodoende hadden veel leden van het geslacht Starling zich kapot gewerkt, ze hadden in nauwe schuttersputjes gebaggerd, waren met een stevig stuk in hun kraag van hun britsen gegleden of hadden te verstaan gekregen dat ze blij mochten zijn met hun kapotte leren beenkappen tegen de kou op momenten dat iedereen gewoon naar huis wilde. Slechts enkelen hadden zich onderscheiden en werden tijdens regimentsavondjes in de mess luidruchtig geprezen door de officieren, min

of meer zoals een man onder invloed van alcohol zich een goede jachthond herinnert. Verbleekte namen in een bijbel.
Voor zover Starling kon nagaan, was geen van hen bijster snugger geweest, met uitzondering van een oudtante die prachtige stukken schreef in haar dagboek tot ze werd getroffen door 'hersenkoorts'. Maar stelen deden ze niet!
In Amerika draaide alles om opleiding, nietwaar, en de Starlings waren dat gaandeweg gaan beseffen. Een van Starlings ooms had op zijn grafsteen laten vermelden dat hij 'een gestudeerd man' was geweest.
In de jaren dat er nergens anders plaats voor haar was geweest had Starling al haar aandacht gewijd aan school en had ze met zo hoog mogelijke cijfers haar examens gehaald teneinde hogerop te komen. Ze wist dat ze zich aan haar afkomst kon ontworstelen. Ze kon zijn wat ze altijd was geweest sinds ze had geleerd hoe het werkt: ze kon zich onder de besten van de klas scharen, erbij horen, door de selectie heen komen, mogen blijven. Het was een kwestie van hard werken en goed opletten. Ze zorgde dat ze goede cijfers haalde. De Koreaan kon haar niet kleinkrijgen tijdens de lessen lichamelijke opvoeding. Haar naam zou gegraveerd staan op de grote gedenkplaat in de hal, het 'Schild van de Topscorers', voor bijzondere prestaties op de schietbaan. Over vier weken zou ze een speciaal agente van de FBI zijn.
Zou ze gedurende de rest van haar leven moeten oppassen voor die vervloekte Krendler? In het bijzijn van de senator had hij doen voorkomen dat Starling zonder zijn medeweten haar boekje te buiten was gegaan. Dat stak haar, telkens wanneer ze eraan dacht. Hij was er niet van overtuigd dat hij bewijsmateriaal zou aantreffen in die envelop. Dat was stuitend. Nu ze zich Krendlers beeld voor de geest haalde, zag ze dat hij dezelfde marineschoenen droeg als de chef van haar vader, de burgemeester die de prikklok had opgehaald.

Tot overmaat van ramp was Jack Crawford in haar achting gedaald. De man stond onder meer druk dan enig mens verdiende, maar hij had haar zonder de ruggensteun van een officiële opdracht op Raspails wagen afgestuurd. Nou goed, ze had gevraagd om onder die voorwaarden te mogen gaan en de problemen waren niet voorzien. Maar Crawford moest geweten hebben dat er moeilijkheden zouden ontstaan wanneer senator Martin haar in Memphis zag; die zouden zelfs zijn ontstaan als ze niet die verdomde foto's had gevonden.

Catherine Baker Martin lag in deze zelfde duisternis die nu haar omhulde. Starling had dat een ogenblik vergeten toen ze aan haar eigen belangen had gedacht. Beelden uit de afgelopen dagen straften Starling voor de dwaling en doken onverwacht levendig en fel voor haar ogen op. Te fel, verbijsterend fel, zoals een bliksemflits de duisternis doorklieft.
Nu was het Kimberly die haar achtervolgde. Mollige, dode Kimberly die gaatjes in haar oren had laten prikken om er mooi uit te zien en die met haar zuurverdiende geld haar benen had laten ontharen. Kimberly, die geen haren meer had. Kimberly, haar zuster. Starling dacht niet dat Catherine Baker Martin veel met Kimberly op zou hebben. Nu opeens hadden ze erg veel gemeen. Kimberly, die in een uitvaartcentrum vol agenten van de staatspolitie lag... Starling kon het niet langer aanzien. Ze draaide haar gezicht opzij zoals een zwemmer dat doet om lucht te happen.
Alle slachtoffers van Buffalo Bill waren vrouwen geweest. Vrouwen vormden zijn obsessie en zijn leven bestond uit de jacht op vrouwen. Geen enkele vrouw jaagde onafgebroken op hém. Geen enkele vrouwelijke speurder had elk van zijn misdaden onderzocht.
Starling vroeg zich af of Crawford het lef zou hebben haar als deskundige te gebruiken als hij Catherine Martin moest gaan bekijken. Volgens Crawfords voorspel-

ling zou Bill haar morgen 'doen'. *Haar doen. Haar doen, haar doen...*
'Dat zou je wel willen!' zei Starling luid en ze zette haar voeten op de grond.
'Je bent daar een of andere idioot aan het verleiden, hè, Starling?' klonk de stem van Ardelia Mapp. 'Je hebt hem stiekem naar binnen gesmokkeld terwijl ik lag te slapen en nu zit je hem te plagen. Ik hoor je heus wel.'
'Sorry, Ardelia, het was niet...'
'Je zult veel duidelijker moeten zijn, Starling. Wat je zojuist zei, is niet voldoende. Als je bij idioten iets wilt bereiken, moet je je opstellen als een journalist en hun het *Wat, Wanneer, Waar* en *Hoe* vertellen. Het *Waarom* komt dan vanzelf wel.'
'Heb jij nog vuile was?'
'Hoorde ik je vragen of ik nog vuile was heb?'
'Ja. Ik geloof dat ik maar even een was ga draaien. Wat heb je?'
'Alleen die blouses daar aan de deur.'
'Oké. Hou je ogen dicht. Ik doe heel even het licht aan.'
Het waren niet de aantekeningen over het vierde amendement voor haar naderende examen die ze boven op de mand met wasgoed legde en meenam naar de wasruimte. Wél het dossier over Buffalo Bill, een tien centimeter dikke stapel van ellende en verderf in een vaalgele map met een opschrift van inkt in de kleur van bloed. Het ging vergezeld van een kersverse uitdraai van haar rapport over de doodshoofdvlinder.
Ze zou het dossier morgen moeten teruggeven en als ze het compleet wilde maken, zou ze vroeg of laat haar rapport moeten bijsluiten. In de warme wasruimte, begeleid door het vertroostende geronk van de wasmachines, verwijderde ze de brede elastieken die het dossier bijeenhielden. Ze spreidde de documenten uit op de plank voor het schone wasgoed en probeerde haar rapport in te lassen zonder naar de foto's te kijken en niet te denken aan de foto's die er binnenkort misschien aan werden toe-

gevoegd. De landkaart lag bovenop. Dat kwam goed uit. Maar er was iets op geschreven. Het sierlijke handschrift van dr. Lecter verspreidde zich over de Great Lakes. Er stond:

> Clarice, gaat deze willekeurige spreiding van lokaties je te ver? Komt het niet over als hopeloze willekeur? Willekeur die nergens op slaat? Doet dit je denken aan de ontboezemingen van een slechte leugenaar?
> Dank,
> Hannibal Lecter
> P.S. Doe geen moeite om verder te zoeken. Dit is alles.

Het kostte haar twintig minuten om alle pagina's door te bladeren en zich ervan te overtuigen dat dit ook echt alles was.
Via de munttelefoon in de gang nam Starling contact op met de hotline en las ze Burroughs het bericht door. Ze vroeg zich af wanneer Burroughs sliep.
'Ik moet je bekennen, Starling, dat de vraag naar informatie over Lecter afneemt,' zei Burroughs. 'Heeft Jack je nog gebeld over Billy Rubin?'
'Nee.'
Ze leunde met gesloten ogen tegen de muur terwijl hij beschreef hoe Lecter iedereen voor de gek had gehouden.
'Ik weet het niet,' zei hij ten slotte. 'Jack zegt dat ze verder kijken bij de klinieken voor geslachtsverandering, maar hoe intensief? Als je de gegevens in de computer bekijkt en ziet hoe de informatie vanuit het veld zich heeft gevormd, zul je zien dat bij alle Lecter-informatie, die van jou en het materiaal van Memphis, een speciaal symbooltje staat. Alle gegevens van Baltimore of die van Memphis of beide kunnen in één klap eruit gegooid worden. Ik denk dat Justitie al dat materiaal buiten be-

schouwing wil laten. Ik heb hier een memo ontvangen waarin wordt gesuggereerd dat het insect in Klaus' keel... eens even kijken... "per ongeluk ingeslikt" was.'

'Maar dit geeft u toch wel door aan meneer Crawford?' vroeg Starling.

'Natuurlijk, ik zal het op zijn scherm zetten. Maar op dit moment vallen we hem niet lastig. En jij kunt hem ook maar beter met rust laten. Bella is vannacht gestorven.'

'O,' zei Starling.

'Luister... Houd de moed erin. Onze jongens in Baltimore hebben een kijkje genomen in Lecters cel, in de inrichting. Die bewaker, Barney, heeft een handje geholpen. Ze hebben kopergruis bij een moer in Lecters brits gevonden. Daar heeft hij dus zijn sleutel voor de handboeien gemaakt. Hou vol, meisje! Na afloop hiervan zit je op rozen.'

'Dank u, meneer Burroughs. Goedenacht.'

Op rozen... mèt de geur van Vicks VapoRub in haar neus.

De dageraad brak aan. De dageraad van de laatste dag van Catherines leven.

Wat kon dr. Lecter bedoelen? Het was onmogelijk te achterhalen wat Lecter wist. Toen ze hem het dossier voor de eerste keer gaf, verwachtte ze dat hij zich zou verlustigen in de foto's en haar aan de hand van het dossier zou vertellen wat hij allang over Buffalo Bill wist. Misschien had hij haar altijd voorgelogen, zoals hij ook tegen senator Martin had gelogen. Misschien wist hij niets over Buffalo Bill en had hij geen enkel inzicht in de man. *Hij ziet heel scherp. Ik mag doodvallen als hij niet dwars door me heen kijkt.* Het is moeilijk te accepteren dat iemand je kan begrijpen zonder je alle goeds te wensen. Starling had dat in haar leven al te vaak ondervonden.

Dr. Lecter had het over *hopeloze willekeur.*

Starling, Crawford en alle anderen hadden staan turen naar de kaart waarop de plaatsen van de ontvoeringen

en de gevonden lijken waren gemarkeerd. Het had Starling doen denken aan een duister sterrenbeeld met een datum naast iedere ster. Bovendien wist ze dat Gedragswetenschappen zelfs had geprobeerd, zij het vergeefs, er een teken van de dierenriem in te vinden.
Als dr. Lecter voor zijn plezier las, waarom zou hij dan met die kaart spelen? In gedachten zag ze hoe hij het rapport doorbladerde, lachend om de dorre stijl van sommige medewerkers.
Er viel geen patroon te bespeuren in de ontvoeringen en de vindplaatsen van de slachtoffers, ze waren niet gevonden op plaatsen die een soortgelijk gemak boden, niet ten tijde van bekende congressen, of van een hausse van inbraken of waslijndiefstallen of fetisjmisdrijven.
Starling zat in de wasruimte, met het geluid van de droogtrommel op de achtergrond, en liet haar vingers over de kaart glijden. Hier ontvoerd, daar achtergelaten. Hier de tweede ontvoering, daar de vindplaats. Hier de derde en... Maar waren die datums teruggerekend of... Nee, het tweede lijk was het eerst ontdekt. Dat gegeven stond in uitgelopen inkt, onopgemerkt, vermeld naast de lokatie op de kaart. Het lichaam van de tweede ontvoerde vrouw was als eerste gevonden, drijvend in de Wabash River in het lager gelegen deel van Lafayette, Indiana, vlak onder de Interstate 65.
De eerste jonge vrouw die als vermist was opgegeven, was ontvoerd in Belvedere, Ohio, nabij Columbus, en veel later gevonden in de Blackwater River in Missouri, even buiten Lone Jack. Het lichaam was verzwaard. Dat was bij geen van de anderen het geval geweest.
Het lichaam van het eerste slachtoffer was gezonken in water in een afgelegen gebied. Het tweede was in een rivier stroomopwaarts van een stad gegooid, waar ontdekking op korte termijn zeker was.
Waarom?
Zijn eerste slachtoffer had hij goed verborgen, zijn tweede niet. Waarom?

Hoezo 'hopeloze willekeur'?
De basis... Wat zei dr. Lecter over 'basis'? Welk van Lecters woorden was van betekenis?
Starling bekeek de aantekeningen die ze had neergekrabbeld toen ze in het vliegtuig op weg was naar Memphis.
Volgens dr. Lecter bevatte het dossier voldoende aanwijzingen om de moordenaar op te sporen. 'Eenvoud,' had hij gezegd. Maar die 'basis' dan? Waarmee associeerde ze die? O ja... 'Basisprincipes' waren belangrijk. Toen hij het over 'basisprincipes' had gehad, had haar dat als pretentieus geklets in de oren geklonken.
Wat doet hij, Clarice? Wat doet hij in de allereerste plaats? Welke behoefte bevredigt hij door te moorden? Hij hunkert. Hoe ontstaat hunkering? We hunkeren het eerst naar wat we dagelijks zien.
Het was eenvoudiger om over Lecters opmerkingen na te denken als ze niet zijn ogen op haar huid voelde. Het was gemakkelijker hier, in het veilige hart van Quantico.
Als we gaan begeren door de hunkering naar wat we dagelijks zien, was Buffalo Bill dan over zichzelf verbaasd geweest toen hij de eerste doodde? Had hij iemand uit zijn naaste omgeving gekozen? Had hij daarom het eerste lijk zo grondig verborgen en zich zo slordig van het tweede ontdaan? Had hij het tweede slachtoffer ver van huis ontvoerd en zich op een plaats van haar ontdaan waar ze snel zou worden gevonden omdat hij al in een vroeg stadium de indruk wilde wekken dat de ontvoeringsplaatsen willekeurig waren gekozen?
Toen Starling aan de slachtoffers dacht, was Kimberly Emberg de eerste die bij haar opkwam omdat ze Kimberly dood had gezien en in zekere zin bij haar betrokken was.
Hier was het eerste slachtoffer: Fredrica Bimmel, tweeëntwintig, Belvedere, Ohio. Er waren twee foto's. Op de foto uit haar jaarboek zag ze er groot en gewoontjes uit,

met mooi vol haar en een mooie teint. Op de tweede foto, genomen in het lijkenhuis in Kansas City, was er niets menselijks meer aan haar.

Starling belde Burroughs weer op. Hij klonk nu licht schor, maar hij luisterde.

'Waar wil je naartoe, Starling?'

'Misschien woont hij in Belvedere, Ohio, waar het eerste slachtoffer vandaan kwam. Misschien zag hij haar iedere dag en heeft hij haar min of meer in een opwelling vermoord. Misschien wilde hij haar alleen maar trakteren op... op een 7-Up en met haar over het koor praten. Daarom heeft hij haar lijk zo grondig weggemoffeld en heeft hij zijn volgende slachtoffer ver van huis gezocht. Het lichaam van die tweede vrouw heeft hij minder goed verborgen om te zorgen dat ze snel werd gevonden en de aandacht van hem werd afgeleid. U weet hoeveel aandacht een geval van vermissing krijgt: alle energie wordt erin gestoken tot het lichaam is gevonden.'

'Starling, er komt meer respons waar het spoor vers is. Mensen kunnen zich dingen beter herinneren, getuigen...'

'Dat bedoel ik juist. Dat wéét hij.'

'Laat ik je een voorbeeld geven. In de woonplaats van dat laatste slachtoffer, Kimberly Emberg uit Detroit, kun je op het ogenblik je kont niet keren zonder een smeris tegen het lijf te lopen. Sinds de jonge Martin is verdwenen, bestaat er opeens veel belangstelling voor Kimberly Emberg en werken ze zich plotseling uit de naad om die zaak op te lossen. Dit blijft natuurlijk onder ons, Starling.'

'Wilt u dit voorleggen aan meneer Crawford? Over die eerste stad, bedoel ik.'

'Natuurlijk. Verdraaid, ik zal het via de hotline aan iedereen doorgeven. Ik beweer niet dat het een slecht idee is, Starling, maar die stad is vrij grondig uitgekamd zodra de identiteit van die vrouw – hoe heet ze ook alweer? Bimmel? – zodra de identiteit van Bimmel eenmaal bekend was. Het bureau in Columbus heeft Belvedere afgewerkt, en datzelfde geldt voor een heel stel plaatselijke bureaus. Het staat allemaal in dat dossier. Je zult vanmorgen weinig belangstelling kunnen opwekken voor Belvedere of voor enige andere theorie van dr. Lecter.'

'Alles wat hij...'

'Starling, we geven namens Bella een gift aan UNICEF. Als je wilt meedoen, zal ik je naam op de kaart zetten.'

'Natuurlijk. Bedankt, meneer Burroughs.'

Starling verwijderde het wasgoed uit de droogtrommel. De warme kleren voelden zacht aan en roken lekker. Ze klemde het warme goed dicht tegen haar borst. *Haar moeder met een lading lakens in haar armen.* Vandaag is de laatste dag van Catherines leven. *De zwart-witte kraai stal van de linnenkar. Ze kon niet naar buiten gaan om het beest te verjagen en tegelijkertijd in de kamer zijn.* Vandaag is de laatste dag van Catherines leven. *Haar vader gebruikte zijn arm in plaats van de richtingaanwijzer toen hij in zijn pick-up de oprijlaan inreed. Ze was in de tuin aan het spelen en dacht dat hij de wagen met zijn stevige arm aanwees waar hij heen moest rijden, dat hij hem dirigeerde.*

Toen Starling besefte wat haar te doen stond, sprongen de tranen haar in de ogen. Ze drukte haar gezicht in het warme wasgoed.

48

Crawford verliet het uitvaartcentrum en keek links en rechts de straat af, speurend naar Jeff met de wagen. In plaats daarvan zag hij Clarice Starling, die onder de luifel stond te wachten. Ze was gekleed in een donker pakje en zag er in het daglicht solide uit.

'Stuur mij eropaf,' zei ze.

Crawford had zojuist de doodkist voor zijn vrouw uit-

gezocht en hij droeg in een papieren zak een paar van haar schoenen, die hij per abuis had meegenomen. Hij vermande zich.
'Neemt u mij niet kwalijk,' zei Starling. 'Ik zou niet nu zijn gekomen als er een andere gelegenheid was geweest. Stuur mij eropaf.'
Crawford stak zijn handen diep in zijn zakken en draaide zijn nek zo ver om in zijn kraag dat het kraakte. Zijn ogen helder, misschien gevaarlijk. 'Waar op af?'
'U hebt me opdracht gegeven me in te leven in Catherine Martin. Laat me dat nu ook met de anderen doen. Het enige wat ons nog rest, is uit te zoeken hoe hij jaagt, hoe hij ze vindt, hoe hij ze uitkiest. Ik ben even goed als ieder ander die voor u werkt, in sommige dingen zelfs beter. De slachtoffers zijn allemaal vrouwen en er werkt geen enkele vrouw aan deze zaak. Ik kan de kamer van een vrouw binnenlopen en drie keer zoveel over haar te weten komen als een man. U weet dat dat zo is. Stuur mij eropaf.'
'Ben je bereid een deel van je studiejaar over te doen?'
'Ja.'
'Dat kost je waarschijnlijk zes maanden van je leven.'
Ze zei niets.
Crawford hakte met de punt van zijn schoen in het gras. Hij keek haar aan, keek in de uitgestrekte vlakte van haar ogen. Ze had pit, net als Bella. 'Met wie zou je beginnen?'
'Met de eerste. Fredrica Bimmel, Belvedere, Ohio.'
'Niet Kimberly Emberg, het slachtoffer dat je hebt gezien?'
'Hij is ook niet met haar begonnen.' *Iets zeggen over Lecter? Nee. Hij zou het wel zien op de hotline.*
'Emberg zou de emotionéle keus zijn, nietwaar, Starling? Je krijgt reiskostenvergoeding. Heb je geld bij je?' De banken gingen pas over een uur open.
'Ik heb nog iets over op mijn Visa.'
Crawford zocht in zijn zakken. Hij gaf haar driehon-

derd dollar contant en een persoonlijke cheque. 'Eropaf, Starling. Alleen naar de eerste. Rapporteer via de hotline. Bel me.'
Ze stak haar hand naar hem uit maar raakte de zijne niet aan. Ze beroerde evenmin zijn gezicht. Het leek alsof er geen plekje was waar ze hem kon aanraken. Ze draaide zich om en rende naar haar Pinto.
Crawford beklopte zijn zakken toen ze wegreed. Hij had haar al het geld gegeven dat hij bij zich had.
'Mijn schatje heeft een paar nieuwe schoenen nodig,' zei hij. 'Ach wat, mijn schatje heeft geen schoenen meer nodig.' Hij stond midden op het trottoir te huilen, zijn gezicht nat van de tranen, een sectiechef van de FBI, die zich geen raad wist.
Jeff zag vanuit de wagen Crawfords wangen glanzen en reed achteruit een steegje in, waar zijn baas hem niet kon zien. Hij stapte uit, stak een sigaret op en begon verwoed te roken. Om Crawford te ontzien, zou hij daar blijven rondhangen tot de man zijn tranen had gedroogd en hem naar zijn beste weten met recht en reden had uitgekafferd.

49

Op de ochtend van de vierde dag was Gumb klaar om de huid te oogsten. Hij had inkopen gedaan en kwam thuis met de laatste dingen die hij nodig had. Het kostte hem moeite om niet hard de keldertrap af te rennen. In zijn atelier pakte hij zijn boodschappentassen uit: nieuw biaisband, lappen elastische lycra voor onder de splitten, een doos met koosjer zout. Hij had niets vergeten.
In de werkkamer legde hij zijn messen klaar op een schone handdoek naast de lange gootsteenbakken. Er waren vier messen: een vilmes met een holle achterkant, een puntig mes voor het fijne werk dat op moeilijk bereik-

bare plaatsen precies in de kromming van de wijsvinger paste, een scalpel voor het precisiewerk en een bajonet uit de Eerste Wereldoorlog. De geplette rand van de bajonet was het beste gereedschap om een huid te ontvlezen zonder hem te scheuren. Daarnaast beschikte hij nog over een Strycker-autopsiezaag, maar die gebruikte hij zelden en hij vond het zonde dat hij het ding ooit had gekocht.

Gumb vette een pruikenstandaard in met olie en strooide er grove zoutkorrels over. Daarna plaatste hij de kop in een ondiepe lekbak. Plagend kneep hij in de neus van de pruikenkop en blies hem een kus toe.

Het viel niet mee om op een verantwoorde manier te handelen. Hij zou het liefst als Danny Kaye door de kamer dansen. Hij lachte en blies met een zachte ademstoot een vlinder van zijn gezicht. Het was tijd om de aquariumpompen in zijn tanken met de verse oplossing op te starten. O, wat een mooie pop lag daar onder de humus van de kooi. Hij porde met zijn vinger in de aarde. Ja, daar had zich een pop genesteld.

Nu het pistool.

Jame Gumb had zich dagenlang het hoofd gebroken over de manier waarop hij deze zou doden. Ophanging kwam niet in aanmerking omdat de borsthuid gaaf moest blijven. Bovendien kon hij niet het risico nemen dat de knoop de huid achter haar oren deed scheuren. Hij had veel van al zijn voorgaande pogingen geleerd, was met schade en schande wijzer geworden, en hij was vastbesloten dergelijke nachtmerries deze keer te voorkomen. Er bestond één fundamenteel principe: hoezeer ze ook door honger of angst waren verzwakt, ze verzetten zich altijd wanneer ze het gereedschap zagen.

In het verleden had hij jonge vrouwen opgejaagd door de verduisterde kelderverdieping en daarbij gebruik gemaakt van zijn infrarode bril en zaklantaarn. Dat was dolle pret om te zien hoe ze tastend hun weg zochten en in allerlei hoeken probeerden weg te kruipen. Hij

maakte graag jacht op ze met het pistool. Hij vond het fijn om het pistool te gebruiken. Ze raakten altijd hun oriëntatie kwijt, verloren hun evenwicht en liepen tegen dingen op. Met zijn bril op zijn neus kon hij in inktzwarte duisternis staan, wachten tot ze hun handen voor hun gezicht wegnamen en ze dan dwars door het hoofd schieten. Of eerst in de benen, onder de knie, zodat ze alleen nog maar konden kruipen.
Dat was kinderachtig en een verspilling. Naderhand waren ze onbruikbaar. Daarom was hij met al die onzin opgehouden.
Bij zijn huidige project had hij de eerste drie boven laten douchen voordat hij ze met een strop om hun nek van de trap had geschopt. Geen probleem. Maar bij de vierde was het rampzalig verlopen. Hij had het pistool in de badkamer moeten gebruiken en hij was een uur bezig geweest om de rommel op te ruimen. Hij dacht aan de vrouw, nat en met kippenvel, en aan de manier waarop ze had getrild toen hij de haan van het pistool spande. Hij vond het leuk om de haan te spannen – klik, klik – en dan met één harde knal een eind te maken aan de herrie.
Hij hield van zijn pistool. Logisch, want het was een prachtig wapen, een Colt Python van roestvrij staal en met een 6-inch cilinder. Alle Python-mechanismen waren afgestemd op de Colt-productie, en dit wapen was een genot om in de hand te voelen. Nu spande hij de haan en haalde de trekker over, waarbij hij de hamer met zijn duim opving. Hij laadde de Python en legde het pistool op de tafel in de werkkamer.
Jame Gumb wilde deze dolgraag een shampoobeurt geven omdat hij wilde toekijken hoe het de haren uitkamde. Hij kon daar veel van leren voor zijn eigen verzorging, over de wijze waarop het haar om het hoofd lag. Maar deze was lang en vermoedelijk sterk. Deze was te uitgelezen om het risico te lopen dat hij het hele geval moest verwoesten met schotwonden.

Nee, hij zou zijn takelgerei uit de badkamer gebruiken. Hij zou haar zeggen dat ze een bad mocht nemen. Als ze zich dan stevig in het harnas had gegespt, zou hij haar tot halverwege de schacht optrekken en vervolgens een paar kogels door haar onderste wervels jagen. Was ze eenmaal buiten bewustzijn, dan kon hij de rest wel af met chloroform.

Dat was het! Hij zou nu naar boven gaan en zijn kleren uittrekken. Hij zou Precious wakker maken, samen met haar zijn video bekijken en dan aan de slag gaan, naakt in de warme kelder, naakt als op de dag van zijn geboorte.

Hij voelde zich bijna duizelig toen hij de trap opliep. Snel zijn kleren uit en zijn badjas aan. Hij stopte de videocassette in de recorder.

'Precious! Kom dan, Precious. Vandaag gaat het gebeuren. Kom dan, lieverdje!' Hij zou haar in de slaapkamer boven moeten opsluiten wanneer hij in de kelder bezig was met het luidruchtige gedeelte. Ze had een hekel aan het lawaai en raakte erdoor van streek. Om haar af te leiden, had hij een hele doos met brokjes voor haar neergezet toen hij weg moest om zijn inkopen te doen.

'Precious!' Toen ze niet kwam, riep hij in de gang: 'Precious!' en in de keuken, en in de kelder: 'Precious!' Bij de deur naar de onderaardse kerker kreeg hij antwoord.

'Ze is hier, klootzak!' klonk de stem van Catherine Martin.

Angst om Precious maakte Gumb heel even misselijk, maar het volgende moment welde woede in hem op. Hij perste zijn vuisten tegen zijn slapen, drukte zijn voorhoofd tegen de deursponning en probeerde zijn zelfbeheersing te herwinnen. Aan zijn keel ontsnapte een geluid dat het midden hield tussen kokhalzen en gekreun en het hondje antwoordde met gekef.

Hij liep naar de werkkamer en pakte zijn pistool.

Het touw aan de toiletemmer was afgeknapt. Hij wist nog niet hoe ze dat voor elkaar had gekregen. Toen het touw de laatste keer was gebroken, was hij ervan uitgegaan dat ze zo stom was geweest om te proberen naar boven te klimmen. De anderen hadden dat ook geprobeerd. Ze hadden alle onnozele dingen gedaan die je je maar kon bedenken.

Hij boog zich over de opening heen. 'Precious?' Hij hield zijn stem zorgvuldig in bedwang. 'Is alles goed met je? Geef antwoord!'

Catherine kneep in het vlezige achterlijf van de hond. Het dier jankte en beet als antwoord in haar arm. 'Hoe klinkt dat?' vroeg Catherine. Gumb vond het heel ongewoon om op deze manier met Catherine te praten, maar hij overwon zijn tegenzin. 'Ik zal een mandje laten zakken. Zet haar daarin.'

'Je laat een telefoon zakken of ik breek haar nek. Ik wil je geen verdriet doen en ik wil dit hondje geen pijn doen. Maar dan moet je me wel die telefoon geven.'

Gumb richtte zijn pistool. Catherine zag het toen de loop het lichtschijnsel passeerde. Ze dook ineen en hield het hondje boven haar hoofd, het diertje heen en weer zwaaiend tussen zichzelf en het wapen. Ze hoorde hoe hij de haan spande.

'Als je schiet, zul je me met één schot moeten doden, vuile smeerlap! Anders breek ik haar nek, dat zweer ik je.' Ze klemde de poedel onder haar arm, sloot haar hand om de snuit van het beestje en trok de kop omhoog. 'Rot op, schoft!'

Precious jankte. Het pistool verdween.

Met haar vrije hand streek Catherine de haren van haar klamme voorhoofd. 'Het was niet mijn bedoeling je te beledigen,' riep ze. 'Geef me alleen maar die telefoon. Ik wil een aangesloten toestel. Jij mag weggaan; dat kan me niet schelen. Ik heb je nooit gezien. En ik zal goed voor Precious zorgen.'

'Nee.'

'Ik zorg ervoor dat ze niets te kort komt. Denk aan haar welzijn, denk niet alleen aan jezelf. Als je in deze schacht schiet, zal ze in ieder geval doof worden. Alles wat ik vraag, is een aangesloten telefoon. Haal een lang snoer, pak vijf of zes verlengsnoeren en klem die aan elkaar vast zodat er een verbinding tot stand komt. Laat het toestel daaraan zakken. Ik kan je Precious per vliegtuig terugbezorgen, overal waar je maar wilt. Mijn familie heeft honden; mijn moeder is gek op ze. Je kunt vluchten; het kan me niet schelen wat je doet.'

'Je krijgt geen water meer; je hebt het laatste gehad.'

'Dan krijgt Precious ook geen water meer. Ik geef haar niets uit mijn veldfles. Het spijt me dat ik het moet zeggen, maar ik geloof dat ze haar poot heeft gebroken.'

Dat was een leugen. Het hondje was, samen met de emmer die ze als lokaas had gebruikt, boven op Catherine gevallen en het was Catherine die een schram op haar wang had gekregen van de klauwende hondenpoten. Ze kon het diertje nu niet neerzetten, want dan zou hij zien dat het niet mank liep.

'Ze heeft pijn. Haar poot staat helemaal krom en ze wil er steeds aan likken,' loog Catherine. 'Ik kan het niet langer aanzien. Ze moet onmiddellijk naar een dierenarts.'

Het hondje jankte luid toen Gumb kreunde van woede en angst. 'Denk jij dat zij pijn heeft?' vroeg Gumb. 'Je weet niet wat pijn is. Als je haar iets aandoet, verbrand ik je levend.'

Toen ze hem met zware stappen naar boven hoorde gaan, liet Catherine Martin zich op de grond zakken. Heftige zenuwtrekkingen deden haar armen en benen schokken. Ze kon het hondje niet langer vasthouden, ze kon haar plas niet meer ophouden, ze kon niets meer houden. Toen het hondje op haar schoot klauterde, sloeg ze haar armen om het beestje heen, dankbaar voor de warmte die het uitstraalde.

50

Op het dikke bruine water dobberden veren, gekrulde veren uit de duiventillen, meegevoerd door windvlagen die het oppervlak van de rivier deden rimpelen.
De huizen aan Fell Street, de straat waar Fredrica Bimmel had gewoond, werden op de verweerde makelaarsborden aangeduid als 'gelegen aan de waterkant' omdat hun achtertuinen grensden aan een modderpoel, een binnenwater van de Licking River in Belvedere, Ohio, een stad met 112 000 inwoners, gelegen in een industriegebied ten oosten van Columbus.
Het was een armoedige buurt met grote, oude huizen. Een paar panden waren voor een lage prijs gekocht door jonge stelletjes en fraai opgeknapt, waardoor de overige huizen er nog sjofeler uitzagen. Het huis van de Bimmels was niet opgeknapt.
Met haar handen diep in de zakken van haar regenjas bleef Starling een ogenblik in Fredrica's achtertuin staan kijken naar de veren op het water. Tussen het riet lag nog een restje natte sneeuw, een deprimerende aanblik onder de blauwe hemel van deze zachte winterdag. Achter zich hoorde ze Fredrica's vader timmeren in een stad van duiventillen, een Orvieto van duiventillen dat zich verhief vanaf de waterkant en zich bijna tot aan het huis uitstrekte. Ze had meneer Bimmel nog niet gesproken. De buren beweerden dat hij thuis was. Hun gezichten stonden gesloten toen ze het haar vertelden.
Starling was niet echt met zichzelf in het reine. Vanaf dat nachtelijke moment waarop ze wist dat ze de Academie de rug moest toekeren om de jacht op Buffalo Bill voort te zetten, was het stil geworden. In het diepst van haar geest voelde ze een zuivere, ongekende stilte; er heerste nu rust daar. Maar ergens op een andere plaats in haar hoofd, had ze af en toe het gevoel dat ze een domme spijbelaar was.
De kleine ergernissen van die morgen, de smerige lucht-

jes in het vliegtuig naar Columbus en de chaos en onbeschoftheden aan de balie van het autoverhuurbedrijf, hadden haar niet geraakt. Ze had de man achter die balie weliswaar afgesnauwd in de hoop dat hij een beetje zou opschieten, maar ze had er niets bij gevoeld.
Starling had een hoge prijs betaald voor de tijd die ze hier mocht doorbrengen en ze was van plan daar zoveel mogelijk uit te halen. Haar tijd kon elk moment voorbij zijn, als Crawford aan de kant werd geschoven en haar bevoegdheden ingetrokken werden.
Ze moest voortmaken, maar het was volslagen tijdverspilling om na te denken over het waarom, om stil te staan bij de benarde situatie waarin Catherine op deze beslissende dag verkeerde. De gedachte aan wat Catherine te wachten stond of wat zij misschien op dit moment onderging – hetzelfde wat Kimberly Emberg en Fredrica Bimmel hadden ondergaan – zou alle andere gedachten tenietdoen.
De wind ging liggen en het water werd roerloos. Vlak bij haar voeten dwarrelde een gekrulde veer op het strakke wateroppervlak. Hou vol, Catherine!
Starling beet zich op de lip. Als hij haar doodschoot, hoopte ze dat hij het bekwaam en afdoend zou doen.
Leer ons te vrezen en niet te vrezen.
Leer ons kalm te zijn.
Ze keerde zich om naar de overhellende duiventillen en liep via een pad van planken die over de modder waren gelegd, tussen de hokken door in de richting van het gehamer. Er waren honderden duiven in alle maten en kleuren, grote exemplaren met x-poten en kropduiven met vooruitgestoken borst. De vogels, met hun heldere ogen en koppen die tijdens het lopen schokten, spreidden hun vleugels in de bleke zon en maakten grappige geluidjes toen ze passeerde.
Fredrica's vader, Gustav Bimmel, was een onopvallende, lange man met brede heupen en roodomrande ogen die een waterig blauwe kleur hadden. Hij droeg een ge-

breide muts die tot diep over zijn voorhoofd was getrokken. Hij was voor zijn werkplaats, op een zaagbok, bezig met het maken van alweer een duiventil. Terwijl hij met samengeknepen ogen haar identiteitskaart bestudeerde, dreef zijn adem een geur van wodka in haar neus.

'Ik kan u niets nieuws vertellen,' zei hij. 'Eergisteravond is de politie weer geweest. Ze hebben mijn verklaring nog eens met me doorgenomen. Ze hebben me alles voorgelezen en dan vroegen ze telkens: "Klopt dit? Klopt dat?" Ik heb ze gezegd dat het natuurlijk klopte, verdomme, dat ik het toen ook niet zo zou hebben verteld als het anders was geweest.'

'Ik probeer een aanwijzing te krijgen waar de... de ontvoerder Fredrica kan hebben gezien, meneer Bimmel. Waar zijn oog op haar kan zijn gevallen en hij heeft besloten haar mee te nemen.'

'Ze was met de bus naar Columbus omdat daar een baantje in een winkel vrij was. De politie zei dat ze daar inderdaad is geweest en er een gesprek heeft gehad. Ze is nooit thuisgekomen. We weten niet waar ze die dag nog meer is geweest. De FBI heeft haar Master Charge-afrekeningen bekeken, maar er was voor die dag niets afgeboekt. Maar dat weet u toch allemaal?'

'Wel van die creditcard, meneer Bimmel. Hebt u Fredrica's spullen nog? Zijn die hier?'

'Haar kamer is op zolder.'

'Mag ik er eens rondkijken?'

Hij dacht even na voordat hij besloot waar hij zijn hamer zou neerleggen. 'Goed,' zei hij. 'Komt u maar mee.'

51

Crawfords kantoor in het FBI-hoofdkwartier in Washington was in een mistroostig grijs geschilderd, maar het had grote ramen, waar Crawford nu voor stond.

Hij hield zijn klembord naar het licht en tuurde op een lijst die afkomstig was uit de matrixprinter die op zijn aanraden al afgedankt had moeten worden. De letters waren verdomd onduidelijk.
Hij was van het uitvaartcentrum naar zijn kantoor gegaan en had de hele morgen gewerkt. Hij had de Noren op hun huid gezeten om haast te maken met het bekijken van de gegevens over het gebit van de vermiste zeeman Klaus, hij had druk uitgeoefend op de mensen in San Diego om navraag te doen bij Benjamin Raspails vriendenkring aan het conservatorium waar hij had lesgegeven, en hij had de douanedienst, die moest uitzoeken of er overtredingen waren begaan bij de import van levende insecten, tot haast gemaand.
Nog geen vijf minuten na Crawfords aankomst stak John Golby, de waarnemend directeur van de FBI, die leiding gaf aan de nieuwe speciale eenheden, even zijn hoofd om de deur van het kantoor en zei: 'Jack, we leven allemaal met je mee. Iedereen waardeert het dat je bent gekomen. Weet je al wanneer de rouwdienst wordt gehouden?'
'De waak is morgenavond, de dienst zaterdag om elf uur.'
Golby knikte. 'De UNICEF wil haar gedenken, Jack, met een fonds. Moeten we de naam Phyllis of Bella gebruiken? We doen het zoals jij het wilt.'
'Bella, John. Laten we het maar op Bella houden.'
'Kan ik iets voor je doen, Jack?'
Crawford schudde zijn hoofd. 'Ik ben gewoon aan het werk en daar ga ik nu nog even mee door.'
'Prima,' zei Golby. Hij nam een gepaste stilte in acht. 'Frederick Chilton heeft om federale voorlopige hechtenis verzocht voor zijn eigen veiligheid,' zei hij toen.
'Uitstekend! John, heeft iemand in Baltimore contact met Everett Yow, de advocaat van Raspail? Ik heb je over hem verteld. Hij weet misschien meer over Raspails vrienden.'

'Ja, daar gaan ze vanmorgen op af. Ik heb Burroughs er zojuist een memo over gestuurd. De directeur zet Lecter op de lijst van "Dringend Opsporing Verzocht". Jack, als je iets nodig hebt...?' Golby trok zijn wenkbrauwen op, zwaaide even met zijn hand en verdween toen uit het gezicht.

Als je iets nodig hebt...

Crawford draaide zich om naar het raam. Hij had vanuit zijn kantoor een mooi uitzicht. Daar stond het prachtige oude postkantoor, waar hij een deel van zijn opleiding had genoten. Links bevond zich het voormalige hoofdkwartier van de FBI. Op de dag van de diploma-uitreiking had hij met de anderen door het kantoor van J. Edgar Hoover gelopen. Hoover had op een kistje gestaan en hen een voor een de hand gedrukt. Het was de enige keer dat Crawford de man had ontmoet. De volgende dag was hij met Bella getrouwd.

Ze hadden elkaar in Italië leren kennen, in Livorno. Hij was bij het leger en zij werkte voor de NAVO. Ze heette toen Phyllis. Ze liepen over de kaden toen een bootsman 'Bella' riep over het glinsterende water. Vanaf dat moment was ze voor hem altijd Bella geweest. Ze werd alleen Phyllis wanneer ze ruzie hadden.

Maar Bella was dood. Dat zou het uitzicht door deze ramen veranderen. Het ging niet aan dat dit uitzicht hetzelfde bleef. Dat ze verdomme dood moest gaan, mij alleen moest achterlaten. Jezus, meisje... Ik wist dat het zou gebeuren, maar God wat doet het pijn.

Wat zeggen ze ook weer over gedwongen pensionering op je vijfenvijftigste? Heel wat kerels zien het Bureau als hun grote liefde, maar die liefde wordt niet beantwoord. Dat had hij gezien.

Goddank had Bella hem daarvoor bewaard. Hij hoopte dat ze vandaag ergens was en dat ze eindelijk van pijn verlost was. Hij hoopte dat ze in zijn hart kon kijken.

De telefoon liet de zoemtoon van een interne lijn horen.

'Meneer Crawford, een zekere dr. Danielson van...'

'Ja goed.' Knop in. 'Met Jack Crawford, dr. Danielson.'
'Is deze lijn veilig, meneer Crawford?'
'Ja. Aan deze kant wel.'
'U maakt toch geen bandopname, of wel?'
'Nee, dr. Danielson. Vertel me maar wat u op uw hart hebt.'
'Ik wil duidelijk stellen dat dit niets heeft te maken met iemand die ooit patiënt is geweest in het Johns Hopkins.'
'Begrepen.'
'Als hier iets uit voortvloeit, moet u het publiek duidelijk maken dat hij geen transseksueel is, dat hij nooit iets met deze kliniek te maken heeft gehad.'
'Ja goed, dat is afgesproken. Absoluut.' *Schiet nou maar op, stomme zak!* Crawford was bereid alles te zeggen wat de man wilde horen.
'Hij heeft dr. Purvis in elkaar geslagen.'
'Wie, dr. Danielson?'
'Drie jaar geleden meldde hij zich voor het programma aan als John Grant uit Harrisburg, Pennsylvania.'
'Signalement?'
'Blanke man, eenendertig jaar. Eén meter eenentachtig, ongeveer vijfennegentig kilo. Hij is getest. De intelligentietest van Wechsler deed hij uitstekend, boven normaal, maar zowel de psychologische tests als de gesprekken geven een ander beeld. Om precies te zijn: de resultaten van zijn Huis-Boom-Mens en zijn TAT kwamen precies overeen met de informatie die u me gaf. U liet me geloven dat die theorie afkomstig was van Alan Bloom, maar in werkelijkheid was het Hannibal Lecter, nietwaar?'
'Vertel verder over Grant, dr. Danielson.'
'De raad zou hem in ieder geval hebben afgewezen, maar tegen de tijd dat we bij elkaar kwamen om het geval te bespreken, was het hoe dan ook al uitgesloten omdat hij bij controle naar zijn achtergronden door de mand was gevallen.'

'Hoe?'
'Het is onze gewoonte informatie in te winnen bij de politie in de woonplaats van iemand die zich bij ons aanmeldt. De politie van Harrisburg zocht hem voor twee gevallen van mishandeling van homoseksuele mannen. Het laatste slachtoffer heeft daarbij bijna het leven gelaten. Het adres dat hij ons had gegeven, bleek een pension te zijn waar hij van tijd tot tijd logeerde. De politie heeft daar zijn vingerafdrukken gevonden en een creditcardkwitantie van een benzinestation waarop zijn kentekennummer stond. Hij heette helemaal geen John Grant. Dat had hij gewoon verzonnen. Ongeveer een week later stond hij voor de kliniek dr. Purvis op te wachten en heeft hij hem in elkaar geslagen. Louter en alleen uit wraak.'
'Hoe heette hij in werkelijkheid, dr. Danielson?'
'Ik kan die naam maar beter even spellen: J-A-M-E G-U-M-B.'

52

Het huis van Fredrica Bimmel had twee bovenverdiepingen en maakte een naargeestige indruk. Het was bedekt met dakpannen van asfalt, die roestplekken vertoonden op de plaatsen waar de dakgoten waren overgelopen. Zaailingen van esdoorns in de dakgoten hadden de winter redelijk goed doorstaan. De ramen aan de noordkant waren afgedekt met lappen plastic.
In een kleine huiskamer, waar een ventilatorkachel voor een broeierige warmte zorgde, zat een vrouw van middelbare leeftijd op een vloerkleed met een klein kind te spelen.
'Mijn vrouw,' zei Bimmel toen ze het vertrek doorliepen. 'We zijn pas getrouwd. Met Kerstmis.'
'Dag, mevrouw Bimmel,' zei Starling.
De vrouw schonk haar een flauw lachje.

In de gang was het weer koud en overal stonden dozen tot taillehoogte opgestapeld, ook in de kamers, met looppaden om erlangs te kunnen. Het waren kartonnen dozen met lampenkappen en potdeksels, met picknickmanden, oude nummers van *Reader's Digest* en *National Geographic*, zware, oude tennisrackets, beddengoed, een verpakking voor dartboards, hoezen van ruitjesstof voor autostoelen uit de jaren vijftig en de indringende geur van muizenpis.

'We gaan binnenkort verhuizen,' zei meneer Bimmel.

De spullen die vlak bij de ramen stonden, waren verbleekt door de zon. De dozen stonden er al jaren opgeslagen en bolden van ouderdom; de op goed geluk neergelegde vloerkleden waren op de looppaden door de kamer tot op de draad versleten.

Op de trapleuning vielen flarden zonlicht toen Starling Fredrica's vader naar boven volgde. Zijn kleren roken muf in de koude lucht. Ze zag dat het zonlicht naar binnen sijpelde door het verzakte plafond boven aan de trap. De kartonnen dozen die op de overloop stonden opgestapeld, waren afgedekt met plastic.

Fredrica's kamer was klein en bevond zich onder het schuine dak op de bovenverdieping.

'Hebt u me nog nodig?'

'Later. Dan wil ik graag even met u praten, meneer Bimmel. Hoe zit het met Fredrica's moeder?' In het dossier stond 'overleden', maar niet wanneer.

'Hoe bedoelt u? Wat wilt u over haar weten? Ze is gestorven toen Fredrica twaalf was.'

'Juist.'

'Dacht u soms dat de vrouw beneden Fredrica's moeder was? Terwijl ik u heb verteld dat we pas sinds Kerstmis getrouwd zijn? Dat dacht u, hè? Nou ja, bij uw werk heeft u duidelijk met een heel ander slag mensen te maken, dame. Nee, zij heeft Fredrica nooit gekend.'

'Meneer Bimmel, is de kamer ongeveer zoals Fredrica hem heeft achtergelaten?'

De woede die in hem was opgelaaid bedaarde weer.
'Ja,' zei hij zacht. 'We hebben het maar gelaten zoals het was. Bijna niemand kon haar spullen gebruiken. Doe de kachel maar aan als u wilt. Vergeet niet de stekker er weer uit te trekken voor u naar beneden gaat.'
Hij wilde de kamer niet zien en liet haar achter op de overloop.
Starling bleef een ogenblik met haar hand op de koude porseleinen deurknop staan. Ze moest eerst volslagen kalm zijn voordat ze Fredrica's leven op zich liet inwerken.
Nu goed dan... We gaan ervan uit dat Buffalo Bill Fredrica als eerste heeft omgebracht, haar met gewicht heeft verzwaard en toen goed heeft verborgen in een rivier ver van huis. Hij heeft haar beter verstopt dan de anderen – ze was de enige die was verzwaard omdat hij wilde dat de latere slachtoffers eerst werden gevonden. Hij wilde dat alom de overtuiging heerste dat hij zijn slachtoffers willekeurig koos in steden die ver van elkaar lagen voordat Fredrica uit Belvedere werd gevonden. Het was belangrijk om de aandacht van Belvedere af te leiden. Omdat hij hier, of misschien in Columbus, woont.
Hij was met Fredrica begonnen omdat hij hunkerde naar haar huid, omdat hij die begeerde. We gaan niet hunkeren naar denkbeeldige dingen. Begeren is een heel directe, alledaagse zonde. We hunkeren aanvankelijk naar tastbaarheden; we gaan de dingen die we dagelijks zien, begeren. Fredrica was op een gegeven moment in zijn dagelijkse bestaan verschenen. Hij had haar in zijn dagelijks leven te zien gekregen.
Hoe verliep Fredrica's dagelijks leven? Juist...
Starling duwde de deur open. Hier was het, deze stille kamer die rook naar schimmelvorming in de kou. De kalender aan de muur was voor altijd op vorig jaar april blijven staan. Fredrica was tien maanden dood. Op een schoteltje in de hoek lag kattenvoer, hard en zwart geworden.

Starling, die precies wist hoe je een kamer met spulletjes van rommelmarkten inrichtte, ging in het midden van het vertrek staan en draaide langzaam rond. Fredrica had het niet slecht gedaan met de middelen die zij tot haar beschikking had gehad. Er hingen gordijnen van gebloemde sits. Te oordelen naar de afgebiesde zomen had ze de gordijnen gemaakt van oude meubelhoezen.

Aan een prikbord hing een sjerp waarop in glitterletters de tekst BHS BAND stond gedrukt. Tegen de muur was een poster van Madonna geplakt, evenals een poster van Deborah Harry en Blondie. Op een plank boven het bureau zag Starling een rol fleurig zelfklevend behang waarmee Fredrica de muren had bekleed. Ze had het niet echt goed gedaan, vond Starling, maar beter dan toen zijzelf voor het eerst een kamer had behangen.

In een normaal huis zou Fredrica's kamer een vrolijke indruk hebben gemaakt, maar in deze sombere woning was de kamer schrijnend in de wanhoop die eruit sprak. Fredrica had geen foto's van zichzelf neergezet. In een jaarboek van haar school, dat in de kleine boekenkast stond, vond Starling wel een foto van haar. Zangvereniging, handwerkclub, huishoudgroep, orkest, 4-H Club – misschien had ze van de duiven wel haar 4-H-project gemaakt. In het jaarboek was door een aantal mensen iets geschreven – 'Voor een fantastische kameraad' en een 'geweldige meid' en 'mijn scheikundemaatje' en 'Weet je nog van dat bakfestijn?!!'

Had Fredrica haar vriendinnen mogen meenemen naar haar kamer? Had ze een vriendin gehad die haar na genoeg stond om haar boven te laten komen, via de trap met die druiplijst? Naast de deur stond een paraplu.

Kijk naar deze foto van Fredrica, waar ze in de voorste rij van het orkest staat. Fredrica is breed en mollig, maar haar uniform past beter dan dat van anderen. Ze is groot en ze heeft een prachtige huid. Ze heeft onregelmatige gelaatstrekken, die toch samen een prettig ge-

zicht vormen, maar volgens de gangbare normen is ze geen schoonheid.
Kimberly Emberg was ook niet wat je aantrekkelijk zou kunnen noemen, niet volgens de oppervlakkige maatstaven van middelbare-schoolleerlingen. Hetzelfde gold voor sommige anderen.
Maar Catherine Martin zou in de ogen van iedereen aantrekkelijk zijn. Ze was een forse, goed uitziende jonge vrouw die aan de lijn zou moeten doen wanneer ze de dertig had bereikt.
Bedenk dat hij vrouwen niet bekijkt zoals andere mannen. Traditionele aantrekkelijkheid telt hier niet mee. Ze moeten alleen glad en groot zijn. Starling vroeg zich af of hij vrouwen zag als 'huiden', zoals sommige idioten bij vrouwen alleen 'tieten' of 'kont' dachten.
Het drong tot haar door dat haar eigen hand de onderrand van de foto in het jaarboek volgde. Ze werd zich bewust van haar totale lichaam, de ruimte die ze innam, haar figuur en haar gezicht, de uitstraling, de macht daarvan, haar borsten boven het boek, haar harde buik ertegenaan, haar benen eronder. Wat kon ze hieruit opmaken?
Starling bekeek zichzelf in de manshoge spiegel aan de achterste muur en was blij dat ze anders was dan Fredrica. Maar ze wist dat dat verschil haar denken bepaalde en misschien zorgde dat ze bepaalde dingen over het hoofd zag.
Hoe wilde Fredrica overkomen? Waar verlangde ze naar? Waar zocht ze dat? Wat probeerde ze aan zichzelf te veranderen?
Hier waren een paar diëten: het vruchtensapdieet en het rijstdieet. En dat bizarre dieet waarbij je bij het eten niet mag drinken.
Dieetclubjes... Hield Buffalo Bill die soms in de gaten in de hoop er grote vrouwen te vinden? Moeilijk na te gaan. Starling wist van het dossier dat twee van de slachtoffers tot dieetclubjes hadden behoord en dat hun

ledenlijsten naast elkaar waren gelegd. Een agent van het bureau in Kansas City – van oudsher het FBI-bureau met de meeste dikzakken – en een aantal zwaarlijvige politiemensen moesten op bevel gaan afvallen bij Slenderella, het Dieetcentrum, de Weight Watchers en andere vermageringsinstituten in de plaatsen waar de slachtoffers hadden gewoond. Starling wist niet of Catherine Martin aangesloten was geweest bij een dieetclub. Vermageren via een commercieel instituut zou voor Fredrica financieel moeilijk haalbaar zijn geweest.
Fredrica had een aantal nummers van *Big Beautiful Girl*, een tijdschrift voor grote vrouwen. Hier kreeg ze het advies 'naar New York City te komen, waar je mensen kunt ontmoeten die afkomstig zijn uit delen van de wereld waar jouw postuur wordt gezien als een uitgesproken pluspunt'. Heel fijn. En ze kon ook 'naar Italië of Duitsland gaan, waar je er meteen bij hoort'. Dat zal wel! Hier staat wat je moet doen als je tenen over de rand van je schoenen hangen. Jezus! Nou, Fredrica had het geluk gehad Buffalo Bill te ontmoeten, die haar postuur ook als een 'uitgesproken pluspunt' beschouwde.
Hoe was Fredrica met haar uiterlijk omgegaan? Ze bezat wat make-upspulletjes, veel crèmes. Goed zo, meisje, vestig de aandacht op je pluspunten! Starling betrapte zich erop dat ze Fredrica aanmoedigde alsof die er nog wat aan zou hebben.
In een sigarenkistje van White Owl bewaarde Fredrica een aantal nepsieraden. Daar lag een vergulde cirkelbroche die naar alle waarschijnlijkheid van haar overleden moeder was geweest. Ze had de vingers van een paar oude handschoenen van fabriekskant afgeknipt om ze in de stijl van Madonna te kunnen dragen, maar ze waren gaan rafelen.
Ze had muziek. Er stond een eenvoudige Decca-platenspeler uit de jaren vijftig en aan de arm was met elastiekjes een knipmes bevestigd om het gewicht te vergroten. Grammofoonplaten van rommelmarkten. Lief-

desthema's van Zamfir, meester van de panfluit.
Starling trok aan het lichtkoordje van de kast en staarde verbaasd naar Fredrica's garderobe. Ze had mooie kleren. Niet bijzonder veel, maar meer dan genoeg voor school, genoeg om goed mee voor den dag te kunnen komen op een redelijk vooraanstaand kantoor of zelfs in een representatieve winkelbaan. Een snelle blik aan de binnenkant van de kleren leerde Starling wat daarvan de reden was. Fredrica maakte haar eigen kleren, en dat deed ze goed. De naden waren afgewerkt met serge en het beleg was onberispelijk aangebracht. Op een plank achter in de kast lagen stapels patronen. Het waren voornamelijk eenvoudige patronen, maar er lagen ook enkele patronen van Vogue, die er moeilijk uitzagen.
Voor het sollicitatiegesprek had ze waarschijnlijk haar mooiste kleren aangetrokken. Wat had ze gedragen? Starling bladerde haar dossier door. Hier: het laatst gezien in een groen ensemble. Vooruit, agent, wat is in vredesnaam een 'groen ensemble'?
De zwakke plek in Fredrica's budget voor haar garderobe vormden haar schoenen. Daar had ze er te weinig van. En door haar gewicht versleet ze die weinige schoenen vrij snel. Haar mocassins waren uitgerekt tot ovale schuiten, in haar sandalen droeg ze geurvreters en de vetergaatjes van haar sportschoenen waren opgerekt.
Misschien deed Fredrica af en toe wat aan lichaamsbeweging. Er hingen een paar trainingsbroeken voor extra grote maten, met het merk Juno erin... Catherine Martin had ook een aantal wijde broeken van Juno.
Starling deed een paar passen achteruit en ging op het voeteneinde van het bed zitten. Ze vouwde haar armen over elkaar en staarde in de verlichte kast.
Juno was een zeer gangbaar merk dat in talloze winkels die rekening hielden met afwijkende maten, werd verkocht. Maar in dit geval stelde het de kwestie kleding aan de orde. Iedere grote of kleine stad heeft wel een

zaak die gespecialiseerd is in kleding voor dikke mensen. Hield Buffalo Bill dergelijke winkels in de gaten? Zocht hij daar een klant uit en volgde hij haar? Ging hij als vrouw verkleed winkels voor grote maten binnen om daar rond te kijken? In iedere stad krijgt elke kledingzaak voor grote maten weleens bezoek van travestieten of verwijfde homo's.
Het idee dat Buffalo Bill probeerde van geslacht te veranderen was pas kortgeleden aan het onderzoek toegevoegd, sinds dr. Lecter zijn theorie had doorgegeven aan Starling. Hoe zat het met zijn kleren? Alle slachtoffers moesten kleren hebben gekocht in winkels voor grote maten. Catherine Martin droeg misschien wel maat vierenveertig, maar de anderen haalden dat niet. Catherine moest in ieder geval in zo'n speciaalzaak zijn geweest om die broeken van Juno te kopen.
Catherine Martin paste mogelijk in maat vierenveertig. Zij was de kleinste van de slachtoffers. Fredrica, het eerste slachtoffer, was de dikste. Waarom had Buffalo Bill zijn keus op de minder dikke Catherine laten vallen? Hoe wilde hij dat doen? Catherine was weliswaar mollig, maar niet over haar hele lichaam. Was hij zelf soms afgevallen? Had hij de laatste tijd soms een vermageringskuur gevolgd via een dieetclub? Kimberly Emberg zat er zo'n beetje tussenin, mollig, maar met een duidelijke taille...
Starling had opzettelijk de gedachte aan Kimberly Emberg vermeden, maar nu werd ze heel even overvallen door de herinnering. Ze zag Kimberly op de langwerpige tafel in Potter liggen. Buffalo Bill had geen oog gehad voor haar onthaarde benen en zorgvuldig gelakte nagels. Nee, hij had naar Kimberly's platte boezem gekeken en die afgekeurd. Daarop had hij zijn pistool gepakt en een gat in de vorm van een zeester in haar borst geschoten. De deur naar de kamer werd een paar centimeter opengeduwd. Starling voelde het intuïtief, nog voordat ze het zich bewust was. Een kat kwam de kamer binnen, een grote lapjeskat met een goudbruin en

een blauw oog. Het dier sprong op het bed en gaf haar kopjes. Op zoek naar Fredrica...
Eenzaamheid. Forsgebouwde eenzame meisjes die probeerden iemand te behagen. De politie had clubs voor alleenstaanden al in een eerder stadium uitgesloten. Beschikte Buffalo Bill over een andere manier om eenzaamheid uit te buiten? Niets maakt ons kwetsbaarder dan eenzaamheid. Of het moest begeerte zijn.
Eenzaamheid had Buffalo Bill misschien een kans kunnen geven bij Fredrica, maar niet bij Catherine. Catherine was niet eenzaam.
Kimberly was eenzaam. *Denk daar niet aan!* Kimberly, gewillig en slap, de rigor mortis voorbij, omgerold op de tafel van de begrafenisondernemer om Starling de gelegenheid te geven haar vingerafdrukken te nemen. *Hou op! Dat lukt me niet.* Kimberly – eenzaam, verlangend te behagen. Had Kimberly zich ooit gewillig op haar buik gerold voor iemand, enkel en alleen om zijn hartslag tegen haar rug te voelen? Ze vroeg zich af of Kimberly snorharen tussen haar schouderbladen had gevoeld.
Starend in de verlichte kast dacht Starling terug aan Kimberly's vlezige rug, de driehoekige stukjes huid die op haar schouders ontbraken. Nog steeds starend in de verlichte kast zag Starling de driehoekjes op Kimberly's schouders afgetekend in de blauwe strepen van een kledingpatroon. De gedachte dreef weg, cirkelde rond en kwam terug, deze keer helder genoeg om vast te houden. Starling greep het met een ongekende vreugde: DAT ZIJN FIGUURNADEN! HIJ HEEFT DIE DRIEHOEKJES UITGESNEDEN OM FIGUURNADEN TE MAKEN ZODAT HIJ HAAR TAILLE KON UITLEGGEN. DE KLOOTZAK KAN NAAIEN! BUFFALO BILL IS OPGELEID VOOR HET BETERE MAATWERK. HIJ NEEMT GEEN GENOEGEN MET CONFECTIE.
Wat had dr. Lecter gezegd? 'Hij maakt voor zichzelf een vrouwenpak. Uit echte vrouwen.' Wat zei hij tegen mij?

'Kun jij naaien, Clarice?' Reken maar!
Starling wierp haar hoofd in de nek en sloot heel even haar ogen. Het oplossen van problemen is als jagen. Het is primitief genot, iets dat aangeboren is.
Ze had een telefoon in de huiskamer gezien. Op het moment dat ze naar beneden liep om te gaan bellen, riep de schrille stem van mevrouw Bimmel naar boven dat er telefoon voor haar was.

53

Mevrouw Bimmel gaf de hoorn aan Starling en tilde toen de dreinende peuter op. Ze bleef in de kamer.
'Met Clarice Starling.'
'Jerry Burroughs hier. Starling...'
'Dat komt goed uit. Moet je horen, Jerry, ik denk dat Buffalo Bill kan naaien. Hij sneed de driehoekjes... Een momentje... Mevrouw Bimmel, mag ik u vragen met het kind naar de keuken te gaan? Ik moet vrijuit kunnen praten. Dank u... Jerry, hij kan naaien. Hij heeft...'
'Starling...'
'Hij heeft die driehoekjes uit Kimberly's huid gesneden om figuurnaden te maken. Figuurnaden voor een maatpak. Begrijp je wat ik zeg? Hij is een vakman, hij flanst niet zomaar wat in elkaar. De afdeling Identificatie kan in de lijst van bekende misdadigers op zoek gaan naar kleermakers, zeilmakers, coupeurs, stoffeerders. Laat scannen op karakteristieke kenmerken, let op een kleermakerskerf tussen de tanden...'
'Ja, ja, al goed! Ik sein het onmiddellijk door naar Identificatie. Nu moet je eerst even naar mij luisteren. Ik moet mijn post hier misschien verlaten. Jack vroeg me je op de hoogte te stellen. We hebben een naam en een plaats. Lijkt redelijk betrouwbaar. Het speciale bijstandsteam wordt vanaf Andrews overgevlogen. Jack licht ze in via de scrambler.'

'Plaats van bestemming?'
'Calumet City, ligt tegen Chicago aan. Verdachte heet Jame, als het Engelse "name" maar dan met een J. Achternaam is Gumb. Alias John Grant, blanke man, vierendertig, vijfennegentig kilo, donker en fors. Jack heeft een seintje gekregen van het Johns Hopkins. Jouw theorie, jouw profiel van waarin hij zou verschillen van een transseksueel heeft hen daar wakker geschud. Drie jaar geleden heeft een kerel zich bij de kliniek aangemeld om zich van geslacht te laten veranderen. Toen ze hem afwezen, heeft hij een arts in elkaar geslagen. Het Hopkins beschikte over de gefingeerde naam Grant en het adres van een smerig pension in Harrisburg, Pennsylvania. De politie heeft daar een nota van een benzinestation gevonden met zijn kentekennummer. Met behulp daarvan hebben we zijn gegevens opgespoord: hij heeft heel Californië geschokt door als twaalfjarige zijn grootouders te vermoorden. Heeft toen zes jaar doorgebracht in de psychiatrische inrichting Tulare. Zestien jaar geleden, toen ze de inrichting opdoekten, heeft de staat hem laten gaan, en toen is hij voor lange tijd verdwenen. Hij is een potenrammer. Is in Harrisburg een paar keer in moeilijkheden geraakt en is toen weer verdwenen.'
'Chicago, zei je. Hoe weet je dat?'
'Douane. Ze hadden een paar documenten over die zogenaamde John Grant. Enkele jaren geleden namen douanebeambten een koffer in beslag die afkomstig was uit Suriname en levende "pupae" bevatte. Zo zeg je dat toch? Pupae? Nou ja, het waren in ieder geval insecten, vlinders. De geadresseerde was John Grant, per adres van een zaak in Calumet, die – hou je vast! – "Mr. Skin" heette. Lederwaren. Misschien verklaart dat het naaien waarover jij het had. Ik sein die informatie onmiddellijk door naar Chicago en Calumet. We beschikken nog niet over een huisadres van Grant, of Gumb. Die zaak is opgedoekt, maar we zijn er bijna uit.'
'Zijn er foto's?'

'Tot dusver alleen jeugdfoto's van het politiedepartement in Sacramento. Hij was toen twaalf jaar, dus daar hebben we weinig aan. Hij was een doodgewone knul om te zien. Maar goed, de centrale stuurt ze via de fax rond.'
'Mag ik ook gaan?'
'Nee. Jack zei al dat je dat zou vragen. Ze beschikken over twee vrouwelijke hoofden van politie uit Chicago en een verpleegster die zich over Martin zal ontfermen als ze haar in handen krijgen. Je zou er trouwens toch niet op tijd kunnen zijn, Starling.'
'En als hij zich heeft gebarricadeerd? Het zou uren...'
'Ze gaan het hard spelen. Als ze hem vinden, vallen ze aan. Crawford heeft toestemming om met geweld binnen te dringen. Er zijn speciale problemen met deze knaap, Starling. Hij heeft eerder in een situatie met gijzelaars verkeerd. Die moorden tijdens zijn jeugd... Hij had zich in Sacramento gebarricadeerd, met zijn grootmoeder als gijzelaar. Zijn grootvader had hij toen al om het leven gebracht. Het is gruwelijk afgelopen, neem dat van me aan. Hij heeft haar voor zich uit naar buiten geduwd, waar de politie aanwezig was en een predikant was opgetrommeld om op hem in te praten. Omdat hij een kind was, loste niemand een schot. Hij kwam achter haar aan naar buiten en doorboorde haar nieren. Medische hulp mocht niet meer baten. Hij was twaalf jaar toen hij dit deed. Deze keer dus geen onderhandelingen, geen waarschuwingen. Martin is waarschijnlijk al dood, maar stel dat we geluk hebben. Stel dat hij veel aan zijn hoofd had, dat hij van alles te doen had en er nog niet aan toe is gekomen.
Als hij ons aan ziet komen, zal hij haar voor onze ogen doden. Uit wraak. Hij heeft immers niets te verliezen! Dus als ze hem vinden is het Boem...! en de deur ligt plat.'
Het was verdomme veel te heet in de kamer en het stonk er naar ammoniak.
Burroughs was nog steeds aan het woord. 'We trekken

beide namen na, onder abonnees van entomologietijdschriften, bij de vereniging van messenfabrikanten, in de lijst van bekende misdadigers, bij alle denkbare bronnen. Niemand rust voordat dit voorbij is. Jij loopt de bekenden van Bimmel na, hè?'
'Klopt.'
'Volgens Justitie wordt het een moeilijke zaak als we hem niet op heterdaad kunnen betrappen. We moeten hem beslist aantreffen met Martin of met iets herkenbaars van haar, iets als tanden of vingers om precies te zijn. Het spreekt vanzelf dat we getuigen nodig hebben als hij zich al van Martin heeft ontdaan. Jouw gegevens over Bimmel kunnen we hoe dan ook gebruiken... Starling, ik wou verdomd graag dat dit gisteren was gebeurd, en niet alleen voor die Catherine Martin. Ze laten je in Quantico barsten, hè?'
'Ik denk van wel. Ze hebben mijn plaats weggegeven aan iemand die ook een deel van het jaar moest overdoen en die op een nieuwe kans wachtte.'
'Als we hem in Chicago te pakken krijgen, heb jij daar ook een behoorlijk steentje aan bijgedragen. Ze zijn daar in Quantico bikkelhard, zoals dat van hen wordt verwacht, maar daar zullen ze toch niet omheen kunnen... Wacht even!'
Starling hoorde Burroughs weg van de hoorn iemand afblaffen. Even later kwam hij weer aan de lijn.
'Niets. Over veertig tot vijfenvijftig minuten landen ze gevechtsklaar in Calumet City. Afhankelijk van de wind daarboven. De SWAT van Chicago is paraat om hen te vervangen voor het geval hij eerder wordt gevonden. Het elektriciteitsbedrijf van Calumet heeft vier mogelijke adressen aangedragen. Starling, kijk uit naar alles wat ze daar kunnen gebruiken om te zien welke van die vier het is. Als je iets ontdekt dat betrekking heeft op Chicago of Calumet, bel me dan meteen.'
'Okido!'
'Luister goed. Nog één ding en dan moet ik ophangen.

Als het gebeurt, als we hem in Calumet City te pakken krijgen, meld je je morgen meteen om acht uur 's morgens in Quantico, met je meest betoverende glimlach, dan gaat Jack met je naar het bestuur om een goed woordje voor je te doen. Dat doet die schietinstructeur, Brigham, ook. Vragen staat vrij.'
'Jerry, nog even het volgende: Fredrica Bimmel had een paar trainingsbroeken van Juno, een merk voor grote maten. Misschien heb je hier wat aan: Catherine Martin had een stel broeken van hetzelfde merk. Misschien ligt hij op de loer bij kledingzaken voor grote maten en zoekt hij zo zijn slachtoffers uit. We zouden navraag kunnen doen in Memphis, Akron en de overige plaatsen.'
'Het staat genoteerd. Hou de moed erin.'
Starling liep naar buiten, de rommelige tuin in. Hier zat ze, in Belvedere, Ohio, vijfhonderdzeventig lange kilometers van de actie in Chicago vandaan. De koude lucht voelde prettig aan op haar gezicht. Met een vuistgebaar in het niets moedigde ze in stilte het bijstandsteam aan. Tegelijkertijd voelde ze haar kin en haar wangen verdacht trillen. Wat bezielde haar in vredesnaam? Allemachtig, wat zou ze hebben gedaan als ze iets had ontdekt? Ze zou de cavalerie hebben gebeld, en het hoofdbureau in Cleveland, de SWAT in Columbus, en ook de politie van Belvedere.
Het leven van die jonge vrouw redden, het leven redden van de dochter van die vermaledijde senator Martin en van de vrouwen die misschien nog zouden volgen, alleen dat deed er echt toe. Als ze succes hadden, dan was alles goed.
Als ze niet op tijd komen, als ze iets afschuwelijks aantreffen, laten we dan hopen dat ze Buffa... dat ze Jame Gumb of Mr. Skin of hoe ze dat vervloekte monster ook wilden noemen, toch te pakken krijgen.
Toch was het zuur om er zo dichtbij te zijn, zo vlakbij, net een dag te laat op een goed idee te zijn gekomen,

ver van de arrestatieactie te eindigen en weer opnieuw aan je opleiding te moeten beginnen. Dat alles had de smaak van een nederlaag. Tot haar eigen schande had Starling lange tijd geloofd dat geluk al sinds een paar eeuwen niet voor de Starlings was weggelegd, dat alle Starlings verguisd en verward hadden rondgedoold door de nevelen der tijd, dat het spoor naar de eerste Starling je in een kringetje zou rondleiden. Maar dat was de klassieke gedachtegang van een verliezer en ze verdomde het daaraan toe te geven.

Als ze hem konden aanhouden dankzij het profiel dat zij van dr. Lecter had gekregen, moest dat bij Justitie in haar voordeel spreken. Starling moest daar even over nadenken. Haar zorgen om haar carrière kwamen haar onwezenlijk voor.

Wat er verder ook gebeurde, dat heldere idee over het naaipatroon had haar een beter gevoel gegeven dan nagenoeg alles wat haar ooit was overkomen. Er waren hier dingen die ze niet mocht loslaten. Ze had moed geput uit de herinnering aan zowel haar moeder als haar vader. Ze had Crawfords vertrouwen verdiend en behouden. Dat waren feiten die ze netjes moest opbergen in haar eigen White Owl-sigarenkistje.

Het was haar werk, haar taak om na te denken over Fredrica en over de manier waarop Gumb haar had ontvoerd. Strafrechtelijke vervolging van Buffalo Bill betekende dat alle feiten op tafel moesten komen.

Denk aan Fredrica, die haar hele jonge leven hier had moeten doorbrengen. Waar zou ze op zoek zijn gegaan naar mogelijkheden om te ontsnappen? Hadden haar verlangens weerklank gevonden bij die van Buffalo Bill? Had dat hen bij elkaar gebracht? Wat een afschuwelijke gedachte dat hij haar misschien uit eigen ervaring had begrepen, had meegevoeld zelfs, en zich desondanks van haar huid had meester gemaakt.

Starling stond stil aan de rand van het water. Bijna elke plaats kent een moment van de dag waarop het licht een bepaalde intensiteit en invalshoek heeft, waardoor het er op z'n mooist uitziet. Als je ergens lang genoeg blijft, ontdek je dat moment en beleef je daar genoegen aan. Op deze namiddag was de Licking River achter Fell Street vermoedelijk uitverkoren voor zo'n moment. Was dit het tijdstip waarop dat meisje Bimmel was weggedroomd? De bleke zon zorgde voor voldoende verdamping boven het water om te zorgen dat de oude koelkasten en fornuizen die aan de overkant in het struikgewas waren gegooid, vervaagden. De noordoostenwind, tegenover het licht, blies de kattenstaarten in de richting van de zon.

Een witte pvc-buis liep van meneer Bimmels schuur naar de rivier. Die gorgelde en er stroomde een straaltje bloederig water uit dat de oude sneeuw bezoedelde. Bimmel kwam naar buiten en liep de zon in. De voorkant van zijn broek was besmeurd met bloed en in een plastic boodschappentas droeg hij roze en grijze hompen.

'Duivenkuiken,' zei hij toen hij Starling zag kijken. 'Ooit duivenkuiken gegeten?'

'Nee,' antwoordde Starling. Ze wendde haar gezicht weer naar het water. 'Wel volwassen duiven.'

'Bij deze hoef je tenminste nooit bang te zijn dat je op hagel bijt.'

'Meneer Bimmel, kende Fredrica iemand uit Calumet City of het gebied rondom Chicago?'

Hij haalde zijn schouders op en schudde zijn hoofd.

'Is ze ooit naar Chicago geweest, bij uw weten?'

'Hoezo "bij mijn weten"? Denkt u soms dat een dochter van mij naar Chicago kan gaan zonder dat ik er iets van af weet? Ze ging nog niet eens naar *Columbus* zonder dat ik het wist.'

'Kende ze mannen die naaiden? Kleermakers of zeilmakers?'

'Ze naaide voor iedereen. Ze kon net zo goed naaien als haar moeder.

Mannen zijn me niet bekend. Ze naaide voor winkels,

voor dames, maar ik weet niet wie.'
'Wie was haar beste vriendin, meneer Bimmel? Waar hing ze met vriendinnen uit?' *'Hing'... dat had ze niet willen zeggen. Het viel hem gelukkig niet op. Hij was alleen maar nijdig.*
'Ze hing nergens uit zoals veel van die nietsnutten! Ze had altijd wel iets te doen. God had haar geen schoonheid gegeven, maar Hij had haar wel bedrijvigheid meegegeven.'
'Wie was volgens u haar beste vriendin?'
'Stacy Hubka, denk ik. Al van kleins af aan. Fredrica's moeder zei altijd dat Stacy alleen maar met Fredrica omging omdat er dan iemand was die haar op haar wenken bediende. Of dat zo was, weet ik niet.'
'Weet u waar ik haar kan bereiken?'
'Stacy werkte in die tijd in de verzekering. Ik neem aan dat ze daar nog steeds is. Franklin Insurance heette die maatschappij.'
Met gebogen hoofd en haar handen diep in haar zakken liep Starling door de doorploegde tuin naar haar auto. Fredrica's kat keek haar vanachter het raam op de bovenste verdieping na.

54

Hoe verder je naar het westen gaat, hoe aandachtiger identiteitsbewijzen van de FBI worden bekeken. Starlings ID-kaart, waarover een ambtenaar in Washington misschien alleen maar verveeld een wenkbrauw zou optrekken, maakte duidelijk indruk op Stacy Hubka's chef bij Franklin Insurance in Belvedere, Ohio. Hij haalde Stacy persoonlijk weg achter de balie en de telefoons en bood Starling de privacy van zijn kleine kantoor om met zijn medewerkster te praten.
Stacy Hubka had een rond, donzig gezicht en was op hoge hakken niet groter dan één meter tweeënzestig. Ze

had haar kapsel bewerkt met haarlak zodat het aan weerskanten wijd uitstond, en ze streek het telkens met een van Cher afgekeken gebaar uit haar gezicht. Zodra Starling ook maar even de andere kant opkeek, nam Stacy haar van top tot teen op.
'Stacy... Mag ik Stacy zeggen?'
'Natuurlijk.'
'Stacy, kun je mij vertellen hoe dit Fredrica Bimmel volgens jou heeft kunnen overkomen? Waar die man haar kan hebben gezien?'
'Ik werd er helemaal eng van! Dat je vel wordt afgestroopt... Is dat niet afschuwelijk? Hebt u haar gezien? Ze zeiden dat ze volkomen aan flarden was, alsof ze de lucht uit...'
'Stacy, heeft ze het ooit gehad over iemand uit Chicago of Calumet City?'
Calumet City. De klok boven Stacy's hoofd maakte Starling onrustig. Als het team het in veertig minuten haalt, landen ze over tien minuten. Moeten ze naar een ver gelegen adres? Concentreer je op je eigen taak.
'Chicago?' herhaalde Stacy. 'Nee. We hebben alleen een keer meegelopen in de Thanksgiving-optocht in Chicago.'
'Wanneer was dat?'
'We zaten nog op de basisschool, dus dat zal een jaar of negen geleden zijn. Het orkest ging erheen, alleen om te spelen. Daarna zijn we meteen weer in de bus gestapt.'
'Wat ging er door je heen toen ze vorig jaar opeens spoorloos was?'
'Ik wist gewoon niet wat ik ervan moest denken.'
'Kun je je nog herinneren waar je was toen je het te horen kreeg? Toen je het nieuws vernam? Wat dacht je op dat moment?'
'Op de avond van haar verdwijning gingen Skip en ik naar het theater en daarna gingen we bij Mr. Toad's nog iets drinken. Pam, Pam Malavesi, en de anderen kwamen binnen en zeiden dat Fredrica was verdwenen,

waarop Skip een geintje maakte door te zeggen dat Houdini daar niet verantwoordelijk voor kon zijn. Toen moest hij iedereen vertellen wie Houdini was – hij schept altijd op dat hij alles weet – en daarna zijn we er eigenlijk niet meer op teruggekomen. Ik dacht dat ze gewoon kwaad was op haar vader. Hebt u haar huis gezien? Is dat niet stuitend? Ik bedoel... waar ze ook is, ik weet dat ze zich schaamt omdat u het hebt gezien. Zou u niet weglopen als u daar moest wonen?'
'Dacht je dat ze misschien samen met iemand anders was weggelopen? Moest je aan een bepaalde persoon denken, zelfs al was het niet waar?'
'Skip zei dat ze misschien wel iemand had gevonden die van mollige vrouwen hield. Maar nee, zo'n figuur is er nooit in haar leven geweest. Ze had één vriend, maar dat had niets om het lijf. Hij zat in het orkest in de vierde klas van de middelbare school. Ik zeg wel "vriend", maar ze deden niets anders dan kletsen en giebelen als een stelletje meiden en samen huiswerk maken. Hij was een echt mietje en droeg zo'n Grieks visserspetje. Skip dacht dat hij een... eh... een homo was. Ze werd geplaagd omdat ze met een flikker omging. Maar hij en zijn zuster kwamen bij een auto-ongeluk om het leven en daarna heeft ze nooit meer een ander gekregen.'
'Wat dacht je toen ze niet terugkwam?'
'Pam dacht dat ze misschien bij de Moonie-sekte was terechtgekomen. Ik wist het niet, maar ik maakte me zorgen als ik eraan dacht. Ik was bang en zei tegen Skip dat ik 's avonds niet meer zonder hem zou uitgaan. Als de zon onder is, zei ik, gaan we samen uit, vriend.'
'Heb je haar ooit de naam "Jame Gumb" horen noemen? Of "John Grant"?'
'Ummmm... nee.'
'Denk je dat ze een vriend had kunnen hebben van wie jij niet af wist? Waren er langere periodes, dagen, dat je haar niet zag?'
'Nee. Als ze met iemand verkering had gehad, zou ik

dat beslist hebben geweten. Maar ze had nooit verkering.'
'Zou het ook niet mogelijk zijn geweest dat ze een vriend had en dat voor anderen verzweeg?'
'Waarom zou ze dat doen?'
'Misschien omdat ze bang was ermee geplaagd te worden.'
'Geplaagd? Door ons? Wat een onzin! Alleen omdat we haar hebben geplaagd met dat mietje van de middelbare school?' Stacy kreeg een kleur. 'Nee. Nee, we zouden haar nooit echt pesten. Ik heb dat alleen maar verteld omdat het erbij hoorde. Ze heeft heus niet... Iedereen was hartstikke aardig voor haar toen hij was verongelukt.'
'Heb je met Fredrica gewerkt, Stacy?'
'Zij en ik en Pam Malavesi en Jaronda Askew, we werkten allemaal in de zomervakanties bij de Koopjesmarkt. Toen zijn Pam en ik gaan solliciteren bij Richards', waar ze prachtige kleren hebben. Ik werd aangenomen, en Pam later ook. Pam zei toen tegen Fredrica dat ze er ook naartoe moest gaan omdat ze nog iemand konden gebruiken. Fredrica solliciteerde, maar mevrouw Burdine – dat was de cheffin – zei: "Tja, Fredrica, we hebben iemand nodig die bij de mensen in de smaak valt. Wanneer er klanten binnenkomen, moeten ze zeggen dat ze er net zo willen uitzien als jij. Dan zou jij ze advies moeten geven en vertellen wat hun wel en wat hun niet staat. Als je het kunt opbrengen om flink af te vallen, moet je nog maar eens terugkomen. Zoals je nu bent, kan ik je alleen gebruiken voor naaiwerk. Ik zal het er met mevrouw Lippman over hebben." Mevrouw Burdine praatte op zo'n zoetig, lief toontje, maar ze bleek een kreng te zijn. Daar kwam ik pas later achter.'
'Fredrica deed dus naaiwerk voor Richards', de zaak waar jij ook werkte?'
'Ja, ook al vond ze het maar niks. De oude mevrouw

Lippman verzorgde voor iedereen het naaiwerk. Dat was haar afdeling en ze had meer werk dan ze aankon. Fredrica werkte dus voor haar. De oude mevrouw Lippman naaide voor iedereen, maakte ook jurken. Toen mevrouw Lippman met pensioen ging, wilde haar dochter of wie dat eigenlijk was het niet van haar overnemen. Daarom kreeg Fredrica alles en bleef zij voor iedereen naaien. Dat was het enige wat ze deed. Ze ging voornamelijk om met Pam en mij. Dan gingen we soms naar Pams huis om te lunchen en naar een televisieserie te kijken die toen populair was, en dan nam Fredrica altijd werk mee en ging er op haar schoot mee aan de slag.'
'Werkte Fredrica weleens in de winkel? Om maten van klanten op te nemen? Had ze contact met klanten of met het verkooppersoneel?'
'Soms, niet vaak. Ik werkte er niet iedere dag.'
'Werkte mevrouw Burdine wel iedere dag? Zou zij het weten?'
'Ja, ik denk van wel.'
'Heeft Fredrica ooit verteld dat ze naaide voor een zaak die zich "Mr. Skin" noemde? Een zaak in Chicago of Calumet City? Voor het voeren van leren kledingstukken misschien?'
'Dat weet ik niet. Het kan zijn dat mevrouw Lippman voor die zaak heeft gewerkt.'
'Ben je dat merklabel – "Mr. Skin" – weleens ergens tegengekomen? Bij Richards' of in een boetiek?'
'Nee.'
'Weet je waar ik mevrouw Lippman kan vinden? Ik wil graag met haar praten.'
'Ze is dood. Na haar pensioen is ze naar Florida gegaan en Fredrica vertelde dat ze daar is gestorven. Ik heb haar nooit gekend. Skip en ik haalden Fredrica soms bij haar af, meestal als ze een grote berg kleren had. U zou misschien met haar familie of zo kunnen praten. Ik zal het adres voor u opschrijven.'
Het duurde allemaal erg lang, vooral omdat Starling po-

pelde naar nieuws uit Calumet City. De veertig minuten waren verstreken. Het bijstandsteam moest nu zijn geland. Ze ging zo zitten dat ze niet naar de klok hoefde te kijken en zette haar vraaggesprek voort.
'Stacy, waar kocht Fredrica haar kleren? Waar kwamen haar grote broeken van Juno vandaan?'
'Ze maakte bijna alles zelf. Ik vermoed dat ze die broeken bij Richards' heeft gekocht in de tijd dat iedereen van die wijde gevallen droeg. Met haar dikke bovenbenen was dat een uitkomst. Toen die broeken in de mode waren, werden ze in veel winkels verkocht. Maar omdat ze voor Richards' naaide, kreeg ze daar korting.'
'Kocht ze weleens iets in een speciaalzaak voor grote maten?'
'We zijn overal geweest om te kijken. U weet wel hoe dat gaat. We zijn bij Personality Plus geweest en daar keek ze dan rond om ideeën op te doen voor patronen voor grote maten.'
'Zijn jullie in zo'n winkel ooit door iemand lastig gevallen of had Fredrica weleens het gevoel dat iemand haar in de gaten hield?'
Stacy keek een ogenblik naar het plafond en schudde toen haar hoofd.
'Stacy, kwamen er weleens travestieten of mannen die kleren in grote maten kochten bij Richards'? Heb je dat ooit meegemaakt?'
'Nee. Skip en ik hebben er wel een paar gezien in een bar in Columbus.'
'Was Fredrica daarbij?'
'Welnee! We waren toen voor een heel weekend op stap.'
'Wil je voor me opschrijven in welke winkels voor grote maten je met Fredrica bent geweest? Denk je dat je je dat nog kunt herinneren?'
'Alleen hier? Of ook in Columbus?'
'Hier en in Columbus. En noteer ook het adres van Richards' maar. Ik wil graag even met mevrouw Burdine praten.'

'Best. Is het leuk om FBI-agent te zijn?'
'Ja, dat vind ik wel.'
'Moet u veel reizen en zo? Ik bedoel, komt u in plaatsen waar het leuker is dan hier?'
'Soms wel, ja.'
'U moet er natuurlijk altijd goed uitzien, hè?'
'Eh... ja. Je moet een zakelijke indruk maken.'
'Hoe word je dat, FBI-agent?'
'Dan moet je eerst naar de universiteit, Stacy.'
'Dat zal wel veel geld kosten.'
'Inderdaad. Maar soms geven ze een beurs of een toelage, en dan lukt het wel. Zal ik je wat informatie toesturen?'
'Graag. Ik bedacht opeens... Fredrica was zo blij voor me toen ik deze baan kreeg; ze was echt helemaal door het dolle heen. Zelf had ze nooit een echte kantoorbaan gehad en ze dacht dat je het hier ver mee kon brengen. Ze was ervan overtuigd dat dit, duffe dossiers en de hele dag Barry Manilow op de radio, het absolute einde was. Dat was natuurlijk maar schijn, maar wist zij veel.'
Er verschenen tranen in Stacy's ogen. Ze sperde ze open en boog haar hoofd naar achteren om te voorkomen dat haar make-up uitliep en ze alles weer moest bijwerken.
'Kun je nu die lijst voor me maken?'
'Dat doe ik liever aan de balie. Daar staat mijn tekstverwerker. Bovendien heb ik een telefoonboek en zo nodig.' Ze verliet het kantoortje met haar hoofd achterover, haar weg zoekend door het plafond te volgen.
Het telefoontoestel wenkte en lonkte Starling. Zodra Stacy Hubka het kleine vertrek had verlaten, belde Starling naar Washington – op kosten van de FBI – om te horen hoe de stand van zaken was.

55

Op dat moment, boven de zuidelijke punt van het Michiganmeer, schakelde een zakenvliegtuig voor vierentwintig personen en met een burgerkenteken over op kruissnelheid en begon aan de lange dalende bocht naar Calumet City, Illinois. De twaalf mannen van het speciale bijstandsteam voelden de daling door een opwaartse druk in hun maag.

Teamcommandant Joel Randall, die voor in de passagiersruimte zat, zette zijn koptelefoon af en keek nog even zijn aantekeningen door voordat hij opstond om het team toe te spreken. Hij was ervan overtuigd dat hij over het best getrainde SWAT-team ter wereld beschikte, en misschien was dat ook wel zo. Een aantal van hen had nog nooit onder vuur gelegen, maar stuk voor stuk hoorden ze bij de absolute top als je kon afgaan op simulaties en tests.

Randall had al veel vaker gevlogen en het kostte hem dan ook geen moeite zijn evenwicht te bewaren tijdens de onrustige daling.

'Heren, het informatiecentrum voor drugs heeft een dekmantel voor ons geregeld. Er staan straks twee bestelbusjes voor ons klaar, een van een bloemist en een van een loodgietersbedrijf. Dus Vernon, Eddie... trek je kogelvrije vest en je burgerkloffie aan. Bedenk dat jullie geen maskers dragen als we onverhoopt gebruik moeten maken van gasgranaten.'

'Zorg dus dat je je smoel bedekt,' mompelde Vernon tegen Eddie.

Vernon en Eddie, die als eersten naar de deur zouden gaan, moesten een dun kogelvest onder hun burgerkleren dragen. De rest kon zich wapenen met harde pantservesten, die bestand waren tegen geweervuur.

'Bobby, leg in elk busje een van je telefoonhoorns neer voor de chauffeur. Het zal me niet gebeuren dat de zaak verknald wordt doordat die lui van Drugs opeens bel-

len,' zei Randall.
Het informatiecentrum voor drugs maakt bij overvallen gebruik van UHF-radio's, terwijl de FBI over VHF beschikt. In het verleden had dat problemen gegeven.
Ze waren uitgerust voor alle denkbare situaties, zowel overdag als 's nachts. Voor het beklimmen van muren hadden ze de beschikking over een basisuitrusting voor de bergsport, om te luisteren gebruikten ze Wolf's Ears en een VanSleek Farfoon en om te kijken hadden ze nachtapparatuur. De wapens met nachttelescopen deden denken aan muziekinstrumenten omdat ze in hoezen waren opgeborgen. Dit moest een precisieoperatie worden en dat was te zien aan de wapens; geen enkel wapen kon onverhoeds afgaan.
Toen de remkleppen in werking werden gesteld, hesen de teamleden zich in hun harnas.
Randall ontving via zijn koptelefoon nieuws uit Calumet. Hij legde zijn hand over de microfoon en richtte zich weer tot het team. 'Mannen, ze hebben het teruggebracht tot twee adressen. Wij nemen het meest aannemelijke adres en de SWAT van Chicago gaat naar het andere.'
Ze landden op Lansing Municipal, het vliegveld dat het dichtst bij Calumet lag, ten zuidoosten van Chicago. Het vliegtuig werd onmiddellijk binnengeloodst. De piloot bracht het met knarsende remmen tot stilstand naast twee voertuigen die met draaiende motoren aan het eind van het vliegveld, zo ver mogelijk bij de passagiershal vandaan, stonden te wachten.
Er volgden snelle begroetingen naast de bloemistenwagen. De commandant van Drugs overhandigde Randall iets dat op een groot bloemstuk leek. Het was een zes kilo zware voorhamer waarvan de kop in gekleurd folie was gewikkeld zodat hij op een bloempot leek, en de handgreep was bedekt met bladeren.
'Je wilt vast wel zo vriendelijk zijn dit te bezorgen,' zei hij. 'Welkom in Chicago.'

56

Laat in de middag maakte Jame Gumb aanstalten om te beginnen. Met tranen in zijn ogen die elk moment konden wegstromen had hij eerst nogmaals naar zijn video gekeken, telkens en telkens weer. Op het kleine beeldscherm beklom mama de trap van de waterglijbaan en gleed naar beneden, plons, het water in. En nog eens het water in. Tranen vertroebelden Gumbs zicht alsof hij zelf in het zwembad lag.

Op zijn middel lag een warmwaterkruik die borrelende geluiden maakte, zoals de buik van het hondje had geborreld wanneer ze op hem lag.

Hij kon het niet langer verdragen dat wat hij in de kelder had, Precious gevangenhield en haar bedreigde. Precious leed pijn. Hij wist dat ze pijn leed. Hij wist niet zeker of hij het kon doden voordat het Precious dodelijk zou verwonden, maar hij moest het proberen. Nu meteen.

Hij trok zijn kleren uit en zijn badjas aan. Hij was na een oogst altijd naakt en bebloed als een pasgeborene.

Uit zijn grote medicijnkast pakte hij de zalf die hij voor Precious had gebruikt toen ze door de kat was gekrabd. Verder pakte hij kleine wondpleisters, ontsmettingsstaafjes en de plastic kraag die de dierenarts hem had gegeven om te voorkomen dat het hondje een wond met haar tanden zou openhalen. In de kelder lagen tongspatels die hij kon gebruiken om haar gebroken pootje te spalken, en hij had daar ook nog een tube verzachtende zalf om de pijn weg te nemen voor het geval dat het stomme ding haar zou verwonden voordat het stierf. Als hij een nauwkeurig schot in het hoofd kon lossen zou hij alleen het haar opofferen. Precious was hem meer waard dan het haar. Het haar was een offerande, een offergave voor haar veiligheid.

Nu stil de trap af, naar de keuken. Zijn slippers uit en via de donkere keldertrap naar beneden, dicht tegen de

muur om gekraak van de treden te voorkomen. Hij liet het licht uit. Onder aan de trap sloeg hij rechtsaf en liep naar de werkkamer, op de tast zijn weg zoekend in de vertrouwde duisternis waarbij zijn voeten de verandering van het vloeroppervlak voelden.
Zijn mouw streek langs de kooi en hij hoorde het zachte, boze gepiep van een broedvlinder. Hier was het kabinet. Hij vond zijn infrarode zaklamp en zette de bril op zijn neus. Nu gloeide de wereld groen op. Hij bleef even staan, temidden van het vertroostende geborrel van de tanks en het warme gesis van de stoombuizen. Meester van de duisternis, koningin van de nacht.
Vlinders, die vrij in de lucht rondvlogen, trokken groene fluorescerende sporen door zijn gezichtsveld en streken in zwakke ademtochten langs zijn gezicht terwijl ze zich met hun donzige vleugels een weg zochten door de duisternis. Hij controleerde de Python. Het wapen was geladen met .38 Special-kogels die met geweld de schedel binnendrongen en door expansie meteen de dood tot gevolg hadden. Als het stond wanneer hij het schot loste, als hij het boven in het hoofd schoot, was de kans dat de kogel via de onderkaak weer naar buiten kwam en de borst beschadigde minder groot dan wanneer hij een Magnum-lading zou gebruiken.
Stil, muisstil, begon hij te kruipen, de knieën gebogen en de tenen met de gelakte nagels klauwend in de oude planken. Stilte op de zanderige bodem van de onderaardse kerker. Hij moest zich geruisloos voortbewegen, maar niet te langzaam. Hij wilde voorkomen dat zijn lichaamsgeur de tijd kreeg om het hondje beneden in de schacht te bereiken.
De bovenkant van het kerkergewelf gloeide groen op, de stenen en de specie duidelijk zichtbaar, de structuur van het houten deksel scherp in zijn beeld. Richt de lamp en buig je naar voren. Daar waren ze. Het lag op haar zij als een reusachtige garnaal. Misschien sliep het. Precious lag dicht tegen het lichaam aan, opgerold. Ze sliep

ongetwijfeld... O alsjeblieft, laat haar niet dood zijn! Het hoofd was niet beschut. Een nekschot was verleidelijk en zou het haar sparen. Te riskant.
Jame Gumb boog zich verder over de opening, de vooruitstekende glazen van zijn bril naar beneden gericht. De Python lag goed in de hand, met een juiste gewichtsverdeling op de loop; het was een uitstekend wapen dat nauwkeurig gericht kon worden. Hij moest het in de infrarode straal houden. Hij legde aan op de zijkant van het hoofd, op de plaats waar het haar vochtig tegen de slaap lag.
Of ze iets hoorde of rook, hij zou het nooit weten. Maar opeens schoot Precious jankend overeind, Catherine Baker Martin deed een uitval naar het hondje en trok de deken over hen heen. Bewegende bulten onder de mat. Hij wist niet wat hond en wat Catherine was. In het infrarode licht kon hij slecht diepte waarnemen. Hij kon niet zien welke bult Catherine was.
Maar hij had Precious zien springen. Hij wist dat haar poot niets mankeerde en plotseling wist hij ook iets anders: Catherine Baker Martin zou het diertje net zomin als hij pijn doen. God, wat een opluchting! Dankzij die eendracht zou hij haar in de vervloekte benen kunnen schieten en als ze daar dan naar greep, zou hij haar rotkop eraf kunnen knallen. Voorzichtigheid was niet nodig.
Hij knipte de lampen aan, alle lampen in de kelder godbetert, en pakte de schijnwerper die in de voorraadkamer lag. Hij had zichzelf in bedwang en dacht helder na. Toen hij door de werkkamer liep, dacht hij er zelfs aan om wat water in de gootstenen te laten lopen zodat de afvoer niet verstopt zou raken.
Toen hij haastig langs de trap liep, klaar om tot actie over te gaan en met de schijnwerper in zijn hand, rinkelde de deurbel.
De deurbel, snerpend en irriterend... Hij moest blijven staan om tot zich door te laten dringen wat het was. Hij

had die bel in geen jaren gehoord, had niet eens geweten of het ding nog wel werkte. De bel was bevestigd boven de trap om zowel beneden als boven gehoord te kunnen worden, een zwartmetalen tiet die met stof was bedekt. En die nu rinkelde. Terwijl hij ernaar keek, rinkelde hij opnieuw en bleef rinkelen, zodat het stof eraf vloog. Er stond iemand voor de deur, iemand die op de knop onder het bordje met 'conciërge' drukte.
Die zou wel weggaan.
Hij stelde de schijnwerper op. Ze gingen niet weg.
Het ding beneden in de put zei iets, maar dat negeerde hij. De bel rinkelde, irriterend. Iemand hield gewoon zijn vinger erop. Hij moest maar even naar boven gaan en voorzichtig gaan kijken. De Python met de lange loop paste niet in de zak van zijn badjas. Hij legde het wapen op de tafel in de werkkamer.
Hij was halverwege de trap toen het gerinkel ophield. Hij bleef staan en wachtte een tijdje. Stilte. Hij besloot toch maar te gaan kijken. In de keuken schrok hij op van een harde klop op de achterdeur. In de provisiekast vlak bij de achterdeur stond een oud jachtgeweer. Hij wist dat het geladen was.
Nu de deur naar de keldertrap was gesloten, kon niemand het daar beneden horen gillen, zelfs niet als het uit alle macht zou schreeuwen. Daar was hij van overtuigd.
Opnieuw hard geklop. Hij opende de deur op een kier, zonder de ketting los te maken.
'Ik heb gebeld, maar er kwam niemand,' zei Clarice Starling. 'Ik ben op zoek naar de familie van mevrouw Lippman. Kunt u me soms helpen?'
'Die wonen hier niet,' antwoordde Jame Gumb en hij sloot de deur. Hij was alweer op weg naar de trap toen er opnieuw werd geklopt, luider deze keer.
Hij opende de deur voor zover de ketting dat toeliet.
De jonge vrouw hield een identificatie vlak voor de opening. Hij zag dat ze van de FBI was. 'Neem me niet kwa-

lijk, maar ik wil even met u praten. Ik moet de familie van mevrouw Lippman opsporen. Ik weet dat ze hier heeft gewoond en ik verzoek u vriendelijk me te helpen.'
'Mevrouw Lippman is al een eeuwigheid dood. Voor zover ik weet, had ze geen verwanten.'
'En een advocaat? Of een accountant? Iemand die haar administratie kan hebben? Hebt u mevrouw Lippman gekend?'
'Heel kort maar. Waar gaat het precies om?'
'Ik stel een onderzoek in naar de dood van Fredrica Bimmel. Mag ik weten wie u bent?'
'Jack Gordon.'
'Hebt u Fredrica Bimmel gekend in de tijd dat ze voor mevrouw Lippman werkte?'
'Nee. Was ze een grote, dikke vrouw? Het is best mogelijk dat ik haar heb gezien, maar ik weet het niet zeker. Sorry dat ik u zo lang heb laten wachten, maar ik lag te slapen... Mevrouw Lippman had een advocaat. Misschien heb ik zijn kaartje nog ergens. Ik zal eens zien of ik het kan vinden. Wilt u niet binnenkomen? Ik heb het ijskoud en straks glipt mijn kat nog naar buiten. Dan neemt ze de benen voordat ik haar kan grijpen.'
Hij liep naar een cilinderbureau aan de andere kant van de keuken, schoof de rolklep op en zocht in een paar vakjes. Starling stapte naar binnen en pakte haar notitieboekje uit haar tas.
'Een afschuwelijke zaak,' zei hij, rondsnuffelend in het bureau. 'Ik krijg koude rillingen als ik eraan denk. Zijn ze al iemand op het spoor?'
'Nog niet, maar er wordt aan gewerkt. Meneer Gordon, bent u hier komen wonen toen mevrouw Lippman was overleden?'
'Ja.' Met zijn rug naar Starling toe boog Gumb zich over het bureau. Hij trok een la open en rommelde er een beetje in.
'Waren er nog papieren achtergebleven? Zakelijke documenten?'

'Nee, niets. Heeft de FBI bepaalde ideeën? De politie hier schijnt geen stap verder te komen. Hebben ze een signalement? Of vingerafdrukken?'
Uit de plooien aan de achterkant van Gumbs badjas kroop een doodshoofdvlinder. Het dier bleef midden op zijn rug, ongeveer ter hoogte van zijn hart, zitten en spreidde de vleugels.
Starling liet haar notitieboek weer in haar tas vallen.
Gumb! Godzijdank hangt mijn jas open. Praat je eruit, ga ergens telefoneren. Nee! Hij weet dat ik van de FBI ben. Als ik hem uit het oog laat, zal hij haar doden. Haar nieren doorboren. Ze zoeken hem, zullen hier een overval uitvoeren. Zijn telefoon... Niet te zien, niet hier. Vraag waar het toestel staat. Draai het nummer, overrompel hem dan. Dwing hem op zijn buik te gaan liggen. Wacht op de politie. Zo moet het. Vooruit. Hij draait zich om.
'Hier is het nummer,' zei hij. Hij stak haar een adreskaartje toe. Zou ze het aanpakken? Nee.
'Fijn, dank u. Meneer Gordon, hebt u een telefoon? Mag ik even bellen?'
Toen hij het kaartje op de tafel legde, vloog de vlinder op. Hij fladderde langs Gumbs hoofd naar voren en streek neer op een kast boven de gootsteen, tussen hen in.
Hij keek ernaar. Toen zij niet naar de vlinder keek, toen zij haar ogen onafgebroken op zijn gezicht hield gericht, wist hij het.
Hun blikken ontmoetten elkaar en beiden wisten wat er in de ander omging.
Jame Gumb hield zijn hoofd iets schuin. Hij glimlachte. 'Er staat een draadloze telefoon in de provisiekast. Ik zal hem voor u pakken.'
Nee! Toe dan. Haar hand ging naar de revolver, in een vloeiende beweging die ze duizenden keren had uitgevoerd, en vond het wapen keurig op zijn plaats. Ze nam het met beide handen in een stevige greep en stak het

naar voren, met de loop vast op het midden van zijn borst gericht. 'Staan blijven!'
Hij tuitte zijn lippen.
'Handen omhoog... Nu! En langzaam!'
Breng hem naar buiten. Zorg dat de tafel tussen hem en jou blijft. Dwing hem de straat op te lopen. Laat hem midden op de weg gaan liggen, op zijn buik. Laat je penning zien.
'Meneer Gub... Meneer Gumb, u staat onder arrest. Loop langzaam voor me uit naar buiten.'
In plaats daarvan verliet hij gewoon het vertrek. Als zijn hand naar zijn zak was gegaan of achter zijn rug was verdwenen, als ze een wapen had gezien, had ze kunnen schieten. Maar hij was gewoon weggelopen.
Ze hoorde hem de keldertrap afrennen. Ze liep om de tafel heen en snelde naar de deur boven aan de trap. Hij was nergens te zien. De trap was helder verlicht en verlaten. *In de val!* Op de trap zou ze een weerloos doelwit zijn.
Op dat moment klonk vanuit de kelder een snerpende gil.
Ik moet niets van die trap hebben, absoluut niet, dacht Clarice Starling, in tweestrijd of ze zou gaan of niet.
Catherine Martin gilde opnieuw. Hij vermoordt haar!
Ten slotte ging Starling toch naar beneden, met één hand op de leuning en de hand met de revolver vooruitgestoken, vlak onder haar gezichtsveld. Ze bereikte de vloer onder aan de trap, bewoog haar schietarm mee met haar hoofd in een poging de twee openstaande deuren daar onder schot te houden.
De kelderverdieping baadde in een zee van licht. Ze kon niet door de ene deur naar binnen gaan zonder de andere haar rug toe te keren. Toe dan, vlug! Naar links, in de richting van het gegil. Met ogen die ze wijder opensperde dan ooit eerder stormde ze naar de onderaardse kerker met de zanderige vloer, waar ze al in de deuropening en met haar revolver in de aanslag snel het in-

terieur in zich opnam. De enige plaats waar iemand zich kon verbergen, was achter de put. Ze sloop vlak langs de muur naar voren, de hoek om en naar de put toe. Met beide handen om het wapen, haar armen recht voor zich uit gestrekt en een lichte spanning op de trekker, liep ze om de put heen. Er zat niemand achter.
Een lichte kreet steeg als ijle rook op uit de put. Nu gejank: een hond. Met haar blik op de deur gericht, liep ze naar de rand van de put en keek naar beneden. Ze zag het meisje, keek weer op, tuurde weer in de diepte en zei wat haar was geleerd te zeggen om de gijzelaar te kalmeren: 'FBI... Je bent veilig.'
'Veilig? GELUL! Hij heeft een pistool. Haal me hieruit. HAAL ME ERUIT!'
'Het komt allemaal in orde, Catherine. Hou je mond! Weet je waar hij is?'
'HAAL ME ERUIT! HET KAN ME GEEN DONDER SCHELEN WAAR HIJ IS. HAAL ME ERUIT!'
'Ik ga je eruit halen. Wees stil. Help me. Wees stil, dan kan ik iets horen. Probeer die hond de bek te snoeren.'
Verschanst achter de put hield ze de deur onder schot. Haar hart klopte als bezeten en haar adem blies stof van de stenen. Ze kon Catherine Martin niet achterlaten om hulp te gaan halen zolang ze niet wist waar Gumb was. Ze kroop naar de deur en zocht dekking achter de deurpost. Ze kon over de onderste treden van de trap heen kijken en een deel van de werkruimte erachter zien.
Of ze zou Gumb vinden, of ze zou hem op de vlucht jagen of ze zou Catherine Martin met zich meenemen naar buiten. Dat waren de enige keuzen die ze had.
Een snelle blik over haar schouder, door de onderaardse kerker. 'Catherine? Catherine, is er ergens een ladder?'
'Dat weet ik niet. Toen ik bij bewustzijn kwam, lag ik al hier. Hij liet de emmer altijd aan een touw naar beneden zakken.'
Een kleine handlier was met bouten bevestigd aan een

balk in de muur. Er lag geen touw om de haspel van de lier.
'Catherine, ik moet iets gaan zoeken om je daaruit te krijgen. Kun je lopen?'
'Ja. Laat me niet alleen.'
'Een minuutje maar.'
'Laat me hier niet alleen, stomme teef! Mijn moeder zal je godvergeten klotehersens in elkaar slaan en...'
'Hou je mond, Catherine. Ik wil dat je stil bent, zodat ik kan luisteren. Je moet stil zijn voor je eigen veiligheid. Snap je dat?' Toen, luider: 'De andere agenten kunnen elk moment hier zijn, dus nu hou je verder je mond! We laten je daar heus niet achter.'
Hij moest een touw hebben. Waar? Ga kijken.
Starling stormde langs de traptreden naar de deur van de werkruimte. Een deur bood de meeste risico's, dus snel naar binnen, ogen heen en weer tussen de muren tot ze het hele vertrek had gezien. In de glazen tanks zwommen vormen die haar bekend voorkwamen, maar ze was te zeer op haar hoede om ervan te schrikken. Vlug het vertrek door, langs de tanks, de gootstenen, langs de kooi, langs een paar rondfladderende vlinders die ze negeerde.
Ze naderde de achterliggende gang, die baadde in het licht. Achter haar sloeg de koelkast aan en ze draaide zich met een ruk om, ineengedoken, de haan van de Magnum gespannen, het wapen in de aanslag. Op naar de gang. Ze was niet opgeleid om te spieden. Hoofd en wapen tegelijk naar voren, maar laag. De gang was verlaten. Aan het eind ervan lag het atelier, dat eveneens baadde in het licht. Snel de gang door, op de gok langs de gesloten deur, naar de deur van het atelier. Een ruimte in wit en blank eiken. Verdomd moeilijk om vanuit de deuropening het geheel onder schot te nemen. Overtuig je ervan dat elke etalagepop ook echt een pop is, dat elk spiegelbeeld een pop is, dat de enige beweging in de spiegels door jou wordt gemaakt. De grote kleer-

kast stond open en was leeg. Duisternis achter de openstaande deur aan de andere kant. Daar kwam je in de kelderruimte. Nergens een touw of een ladder. Geen licht achter het atelier. Ze sloot de deur naar het donkere deel van de kelder, schoof een stoel onder de deurknop en zette daar weer een naaimachine tegenaan. Als ze er zeker van kon zijn dat hij zich niet in dit deel van het souterrain bevond, zou ze het risico nemen om snel even naar boven te gaan en een telefoon te zoeken.
Terug door de gang. Ze was daar één deur gepasseerd. Stel je op aan de kant waar de deur opengaat, tegenover de hengsels. In één beweging opengooien. De deur sloeg met een klap tegen de muur. Niemand erachter. Een ouderwetse badkamer. Met touw, haken, een takel met een harnas. Catherine halen of die telefoon zoeken? Op de bodem van die put kon Catherine niet per ongeluk worden doodgeschoten. Maar als Starling het leven liet, was Catherine ook dood. Catherine meenemen en dan op zoek gaan naar de telefoon. Starling wilde niet lang in de badkamer blijven. Hij kon naar de deur komen en de spuit op haar zetten. Haar ogen flitsten heen en weer voordat ze gebukt naar binnen ging om het touw te pakken. Er stond een grote badkuip, bijna tot de rand toe gevuld met hard, paarsrood gips. Een hand en een pols staken boven het gips uit, de hand donker en verschrompeld, de vingernagels roze gelakt. Om de pols bevond zich een sierlijk horloge. Starling zag alles in één oogopslag: het touw, de badkuip, de hand, het horloge. De traag voortkruipende secondewijzer was het laatste wat ze zag voordat de lichten uitgingen. Haar hart klopte zo heftig dat haar borst en armen trilden.
Duizelingwekkende duisternis. Ze moest iets vastpakken, de rand van de badkuip. Weg uit die badkamer! Als hij de deur vindt, kan hij de spuit op deze ruimte zetten en er is niets waarachter ik kan wegkruipen. Allejezus, maak dat je wegkomt! Blijf laag en kruip naar de gang. Zijn alle lichten uit? Ja, alle lichten. Dat moest hij vanuit de

meterkast hebben gedaan; hij had de hoofdschakelaar omgedraaid. Waar zou die kast zijn? Waar is de meterkast? In de buurt van de trap. Vaak bevinden die dingen zich in de buurt van de trap. Als dat zo is, zal hij van die kant komen. Maar dan bevindt hij zich tussen mij en Catherine.
Catherine Martin begon weer te jammeren.
Hier wachten? Een eeuwigheid wachten? Misschien is hij gevlucht. Hij kan niet weten dat er geen hulptroepen komen. Ja, dat kan hij wel. Maar ze zullen me weldra missen. Vanavond nog. De trap is waar het geschreeuw vandaan komt. Los het op. Nu!
Ze kwam in beweging, geruisloos. Haar schouder raakte nauwelijks de muur, was er te ver vandaan om een schurend geluid te maken. Ze hield haar ene hand voor zich uitgestrekt en haar andere, met de revolver, ter hoogte van haar middel, dicht tegen zich aan in de smalle gang. Nu de werkruimte in en naar de deur. Voel hoe de omgeving verandert. Open ruimte. Gebukt de open ruimte in, armen naar voren gestrekt, beide handen om het wapen. Je weet precies waar de revolver is, iets beneden ooghoogte. Sta stil, luister. Hoofd, lichaam en armen gelijktijdig draaien, het hele vertrek rond. Sta stil, luister. In de inktzwarte duisternis klonk het gesis van stoombuizen, het druppelen van water. Een indringende geitengeur drong haar neusgaten binnen. Catherine krijste.
Jame Gumb stond tegen de muur. Hij had zijn infrarode bril opgezet. Er bestond geen gevaar dat ze tegen hem zou oplopen, want tussen hen in stond een instrumententafel. Hij liet zijn infrarode lamp over haar heen schijnen. Ze was te mager om hem van veel nut te kunnen zijn. Maar in de keuken had hij haar haar gezien en dat was prachtig. Het zou hem niet meer dan een minuutje kosten. Hij kon dat gemakkelijk oogsten en voor zichzelf gebruiken. Met dat haar op zijn hoofd kon hij zich over de rand van de put buigen en tegen dat ding zeg-

gen: 'Daar ben ik dan!'
Het was grappig om te zien hoe ze rondsloop. Ze stond nu met haar heup tegen de gootsteen en kroop met vooruitgestoken revolver in de richting van het geschreeuw. Het zou leuk zijn om haar langdurig op te jagen. Hij had nooit eerder een gewapend slachtoffer opgejaagd, maar hij zou er intens van hebben genoten. Maar daar was nu geen tijd voor. Jammer.
Een schot in het gezicht zou afdoende zijn en dat was niet moeilijk op een afstand van tweeëneenhalve meter. Nu.
Terwijl hij het wapen omhoogbracht, spande hij de haan van de Python. De gestalte werd wazig, vloeide uit tot een groene vlek, het pistool schokte in zijn hand en hij sloeg hard met zijn rug tegen de grond. Zijn zaklamp brandde en hij zag het plafond.
Ook Starling lag op de grond, verblind door de flitsen uit de wapens en met dreunende echo's in haar oren, doof van de knallende schoten. Zonder iets te kunnen zien of horen deed ze in het donker wat ze moest doen. Lege hulzen eruit, tik ertegenaan, voel of ze er allemaal uit zijn, de snellader erin, voel het, geef een zetje, draai, laat los, sluit de cilinder. Ze had vier keer geschoten. Twee schoten, en toen nog eens twee. Hij had één schot gelost. Ze vond de twee goede patronen die ze eruit had geschud. Waar moest ze die laten? In de tas voor de snellader. Ze bleef roerloos liggen. Tot actie overgaan voordat hij haar had gehoord?
Het geluid van een revolver die wordt gespannen is met geen ander geluid te vergelijken. Ze had in de richting van dat geluid gevuurd zonder iets anders te kunnen zien dan de felle flitsen uit de wapenlopen. Ze hoopte dat hij nu in de verkeerde richting zou schieten, zodat zij op de flits uit zijn pistool zou kunnen vuren. Haar gehoor kwam terug. In haar oren galmde het nog na, maar ze kon weer horen.
Wat was dat voor een geluid? Het gefluit als van een ke-

tel, maar dan met tussenpozen. Wat was het? Als van een ademhaling. Ben ik dat? Nee. Haar adem blies tegen de vloer en steeg vandaar warm op naar haar gezicht. Voorzichtig! Snuif geen stof op, ga niet niezen. Het is een ademhaling. Van iemand met een borstwond. Hij is in zijn borst geraakt! Ze hadden haar geleerd hoe zo'n wond moest worden gedicht, dat die met iets moest worden afgedekt, met een waterdichte regenjas of een plastic zak, iets dat de lucht afsloot, en stevig verbonden zodat de longen zich weer konden vullen. Ze had hem dus in zijn borst geraakt. Wat nu? Wachten. Laat hem verstijven en bloeden. Wacht...

Starlings wang schrijnde, maar ze kwam er niet aan. Die zou misschien bloeden, en bloed zou haar hand glibberig maken. Dat wilde ze niet.

Uit de put stegen weer geluiden op. Catherine kreunde, schreeuwde en huilde. Starling moest wachten. Ze kon Catherine geen antwoord geven. Ze kon niets zeggen, geen vin verroeren.

Gumbs onzichtbare licht speelde over het plafond. Hij probeerde het te bewegen en kon het niet, zoals hij ook zijn hoofd niet kon bewegen. Een grote Maleisische vlinder verscheen dicht bij het plafond in de infrarode straal, kwam cirkelend naar beneden en streek neer op zijn lamp. De trillende schaduwen van de vleugels, reusachtig groot tegen de zoldering, waren alleen voor Jame Gumb zichtbaar.

Boven het geluid van de fluitende ademhaling hoorde Starling Gumbs onaangename stem, hortend in de duisternis: 'Hoe... voelt... het om... zo mooi... te zijn?'

En toen een ander geluid. Een gerochel, een gereutel... Het gefluit hielp op.

Starling kende ook dat geluid. Ze had het één keer eerder gehoord, in het ziekenhuis toen haar vader stervende was.

Ze tastte naar de rand van de tafel en stond op. Afgaand op Catherines stem vond ze op de tast de trap en

liep in het donker naar boven. Ze had het gevoel dat het haar veel tijd kostte. In de keukenla lag een kaars. Daarmee vond ze de meterkast, naast de trap. Toen de lichten aangingen, drong het tot haar door dat hij de kelder via een andere weg moest hebben verlaten en achter haar aan weer naar beneden was gegaan.
Starling moest zeker weten dat hij dood was. Ze wachtte tot haar ogen voldoende aan het licht gewend waren voordat ze naar de werkkamer terugkeerde. Daar aangekomen ging ze behoedzaam te werk. Ze zag zijn blote voeten en benen, die onder de tafel uitstaken. Ze hield haar ogen gericht op de hand naast het pistool tot ze het wapen had weggeschopt. Zijn ogen waren open. Hij was dood en lag in een plas stroperig bloed. Een kogel had de rechterkant van zijn borst doorboord. Hij had een aantal dingen uit de kleerkast aangetrokken. Ze kon niet lang naar hem kijken.
Ze liep naar de gootsteen, legde de Magnum op de afdruipplaat en liet koud water over haar polsen stromen, waarna ze met haar natte hand langs haar gezicht streek. Geen bloed. Vlinders fladderden tegen de roosters rond de lampen. Ze moest om het lichaam heen lopen om de Python te kunnen pakken.
'Catherine!' riep ze in de richting van de put. 'Hij is dood. Hij kan je niets meer doen. Ik ga nu naar boven en bel...'
'Nee! HAAL ME ERUIT! HAAL ME ERUIT, HAAL ME ERUIT!'
'Luister nou even. Hij is dood.' Ze was naar de put gelopen en boog zich nu over de rand. 'Kijk, hier is zijn pistool. Herken je het? Ik ga nu de politie en de brandweer bellen. Ik durf je zelf niet op te hijsen. Je zou kunnen vallen. Zodra ik ze heb gewaarschuwd, kom ik terug en zal ik samen met jou hun komst afwachten. Afgesproken? Goed. Probeer of je die hond stil kunt krijgen. Ja? Ik ben zo terug.'

De televisieploeg van de lokale zender arriveerde vlak na de brandweer en voordat de politie van Belvedere er was. De brandweercommandant, geïrriteerd door het verblindende licht van de lampen, stuurde de televisiemensen de trap weer op en weg van het souterrain. Daarna monteerde hij een buizenstelsel om Catherine uit de put te halen. Hij had geen vertrouwen in de takel die Gumb aan het balkenplafond had bevestigd. Een brandweerman daalde af in de schacht en hielp Catherine in het reddingsharnas. Met het hondje in haar armen geklemd kwam Catherine boven. Ze nam het hondje mee in de ambulance.
Honden mochten het ziekenhuis niet in en Precious mocht dus niet mee. Een brandweerman kreeg opdracht het diertje af te leveren bij een asiel, maar in plaats daarvan nam hij Precious mee naar huis.

57

Ongeveer vijftig mensen stonden op National Airport in Washington op de aankomst van het vliegtuig uit Columbus, Ohio te wachten. De meesten van hen kwamen familieleden afhalen. Ze maakten een slaperige en prikkelbare indruk, en de slippen van hun shirts hingen nog onder hun jasjes uit.
Tussen de wachtende menigte had Ardelia Mapp de gelegenheid om Starling goed te bekijken toen ze uit het vliegtuig stapte. Starling zag wit en ze had donkere kringen onder haar ogen. In haar wang zaten zwarte kruitresten. Ze kreeg Mapp in het oog en even later vielen ze elkaar in de armen. 'Hoi, maatje,' zei Mapp. 'Heb je nog iets aan te geven?' Starling schudde haar hoofd.
'Jeff wacht buiten in het busje. Kom, we gaan naar huis.'
Jack Crawford was er ook. Zijn auto stond geparkeerd achter de surveillancebus, in de baan voor personenwa-

gens. Hij had de hele nacht Bella's familie over de vloer gehad.
'Ik...' begon hij. 'Je weet wat je hebt gepresteerd. Je hebt een homerun geslagen, meisje.' Hij streek even langs haar wang. 'Wat is dit?'
'Verschroeid kruit. Volgens de dokter werkt het zich na een paar dagen vanzelf naar buiten. Dat schijnt beter te zijn dan erin te laten peuteren.'
Crawford trok haar naar zich toe en drukte haar een ogenblik, heel even maar, dicht tegen zich aan. Daarna duwde hij haar zachtjes van zich af en drukte een kus op haar voorhoofd. 'Je weet wat je hebt gepresteerd,' zei hij weer. 'Ga naar huis en ga slapen. Slaap inhalen. Morgen praten we verder.'
Het nieuwe surveillancebusje was comfortabel, ontworpen voor langdurige surveillances. Starling en Mapp installeerden zich in de grote stoelen achterin. Nu Jack Crawford er niet bij was, reed Jeff harder dan anders, zodat ze binnen een redelijke tijd Quantico zouden bereiken.
Starling hield tijdens de rit haar ogen dicht. Na een aantal kilometers stootte Mapp haar knie aan. Ze had twee flesjes cola geopend en gaf er een aan Starling. Vervolgens haalde ze een heupflesje Jack Daniel's te voorschijn. Nadat ze allebei een flinke slok van hun cola hadden genomen, deden ze allebei een scheut van de whisky in hun flesje en staken toen hun duim in de flessenhals om flink te kunnen schudden. Even later goten ze het schuim in hun mond.
'Ahhh!' verzuchtte Starling.
'Knoei niet met dat spul in de wagen,' zei Jeff.
'Maak je maar geen zorgen, Jeff,' antwoordde Mapp. En zacht tegen Starling: 'Je had die goeie Jeff eens moeten zien toen hij voor de slijterij op me stond te wachten. Hij zag eruit alsof hij perzikpitten probeerde te schijten.' Toen Mapp zag dat de whisky een beetje begon te werken en Starling in haar stoel onderuitzakte, vroeg ze:

'Hoe voel je je, Starling?'
'Ardelia, ik mag barsten als ik het weet.'
'Je hoeft toch niet terug te gaan, hè?'
'Misschien één dag. Volgende week. Maar ik hoop van niet. De officier van justitie is vanuit Columbus overgekomen om met de politie van Belvedere te praten. Ik heb eindeloos veel verklaringen afgelegd.'
'Even wat goed nieuws,' zei Mapp. 'Senator Martin heeft de hele nacht met Bethesda gebeld. Je weet toch dat ze Catherine naar Bethesda hebben overgebracht? Nou, ze maakt het goed. Hij heeft haar geen lichamelijk letsel toegebracht. Over de psychische schade kunnen ze nog niets zeggen; dat is afwachten. Je hoeft je geen zorgen te maken over je opleiding. Crawford en Brigham hebben allebei gebeld. De hoorzitting is afgelast. Krendler heeft zijn memo teruggevraagd. Die lui zijn bikkelhard, Starling... Er wordt voor jou geen uitzondering gemaakt. Het examen over huiszoeking en beslaglegging dat morgenochtend om acht uur wordt afgenomen, mag jij op maandag doen, dus zullen we in het weekend stevig moeten blokken.'
Ze hadden het heupflesje leeg vlak voordat ze vanuit het noorden Quantico binnenreden en gooiden het in een afvalbak in een park langs de weg.
'Die Pilcher, dr. Pilcher van het Smithsonian, heeft drie keer gebeld. Ik moest hem beloven je dat te zeggen.'
'Hij is geen doctor.'
'Ga je iets met hem beginnen?'
'Misschien. Ik weet het nog niet.'
'Hij klonk best grappig. Ik ben tot de conclusie gekomen dat gevoel voor humor het beste is wat een man kan hebben. En dan bedoel ik natuurlijk naast geld en een zekere meegaandheid.'
'Ja, en dan nog goede manieren. Vergeet die niet.'
'Klopt. Ik heb ook het liefst een knul die in ieder geval weet hoe hij zich moet gedragen.'
Starling liep als een robot van de douche naar haar bed.

Mapp liet haar leeslampje nog een tijd aan, tot ze Starling regelmatig hoorde ademhalen. Starling sliep onrustig. Een spier in haar wang maakte krampachtige bewegingen en op een gegeven moment gingen haar ogen even wagenwijd open.
Mapp werd kort voor het aanbreken van de dag wakker met het gevoel dat de kamer verlaten was. Ze knipte haar lamp aan. Starling lag niet in haar bed. Beide wasmanden waren weg, dus Mapp wist waar ze moest zoeken.
Ze vond Starling in de warme wasruimte, doezelend tegen een traag schommelende wasmachine en in een geur van bleekmiddel, waspoeder en wasverzachter. Hoewel wetgeving Mapps specialisatie was en Starling zich in psychologie had verdiept, wist Mapp dat het ritme van de wasmachine deed denken aan een luide hartslag en dat het geruis van het water vergelijkbaar was met wat een ongeboren kind hoorde. Onze laatste herinnering aan rust en vrede.

58

Jack Crawford ontwaakte in alle vroegte op de bank in zijn studeerkamer en hoorde het gesnurk van zijn schoonfamilie in zijn huis. In het ontspannen moment voordat de last van de dag op hem neerviel, dacht hij niet aan Bella's dood, maar aan het laatste wat ze tegen hem had gezegd, rustig en met heldere ogen: 'Hoe ligt de tuin erbij?'
Hij pakte Bella's graanschepje, liep in zijn badjas naar buiten en voerde de vogels zoals hij haar had beloofd. Nadat hij een briefje voor zijn slapende schoonfamilie had neergelegd, sloop hij nog voor zonsopgang het huis uit. Crawford had altijd redelijk goed met Bella's familie kunnen opschieten en hun aanwezigheid in het huis was nu zeker een steun voor hem, maar hij was toch blij

even te kunnen ontsnappen naar Quantico.
In zijn kantoor zat hij de telexberichten van die nacht en het vroege nieuws te bekijken toen Starling haar neus tegen de ruit van de deur duwde. Hij gooide snel een paar rapporten van een stoel om plaats voor haar te maken, waarna ze samen zwijgend op het televisiejournaal wachtten.
Daar kwam het. De buitenkant van het oude gebouw in Belvedere waar Jame Gumb had gewoond, met zware luiken voor de lege winkelpui en de gelapte ramen. Starling herkende het nauwelijks.
'De Gruwelkerker,' noemde de nieuwslezer het.
IJzingwekkende, schokkerige beelden van de put, de kelder, camera's die voor de televisiecamera's opdoken, en woedende brandweerlieden die de fotografen terugstuurden. Vlinders, opgeschrikt door de felle lampen, vlogen op het licht af. Ruggelings op de grond lag een vlinder te fladderen in een laatste stuiptrekking. Catherine Martin die een brancard weigerde en met een jas van een politieman om haar schouders naar de ambulance liep, terwijl de snuit van het hondje tussen de revers door naar buiten stak. Een profielopname van Starling, die met gebogen hoofd en met de handen in haar jaszakken naar een auto beende.
De ergste beelden werden niet eens getoond. De camera's konden niet doordringen tot de diepere gedeelten van het souterrain en legden dus alleen beelden vast van de lage, met gebluste kalk besprenkelde drempels van de vertrekken waarin Gumb zijn tableaus bewaarde. In dat deel van de kelder waren tot dusver zes lichamen gevonden.
Crawford hoorde Starling tot twee keer toe scherp door haar neus uitademen. Het nieuws maakte plaats voor reclame.
'Goedemorgen, Starling.'
'Hallo,' zei ze, alsof het later op de dag was.
'De officier van justitie in Columbus heeft me over de

fax je verklaringen van vannacht toegestuurd. Je zult een paar kopieën voor hem moeten ondertekenen... Je bent dus van Fredrica Bimmels huis naar Stacy Hubka gegaan, en vandaar naar een zekere mevrouw Burdine van Richards' Fashion, de kledingzaak waar Bimmel voor naaide. Mevrouw Burdine heeft je het voormalige adres van mevrouw Lippman gegeven, waardoor je bij dat gebouw daar bent terechtgekomen.'

Starling knikte. 'Stacy Hubka was er een paar keer geweest om Fredrica op te halen, maar Stacy's vriend had toen gereden en daardoor waren haar aanwijzingen nogal vaag. Mevrouw Burdine had het adres.'

'Heeft mevrouw Burdine niet gezegd dat er een man in het huis van mevrouw Lippman woonde?'

'Nee.'

Het televisiejournaal toonde beelden van het marinehospitaal Bethesda. Achter het raampje van een limousine verscheen het gezicht van senator Ruth Martin.

'Catherine was gisteravond aanspreekbaar, ja,' zei de senator. 'Ze slaapt nu. Ze heeft een kalmerend middel gekregen. We mogen ons gelukkig prijzen. Nee, zoals ik al eerder zei: ze heeft weliswaar een shock opgelopen, maar ze is aanspreekbaar. Verder heeft ze alleen een aantal kneuzingen en een gebroken vinger. En ze is ook erg uitgedroogd. Dank u.' Ze porde haar chauffeur in de rug. 'Dank u. Nee, ik weet nog niet wat we met dat hondje doen. Ze begon er gisteravond over, maar we hebben al twee honden.'

De reportage werd besloten met een nietszeggende verklaring van een zenuwarts die later op de dag met Catherine Martin zou praten om te beoordelen in hoeverre ze psychisch letsel had opgelopen.

Crawford zette de televisie uit. 'Hoe voel jij je nu, Starling?'

'Murw, kan ik wel zeggen. U ook?'

Crawford knikte, maar praatte toen snel verder. 'Senator Martin heeft gisteravond opgebeld. Ze wil je opzoe-

ken. Catherine ook, zodra ze kan reizen.'
'Ik ben altijd thuis.'
'En Krendler ook. Hij wil hierheen komen. Hij heeft zijn memo teruggevraagd.'
'Wat dat aangaat... ik ben ook weer niet altijd thuis.'
'Laat ik je een goede raad geven: maak gebruik van senator Martin. Zorg dat zij iedereen vertelt hoe dankbaar ze je is, zorg dat zij duidelijk maakt hoe de zaak ervoor staat. Wacht daar niet te lang mee. Dankbaarheid duurt nooit erg lang. Gezien jouw manier van doen zul je haar een dezer dagen nodig hebben.'
'Dat zegt Ardelia ook.'
'Je kamergenote? Mapp? Ik hoorde van de superintendent dat Mapp vastbesloten is je klaar te stomen voor de herkansingen die je maandag krijgt. Volgens hem is ze zojuist haar aartsrivaal, Stringfellow, met anderhalve punt gepasseerd.'
'Voor de afscheidsrede?'
'Stringfellow is een taaie. Hij beweert dat ze tegen hem geen schijn van kans heeft.'
'Laat hij maar uitkijken!'
Tussen de rommel op Crawfords bureau lag de papieren kip die dr. Lecter had gevouwen. Crawford liet de staart op en neer gaan. De kip pikte.
'Lecter heeft platina gehaald: hij staat op de eerste plaats van alle lijsten gezochte misdadigers,' zei hij. 'Toch is het niet uitgesloten dat hij nog best een tijdje vrij zal rondlopen. Buiten Quantico kun je maar beter de nodige voorzorgsmaatregelen nemen.'
Ze knikte.
'Hij heeft het nu druk,' vervolgde Crawford. 'Maar als dat voorbij is, zal hij zich willen amuseren. Laten we er geen doekjes om winden: hij kan jou net zo goed te grazen nemen als ieder ander.'
'Ik geloof niet dat hij mij ooit zomaar om zeep zal helpen. Dat vindt hij geen stijl en bovendien zou hij me dan geen vragen meer kunnen stellen. Hij zou het na-

tuurlijk wel doen als ik hem eenmaal ging vervelen.'
'Ik zeg alleen maar dat je bepaalde voorzorgsmaatregelen moet nemen. Als je het terrein verlaat, geef dat dan door en zeg erbij dat ze geen telefonische vragen over je verblijfplaats mogen beantwoorden zonder dat degene die belt zich gedegen heeft geïdentificeerd. En als je er geen bezwaar tegen hebt, wil ik een opsporingsalarm aan je telefoon bevestigen. De lijn blijft privé, behalve als je een knop indrukt.'
'Ik verwacht niet dat hij me zal aanvallen, meneer Crawford.'
'Maar je hebt gehoord wat ik zei.'
'Ja. Ja, dat heb ik gehoord.'
'Neem deze verklaringen mee en kijk ze na. Voeg eraan toe wat je nodig vindt. Zodra je daarmee klaar bent, zullen we ze hier medeondertekenen. Ik ben trots op je, Starling. En Brigham is dat ook, evenals de directeur.' Het klonk stijfjes, niet zoals hij wilde dat het klonk. Crawford liep naar de deur van zijn kantoor. Ze liep van hem weg, liep weg door de verlaten gang. Hij slaagde erin zich aan zijn eigen verdriet te ontworstelen en haar na te roepen: 'Starling, je vader ziet op je neer!'

59

Jame Gumb bleef nieuws, nog weken nadat hij was begraven. Journalisten beschreven zijn levensverhaal, beginnend met de gegevens uit de archieven van het district Sacramento.
Zijn moeder was een maand van hem in verwachting toen ze werd afgewezen als kandidate voor de Miss Sacramento-verkiezingen van 1948. Het 'Jame' op zijn geboorteakte was kennelijk een administratieve vergissing geweest en niemand had de moeite genomen de naam te verbeteren.
Toen ze er niet in slaagde als actrice aan de bak te ko-

men, raakte Gumbs moeder aan de drank. Jame Gumb was twee jaar oud toen de kinderbescherming van het district Los Angeles hem bij een pleeggezin onderbracht. Ten minste twee wetenschappelijke tijdschriften verklaarden dat zijn ongelukkige jeugd er de oorzaak van was dat hij in zijn kelder vrouwen doodde om zich hun huid toe te eigenen. In geen van beide artikelen werden de woorden *krankzinnig* of *duivels* gebruikt.
De film van de schoonheidswedstrijd die Jame Gumb als volwassene bekeek, bevatte wel degelijk opnamen van zijn moeder, maar de vrouw in het gedeelte met het zwembad bleek bij nadere beschouwing niet zijn moeder te zijn.
Gumbs grootouders haalden hem op tienjarige leeftijd weg uit een pleeggezin waar hij niet goed werd verzorgd. Twee jaar later bracht hij hen om het leven.
Tijdens zijn jarenlange verblijf in de psychiatrische kliniek leerde de reclassering van Tulare hem het vak van kleermaker, waarvoor hij een onmiskenbaar talent aan de dag legde.
De gegevens over Gumbs professionele loopbaan bevatten hiaten en zijn onvolledig. Journalisten ontdekten ten minste twee restaurants waar hij zwart had gewerkt, en hij bleek slechts sporadisch in de kledingindustrie te hebben gewerkt. Het is niet bewezen dat hij in deze periode moorden pleegde, maar volgens Benjamin Raspail was dat wel het geval.
Hij werkte in de winkel voor curiositeiten waar de vlinderdecoraties werden vervaardigd toen hij Raspail leerde kennen. Hij teerde geruime tijd op de zak van de musicus. Het was in die periode dat Gumb geobsedeerd raakte door motten en vlinders en door de gedaanteverwisselingen die ze ondergaan.
Nadat Raspail het met hem uit had gemaakt, vermoordde Gumb Raspails volgende minnaar, Klaus, onthoofdde hem en vilde een deel van zijn lichaam. Later zocht hij Raspail op in het oosten van het land. Ras-

pail, die nog steeds een zwak had voor stoute jongens, stelde hem voor aan dr. Lecter.
Dit alles kwam aan het licht in de week na Gumbs dood, toen de FBI via Raspails nabestaanden in het bezit kwam van de bandopnamen van Raspails therapiesessies bij dr. Lecter.
Jaren tevoren, toen dr. Lecter krankzinnig was verklaard, waren de bandopnamen van zijn sessies overgedragen aan de families van de slachtoffers om te worden vernietigd. Maar Raspails twistende nabestaanden hadden de bandjes bewaard in de hoop ze te kunnen gebruiken om Raspails testament aan te vechten. Na het beluisteren van de eerste opnamen, waarop Raspail alleen maar vertelde over zijn saaie schooljaren, hadden ze hun belangstelling voor de rest verloren. Toen de verwanten van Raspail via de nieuwsberichten de wandaden van Jame Gumb vernamen, speelden ze ook de overige banden af. Vervolgens belden Raspails verwanten naar de advocaat Everett Yow en dreigden de opnamen te gebruiken om opnieuw Raspails testament aan te vechten. Yow belde meteen Clarice Starling.
De banden bevatten opnamen van de laatste therapiesessie, vlak voordat Lecter Raspail vermoordde. Nog belangrijker is het feit dat ze onthullen hoeveel Raspail Lecter vertelde over Jame Gumb: Raspail vertelde dr. Lecter dat Gumb werd geobsedeerd door vlinders, dat hij in het verleden mensen had gevild, dat hij Klaus had vermoord, dat hij werkte bij het lederwarenbedrijf 'Mr. Skin' in Calumet City, en dat hij een oude mevrouw in Belvedere, Ohio, die voeringen had gemaakt voor 'Mr. Skin' geld afhandig maakte. Raspail voorspelde dat er nog eens een dag zou komen waarop Gumb zich alle bezittingen van de oude vrouw zou toe-eigenen.
'Toen Lecter las dat het eerste slachtoffer uit Belvedere afkomstig was en dat ze was gevild, wist hij wie de dader was,' zei Crawford toen hij samen met Starling de bandopname beluisterde. 'Als Chilton zich er niet mee

had bemoeid, zou hij jou Gumb hebben toegespeeld en zelf als genie goede sier hebben gemaakt.'
'Hij heeft me een aanwijzing gegeven door in de dossiers te schrijven dat de vindplaatsen te willekeurig waren,' zei Starling. 'En in Memphis heeft hij me gevraagd of ik kon naaien. Wat beoogde hij daarmee?'
'Hij wilde zich amuseren,' zei Crawford. 'Hij heeft zich lang, heel lang geamuseerd.'
Er werd nooit een bandopname van Jame Gumb gevonden en zijn activiteiten in de jaren na Raspails dood kwamen bij stukjes en beetjes aan het licht via zakelijke correspondentie, benzinebonnen en vraaggesprekken met kledingwinkeliers.
Toen mevrouw Lippman samen met Gumb een reis maakte naar Florida en tijdens die reis overleed, erfde hij alles: het oude gebouw met de woonruimten, de lege winkelpui en het grote souterrain, alsmede een aanzienlijke som geld. Hij staakte zijn werkzaamheden voor 'Mr. Skin', maar hij hield nog enige tijd een flat aan in Calumet City en gebruikte het zakenadres om pakketten op naam van John Grant in ontvangst te nemen. Ook goede klanten hield hij aan en hij bleef boetieks in het hele land bezoeken, zoals hij dat ook voor 'Mr. Skin' had gedaan, om ideeën op te doen voor de maatkleding die hij in Belvedere vervaardigde. Hij gebruikte deze reizen om slachtoffers te zoeken en zich van hen te ontdoen wanneer hij ze had gebruikt. Zo reed het bruine bestelbusje urenlang over de Interstate met voltooide leren kledingstukken slingerend aan de rekken achterin, boven het in rubber gehulde lijk dat op de bodem lag.
De kelderverdieping verschafte hem een wonderbaarlijke vrijheid. Nu had hij ruimte om te werken en te spelen. Aanvankelijk waren het alleen spelletjes: het opjagen van jonge vrouwen door de donkere doolhof, het creëren van vermakelijke tableaus in afgelegen vertrekken, waarna hij ze in die vertrekken opsloot, om de deu-

ren opnieuw te openen alleen om ongebluste kalk naar binnen te gooien.
In het laatste jaar van mevrouw Lippmans leven ging Fredrica Bimmel de oude vrouw helpen. Fredrica ontmoette Jame Gumb toen ze bij mevrouw Lippman thuis kwam om naaiwerk op te halen. Fredrica Bimmel was niet de eerste jonge vrouw die hij vermoordde, maar ze was wel de eerste die hij doodde om haar huid. Brieven van Fredrica aan Gumb werden tussen zijn bezittingen gevonden.
Het kostte Starling moeite die brieven te lezen. Dat kwam door de hoop en tegelijk de intense wanhoop die erin doorklonken. Kennelijk had Gumb haar zijn liefde betuigd, gezien haar reacties: 'Liefste geheime vriend in mijn hart, ik hou van je! Ik had nooit kunnen denken dat ik dat nog eens zou zeggen, en het is nog fijner dat ik het zeg nadat ik het van jou heb gehoord.'
Wanneer had hij zijn masker afgezet? Had ze de kelder ontdekt? Hoe had haar gezicht eruitgezien toen hij zijn ware gedaante toonde? Hoe lang had hij haar in leven gehouden?
Het ergst van alles was dat Fredrica en Gumb tot het laatst toe echte vrienden bleven. Ze schreef hem een brief toen ze al in de put zat. De sensatiebladen veranderden Gumbs bijnaam in 'Mr. Skin' en publiceerden het hele verhaal weer bijna van voren af. Ze vonden het duidelijk jammer dat ze zélf niet op die naam waren gekomen. Starling, veilig weggestopt in Quantico, hoefde de pers niet te woord te staan. Maar de boulevardbladen lieten haar niet ongemoeid.
De *National Tattler* kocht van dr. Frederick Chilton de banden waarop Starlings interview met dr. Lecter was vastgelegd. De *Tattler* weidde uit over hun gesprekken in een serie die 'De Bruid van Dracula' werd genoemd en waarin werd gesuggereerd dat Starling openhartige onthullingen over haar liefdeleven had gedaan tegenover Lecter in ruil voor informatie, waarbij het blad Starling

zelfs de raad gaf om in te gaan op een aanbieding van *Velvet Talks*, een blad voor telefoonsex.
Het tijdschrift *People* publiceerde een kort, Starling welgezind artikel over haar, waarbij gebruik was gemaakt van jaarboekfoto's van de universiteit van Virginia en het Luthershuis in Bozeman. De beste foto was die waarop het paard Hannah, in de laatste jaren van haar leven, een kar met kinderen voorttrok.
Starling knipte de foto van Hannah uit en stopte hem in haar portefeuille. Dat was het enige wat ze bewaarde.
Het ging steeds een beetje beter met haar.

60

Ardelia Mapp was een uitmuntende studiebegeleider – ze ontdekte een in een verhandeling ingebedde examenvraag sneller dan een jachtluipaard een gewonde prooi – maar als hardloopster stelde ze weinig voor. Ze liet Starling weten dat dit kwam doordat haar feitenkennis zo zwaar woog.
Ze was op de trimbaan achteropgeraakt bij Starling, die haar had ingehaald bij de oude DC-6 die de FBI gebruikt om kapingen na te bootsen. Het was zondagmorgen. Ze hadden twee dagen met hun neus in de studieboeken gezeten, en de bleke zon voelde dan ook weldadig aan op hun huid.
'Wat zei Pilcher eigenlijk aan de telefoon?' vroeg Mapp, leunend tegen het landingsgestel.
'Hij en zijn zuster hebben toch een huisje aan de Chesapeake?'
'Ja... En?'
'Zijn zuster is daar nu met haar kinderen en honden. En misschien gaat haar man er ook heen.'
'Nou?'
'Zij bewonen het ene deel van het huis. Het is een groot,

oud huis aan het water. Ze hebben het van zijn grootmoeder geërfd.'
'Draai er nou maar niet omheen.'
'De andere helft van het huis is van Pilch. Hij wil dat wij er in het komend weekend naartoe gaan. Volgens hem is er ruimte genoeg. "Zoveel kamers als een mens zich maar kan wensen." Zo zei hij het, geloof ik. Hij zei ook dat zijn zuster me zou bellen om me uit te nodigen.'
'Dat meen je niet! Ik wist niet dat er nog mensen zijn die zo keurig zijn.'
'Hij schetste het volgende verlokkende beeld: geen gedoe, warm aangekleed strandwandelingen maken, een brandend haardvuur bij thuiskomst, honden die je met hun grote modderpoten van alle kanten bespringen.'
'Idyllisch, zeg, grote modderpoten... Ga door.'
'Hij loopt eigenlijk nogal hard van stapel als je bedenkt dat we zelfs nog nooit samen uit zijn geweest. Hij beweert dat er niets fijner is dan tussen twee of drie honden te slapen wanneer het echt koud is. Volgens hem hebben ze genoeg honden om er iedereen twee mee te geven.'
'Pilcher probeert je met die mooie verhalen in te palmen. Dat heb je toch wel door, hè?'
'Hij beweert dat hij goed kan koken. Zijn zuster beaamt dat.'
'O... Ze heeft dus al gebeld.'
'Ja.'
'Hoe kwam ze over?'
'Prima. Alsof ze in het andere deel van het huis was.'
'Wat heb je tegen haar gezegd?'
'Ik zei: "Ja, heel erg bedankt." Dat heb ik gezegd.'
'Mooi,' zei Mapp. 'Zo mag ik het horen. Ga jij maar krab eten. Pak die Pilcher maar eens lekker. Spring eens uit de band.'

61

Een ober van de kamerbediening rolde een wagentje over het dikke tapijt in de gang van het Marcus Hotel. Voor de deur van suite 91 bleef hij staan en gaf met zijn gehandschoende knokkel een zachte roffel op de deur. Hij boog zijn hoofd iets opzij en klopte toen nog eens, deze keer hard genoeg om te worden gehoord boven het geluid van de muziek van Bachs twee- en driestemmige *Inventionen*, Glenn Gould op de piano.
'Binnen!'
De heer met het verband over zijn neus was gekleed in een kamerjas en zat aan het bureau te schrijven.
'Zet maar bij het raam neer. Mag ik de wijn even zien?'
De ober bracht hem de fles. De heer hield de fles onder het licht van zijn bureaulamp en drukte de hals een ogenblik tegen zijn wang.
'Maak maar open, maar zet hem niet in het ijs,' zei hij, waarna hij een royale fooi onder aan de rekening noteerde. 'Ik hoef nu niet te proeven.'
Hij wilde niet dat de ober hem de wijn overhandigde om deze te proeven. Hij vond de geur van het horlogebandje dat de man droeg onaangenaam.
Dr. Lecter was in een uitstekend humeur. Zijn week was uitstekend verlopen. Zijn uiterlijk werd precies zoals hij had beoogd en zodra de laatste blauwe plekken waren weggetrokken, kon hij zijn verband afdoen en pasfoto's laten maken.
Het eigenlijke werk, minieme siliconeninjecties in zijn neus, deed hij zelf. De siliconengel had hij niet op recept verkregen, maar de injectienaalden en de novocaïne wel. Dat probleem had hij opgelost door steels een recept weg te pakken van een toonbank in een overvolle apotheek nabij het ziekenhuis. Met correctievloeistof had hij de hanepoten van de oorspronkelijke arts uitgewist en toen had hij het blanco receptenbriefje gekopieerd. Het eerste recept dat hij uitschreef, was een ko-

pie van het gestolen exemplaar, dat hij terugbracht naar de apotheek om te voorkomen dat het werd gemist.
Zijn fijnbesneden gelaatstrekken leken nu op die van een bokser. Dat was allerminst aangenaam en hij wist dat de siliconengel zou gaan verschuiven als hij niet oppaste. Maar hij was er in ieder geval mee geholpen en als hij eenmaal in Rio was, zou hij wel verder zien.
Toen zijn hobby's ernstige vormen begonnen aan te nemen – lang voor zijn eerste arrestatie – had dr. Lecter voorzieningen getroffen voor een tijd waarin hij wellicht zou moeten vluchten. In een muur van een vakantiehuisje aan de oevers van de Susquehanna River bewaarde hij geld en de benodigde documenten voor een andere identiteit, inclusief een paspoort en de vermommingen die hij op de pasfoto's had gedragen. Het paspoort zou inmiddels wel zijn verlopen, maar verlenging was snel gebeurd.
Omdat het hem verstandig leek in een groot gezelschap en met het insigne van een reisbureau op zijn borst de douane te passeren, had hij zich al ingeschreven voor een rondreis met de afgrijselijk klinkende beschrijving 'Schitterend Zuid-Amerika'. Zo zou hij in Rio komen.
Het schoot hem te binnen dat hij voor de hotelrekening een cheque moest uitschrijven op de naam van de overleden Lloyd Wyman. Het trage tempo waarin de cheque via de bank zou worden verwerkt, zou hem een voorsprong van vijf dagen opleveren, meer dan hij zou krijgen met een Amex-betaling via de computer.
Deze avond werkte hij zijn correspondentie af. Voor de verzending zou hij gebruik moeten maken van een retour-besteldienst in Londen.
Allereerst stuurde hij Barney een royale fooi en een bedankbriefje voor de vele gunsten die de bewaker hem in de inrichting had bewezen.
Vervolgens schreef hij een brief aan dr. Frederick Chilton, die in voorlopige hechtenis was genomen, waarin hij de mogelijkheid opperde dat hij dr. Chilton in de na-

bije toekomst een bezoek zou brengen. Na dit bezoek, zo schreef hij, kon het ziekenhuis dieetvoorschriften maar beter op Chiltons voorhoofd tatoeëren. Dat zou hun veel administratieve rompslomp besparen.
Tot slot schonk hij een glas van de uitmuntende Batard-Montrachet in en schreef hij zijn volgende brief, en wel aan Clarice Starling:

En, Clarice, hebben de lammeren hun geschreeuw gestaakt?
Je bent me nog een stukje informatie schuldig, weet je, en dat zou ik graag van je krijgen.
Ik ben tevreden met een advertentie in de landelijke editie van de *Times* en in de *International Herald-Tribune* op de eerste van om het even welke maand. En plaats er ook maar een in de *China Mail.*
Het zal me niet verbazen als het antwoord ja en nee is. De lammeren zullen voorlopig zwijgen. Maar Clarice, je beoordeelt jezelf met alle genade van de strengste scherprechter. Je zult hem opnieuw moeten verdienen, telkens en telkens weer, de gezegende stilte. Omdat het de belofte is die je drijft, omdat je wordt geconfronteerd met de belofte. En die belofte zal altijd blijven bestaan. Eeuwig.
Ik ben niet van plan je op te zoeken, Clarice. Met jou erbij is de wereld interessanter. Zorg ervoor dat je mij dezelfde gunst bewijst.

Dr. Lecter legde zijn pen tegen zijn lippen. Hij keek glimlachend door het raam naar de nachtelijke hemel.

Ik heb ramen.
Orion staat nu boven de horizon en vlak daarbij Jupiter, helderder dan hij voor het jaar 2000 ooit weer zal zijn. (Het is niet mijn bedoeling jou te vertellen hoe laat het is en hoe hoog ze staan.) Maar

ik neem aan dat jij ze ook kunt zien. Sommige van onze sterren zijn dezelfde, Clarice.
Hannibal Lecter

Ver naar het oosten, aan de Chesapeake-kust, staat Orion hoog in de heldere nacht, boven een groot huis met een kamer waar een vuur is aangelegd voor de nacht, en het schijnsel trilt zacht in de wind boven de schoorsteen. Op een groot bed ligt een hele stapel gewatteerde dekens, en op en onder de dekens liggen een stel grote honden. De overige heuveltjes onder het beddengoed worden misschien veroorzaakt door Noble Pilcher, of misschien ook niet, dat is onmogelijk vast te stellen bij het schaarse licht in het vertrek.
Maar het gezicht op het kussen, roze in het schijnsel van de vlammen, is zeer beslist dat van Clarice Starling. Ze slaapt als een roos, ongestoord, nu de schreeuw van het lam eindelijk verstomd is.

In zijn condoleancebrief aan Jack Crawford citeert dr. Lecter uit 'The Fever' van de Engelse dichter John Donne, behorend tot de groep *Metaphysical Poets*. Lecter nam niet de moeite het citaat toe te kennen aan Donne.
In de gedachtenis van Clarice Starling komen regels voor uit 'Ash Wednesday' van T.S. Eliot, naar haar eigen goeddunken gewijzigd.
T.H.